Beate Boeker

Mord al Mare

Das Buch

Ein Mord an der malerischen Küste der Toskana

Die Familie Mantoni fährt zum alljährlichen Familienurlaub in das malerische Forte dei Marmi am Ligurischen Meer. Auch Carlina und Commissario Stefano Garini sind mit von der Partie. Doch kaum sind sie im Hotel angekommen, wird der unsympathische Hotelmanager erschossen aufgefunden. Der lokale Commissario übernimmt den Fall und verdächtigt sofort Carlinas Cousin Ernesto. Das kann der Mantoni-Clan natürlich nicht hinnehmen und bestürmt Stefano, die Untersuchung zu übernehmen. Dieser hatte sich seinen ersten gemeinsamen Urlaub mit Carlina wahrlich anders vorgestellt, willigt aber ein, Ernesto zu helfen. Auch die Mantonis mischen kräftig mit, halten jedoch brisante Informationen zurück. Schon bald weiß Stefano nicht mehr, wem er noch glauben kann ... und das schließt Carlina mit ein.

Von Beate Boeker sind bei Midnight in der Reihe Florentinische Morde erschienen:

Hochzeitstorte mit Todesfall (Band 1)

Amore Mortale (Band 2)

Mord all' arrabbiata (Band 3)

Einmal Mord, aber pronto! (Band 4)

Mord al Mare (Band 5)

Die Autorin

Beate Boeker ist neben ihrem Beruf als Autorin Betriebswirtin mit internationalem Schwerpunkt, arbeitet im Marketing und lebt mit ihrem Mann und ihrer Tochter in Deutschland. Der erste Roman der USA Today Bestseller-Autorin wurde 2008 vom Verlag Avalon Books in New York veröffentlicht. Heute ist eine große Auswahl ihrer romantischen Komödien, Krimis und Kurzgeschichten auf Englisch verfügbar. Ihre Bücher wurden für viele Auszeichnungen nominiert, z.B. den Golden Quill Contest, den National Readers' Choice Award und den Best Indie Books. Obwohl sie Deutsche ist, entschied sie sich, zunächst nur auf Englisch zu schreiben, weil sie in den USA mehr Hilfe bei der Entwicklung ihrer schriftstellerischen Fähigkeiten fand. Jetzt übersetzt sie ihre Bücher auch ins Deutsche.

Beate Boeker

Mord al Mare

Aus dem Englischen
von Beate Boeker

MIDNIGHT

Midnight by Ullstein
midnight.ullstein.de

FSC MIX Papier FSC® C083411

Deutsche Erstausgabe bei Midnight
Midnight ist ein Verlag
der Ullstein Buchverlage GmbH, Berlin
Juli 2019 (1)

Titel der englischen Originalausgabe: Seaside Death
Umschlaggestaltung:
zero-media.net, München
Titelabbildung: © FinePic®
Innengestaltung: deblik Berlin
Gesetzt aus der Quadraat Pro powered by pepyrus.com
Druck- und Bindearbeiten: CPI books GmbH, Leck

ISBN 978-3-95819-277-5

Figurenübersicht

Die Mantonis & ihre Partner

Caroline Ashley
genannt Carlina, Besitzerin des luxuriösen Lingerie-Geschäfts Temptation in Florenz

Stefano Garini
ermittelnder Inspektor der Mordkommission in Florenz

Onkel Teo
Carlinas Großonkel, 80 Jahre alt

Fabbiola
Carlinas Mutter

Benedetta
Carlinas Tante (Fabbiolas jüngere Schwester)

Leopold Morin (Leo)
Benedettas Lebensgefährte (ein Franzose)

Emma
Carlinas Cousine (Benedettas älteste Tochter)

Lucio
Emmas Ehemann

Annalisa
Carlinas attraktive, rothaarige Cousine (Benedettas zweite Tochter)

Ernesto
Carlinas rothaariger Cousin, der jüngste im Hause Mantoni (Benedettas Sohn)

Tante Violetta
die Matriarchin der Mantoni-Familie, 99 Jahre alt, lebt in einer Villa in Fiesole

Omar
der Adoptivsohn von Tante Violetta

Kapitel 1

»Stopp! Stopp!« Die dröhnende Stimme von Tante Violetta erfüllte den kleinen Bus mit so heftiger Dringlichkeit, dass alle Mitglieder der Mantoni-Familie erstarrten.

Lucio trat abrupt auf die Bremse und brachte den Neunsitzer mit quietschenden Bremsen zum Stehen. »Was ist los?« Er drehte sich auf dem Fahrersitz um und schaute die neunundneunzig Jahre alte Matriarchin der Familie mit einer Mischung aus Sorge und Ungeduld an. »Was ist es diesmal?«

Tante Violetta, die neben ihm saß, starrte geradeaus aus dem Fenster, ohne seinen Blick zu erwidern. »Ich habe etwas vergessen.« Sie sprach mit der lauten Stimme einer Tauben.

Ein kollektiver Seufzer erklang. Dies war das dritte Mal, dass die Familie gezwungen war, den Beginn der Sommerferien aufzuschieben, nur um etwas einzusammeln, das irgendein Mantoni vergessen hatte.

Eine Sekunde lang sah es so aus, als ob Lucio einen Wutanfall bekommen würde. Er hatte ein heftiges Temperament, das sich meist zeigte, wenn es darum ging, seine ausgesprochen unabhängige Frau Emma zu beschützen. Aber dieses Mal zuckte er nur mit den Schultern und nutzte die nächste Gelegenheit, um eine Kehrtwendung zu machen und zurück zu Tante Violettas Villa zu fahren, die sich im Außenbezirk von Florenz befand.

Emma, die direkt hinter ihrem Mann saß, lehnte ihren attraktiven Kopf an die Kopfstütze und schob ihre Sonnenbrille hoch, sodass sie in ihren langen braunen Haaren steckte. Dann verdrehte sie die Augen und seufzte entnervt, aber sie enthielt sich jeden weiteren Kommentars.

Lucio sprach immer noch mit Tante Violetta. »Sag Omar, was du brauchst, dann kann er es für dich aus dem Haus holen.«

Omar, Tante Violettas Adoptivsohn, saß direkt hinter seiner Mutter. Jetzt beugte er sich nach vorne, bereit, ihre Anordnungen entgegenzunehmen, sein dunkles Gesicht unbeweglich wie immer.

Aber Tante Violetta presste die runzeligen Lippen zusammen und sagte kein Wort.

Fabbiola, zwischen Omar und Emma eingepfercht, beugte sich ebenfalls nach vorne, damit Tante Violetta sie auf dem Beifahrersitz auch hörte. Auf ihrem Schoß umklammerte sie ein großes Kissen mit buntem Blumenmuster in Orange und Gelb. In voller Lautstärke schrie sie: »Ist es wirklich nötig, noch einmal umzukehren, Tante Violetta? Könnten wir es nicht kaufen, wenn wir nach Forte dei Marmi kommen?«

»Nein.« Tante Violetta gab das Wort wie einen Schuss ab.

In der letzten Reihe des kleinen Busses nahm Carlina Stefanos Hand und lächelte ihn entschuldigend an. Es war das erste Mal, dass sie gemeinsam in den Urlaub fuhren. Nun, eigentlich war es kein wirklicher Urlaub, mehr ein verlängertes Wochenende. Da *ferragosto*, der fünfzehnte August und wichtigste Sommerfeiertag in Italien, dieses Mal auf einen Freitag fiel, hatte die Familie beschlossen, ihren Jahresurlaub an dem Mittwoch zuvor zu beginnen. Jedes Jahr buchten sie Zimmer in dem kleinen Hotel mit dem kreativen Namen Albergo Giardino – Gartenhotel. Die Fahrt von Florenz dauerte nur eineinhalb Stunden, was wichtig war für die Familienmitglieder, die nach *ferragosto* wieder arbeiten mussten. Nur vier Mantonis saßen nicht im Bus: Carlinas Tante Benedetta und Leopold Morin, der Franzose, mit dem Benedetta zusammen war, sowie Benedettas rothaarige, erwachsene Kinder Annalisa und Ernesto. Sie fuhren separat mit einem Auto, das die arbeitenden Familienmitglieder nach dem Wochenende wieder zurück nach Florenz bringen sollte.

»Eigentlich wäre ich lieber alleine mit dir weggefahren«, sagte Carlina leise. »Ich hatte mir unseren ersten gemeinsamen Urlaub etwas idyllischer vorgestellt.«

Stefano legte ihr den Arm um die Schultern. »Das hätte ja auch fast geklappt.«

Sie seufzte. »Wenn du nicht wieder ungeplant einen Mordfall hättest übernehmen müssen, weil deine Kollegen bei der Mordkommission alle krank wurden.«

Er nickte. »Und die Sommersaison ist so wichtig für deinen Laden, dass nur dieses Wochenende infrage kommt. All diese Touristen scheinen ihren Urlaub dazu zu nutzen, sich in Temptation mit neuer Luxusunterwäsche auszustatten.«

»Du meinst, damit sind wir quitt?«

»Ja.«

Sie seufzte wieder. »Na gut. Eigentlich sollte ich mich auch nicht beschweren, dass der Laden läuft. Stattdessen sollten wir froh sein, zumindest diese paar Tage am Meer zu haben ... selbst wenn der ganze Clan dabei ist.«

Er zog sie näher an sich heran. »Ich freue mich.«

»Ich mich auch.« Es klang ein wenig kleinlaut. Sie freute sich wirklich, nicht nur auf die Zeit mit Stefano. Sie hatte auch immer Spaß während der Urlaube mit ihrer nicht ganz normalen Familie und wäre traurig gewesen, einen zu verpassen. Doch andererseits war da diese tief sitzende Angst, dass ein längerer, ungefilterter Kontakt mit ihrer überschäumenden und exzentrischen Familie irgendwann dafür sorgen könnte, dass Stefano hastig das Weite suchte.

Dies war wieder einer dieser Momente, in denen sie wünschte, die Familie würde ein wenig mehr Selbstbeherrschung zeigen. Sie wirkte wie eine Ansammlung von fest verschlossenen Dampfgartöpfen, bei denen jede Sekunde der Druck stieg. Nicht mehr lange und einer von ihnen würde explodieren, während der Dampf aus den Ohren kam. Alle waren müde, genervt und von den Vorbereitungen in letzter Minute gestresst. Ihre Mutter hatte genug Essen mitgebracht, um sie auch dann noch verpflegen zu können, wenn sie einen spontanen Abstecher nach Afrika machten, und der Geruch der Salami zog langsam durch den Bus.

Carlinas Großonkel Teo, der auf Carlinas anderer Seite vor sich hin döste, hatte sich das Vorrecht eines achtzigjährigen Patriarchen herausgenommen und noch nicht einmal darüber nachgedacht, ein Taschentuch einzustecken, sodass Carlina und Emma in letzter Minute hastig einen Koffer für ihn packen mussten. Emma hatte einige vernichtende Bemerkungen über ihren schlecht organisierten Großonkel gemacht, aber Carlina erinnerte sie daran, dass seine Frau vor weniger als einem Jahr gestorben und es sein erster Urlaub ohne sie war. Damit brachte sie ihre Cousine zum Schweigen, bevor Onkel Teo sie hören konnte.

Es war also alles chaotisch wie immer und Carlina konnte es gar nicht abwarten, in dem Hotel mit dem großen Pool anzukommen, wo dicht belaubte Olivenbäume die Natursteinwege zum Haus hin beschatteten. Sie wusste, dass die Familie sich in dem Moment beruhigen würde, in dem jeder in seinem angestammten Zimmer war, und dass dann der wahre Urlaub beginnen würde. Aber noch war es nicht so weit. Sie seufzte und drückte Stefanos Hand.

»Es tut mir leid«, flüsterte sie. »Es wird besser, wenn wir erst da sind.«

Er lächelte sie an, ein kleines, ironisches Lächeln, das ihr Herz flattern ließ. Es sagte ihr zwei Dinge: Er schätzte es, dass sie sich um ihn Gedanken machte ... und er glaubte kein Wort. Es war deutlich, dass er sich auf einige Tage ungefilterter Mantoni-Verrücktheit eingestellt hatte, um sie glücklich zu machen.

Carlina biss sich auf die Unterlippe. Sie war wild entschlossen, ihnen beiden eine Auszeit zu verschaffen, als Ausgleich zu all dem Chaos, das entstand, wann immer die Mantonis irgendwo auftauchten. Wenigstens konnten sie zum Sonnenuntergang einen Spaziergang am Strand machen. Ja, das war ein Bild, das sie im Kopf behalten sollte.

In diesem Augenblick trat Lucio hart auf die Bremse. Sie hatten Tante Violettas Villa erreicht.

Omar schaute seine Adoptivmutter erwartungsvoll an.

Stefano beugte sich zu Carlina. »Hat er eigentlich noch nie gesprochen, auch als Kind nicht?«

Sie schüttelte den Kopf. »Nein, niemals. Du weißt doch, dass ihn ein traumatisches Erlebnis in seiner Jugend hat verstummen lassen. Das war aber schon lange vor der Adoption, und wir wissen nichts über die genaueren Umstände.«

Omar neigte den Kopf und hob eine Hand mit der Handfläche nach oben. Die Tattoos auf seinen muskulösen Armen ließen seine Haut noch dunkler erscheinen. Als Tante Violetta ihn in Ägypten adoptiert hatte, war sie schon Ende sechzig gewesen, aber auch in diesem Alter war sie energiegeladener als die meisten Dreißigjährigen. Omar war jetzt in den Dreißigern, genau wie Carlina und Stefano, aber sein sehniger Körper überragte sie alle, und es amüsierte Carlina immer, dass ein so sanfter Mann so gefährlich aussah.

Tante Violetta flüsterte etwas in sein Ohr.

Einen Augenblick lang schien Omar erschrocken zu sein, dann nickte er, drückte sich an Tante Violettas zusammengefaltetem Rollstuhl vorbei und sprang aus dem Bus.

Carlinas Mutter Fabbiola schob sich eine Strähne ihres hennaroten Haares aus der Stirn. »Ich kann mir nicht vorstellen, was du vergessen haben kannst, das sowohl geheim als auch unersetzlich ist.«

Tante Violetta wendete den Kopf und warf ihr einen tödlichen Blick zu. »Und ich kann mir nicht vorstellen, warum wir zurückfahren mussten, um ein Kilo Salami mitzunehmen.«

Fabbiola wurde rot vor Wut. »Sie wäre schlecht geworden, wenn wir sie zu Hause gelassen hätten.«

»Blödsinn.« Tante Violetta schnaufte verächtlich. »Salami hält sich ewig.«

Omar kehrte mit einem kleinen Beutel zurück und überreichte ihn Tante Violetta mit einem Blick, den man fast böse nennen konnte.

Sie nickte zufrieden und stopfte den Beutel hinter ihren Rücken. »Danke, mein Lieber.«

Carlina runzelte die Stirn. Es war deutlich zu sehen, dass Omar unzufrieden war, und das an sich war schon ungewöhnlich. Omar war ein ausgeglichener Mann, und es machte ihm nie etwas aus, Dinge für seine Adoptivmutter zu holen. »Was ist in diesem Beutel, Tante Violetta?«

Tante Violetta zog es vor, die Frage zu ignorieren.

Carlina hob ihre Stimme. »Tante Violetta? Was ist in dem Beutel?«

Omar, der jetzt wieder auf seinem Platz saß, biss sich auf die Lippe und starrte geradeaus.

»Nichts für neugierige Mädels.« Tante Violetta stieß Lucio mit einem dicken Finger in die Seite. »Worauf warten wir noch, Lucio? Wir wollen doch alle so schnell wie möglich ans Meer, oder?«

Lucio reagierte, indem er den Hügel in einem halsbrecherischen Tempo hinunterraste.

»Lucio!« Fabbiola hielt sich krampfhaft an Omar fest. »Fahr bitte langsamer! Du wirst uns noch alle umbringen!«

»Ihr solltet dankbar sein, dass Lucio uns überhaupt fährt.« Emma hob ihr Kinn. »Gibt es noch irgendjemanden hier, der unbedingt noch einmal nach Hause muss, um eine geheime und wahnsinnig wichtige Sache zu holen, oder können wir jetzt endlich wirklich losfahren?«

Carlina blendete die vertrauten Familienzetereien aus und konzentrierte sich auf die Dinge, auf die sie sich freute. Sie wollte ausschlafen und sich zusammen mit Stefano ganz langsam für den Tag fertig machen, mit der verrinnenden Zeit als Freundin, nicht als Feind.

Sie freute sich darauf, am Hotelpool zu sitzen und ohne Unterbrechung ein gutes Buch zu lesen. Sie hatte extra einige Romane von ihren Lieblingsautoren eingepackt.

Sie freute sich darauf, eine Tasse Kaffee in dem winzigen Caffè Stretto zu trinken. Es lag direkt gegenüber vom Hotel, und sie konnte danach zum Strand hinuntergehen, um zu schwimmen.

Sie freute sich darauf, die Leute am Strand um sich herum zu beobachten und die ganzen Bikinis und Badeanzüge zu sehen, die sie vielleicht zu einem neuen Design für ihre nächste Unterwäschekollektion inspirieren würden. Ihr Geschäft Temptation war zwar sehr klein, aber es war ihr Universum, und sie genoss die Herausforderung, von Zeit zu Zeit einige Entwürfe für die Spitzenfirma Bertosti zu kreieren.

Irgendwann würde sie auch die luxuriösen Boutiquen in Forte die Marmi besuchen und schauen, was die Konkurrenz so machte. Vielleicht konnte sie Stefano sogar überreden, mitzukommen.

Ja, das Leben war schön, und sie war dankbar für alles, was sie hatte. Ihr Herz weitete sich vor Glück. Sie lächelte Stefano an.

Er schaute sie an, dann murmelte er in ihr Ohr: »Wo kommt denn dieses Tausend-Watt-Lächeln her?«

Carlina zuckte mit den Schultern. »Ich bin so glücklich. Alles ist perfekt.«

Er hob eine Augenbraue. »Lass uns hoffen, dass dies nicht die berühmten letzten Worte sind.« Dann neigte er den Kopf in Richtung Carlinas Mutter. »Ich sehe, dass Fabbiola wieder dazu übergegangen ist, ein Kissen herumzuschleppen. Ich dachte, die Phase sei vorbei?«

Carlina seufzte. »Das hatte ich auch gehofft, aber anscheinend hat sie die Kissen-Herumschlepp-Phase nur während der intensiven Strickphase fallen gelassen. Sie sagte, die Stricksachen fühlten sich fast wie ein Kissen an und seien auch gesellschaftlich akzeptierter.«

Stefano schluckte. »Und jetzt?«

»Jetzt hat sie das Stricken aufgegeben, weil es für den Sommer zu heiß ist, und ist wieder zu den Kissen zurückgekehrt.«

»Und das ist kühler?« Der ironische Unterton in seiner Stimme war nicht zu überhören.

Carlina lachte. »Nein, aber man kann sich am Strand einfach draufsetzen.«

Nach einer langen Autofahrt über die völlig verstopfte *autostrada* 11 kamen sie endlich am Hotel an. Carlina seufzte erleichtert auf. Sie konnte es gar nicht abwarten, auf ein wenig Distanz zu ihrer immer anstrengenderen Familie zu gehen, sich in ihren Bikini zu werfen und ins Meer zu springen oder sich auf ihrem Bett mit dem frischen, kühlen Bettlaken auszustrecken.

Glücklich schaute sie auf die bekannte Fassade des Hotels. Es war ein niedriges Steinhaus, breiter als hoch, obwohl es drei Stockwerke hatte, und es war in den typischen Farben der Toskana gestrichen: ein gewischtes Orange mit dunkelgrünen Holzläden. Eine Seite des Hauses war bis zum Dach mit Efeu bewachsen.

Die verschnörkelten Buchstaben mit dem Namen des Hotels, Albergo Giardino, hatten die gleiche Farbe wie die dunkelgrünen Fensterläden und zusätzlich einen schmalen, goldenen Streifen obenauf, als wäre die Sonne gerade hinter ihnen untergegangen. Dicht belaubte Olivenbäume umringten das Hotel wie silbrig-grüne Wolken. Auf der Terrasse standen vier große Terrakottatöpfe, die bis zu den Hüften reichten und mit blühenden Bougainvilleen überschäumten. Carlina atmete die ruhige Eleganz und einfache Schönheit des Grundstücks ein. Auf einmal waren all die glücklichen Ferien, die sie hier verbracht hatte, wieder da. Sie erinnerte sich noch an ihre Begeisterung, als sie eine Eidechsenfamilie unter einem der Terrakottatöpfe entdeckt hatte. Es waren wunderbare Sommer gewesen.

Direkt unter dem Hotellogo befand sich die doppelte Glastür, die jetzt weit offen stand und sie willkommen hieß. Die Familie stürzte sich wie eine Welle in die Lobby. Tante Violetta in ihrem Rollstuhl war die Erste, geschoben von Omar. Carlinas Mutter Fabbiola folgte mit ihrer Nichte Emma und Emmas Ehemann Lucio, umgeben von unzähligen Koffern. Als Nächstes kam Onkel Teo. Carlina hatte ihm einen Arm gereicht, um ihm aus dem Bus zu helfen, und hielt ihn noch, als sie den Angestellten hinter dem Tresen sah. Sie schnappte nach Luft und machte unwillkürlich einen Schritt zurück.

Stefano schaute sie erstaunt an. »Was ist los?«

»Ich kenne den Typen da.« Sie starrte das runde Gesicht mit den dichten Locken an. »Aber als ich ihn zuletzt gesehen habe, hat er nicht in einem Hotel gearbeitet.«

»Was hat er denn getan?« Stefanos Frage war kurz und treffend, so typisch für ihn.

»Er war ein Verkäufer, der versuchte, mich einzuschüchtern und zu betrügen.«

Stefanos Augenbrauen gingen in die Höhe, aber bevor er etwas sagen konnte, erfüllte Tante Violettas laute Stimme den kleinen Empfangsbereich. »Was soll das heißen, ich habe Zimmer Nummer zwölf? Da müssen Sie sich irren, junger Mann! Ich bin immer in Zimmer vier und das ist schon so, seit wir vor siebzehn Jahren zum ersten Mal hier gewohnt haben. Das wird auch dieses Jahr nicht anders sein, hören Sie? Was ist überhaupt mit *signor* Alberi geschehen? Er hat immer dafür gesorgt, dass ich das Zimmer bekomme, das ich brauche.«

Die kleinen Augen des Rezeptionisten verengten sich. »Er ist gegangen.« Sein Ton war schon eine Beleidigung.

»Nun, das ist ein Jammer«, sagte Tante Violetta streng, »aber ich bin sicher, dass wir das Problem trotzdem lösen können. Man hat Ihnen vermutlich nicht mitgeteilt, dass Sie Zimmer Nummer vier für mich reservieren müssen.«

Der Angestellte schaute sie ohne jegliche Gemütsregung an. »Ich fürchte, das ist nicht ganz so einfach.«

»Ach nein, junger Mann?« Tante Violettas erheblicher Umfang schien in dem Rollstuhl noch anzuwachsen. »Nun, das werden wir sehen. Wo ist der Hotelchef?«

Ein schwaches Lächeln glitt über sein rundes Gesicht. »Ich bin der Hotelchef.«

»Sie?« Ihre Stimme war voller Unglauben.

»Ja. Sie müssen es einfach akzeptieren, wenn ich Ihnen mitteile, dass Zimmer Nummer vier nicht frei ist.«

»Ich werde überhaupt nichts akzeptieren!« Tante Violettas Gesicht wurde lila. »Wir können immer noch in ein anderes Hotel gehen!«

»Es ist *ferragosto*«, sagte der Manager mit einem höhnischen Lächeln. »Alles ist ausgebucht. Sie werden kein einziges freies Zimmer irgendwo finden, geschweige denn acht.«

»Sie scheinen nicht zu verstehen, dass die Mantonis Stammgäste sind und es auch gewohnt sind, als solche behandelt zu werden. Ich denke mal, dass es nicht so einfach ist, jeden Sommer auf einen Schlag acht von dreizehn Zimmern zu vermieten.« Tante Violetta schloss den Mund mit einem hörbaren Schnappen.

»Um *ferragosto* herum kann ich dieses Hotel ohne die geringsten Schwierigkeiten komplett vermieten«, sagte der Manager, »mit oder ohne Mantonis.«

Der ganze Clan sog entsetzt die Luft durch die Zähne.

Carlina ließ Onkel Teos Arm los und eilte zur Rezeption. »*Buongiorno, signor* Rosari.«

Seine Augen weiteten sich. »*Signorina* Ashley. Was machen Sie hier?«

Sie lächelte ihn bewusst nett an. »Ich bin zufälligerweise ein Mitglied der Mantoni-Familie.« Sie fühlte Stefanos ruhige Gegenwart direkt hinter sich. Es war gut zu wissen, dass er sie ihre Kämpfe alleine ausfechten ließ, aber bereitstand, um ihr zu Hilfe zu eilen, wenn es nötig war. »Sie sehen doch, dass meine Großtante im Rollstuhl sitzt, also können Sie ihr natürlich nicht die Nummer zwölf geben, die sich im ersten Stock befindet.«

Sie wusste, dass die Zimmer im Hotel logisch durchnummeriert waren – die fünf Zimmer im Erdgeschoss hatten einstellige Nummern. Im ersten Stock begannen die Zimmer alle mit einer eins und im zweiten mit einer zwei. Es befanden sich vier Zimmer in jedem Stockwerk, mit Ausnahme des Erdgeschosses, wo es fünf gab, weil drei etwas kleiner waren.

Signor Rosari schaute sie genauso an wie damals, als er versucht hatte, sie dazu zu bringen, Unterwäsche zu kaufen, die sie nicht gebrauchen konnte. Ein Schauer überlief sie.

»Die Zimmer im Erdgeschoss stehen leider nicht zur Verfügung. Wir haben alle Zimmer im ersten und zweiten Stock für Ihre Familie reserviert, sodass Sie ganz unter sich sind. Ich bin sicher, dass Ihre Großmutter Zimmer zwölf über den Fahrstuhl leicht erreichen kann.« Er warf einen Stapel altmodischer Schlüssel mit Holzanhängern auf den Tresen. »Ich habe den Check-in schon entsprechend vorbereitet und möchte jetzt gern fortfahren.«

Bevor Carlina antworten konnte, rollte eine zweite Welle Mantonis in die bereits überfüllte Lobby. Benedetta und ihre erwachsenen Kindern Annalisa und Ernesto sowie ihr Lebensgefährte Leopold Morin winkten, während sie durch die Tür stürmten.

»Wir sind da! Endlich!« Ernesto, Carlinas achtzehnjähriger Cousin, galoppierte mit einem breiten Grinsen durch die Lobby. Seine roten Haare standen sorgfältig gegelt in die Höhe, und eine Wolke Aftershave folgte ihm, als er Carlina und Stefano auf die Schultern klopfte. »Seid ihr schon eingecheckt?«

Carlina war erstaunt, dass Ernesto, der sonst einer der ruhigeren Vertreter des Clans war, ganz vorne mitmischte. Und seit wann benutzte er so ein betäubendes Aftershave? Sie schob die Gedanken zur Seite. »Na ja, wir versuchen es gerade.« Sie achtete darauf, dass ihre Stimme trocken klang. »Aber es ist nicht so einfach wie gedacht.«

Signor Rosari warf ihr einen bösen Blick zu, dann wandte er sich an Ernesto. »Wir können sofort anfangen. Wie ist Ihr Name?«

»Ernesto Santorini.« Ernesto strahlte ihn wie ein begeistertes Hundejunges an.

»Bitte schön.« Der Hotelmanager nahm einen Schlüssel und schob ihn über den Tresen. »Nummer fünf.«

»Super, danke!« Ernesto schnappte ihn und drehte sich zur Seite, um zu gehen.

»Aber das ist ein Zimmer im Erdgeschoss!«, schrie Tante Violetta mit aller Kraft.

Ernesto machte einen erschrockenen Luftsprung und schaute die Matriarchin der Familie mit weit aufgerissenen Augen an. »Wie bitte?«

Der Manager blickte Tante Violetta vernichtend an. »Ja, aber es ist ein Einzelzimmer. Tatsächlich ist es das kleinste Zimmer, das wir im ganzen Hotel haben, und Sie haben ausdrücklich ein Doppelzimmer bestellt.«

Tante Violetta riss die Augen entsetzt auf. »Natürlich brauche ich ein Doppelzimmer. Omar muss doch nach mir sehen können.«

Der Manager nickte. »Und deshalb können Sie nur in Zimmer zwölf wohnen. Wie gesagt, die Doppelzimmer im Erdgeschoss sind alle belegt.«

Carlina runzelte die Stirn. »Aber vor einer Minute haben Sie doch gesagt, dass Sie alle Zimmer im ersten und zweiten Stock für uns reserviert haben!«

Ernesto fiel ihr ins Wort. »Ich hatte immer Zimmer fünf!« Er umklammerte den Schlüssel, als ob jemand versuchte, ihn ihm abzuringen.

»Oh *Madonna*, nicht noch einer«, sagte der Manager so laut, dass Carlina es hören konnte.

Sie entschied sich, es zu ignorieren, und wandte sich an Tante Violetta. »Warum nimmst du nicht erst mal Ernestos Zimmer, Tante Violetta?«

»Erwartest du von mir, dass ich ohne Omar auskomme?« Tante Violetta verzog die Mundwinkel.

»Zu Hause schlaft ihr doch auch nicht in einem Zimmer, oder? Ich denke, es wäre im Moment die einfachste Lösung.«

»Nein!« Ernesto sprach mit nie dagewesener Härte. »Ich möchte Zimmer fünf behalten!«

Carlina starrte ihn an. Was war aus ihrem tiefenentspannten Cousin geworden?

»Ernesto!« Benedetta erschien neben ihrem Sohn, den rot geschminkten Mund missbilligend verzogen. »Wo sind denn deine Manieren? Was macht es für einen Unterschied, welches Zimmer du hast?«

»Ich denke mal, er will sein Zimmer nicht mit Omar teilen«, sagte Tante Violetta.

»Nein! Das ist es überhaupt nicht!« Ernesto schaute sich mit weit aufgerissenen Augen um, dann schnappte er sich Omars Arm und drückte ihn. »Ich habe überhaupt kein Problem damit, mit dir in einem Zimmer zu wohnen, Omar. Es ist nur ... ich mag Zimmer fünf halt am liebsten.«

Der Rest der Mantonis starrte ihn an, als ob er gerade behauptet hätte, er würde ab sofort jeden Abend um Punkt sieben zu Bett gehen.

Onkel Teo richtete sich zu seiner vollen Größe auf, sodass er gerade bis zu Ernestos Schulter reichte. »Ich denke, du solltest deine Entscheidung noch einmal überdenken, Ernesto. Wenn es Tante Violetta hilft, willst du doch nicht egoistisch sein, oder?«

Ernesto wurde bis zu den Wurzeln seiner roten Haare rot. »Nein. Natürlich nicht. Ich ...« Er brach ab und biss sich auf die Lippe. Nach einem sichtbaren inneren Kampf streckte er die Hand aus. »Hier ist der Schlüssel, Tante Violetta.«

»Vielen Dank, mein Junge.« Tante Violetta nahm den Schlüssel an sich und lächelte. »Das ist sehr nett von dir.«

»Können wir jetzt mit dem Check-in fortfahren?«, fragte der Manager gelangweilt. »Ich habe heute noch ein paar andere Dinge zu tun.«

Eine halbe Stunde später hatten sich die Mantonis im Gebäude verteilt und ihre Zimmer in Besitz genommen.

»Nun, mein Herz, wenn es so weitergeht, wie es angefangen hat, werde ich wohl nicht zu traurig sein, wenn ich am Sonntagabend nach Florenz zurückfahren muss.« Stefano Garini zog sich das Hemd über den Kopf und ließ es auf das breite Doppelbett fallen. Er sprach in Richtung der offenen Badezimmertür, wo Carlina sich das Gesicht wusch.

Carlina schaute rasch zu ihm hinüber. Sie freute sich über den Anblick seiner breiten Brust, doch seine Worte machten sie nervös. Schnell zog sie ihren Bikini an und warf ein frisches Sommerkleid über ihren Kopf, dann kam sie aus dem Bad und legte ihre Arme um seinen Hals. »Verzweifle noch nicht. Sie werden sich jetzt erst mal alle einleben und beruhigen, und dann wird es schön werden.«

»Hmm.« Er küsste ihren Hals. »Ich hoffe nur –«

Ein scharfer Knall von draußen ließ Carlina zusammenzucken. »Was war das?«

Stefano zog den Mund schief. »Tante Violetta hat den Manager erschossen?«

Sie kicherte. »Nun bleib mal ernst.«

Es knallte noch ein paarmal.

Carlina ging zum Fenster und schaute hinaus. Ihr Zimmer war im dritten Stock mit Aussicht auf den Garten. Die Sonne hatte die Pinie neben ihrem Fenster aufgeheizt und mit der sanften Brise wehte ein herrlicher Duft von Pinie und Sommer in den Raum. Carlina holte tief Luft. Weiter weg konnte sie eine Ecke des funkelnden, blauen Pools sehen und einen rot-weiß gestreiften Sonnenschirm. Dann entdeckte sie eine Gruppe von Teenagern, die in einem Kreis auf dem Kiesweg standen, der rund um das Hotel führte. Sie fing an zu lachen. »Sie testen gerade Feuerwerkskörper. Wahrscheinlich können sie es nicht erwarten, dass heute Abend das große *Ferragosto*-Feuerwerk beginnt. Komm mit, ich möchte im Meer schwimmen gehen.« Sie nahm Stefanos Hand und zog ihn zur Tür hinaus.

Zwei Stunden später lag Stefano auf seinem Liegestuhl ausgestreckt am Strand. Sie hatten zwei dieser *lettini* vom Beach Club gemietet. Er nahm einen Schluck von seinem kühlen Bier, streckte sich und steckte eine Hand hinter den Kopf, während er sich mit unbeweglichem Gesicht die Umgebung ansah.

Carlina hob ihr Lemonsoda und prostete ihm zu. »Na, habe ich zu viel versprochen?« Sie zeigte auf den Sand und das blaue Meer direkt vor ihnen.

Er wandte den Kopf und lächelte sie an. »Nein, hast du nicht. Und wenn ich mich nur auf dich und deinen Bikini konzentriere – und ich muss sagen, das ist ein wirklich netter Bikini, den du da anhast –, kann ich fast vergessen, dass Emma zwei Liegestühle weiter beleidigt ist, weil sie keinen Liegestuhl in der ersten Reihe bekommen hat, dass Tante Violetta ihren Liegestuhl vier Reihen weiter bis zum Limit belastet, dass deine Mutter und Benedetta sich lautstark über die Qualität der mitgebrachten Salami streiten, dass Annalisa am Strand auf und ab stolziert und ihre Haare schüttelt, sobald ein gut aussehender Mann vorbeiläuft, und –«

»Schhh.« Carlina beugte sich vor und legte ihm einen Finger auf den Mund. »Schließe einfach nur die Augen und entspanne dich. Die Sonne wird sie müde machen und bald werden sie alle ein Nachmittagsschläfchen halten. Mit geschlossenen Augen kannst du so tun, als wärst du ganz allein auf der Welt.«

»Ha.« Stefano fing ihre Hand ein und küsste ihre Fingerspitzen. »Ich habe nicht gesagt, dass ich das möchte. Eine Person zumindest sollte ganz nahe bei mir sein.«

Carlina lächelte. »Das ist sie.«

Er lächelte zurück.

Halte diesen Augenblick fest. Genieße ihn und schließe ihn in dein Herz ein. Carlinas Herz schlug schneller, als sie in seine Augen blickte, die sonst so häufig kühl und distanziert aussahen.

»Carlina!« Benedetta erschien aus dem Nichts und stemmte die Hände auf die Hüften, den rot geschminkten Mund nach unten gezogen.

Stefano ließ Carlinas Hand fallen und lehnte sich mit einem Seufzer zurück. »Ich wusste, dass es nicht lange anhalten würde.«

»Was ist los?« Carlina hörte, wie scharf ihre Stimme klang, und versuchte, ihre schlechte Laune in den Griff zu bekommen. Ihre sanfte Tante verdiente es nicht, angefaucht zu werden. »Ist etwas passiert?«

»Ich habe Ernesto nicht mehr gesehen, seit wir angekommen sind. Hast du irgendeine Ahnung, wo er sein könnte?«

»Ernesto?« Carlina schaute sich auf dem überfüllten Strand um. »Vielleicht hat er ein paar Freunde getroffen und ist Beachvolleyball spielen gegangen? Du weißt doch, dass er hier jedes Jahr die gleichen Freunde trifft.«

Benedetta runzelte die Stirn. »Ja, das weiß ich. Sie spielen dort drüben.« Sie zeigte auf einen Teil des Strands, wo die rot gestreiften Schirme von einer blau gestreiften Variante abgelöst wurden, ein klares Zeichen, dass dieser Strandabschnitt einem anderen Besitzer gehörte. »Aber er ist nicht dabei. Ich habe schon geschaut.«

»Dann siehst du ihn bestimmt zum Abendbrot, Benedetta.« Carlina lächelte ihre übervorsichtige Tante an. »Gib ihm ein wenig Luft zum Atmen. Er ist jetzt erwachsen, weißt du.«

Benedetta seufzte. »Das weiß ich doch. Aber er hat sich in den letzten Wochen sehr seltsam verhalten. Erst hat er sich riesig auf die Ferien hier gefreut und jetzt ist er ohne ein Wort verschwunden. Das passt nicht zu ihm. Ich habe versucht, ihn anzurufen, aber er hat sein *telefonino* ausgeschaltet.«

»Vielleicht ist er ja schwimmen. Du weißt doch, dass er wie ein Delphin schwimmt. Also mach dir keine Sorgen. Genieß die Sonne und deine Zeit mit Leo und frag ihn heute Abend einfach, wo er war. Es ist bestimmt etwas völlig Harmloses, und er hat nur vergessen, dir Bescheid zu sagen.«

Benedetta schüttelte den Kopf, murmelte etwas vor sich hin und ging dann den Strand entlang, eine Hand vor der Stirn, sodass ihre Augen im Schatten lagen und sie den überfüllten Strand absuchen konnte.

»Sie wird sich nicht entspannen, bis er neben ihrem Liegestuhl sitzt und im Sand buddelt.« Stefano trank sein Bier aus und lehnte sich zurück.

»Du bist gemein.« Carlina hob eine Handvoll Sand auf und ließ ihn auf seinen flachen Bauch rieseln.

»Lass das!« Er schob sich den Sand vom Bauch. »Und nein, ich bin überhaupt nicht gemein. Mir tut Ernesto nur ehrlich leid. Er ist der einzige junge Mann in einem Haus voller Frauen und seine Situation ist wirklich nicht beneidenswert.«

»Er wird es schon schaffen. Immerhin hat er noch mich, und ich bin immer da, um ihm zu helfen.«

Stefano seufzte. »Genau deshalb mache ich mir ja solche Sorgen.«

Kapitel 2

Am nächsten Morgen erschien Tante Violetta in Toplaune beim Frühstück. Ihre hellen Augen überblickten den Raum wie die eines Generals, der seine Truppen prüft. Dann schoss sie in ihrem Rollstuhl so rasch nach vorne, dass mehrere überraschte Leute aus dem Weg springen mussten. Als sie sich einen Platz neben Carlina gesichert hatte, winkte sie der jungen Kellnerin zu.

Die Kellnerin, ein schmales Mädchen mit einem scheuen Lächeln, sprang eilig auf sie zu. Anscheinend hatte sie instinktiv erfasst, wann sie besonders aufpassen musste.

Tante Violetta sagte zu ihr in einem Ton, von der sie glaubte, dass er ein Flüstern war, die aber tatsächlich den ganzen Raum ausfüllte: »*Buongiorno!* Wie heißen Sie?«

»Ich bin Nora.« Ihre Stimme war weich und freundlich, und ihr langes Haar hing in einem dicken Zopf ihren Rücken hinunter.

»Wie? Sie müssen schon deutlich sprechen, mein Mädchen. Nicht so vor sich hin brummeln!«

Nora schaute sie erschrocken an, dann blickte sie fragend zu Carlina.

Carlina nickte ihr ermutigend zu.

Nora hob die Stimme und rief: »Ich heiße Nora.«

Tante Violetta lächelte. »Das ist schon besser. Nun, Nora, könnten Sie mir bitte einen Gefallen tun?«

Nora sah ein wenig überrascht aus, aber sie nickte und rief: »Natürlich.«

»Bitte zeigen Sie mir die Leute, die in dem Zimmer neben mir schlafen, Zimmer Nummer vier.«

Nora schaute sich im Raum um. »Sie sind noch nicht da. Oh, doch, da kommen sie gerade.« Sie machte eine diskrete Handbewegung in Richtung eines Paares im mittleren Alter, das gerade den Frühstücksraum betrat. Er gähnte, als er hereinkam, und sie hatte tiefe Ringe unter den Augen.

Nora hatte ihre Stimme wieder auf ein normales Niveau gesenkt, aber Tante Violetta hatte keine Schwierigkeiten, die Geste richtig zu interpretieren. »Brillant. Danke. Könnten Sie mir bitte eine Tasse Kaffee bringen?«

»Sehr gern.« Nora eilte in die Küche.

Tante Violetta rollte ihren Rollstuhl nach vorne und schaffte es gerade eben so, das müde Paar nicht zu überfahren, als sie zwei Zentimeter vor ihnen anhielt.

Stefano biss ein Stück von seinem Blätterteiggebäck ab und folgte ihr mit den Augen. »Was hat sie nun wieder vor?«

Carlina runzelte die Stirn und trank einen Schluck von ihrem *cappuccino*. »Ich habe keine Ahnung.«

Das Paar mittleren Alters blinzelte überrascht, schaffte es aber, der beeindruckenden alten Dame in dem Rollstuhl gefasst Guten Morgen zu sagen.

»Buongiorno!« Tante Violettas Stimme füllte den Raum wie ein Nebelhorn. »Haben Sie gut geschlafen?«

Ein höfliches Lächeln war die Antwort. »Ja, vielen Dank.« Das Paar wandte sich zum Buffet.

»Wirklich?« Tante Violetta schob ihren Rollstuhl nach vorn, sodass das Paar nicht entkommen konnte. »Um ehrlich zu sein, sehen Sie ein wenig müde aus.«

Die Frau lächelte sie verspannt an. »Na ja, das stimmt schon. Wir haben gar nicht gut geschlafen. Jemand im Nachbarzimmer hatte die ganze Nacht den Fernseher laufen. Es war so laut, dass wir jedes einzelne Wort verstanden haben, ganz fürchterlich. Wir haben an die Tür geklopft, aber es kam keine Antwort. Dann haben wir die Rezeption angerufen, aber als wir uns endlich dazu durchgerungen hatten, diesen Schritt zu gehen, war schon keiner mehr erreichbar.«

Ihr Mann rieb sich mit der Hand über die roten Augen. »Ich war ja dafür, die Polizei zu rufen, aber meine Frau wollte keine Szene machen.«

Tante Violetta hüpfte einmal gekonnt in ihrem Stuhl hoch, als ob sie sich erschreckt hätte. »Ach, du lieber Himmel.« Sie machte große Augen und bedeckte ihren Mund mit einer runzeligen Hand. »Das tut mir schrecklich leid. Ich glaube, das war ich.«

Stefano warf Carlina einen Blick zu. »Denkst du auch, was ich gerade denke?«

Carlina schluckte. »Ich hoffe nicht.«

Die müde Frau starrte Tante Violetta an. »*Sie* waren das?«

»Ich fürchte ja.« Tante Violetta brachte ein zittriges Lächeln zustande. »Sehen Sie, wir hatten ein Doppelzimmer für mich und meinen Sohn gebucht, aber durch einen Fehler der Hotelleitung konnte ich nur noch ein Einzelzimmer hier im Erdgeschoss bekommen.« Sie machte eine leichte Geste zu ihrem Rollstuhl hin. »Man hatte uns zwar ein Doppelzimmer im ersten Stock reserviert, aber das wäre natürlich zu unpraktisch gewesen, mit dem Rollstuhl und überhaupt, also haben wir uns getrennt.«

»Ich glaube das jetzt einfach nicht«, sagte Stefano leise.

»Ich schon.« Carlina konnte ihren Blick nicht abwenden.

Tante Violetta war nun voll in ihrem Element. Mit einem mitleidsheischenden Blick baute sie ihre sorgfältig vorbereitete Geschichte weiter aus. »Ich muss gestehen, dass ich mich ein wenig fürchte, wenn ich alleine an einem fremden Ort schlafen muss, weil ich ja eine hilflose alte kranke Frau bin.«

»So hilflos wie ein Tiger in den besten Jahren«, murmelte Stefano.

Carlina trat ihm auf den Fuß.

»Also, um mich zu beruhigen und mich nicht mehr so allein zu fühlen, habe ich den Fernseher angemacht und die ganze Nacht laufen lassen. Vielleicht war es etwas zu laut für Sie, weil ich ein wenig taub bin.«

Carlina fing an, sich vor unterdrücktem Lachen zu schütteln. »Und außerdem schläft sie mit Ohrstöpseln, also kann man davon ausgehen, dass sie nachts stocktaub ist.« Sie sprach so leise, dass nur Stefano sie hören konnte.

Das Gesicht des müden Ehemanns rötete sich. »Sie meinen, Sie haben die ganze Nacht hindurch geschlafen, trotz dieses ... dieses höllischen Krachs?«

Tante Violetta schaute ihn verlegen an. »Ich fürchte ja.« Sie breitete ihre Hände aus. »Was können wir da tun?« Sie senkte den Kopf so, als würde sie nachdenken, dann hob sie ihn mit funkelnden Augen wieder. »Ich glaube, ich habe die perfekte Lösung!«

»Wirklich?« Die erschöpfte Ehefrau klammerte sich am Arm ihres Mannes fest. »Sie meinen, Sie werden heute Nacht nicht den Fernseher anstellen?«

Tante Violetta schüttelte den Kopf. »Nein, ich habe eine viel bessere Lösung. Wir tauschen einfach die Räume.«

»Die Räume tauschen?« Der Ehemann zuckte zurück. »Aber ich will keine –«

Tante Violetta unterbrach ihn ohne die geringste Schwierigkeit. »Es wäre die ideale Lösung all unserer Probleme! Sie könnten den Raum bekommen, der direkt über Ihrem aktuellen Zimmer liegt. Das ist das Zimmer, in dem mein Sohn und mein Neffe gerade wohnen. Wussten Sie, dass es ein Zimmer mit Meerblick ist? Und ich würde zusammen mit meinem Sohn in Ihr Zimmer ziehen, sodass ich den Fernseher gar nicht mehr anstellen muss, um mich sicher zu fühlen. Und mein Neffe, der sich gerade das Zimmer mit meinem Sohn teilt, könnte mein Einzelzimmer bekommen. Was halten Sie davon?«

Das Paar blinzelte. »Ich fürchte, ich bin nicht ganz mitgekommen.« Die Stimme der Frau klang schwach.

Tante Violetta zeigte die Zähne in einer recht guten Imitation eines Lächelns. »Sie nehmen das Zimmer meines Sohns. Ich nehme Ihres. Das war's.« Wieder breitete sie die Hände aus. »Ganz einfach. Und alle sind glücklich.«

Die müde Frau wandte sich an ihren Mann. »Ich denke, das könnten wir machen, oder, Liebling? Eigentlich wollten wir ja von Anfang an ein Zimmer mit Meerblick haben.«

Der Ehemann verengte die Augen. »Würde es mehr kosten?«

»Aber keinesfalls.« Tante Violetta schüttelte den Kopf. »Wissen Sie was, ich kläre das jetzt auf der Stelle mit der Hotelleitung.« Sie strahlte die beiden Eheleute an und manövrierte ihren Rollstuhl zurück. »Es ist wirklich eine Freude, mit so intelligenten und flexiblen Menschen wie Ihnen zu tun zu haben. Wenn alle Menschen wie Sie wären, hätten wir weniger Kriege.«

Stefano zuckte zusammen. »Sie übertreibt.«

»Oh nein.« Carlinas Stimme schwankte vor Lachen. »Schau sie dir an, sie sind ganz hingerissen. Die Frau ist ja sogar vor Freude errötet.«

Alle starrten Tante Violetta hinterher, die in Blitzgeschwindigkeit durch die Tür in Richtung Lobby raste.

»Ich kann einfach nicht glauben, dass sie es geschafft hat. Was für eine unglaubliche Frau.« Stefano schüttelte den Kopf. »Und wen meinte sie überhaupt mit ihrem Neffen? Ernesto ist doch gar nicht ihr Neffe, oder?«

»Nein, natürlich nicht, aber es ist einfacher so. Sie ist ja auch gar nicht meine Großtante, wenn ich richtig darüber nachdenke. Eigentlich ist sie –«

Stefano hielt eine Hand hoch. »Nein, nein, sag es mir nicht, es ist mir völlig egal. Sie ist ein Mantoni-Familienmitglied, das reicht mir völlig.« Er starrte immer noch in Richtung der Tür, obwohl Tante Violetta schon lange nicht mehr zu sehen war. »Eine, die wirklich alle Erwartungen erfüllt, das muss ich schon sagen.«

Die junge Kellnerin Nora kam mit roten Wangen und leicht außer Atem aus der Küche. Die Tasse zitterte in ihrer Hand. »Es tut mir leid, dass es so lange gedauert hat. Hier ist der Kaffee.« Sie schaute sich um. »Aber wo ist sie denn hin?«

»Sie ist gleich wieder da.« Carlina lächelte sie an. »Sie können den Kaffee hier stehen lassen – und machen Sie sich keine Sorgen, weil Sie spät dran waren. Sie war anderweitig beschäftigt und hat es gar nicht gemerkt.«

Kapitel 3

Der scharfe Knall, der die Stille der Nacht durchschnitt, wurde zwar von Carlina dumpf in ihrem schlaftrunkenen Hirn registriert, aber sie dachte, es sei ein weiterer Feuerwerkskörper. Also drehte sie sich um, kuschelte sich näher an Stefano und sank wieder in den Tiefschlaf, nur um – einige Augenblicke später, wie es schien – durch ein dringend klingendes Klopfen an der Tür geweckt zu werden.

Bevor sie sich von der Bettdecke befreien konnte, war Stefano schon auf den Beinen und knipste das Licht an. »Wer ist da?« Seine Stimme klang scharf.

»Ich bin's, Ernesto. Bitte öffnet die Tür!«

Mit zwei großen Schritten war Stefano an der Tür und riss sie auf.

Ernesto stolperte in den Raum. »Etwas Schreckliches ist geschehen.«

Carlina sprang auf und legte einen Arm um die zitternden Schultern ihres jungen Cousins. »Ernesto! Was ist passiert? Bist du verletzt?«

»Nein, nein, ich bin völlig in Ordnung.« Ernesto schnappte nach Luft. Sein Gesicht war so blass, dass sein rotes Haar im Gegensatz dazu leuchtete, als ob es von innen heraus angestrahlt würde.

»Setz dich erst mal hin.« Carlina führte ihn zum Bett und wartete, bis er sich fallen ließ, dann nahm sie seine Hand.

Stefano verschwand im Badezimmer und kam mit einem Glas Wasser zurück. »Trink das hier.«

Ernesto nahm einen Schluck. Seine Zähne klapperten gegen den Rand.

Carlina und Stefano wechselten einen Blick.

»Jetzt erzähl es uns.« Carlina rieb die Hand ihres Cousins.

»Ich ... ich habe noch nie im Leben eine Leiche gesehen.« Ernesto erschauderte. »Ich ... ich wusste nicht, dass es so ... so herabwürdigend aussehen würde. Es war schrecklich. Und es fühlte sich so –« Er schluckte schwer. »Ich habe seine Hand berührt, wisst ihr? Es war fürchterlich. Klamm. Und gummiartig.«

»Wessen Hand, Ernesto?« Garinis Stimme klang gleichzeitig beruhigend und zwingend. »Wer ist tot?«

»Ich kenne seinen Namen nicht.« Ernesto zitterte am ganzen Körper. »Es ist der ... der Hotelmanager.«

Carlina blieb der Mund offen stehen. »Alfonso Rosari?«

»Ja, der.« Ernesto nickte.

»Und bist du ganz sicher, dass er tot ist?«, fragte Garini.

Ernesto schloss beide Augen und presste die Lider fest zusammen. »Oh ja. Überall war Blut.«

»Blut?« Carlinas Stimme klang hoch. »Wo kam das Blut denn her?«

»Ich weiß nicht.« Ernesto schüttelte sich wieder. »Ich habe nicht genau hingesehen. Ich habe ihn berührt und dann bin ich sofort zu euch gerannt. Es war das Einzige, woran ich denken konnte.«

»Wo hast du ihn gefunden, Ernesto?« Garinis Stimme war ruhig.

»Am Pool.« Ernesto bedeckte sein Gesicht mit den Händen. »Er lag am Pool.«

Garini schnappte sich sein Hemd und zog es über. »Ich schaue es mir an.«

Ernesto griff nach Carlinas Hand. »Kannst du hierbleiben, Carlina? Bitte.«

Carlina zögerte. Einerseits wollte sie mit Stefano gehen, um sich die Sache selbst anzusehen. Andererseits konnte sie Ernesto in seinem Schockzustand nicht allein lassen. Und wenn sie darüber nachdachte, war sie sich nicht sicher, ob sie die Leiche sehen wollte. Sie erinnerte sich noch daran, wie sie ihren Opa letzten September tot aufgefunden hatte, und das Bild war viel zu lange in ihr Hirn eingebrannt geblieben.

Sie schaute hoch und traf Stefanos Blick. »Gut, ich bleibe. Aber –«
Er hob seine Augenbrauen.
»Sei vorsichtig.«
Sein Gesicht wurde weich. »Das bin ich immer.«

Garini schlüpfte durch die Tür und schloss sie lautlos hinter sich. Mit jedem Sinn hellwach lief er rasch die Treppe hinunter. Alles war dunkel und still. Er konnte noch nicht mal irgendwo einen Fernseher quaken hören. Ein schneller Blick auf die Uhr in der Lobby sagte ihm, dass es jetzt Viertel vor eins war. Ernesto musste kurz nach halb eins in ihr Zimmer gestürzt sein. Nur zehn Minuten, und alles war anders.

Er wusste, dass die Rezeption ab Mitternacht nicht mehr besetzt war; darum hatte jeder Gast einen Schlüssel für den Haupteingang. Diesen nutzte er jetzt und stellte fest, dass er die Tür einfach aufziehen konnte, ohne aufzuschließen. Garini wandte sich nach rechts und machte einen Bogen um das Haus, um zum Pool zu gelangen. Seine Schritte knirschten auf dem Kiesweg. Er verließ den Weg und ging auf dem Rasen, die Ohren gespitzt und die Augen weit geöffnet, um jedes kleinste Lebenszeichen wahrzunehmen, aber alles war ruhig. Alle Fenster des Hotels waren dunkel. Das war auch kein Wunder. Die Familie hatte den ganzen Tag am Strand verbracht und die langen Stunden in der Sonne, kombiniert mit einem ausführlichen Abendessen, hatten sie alle so müde gemacht, dass sie jetzt wie die Murmeltiere schliefen. Sogar die Zikaden schienen heute Nacht früh schlafen gegangen zu sein.

Kleine Lampen erleuchteten in regelmäßigen Abständen den Weg und einige Strahler – jetzt abgeblendet – ließen den Pool selbst mitten in der Nacht wie verzaubert aussehen. Zugleich erleuchteten sie die dunkle Gestalt daneben.

Garini kniete sich neben den Mann, der auf dem Rücken lag, beide Arme weit geöffnet. Er berührte die Hand. Sie war kühl, aber nicht steif. Ein schneller Blick bestätigte ihm, dass das Opfer durch die Brust erschossen worden war. Das Blut hatte sich von der Wunde aus auf die Pflastersteine unter und neben dem Körper ausgebreitet. Garini runzelte die Stirn, stand auf und schaute sich um. Die Waffe war nirgends zu sehen.

Licht. Er brauchte mehr Licht. Und ein Team zur Spurensicherung. *Aber nein.* Das hier war doch gar nicht seine Baustelle. Er zog sein Telefon heraus und rief die Polizei an, der er einen kurzen Bericht gab, ohne seinen Beruf zu erwähnen. *Sollen sie sich doch darum kümmern.* Er hatte Urlaub.

Dann lehnte er sich an einen Baum und wartete, während er tief die laue Sommernachtluft einatmete. Aus einem offenen Fenster wehte ein lautes Schnarchen in die Nacht. Jemand träumte schöne Träume. Vielleicht Onkel Teo? Es klang nach ihm.

Garini verschränkte die Arme und starrte in die Dunkelheit. Was hatte Ernesto um halb eins am Pool gemacht? Er erinnerte sich noch genau, dass der junge Mann gegen elf gähnend vom Tisch aufgestanden war und gesagt hatte, dass er früh zu Bett gehen wolle. Hatte er sich mit Freunden getroffen? Und wenn ja, warum hatte er es dann nicht verraten? Natürlich war Benedetta eine ängstliche Mutter, aber Ernesto war immerhin achtzehn und ging in Florenz oft spät in der Nacht noch aus, um Computerspiele zu spielen. Garini schüttelte den Kopf. Er würde ihn fragen müssen.

Er war unglücklich darüber, dass Carlina eine Vorgeschichte mit dem toten Mann hatte. Es wäre ihm lieb gewesen, wenn sie ausnahmsweise einmal nichts mit dem Fall zu tun gehabt hätte. Wenigstens war es dieses Mal nur eine ganz leichte Verbindung. Ein Zufall. Nichts, worüber man sich Sorgen machen musste. Und er würde ihr ein Alibi geben können. Sie waren den ganzen Tag und die ganze Nacht zusammen gewesen.

Eine Sirene jaulte durch die Nacht, dann sah Garini hinter den Bäumen, die das Hotel umringten, das blaue Licht pulsieren. Schwere Schritte knirschten über den Kies und ein ausgesprochen dicker Polizist, dessen Haar vom Kopf abstand, als wäre er in Eile aus dem Bett gesprungen, erschien vor ihm. Sein Hemd hing hinten lose über die Hose.

Hinter ihm erschien ein knochiger Mann. Dieser Polizist hatte vermutlich nur ein Drittel des Gewichtes seines Kollegen und sah wie eine kleine Barkasse aus, die hinter einem gewaltigen Ozeanfrachter eintrudelte. Seine Hand umklammerte eine unhandliche Taschenlampe, mit der er überallhin leuchtete, ohne das Licht auch nur einen Augenblick still zu halten.

Garini fragte sich, was er in dem Tempo erkennen konnte, und wendete den Blick ab, bevor ihm schwindelig wurde.

»*Buona sera*«, schnaufte der dicke Mann. »Sind Sie Stefano Garini, der die Polizei gerufen hat?«

»Der bin ich.« Garini wartete geduldig. Es war schön, ausnahmsweise einmal nur eine Randfigur zu sein. Er entschied sich, ein perfekter Zeuge zu sein. Kurz, auf den Punkt genau, ohne Neugierde zu zeigen. Er fragte sich, wie schnell er zu Carlina zurückkehren konnte.

»Sie sagen, Sie haben den Ermordeten gefunden? Erschossen?«

Da der dicke Mann fast über dem Opfer stand, war die Frage eigentlich unnötig, aber Garini nickte. »Korrekt.«

Der Mann schaute einmal flüchtig auf das Opfer und murmelte: »Bedauerlich. Sehr bedauerlich.« Dann wandte er sich mit einer abrupten Geste an Garini und schaute ihn scharf an. »Haben Sie ihn umgebracht?«

Garini war sprachlos. »Nein.«

»Neunzig Prozent der Leute, die das Opfer finden, sind selbst die Mörder.« Dies sagte er mit absoluter Überzeugung in einem Ton, der keinen Widerspruch duldete.

»Wie bitte?« Garini blieb der Mund offen stehen. »Entschuldigen Sie bitte, aber ich weiß zufälligerweise, dass das überhaupt nicht stimmt.«

Der Mann starrte vor sich hin und ein Ausdruck, der nur als Bedauern interpretiert werden konnte, huschte über sein Gesicht. »Schade.«

Garini hatte den Eindruck, sich in einem surrealen Traum zu befinden. Nebenbei bemerkte er, dass der dünne Mann angefangen hatte, umherzugehen und mit seinem Licht in die Büsche rund um den Pool zu leuchten. Bevor er an sich halten konnte, bellte er: »Hören Sie auf, mitten durch den Tatort zu laufen! Wissen Sie denn nicht, dass Sie so wertvolle Hinweise zerstören können?«

Der dünne Mann schrak zusammen und ließ die Taschenlampe fallen, die herumrollte und das Gesicht des Toten erleuchtete. Der dicke Polizist schauderte und wandte sein Gesicht ab.

Garini blinzelte. Es war wirklich ein sehr seltsamer Traum. Wann würde er aufwachen? »Wo ist Ihr Spurensicherungsteam?« Seine Stimme klang schärfer, als er eigentlich wollte.

Sein Kollege – falls man ihn als solchen bezeichnen konnte, vielleicht machte hier jemand einen kranken Witz auf seine Kosten – wedelte müde mit der Hand. »Sie kommen gleich.« Sein Blick fokussierte sich wieder auf Garini. »Sagen Sie mir, wie Sie den Toten aufgefunden haben.«

Garini stellte fest, dass er sich zwingen musste, die Wahrheit zu sagen. Es hatte einige überraschende Nebeneffekte, wenn man plötzlich auf der anderen Seite stand. Andererseits wusste er genau, wie sehr Lügen, die in bester Absicht gemacht wurden, um einen Unschuldigen zu schützen, einen Fall verkomplizieren konnten. Wie oft war er schon völlig entnervt gewesen, weil Leute, die es gut meinten, einen Fall völlig durcheinandergebracht hatten. Er zwang sich, seine Zurückhaltung zu überwinden. »Eigentlich habe ich das Opfer nicht als Erster gefunden. Ich habe nur den Mord gemeldet.«

»Wer hat denn dann das Opfer gefunden?«

Dieser Polizist hatte wirklich eine kuriose Art, die Untersuchung zu führen. Er schien sich ausschließlich auf die Person zu fixieren, die das Opfer gefunden hatte, und ignorierte alle anderen Indizien. Garini wünschte, er könnte Ernestos Rolle verschweigen, aber dann kam ihm seine Ausbildung zu Hilfe. Er musste die Wahrheit sagen. »Sein Name ist Ernesto Santorini.«

»Ah.« Der dicke Mann nickte, bis alle seine Kinne wackelten. »Dann ist er der Mörder.«

Garini schüttelte ungläubig den Kopf. »Wie bitte?«

»Neunzig Prozent der Leute, die das Opfer finden, sind selbst die Mörder.« Es klang wie ein Mantra.

»Einhundert Prozent der Polizisten, die das glauben, liegen falsch.« Garini sorgte dafür, dass seine Stimme eisig klang.

Der dicke Mann zuckte zurück. »Wer sind Sie?«

»Mein Name ist Stefano Garini.« Garini wartete, und als keine Reaktion kam, fügte er hinzu: »Und Ihrer?«

»Was?«

»Wie heißen Sie?«

»Ich bin *commissario* Pucci.«

Garini nickte und machte eine Handbewegung in Richtung des dünnen Mannes, der seine Taschenlampe aufgehoben hatte und sie auf mögliche Schäden untersuchte. Wenigstens hatte er aufgehört, durch die Gegend zu trampeln. »Und wie heißt er?«

»Das ist mein Assistent Ambrosiano.«

Garini erstickte fast. Was für ein unglücklicher Name für dieses Knochenbündel.

»Dieser Ernesto, den Sie erwähnten«, sagte *commissario* Pucci. »Wo ist der denn eigentlich?«

»Er ist im Hotel. Er steht unter Schock.«

»Unter Schock, ja? Nun, manche Mörder reagieren so.«

Garini öffnete den Mund, aber bevor er etwas sagen konnte, wandte sich Pucci an seinen Assistenten. »Ambrosiano! Komm mit. Wir gehen ins Hotel. Wir sprechen mit diesem Ernesto.«

Garini traute seinen Ohren nicht. »Sie haben den Tatort noch nicht gesichert.«

Dies war die schlimmste Polizeiuntersuchung, die er je erlebt hatte. Sie deckten ja noch nicht einmal die Grundlagen ab, Dinge, die man im ersten Monat lernte, wenn man als Polizist anfing.

»Ach ja.« Pucci hielt inne und schaute sich vage um. »Nun, Ambrosiano, dann fang mal an. Das Spurensicherungsteam wird bestimmt in einer Minute hier sein und kann dann die Leiche wegschaffen.«

Ambrosiano presste die Taschenlampe gegen seine Brust und

schaute ängstlich in die dunklen Büsche. »Gut.« Seine kratzige Stimme klang, als hätte er eine heftige Erkältung.

Pucci schaute Garini an. »Sie – wie war noch der Name?«

»Garini.«

»Ja. Garini. Zeigen Sie mir den Weg zu diesem Ernesto.«

Garini schluckte seinen Stolz hinunter und neigte hochachtungsvoll den Kopf. »Sehr gern.« Er führte den Mann ins Hotel, hielt aber vor der Zimmertür an. »Einen Augenblick, bitte. Ich muss nur meine –«

Commissario Pucci richtete sich zu seiner vollen Höhe auf. Er sah aus wie eine Birne, die versuchte, eine Wurst zu werden. »Sie können da nicht einfach hineingehen und die Sachlage mit einem Verdächtigen besprechen. Ich muss dabei sein.«

Jetzt reicht es aber. Garini funkelte ihn an. »Wenn Sie sich auch nur einen Augenblick Zeit genommen hätten, um mehr herauszufinden, wüssten Sie, dass ich zusammen mit meiner Freundin in diesem Zimmer wohne, die zufälligerweise die Cousine von Ernesto Santorini ist. Ich möchte nur sicherstellen, dass sie richtig angezogen ist, bevor ich Sie hereinlasse. Und das, *commissario* Pucci, ist schon ein großes Entgegenkommen.« Er spuckte den Titel des Polizisten förmlich aus. »Es wäre bei Weitem professioneller von Ihnen, wenn Sie hier im Hotel ein Zimmer finden würden, in dem Sie Ihre Gespräche durchführen können.«

Der *commissario* schüttelte den Kopf. »Gar nicht nötig. Die Sache wird bald aufgeklärt sein.«

Bevor Garini ihn erwürgen konnte, öffnete sich die Tür und Carlina schlüpfte heraus. Sie trug einen Pulli und Shorts. »Schhhh. Nicht so laut. Wir wollen doch nicht die ganze Familie aufwecken, oder?«

Garini zuckte zusammen. Wie recht sie hatte. Es wäre nicht hilfreich, wenn sie Carlinas Mutter Fabbiola mit in der Runde hätten – oder schlimmer noch, Ernestos Mutter Benedetta.

Carlina schaute den dicken Mann an. »Sind Sie der Inspektor?«

Pucci nahm die Schultern zurück. »Ja. Und ich verlange, sofort diesen Ernesto zu sehen.«

Carlina nickte. »Selbstverständlich. Er erwartet Sie bereits.« Sie öffnete die Tür weit und ließ Pucci eintreten.

Sobald Pucci ihm den Rücken zugewendet hatte, hob Stefano beide Hände in einer entschuldigenden Geste.

Carlina lächelte ihn an und folgte Pucci ins Zimmer, dann setzte sie sich neben Ernesto aufs Bett, so nah, dass ihre Schultern sich berührten.

»Dies ist der Inspektor, Ernesto. Bitte erzähle ihm alles, damit du dieses schreckliche Erlebnis so schnell wie möglich hinter dir lassen kannst.«

Ernesto ballte die Fäuste und legte sie mit militärischer Präzision auf seine Beine. Dann blickte er hoch. Pucci verschränkte die Arme und starrte Ernesto ausdruckslos an.

Garini schaute sich um und entdeckte einen vom Hotel gestellten Notizblock und einen Stift auf dem kleinen Schreibtisch. Er schnappte sich einen Stuhl und den billigen Plastikkugelschreiber und setzte sich hin, um die Aussage von Ernesto mitzuschreiben. Es war sehr viel besser, wenn er dies tat, als wenn er es dem voreingenommenen *commissario* überließ, der gar keine Vorkehrungen traf, um das Gespräch festzuhalten.

Ernesto holte tief Luft und warf sich in die Geschichte wie ein Fünfjähriger, der zu Weihnachten ein Gedicht gelernt hat und es jetzt so schnell wie möglich hinter sich bringen will. Die Sätze kamen in Stakkato-Form heraus, ohne Pause. »Auf dem Weg ins Hotel kam ich am Pool vorbei. Der Mann lag dort, tot. Ich habe das Blut gesehen. Ich habe ihn nur ganz kurz berührt. Dann bin ich sofort hier hochgelaufen, um Stefano und Carlina zu wecken.«

»Haben Sie das Opfer ermordet?«

Ernestos Mund blieb offen stehen. »Nein! Nein, ich war es nicht!«

»Kannten Sie ihn?«

»Kaum. Er ist – ich meine, er war – der Hotelmanager hier. Ich habe ihn erst gestern kennengelernt, nein, vorgestern, als wir im Hotel ankamen.«

»Mochten Sie ihn?«

»Ich kannte ihn kaum!«

»Manchmal mag man Menschen auf den ersten Blick nicht.«

Carlina wandte den Kopf und starrte Stefano an. Ihre Augen waren weit aufgerissen, ihr Mund halb offen vor Überraschung.

Er zuckte entschuldigend mit den Schultern und schrieb weiter mit. Im Moment konnte er nichts anderes tun. Aber er würde mehr über *commissario* Pucci herausfinden, sobald die Nacht vorbei war.

»Es war nicht so, dass ich ihn auf den ersten Blick nicht leiden konnte.« Ernestos Gesicht wurde immer röter.

»Vielleicht später?«

»Nein!«

»Sind Sie sich sicher, dass Sie ihn nicht umgebracht haben?«

Ernesto schaute wie ein gejagter Fuchs. »Ja! Ich meine, nein, natürlich habe ich ihn nicht umgebracht.«

»Was ist mit der Pistole?«

»Was für eine Pistole?«

»Die Pistole, mit der das Opfer erschossen wurde. Haben Sie sie noch?«

»Nein!«

»Aber Sie hatten sie zuvor?«

»Nein! Ich hatte noch nie eine Pistole!«

Carlina umklammerte Ernestos Arm. »Bleib ganz ruhig, Ernesto. Es wird alles wieder gut.«

Pucci schaute sie mit kalter Abneigung an. »Wenn er der Mörder ist, wird gar nichts wieder gut.«

»Ich bin nicht der Mörder!« Ernestos Stimme brach. »Ich war es nicht!«

Garini stand auf. »Ich schlage vor, dass wir das Gespräch an diesem Punkt abbrechen und einen Rechtsbeistand holen.«

Carlinas Augen wurden groß. Sie wusste, wie sehr er es hasste, wenn Rechtsanwälte sich in seine Fälle einmischten.

Pucci schüttelte den Kopf. »Das macht nur extra Arbeit und verlängert die Auflösung.« Er klang ganz traurig. »Aber wenn Sie darauf bestehen, gehe ich jetzt wieder schlafen. Auch nicht schlecht. Ich mag es nicht, zu unmöglichen Zeiten unterwegs zu sein.« Er drehte sich auf dem Absatz um und ging zur Tür. Kurz bevor er hinausging, fügte er über die Schulter hinzu: »Sie dürfen das Hotel nicht verlassen. Keiner von Ihnen.« Dann schloss sich die Tür leise hinter ihm.

Carlina blickte Stefano wild an. »Was ist das denn für eine Karikatur?«

Stefano schluckte. »Das ist leider der zuständige Inspektor.«

Ernestos Gesicht wurde schneeweiß. »Er glaubt, dass ich es war.«

»Keine Sorge.« Stefano sprach mit mehr Zuversicht, als er fühlte. »Zuerst war er überzeugt, dass ich der Täter wäre.«

»Du?« Carlina sprang auf. »Warum sollte er denn glauben, dass du den Hotelmanager umgebracht hast?«

»Ach, nur weil ich da so praktisch herumstand. Er scheint die leichteste Lösung vorzuziehen.«

Ernesto ließ den Kopf in die Hände fallen und stöhnte. »Oh, was soll ich nur tun?«

Garini zog einen Stuhl heran, drehte ihn herum und setzte sich, dann beugte er sich vor und stellte die Frage, die ihn schon die ganze Zeit beschäftigt hatte. »Was hast du mitten in der Nacht im Garten gemacht, Ernesto?«

Ernesto schaute nicht hoch. »Ich habe einige Freunde am Strand getroffen.«

»Was für Freunde?«

Er zuckte mit den Schultern. »Ich kann mich nicht an ihre Namen erinnern. Der eine hieß Beppo, glaube ich.«

Die Hälfte der männlichen Bevölkerung Italiens hieß Beppo. »Weißt du, wo sie wohnen?«

Ernesto schüttelte langsam seinen rothaarigen Schopf. »Nein. Sie reisen morgen ab. Ich meine, heute. Es war ihre letzte Nacht am Strand.«

»Wie hast du sie kennengelernt?«

Ernesto schaute hoch und zuckte die Schultern. »Wie lernt man Leute am Strand kennen? Man trifft sich zufällig, trinkt ein Bier oder zwei ... Du weißt doch, wie das läuft.«

Ja, er wusste, wie das lief. Aber es war unglücklich, dass Ernesto keinen einzigen seiner neuen Freunde heranziehen konnte, falls er ein Alibi brauchte. »Erinnerst du dich daran, wann du die Leiche gefunden hast?«

»Ich habe den Strand fünfundzwanzig Minuten nach Mitternacht verlassen«, sagte Ernesto, ohne zu zögern. »Man braucht nur fünf Minuten vom Strand zum Hotel, also war ich um halb eins am Pool.«

»Warum bist du denn überhaupt zum Pool gegangen? Die Eingangstür ist doch auf der anderen Seite des Hotels.«

Ernesto wurde wieder röter. »Ich hatte die Terrassentür meines Zimmers offenstehen lassen.«

»Die Terrassentür? Aber du bist doch im ersten Stock mit Omar.«

»Nein. Erinnerst du dich nicht, dass Tante Violetta uns alle noch einmal durchgemischt hat? Wir haben das Zimmer mit dem müden Ehepaar getauscht und ich konnte wieder in Zimmer Nummer fünf zurück, das ich immer gehabt habe.«

Carlina starrte ihren Cousin an. »Magst du das Zimmer deshalb so gern, weil es einen direkten Zugang zum Garten hat?«

Ernesto schluckte sichtbar. »Vielleicht.«

Sie runzelte die Stirn. »Aber du kannst doch auch jederzeit durch den Haupteingang kommen.«

Er warf ihr einen Blick zu, der Bände sprach. »Dann riskiere ich aber, dass ich *mamma* treffe. Es ist sicherer, wenn ich durch den Garten gehe. Dann kann ich immer sagen, dass ich nur kurz einen Moment frische Luft schnappen wollte.«

»Verstehe.« Carlina schwieg.

Garini hob die Augenbrauen. »Gehst du denn oft nachts aus, wenn du hier im Hotel bist?«

Ernesto biss die Zähne so fest zusammen, dass sich die Muskeln an seinem Kiefer wölbten. »Manchmal. Ich bin achtzehn. Ich kann tun und lassen, was ich will, oder?«

»Ja, natürlich.« Garini lächelte ihn an. »Es tut mir leid. Da ist der Polizist in mir durchgegangen.«

Ernesto schob die Lippen nach vorne. »Willst du mir etwa sagen, dass du mich auch verdächtigst?«

»Nein.« Garini schüttelte den Kopf. »Ich bin gegenüber *commissario* Pucci im Vorteil, denn ich kenne dich.«

Ernesto senkte den Kopf und errötete. »Danke.«

Carlina richtete sich auf. »Ich schlage vor, dass wir zu Bett gehen. Es wird morgen – ich meine später am Tag heute – nicht besonders lustig werden, fürchte ich.« Sie zögerte und schaute Ernesto an. »Ist es okay, wenn du allein in deinem Zimmer schläfst?«

Er nickte. »Na klar. Es geht mir schon besser. Danke für die Hilfe.« Er umarmte Carlina rasch und verschwand durch die Tür.

Carlina wandte sich mit weit aufgerissenen Augen an Stefano. »Denkst du auch, was ich denke?«

Er seufzte. »Er verbirgt etwas.«

»Ja.« Carlina zog die Knie an und umschlang sie. »Aber was kann es sein? Glaubst du, dass er hier auch ins Internetcafé geht?«

»Das müsste er nicht verheimlichen.«

»Stimmt. Daran sind wir schließlich gewöhnt.« Sie starrte vor sich hin. »Oder vielleicht ... vielleicht hat er angefangen zu spielen? Ich könnte mir vorstellen, dass er sich weigert, das zuzugeben.«

Stefano zuckte mit den Schultern. »Ich weiß es nicht. Wir müssen ihn im Auge behalten.«

»Ich habe eine böse Vorahnung, Stefano.« Carlina hob den Kopf. »Irgendetwas stimmt hier nicht, und ich habe den Eindruck, dass das erst der Anfang ist.«

Kapitel 4

»Jemand wurde erschossen? Hier im Hotel?« Benedettas roter Mund formte ein großes O, und ihre Hand, die den Teller mit dem morgendlichen Croissant hielt, fing an zu zittern.

»Nicht im Hotel. Am Pool.« Garini versuchte, kühl und professionell zu klingen, aber innerlich fühlte er sich wie ein Wackelpudding. Er hatte sich mit Carlina darauf geeinigt, Benedetta die prekäre Lage ihres Sohnes am besten persönlich zu erklären, und so waren sie schon früh in den Frühstücksraum gegangen.

Der Plan war aufgegangen – Benedetta und ihr Partner, der Franzose Leopold Morin, waren die Einzigen, die schon am Buffet waren.

Garini nahm Benedetta am Arm und führte sie sanft zu einem Tisch am Fenster. »Am besten, wir setzen uns erst einmal.«

Leopold warf ihm einen raschen Blick zu. Seine intelligenten braunen Augen waren weit geöffnet. »Hat es etwas mit uns zu tun?«

»Ich fürchte ja.«

Benedetta stieß einen spitzen Schrei aus. »Wer wurde erschossen? Es war nicht Ernesto, oder? Doch nicht Annalisa? Emma? Sag bitte nicht, dass eines meiner Kinder –«

»Nein, nein, sie leben alle, und es geht ihnen gut.« Garini zog einen Stuhl hervor und drückte Benedetta hinein. »Bitte setz dich.«

»Aber so sag es mir doch! Wer wurde erschossen?« Benedetta wurde laut.

»Der Hotelmanager, Alfonso Rosari.«

Leopold blinzelte. »Der Hotelmanager? Aber den kennen wir doch kaum. Wieso sagst du, dass es etwas mit uns zu tun hat?«

»Weil Ernesto ihn gefunden hat.« Garini bemühte sich, besonders ruhig zu klingen.

Benedetta sprang auf. »Oh, mein armes Kind! Ich muss zu ihm gehen! Er steht bestimmt unter Schock! Es tut mir so leid, was für ein fürchterliches Erlebnis! Mein armer Junge! Er ist bestimmt ganz –«

Carlina legte ihren Arm um Benedettas Schultern. »Beruhige dich erst einmal, Benedetta. Er schläft noch. Lass ihm die Ruhe.«

Benedetta drehte sich zu ihr herum. »Woher weißt du das? Vielleicht ist er ja auch ermordet worden, in seinem Bett? Wir sind hier nicht sicher! Niemand ist sicher in diesem Hotel!«

Die junge Kellnerin Nora rannte auf ihren Tisch zu. Sie war außer Atem und einige Strähnen hatten sich aus ihrem dicken Zopf gelöst. »Guten Morgen. Es tut mir leid, dass ich so spät bin. Kann ich Ihnen eine Tasse Kaffee bringen?«

Benedetta starrte sie an. »Stimmt es, dass der Hotelmanager erschossen wurde?«

Nora versteifte sich. »Er –« Sie brach ab und schnappte nach Luft. »Was haben Sie gesagt?«

»Wir haben das Gerücht gehört, dass der Hotelmanager erschossen wurde. Und jetzt frage ich Sie, ob das stimmt.«

Nora schaute sich um, als könnte sie eine Antwort im Raum finden. »Ich habe ihn heute Morgen noch nicht gesehen.«

»Wer ist sein Stellvertreter?«, fragte Garini.

Sie starrte ihn an. »Sein Stellvertreter?«

»Ja. Wer vertritt ihn, wenn er zum Beispiel im Urlaub ist?«

»Oh.« Nora schluckte sichtbar. »Ich weiß nicht. Ich ... er war noch nicht im Urlaub. Ich ... ich glaube, wir müssen den Inhaber informieren.«

Carlina beugte sich nach vorne. »Das ist eine gute Idee. Wissen Sie, wie man ihn erreichen kann?«

Nora schüttelte den Kopf. »Nein. Aber ich werde meine Kollegen fragen.« Der Kaffee schien vergessen und sie eilte in die Küche zurück.

Benedetta sprang auf. »Ich muss mich um Ernesto kümmern. Ich gehe jetzt zu ihm.«

Carlina schaute zur Tür. »Nicht nötig. Da ist er schon.«

Ernesto kam an den Tisch. Er war so blass, dass seine Sommersprossen auf der Nase deutlich sichtbar waren. Ausnahmsweise einmal war sein Haar nicht perfekt gegelt. Er schaute Stefano an. »Kannst du mir bitte sagen, dass das alles nur ein schlechter Traum war?«

Stefano schüttelte langsam den Kopf.

»Oh *Madonnna.*« Ernesto ließ sich in einen freien Stuhl fallen und versenkte das Gesicht in den Händen. »Ich hatte gehofft, dass es nur ein Albtraum war.«

Benedetta warf sich über ihn, sodass ihr zierlicher Körper ihn fast komplett bedeckte. »Mein armer Liebling! Es muss ein ganz schreckliches Erlebnis gewesen sein! Willst du darüber reden?«

»Nein.« Das Wort kam erstickt hinter seinen Händen hervor.

»Ich denke, es würde dir guttun.« Benedetta redete auf seinen gesenkten Kopf ein. »Es wird dich befreien. Dann kannst du alles verarbeiten und hinter dir lassen.«

Carlina legte eine Hand auf Benedettas Schulter und zog sie langsam zurück. »Ich glaube, er braucht noch ein wenig Zeit, Benedetta.«

»Die wird er nicht bekommen«, sagte eine Stimme hinter ihnen. »Ich muss jetzt sofort mit ihm sprechen.«

Benedetta richtete sich auf und starrte den unordentlich gekleideten Mann vor sich an. »Wer sind Sie?« Ihr Ton war eisig. »Und was wollen Sie von meinem Sohn?«

»Ich bin *commissario* Pucci.« Er drückte die Brust heraus. Seine Stoffjacke war zerknittert und das Hemd, das er trug, hatte einen unübersehbaren Kaffeefleck genau an der Stelle, an der sein Bauch gegen das Material drückte. »Ich bin für diese Morduntersuchung verantwortlich, und im Augenblick ist Ihr Sohn der Hauptverdächtige.«

Garini zuckte zusammen. Aus den Augenwinkeln sah er, dass Nora aus der Küche zurückgekommen war. Als sie die Worte des *commissarios* hörte, presste sie beide Hände gegen den Mund und starrte Ernesto an, als wäre ihm plötzlich ein zweiter Kopf gewachsen.

Benedetta gab einen Schrei von sich, der eine Horde angreifender Affen neidisch gemacht hätte. Sie stemmte beide Hände in die Hüften und verwandelte sich in einer Nanosekunde von einer freundlichen Dame in eine Tigerin, die ihr Junges verteidigte. »Wie kommen Sie dazu, einfach zu behaupten, dass mein Sohn der Hauptverdächtige sei? Sie müssen ihn doch nur mal ansehen, um zu verstehen, dass das gar nicht sein kann! Sehen Sie denn nicht, dass er viel zu lieb ist, um auch nur einer Fliege etwas zuleide zu tun?«

Pucci blickte flüchtig zu Ernesto, der immer noch nicht hochschaute. »Die erfolgreichsten Kriminellen sehen wie Engel aus.«

»Wie können Sie es wagen! Mein Sohn ist kein Krimineller!« Benedetta wandte sich wutschnaubend an Garini. »Sag ihm, dass er das nicht tun kann, Stefano! Du bist auch ein Kommissar der Mordkommission! Du weißt, dass er nicht einfach so herumlaufen und solche Dinge behaupten kann! Das ist Rufmord! Jeder ist unschuldig, bis die Schuld erwiesen ist! Ist es nicht so?«

Pucci schaute Garini mit einem seltsamen Gesichtsausdruck an. »Also sind Sie ein Kollege?«

Garini wünschte, Benedetta hätte das nicht verraten. Er nickte kurz.

Pucci runzelte die Stirn. »Das erklärt es.«

Carlina hob die Augenbrauen. »Das erklärt was?«

»Die Art, wie er sich gestern benahm.« Pucci kratzte sich am Kopf und beäugte Garini nachdenklich.

Garini spürte mit Unbehagen, in welche Richtung das Gespräch führte. »Ich bin vorbelastet. Der Hauptverdächtige ist der Cousin meiner Freundin.« Das würde Pucci hoffentlich davon abhalten, ihn in die Untersuchung hineinzuziehen.

»Hmm.« Pucci hob die Schultern und wechselte das Thema. »Haben Sie diesen Rechtsanwalt schon angesprochen?«

»Welchen Rechtsanwalt?« Benedettas Stimme erfüllte den Raum.

»Letzte Nacht hat dieser *commissario* hier«, Pucci zeigte mit dem Kinn auf Garini, »gesagt, dass er einen Rechtsanwalt für Ihren Sohn organisieren will. Totale Zeitverschwendung, wenn man mich fragt, aber Gesetz ist nun mal Gesetz.«

Benedetta starrte Garini an. »Ein Rechtsanwalt? Warum glaubst du, dass Ernesto einen Anwalt braucht? Kannst du ihm nicht helfen?«

»Ich stehe normalerweise auf der anderen Seite«, sagte Garini. »Also werde ich für Ernesto nicht viel von Nutzen sein.«

»Oh *Madonna!*« Benedetta starrte ihren Sohn an. »Steht es wirklich so schlimm?«

Mit diesem commissario *hier und seinen seltsamen Theorien ist das absolut notwendig.* Garini zügelte seine Gedanken. »Kennst du einen Anwalt?«

Benedetta schaute ihre Nichte an. »Wie wäre es mit Salvatore?«

Carlina schüttelte den Kopf. »Er ist Steuerberater, kein Rechtsanwalt.«

»Ach ja, das stimmt.« Benedetta runzelte die Stirn. »Mir fällt kein einziger Rechtsanwalt in der Familie ein. Das ist ein echtes Manko, weißt du. Vielleicht können wir Annalisa dazu bringen, einen zu heiraten. Das wäre eine schöne Ergänzung. Sehr nützlich, so ein Rechtsanwalt in der Familie.« Sie seufzte. »Und außerdem so ein respektheischender Beruf.«

Garini, der gedacht hatte, dass er sich an die verschlungenen Gedankenwindungen der Mantonis schon gewöhnt hätte, blinzelte. »Ich kann jemanden in Florenz anrufen.« Domenico Rulo war in der Mordkommission einer der meistgehassten Rechtsanwälte, denn er schaffte es regelmäßig, seine Mandanten freigesprochen zu bekommen, insbesondere die schuldigen.

Pucci zog seine Hose hoch, die eine Tendenz hatte, von seinem Bauch zu rutschen. »Beeilen Sie sich mal besser. Ich habe keine Lust, mehr Zeit als unbedingt nötig damit zu verschwenden.«

Garini funkelte ihn an. »Ich denke nicht, dass Sie sich langweilen werden. Sie müssen immerhin noch alle Gäste des Hotels befragen, die

Resultate der Autopsie besprechen und prüfen, ob die Spurensicherung interessante Hinweise am Tatort gefunden hat.«

Pucci erschauderte und hob eine Hand, als ob er einen Schlag abwehren müsste. »Fürchterlich. Ganz fürchterlich. Und ich hatte mit einem ruhigen *ferragosto* gerechnet. Die meisten meiner Mitarbeiter sind im Urlaub. Ich wünschte, ich wäre auch weggefahren. Es ist echt mein Pech, dass wir ausgerechnet dieses Jahr einen Mordfall haben.« Er zog seine Augenbrauen zusammen und starrte auf Ernestos gesenkten Kopf hinunter. »Unpraktisch, das ist es. Sehr unpraktisch. Aber ich werde diese Sache blitzschnell aufklären. Ich will die Sommerzeit genießen.« Er drehte sich auf dem Absatz um und sagte über die Schulter: »Denken Sie daran, niemand verlässt das Hotel, bis ich mit allen gesprochen habe.«

Benedetta wandte sich an Garini, beide Hände wie zum Gebet erhoben. »Du wirst doch wohl nicht diesem ... diesem Pudding das Feld überlassen, oder? Du wirst dafür sorgen, dass meinem Lamm Ernesto nichts geschieht, nicht wahr?« Sie ging auf ihn zu, nahm ihn bei den Armen und schüttelte ihn. »Versprich mir das, Stefano! Versprich es mir!«

Garini schaute in das zu ihm aufblickende Gesicht mit dem zitternden, roten Mund. Er bedeckte ihre Hände mit seinen. »Ich werde tun, was ich kann, Benedetta, aber ich kann nicht versprechen, diese Untersuchung zu übernehmen. Es ist nicht mein Einsatzgebiet.«

»Aber Ernesto ist nicht schuldig und dieser *commissario* will das einfach nicht glauben! Es ist unfassbar! Ernesto kannte das Opfer ja kaum!«

»Das weiß ich, Benedetta.« Garini versuchte, entspannter zu klingen, als er sich fühlte. Natürlich hatte Benedetta recht. Wenn er je einen faulen Polizisten gesehen hatte, der nach der einfachsten Lösung suchte, dann war es *commissario* Pucci. Er unterdrückte einen Seufzer. Es würde nicht einfach werden.

In diesem Augenblick stürzte eine Frau in den Frühstücksraum. Sie trug ein Kind mit rundem Gesicht und laufender Nase auf dem Arm. Die Haare der Frau waren dünn und ausgemergelt vom ständigen Färben und ihre Augen waren mit schwarzem Eyeliner betont, was jedoch nicht davon ablenkte, dass sie blutunterlaufen und klein vor Schlafmangel waren. »Ist es wirklich wahr?«, fragte sie in den Raum hinein. Ihre Stimme war so rau wie die eines Kettenrauchers. »Ist er tot?«

Als niemand sich bewegte, ging Carlina auf sie zu. »Ich fürchte, wir kennen uns nicht, aber –«

»Ich heiße Maria Rosari.«

Benedetta holte zischend Luft. »Rosari«, flüsterte sie. »Ist das seine Frau?«

Maria Rosari schien erstaunlich gute Ohren zu haben, denn sie drehte sich mit einer so schnellen Bewegung zu Benedetta um, dass ihr Kind auf dem Arm ins Schwanken geriet. »Ja, ich bin seine Frau. Ist es wahr? Ist er tot?«

Carlina räusperte sich. »Ich fürchte ja.«

Signora Rosari wandte sich wieder um, diesmal noch schneller, sodass das Kind fast aus ihren Armen kippte, und lief auf sie zu. »Erzählen Sie mir alles! Wie ist es geschehen? Und wo?«

Carlina schluckte. »Er ... er wurde letzte Nacht erschossen. Am Pool. Es tut mir so leid.«

Die Frau machte eine ungeduldige Bewegung mit der Hand. »Wer war es?«

Stefano wechselte einen raschen Blick mit Carlina und trat nach vorne. »Die Polizei untersucht den Fall noch.«

Signora Rosari schaute für einen Augenblick an die Wand, ihr Gesicht völlig verschlossen, dann streichelte sie den Kopf ihres Kindes mit ihrer freien Hand. »Gott kümmert sich um die Seinen.« Sie drehte sich auf dem Absatz um und verließ den Raum in dem gleichen Tempo, in dem sie ihn betreten hatte.

Benedettas Mund blieb offen stehen. »Ich fasse es ja wohl nicht! Habt ihr je von einer Frau gehört, die so auf den Tod ihres Mannes reagiert? Und dann noch in der Gegenwart seines Kindes!«

»Wir wissen nicht, ob es sein Kind ist«, sagte Leopold mit seiner sanften Stimme.

Ernesto, der seinen Kopf in dem Augenblick gehoben hatte, als si-

gnora Rosari hereingekommen war, sagte erschüttert: »Was meinte sie damit, Gott kümmert sich um die Seinen?«

»Da gibt es ja wohl nur eine einzige mögliche Interpretation.« Benedetta verschränkte die Arme und hob das Kinn. »Sie ist froh, dass ihr Mann tot ist, und denkt, dass Gott den Mord arrangiert hat.«

Carlina schnappte nach Luft. »Das ist ein bisschen drastisch, Benedetta. Es gibt noch eine andere Möglichkeit: Vielleicht hat sie sich sofort Sorgen um ihre Zukunft ohne ihren Ehemann und den Vater des Babys gemacht und sich Mut zugesprochen, dass Gott sich um sie und ihr Kind kümmern wird.«

»Du bist viel zu weichherzig, Carlina«, sagte Benedetta. »Sie wirkte doch überhaupt nicht erschüttert. Ihre Augen waren ganz trocken.«

Carlina schüttelte den Kopf. »Kummer kann Leute ganz unterschiedlich treffen.«

»Nun, ich bin der Meinung, dass die Polizei sich mal genau anschauen sollte, wo sie die letzte Nacht verbracht hat. Sie ist die Hauptverdächtige, wenn man mich fragt, nicht Ernesto. Stefano, würdest du das bitte weitergeben?«

Stefano nickte. »Natürlich.«

Die Tür zum Frühstücksraum flog auf und der Rest der Familie wogte herein, als ob sie sich zuvor im Vorraum versammelt gehabt hätten. Ganz vorne war Tante Violetta, in einem beeindruckenden Outfit mit roten und weißen Streifen, das sie sehr nach einem massiv gebauten Leuchtturm aussehen ließ. Ihr Rollstuhl wurde von Omar geschoben, der mit seinen dunklen Armen und dem engen weißen T-Shirt, das seine Muskeln betonte, auf jedem Titelbild gut zur Geltung gekommen wäre. Hinter ihnen kamen Annalisa und Emma, die sich anzickten, wie sich nur Schwestern anzicken konnten. Sie wurden gefolgt von Fabbiola, die ein flattriges Sommerkleid trug und Emmas Ehemann Lucio eifrig etwas erklärte, während dieser versuchte, ein Gähnen zu unterdrücken.

Onkel Teo kam als Letzter und schaute alle mit einem gütigen Lächeln an. »Es ist schön, wieder hier zu sein. Familienurlaube sind doch das Beste.«

»Nun, dieser Familienurlaub wird anders verlaufen.« Benedetta sprach mit ungewohnter Schärfe. »Kommt alle her. Wir müssen uns zusammentun, um Ernesto zu helfen.«

»*Mamma*, bitte.« Ernesto vergrub wieder das Gesicht in den Händen.

»Wieso, was ist denn mit Ernesto los?« Onkel Teo ging gemäßigten Schrittes auf den Tisch zu. »Ist er krank?«

»Nein.« Annalisa schob sich eine rote Haarsträhne aus dem Gesicht und fing an, sie um ihren Finger zu drehen. »Er hat um Mitternacht eine Leiche gefunden und jetzt glaubt die Polizei, dass er der Killer sei.«

Emma schnappte nach Luft »Was? Wie kann es sein, dass du das weißt und ich nicht?«

Annalisa lächelte überlegen. »Ganz einfach. Zwei Zimmermädchen haben sich heute Morgen in der Nähe meines Fensters unterhalten, während sie eine geraucht haben, und ich habe zufälligerweise mithören können.«

»Kannst du das bitte noch mal sagen?« Tante Violettas Stimme dröhnte über den Tisch. »Hast du gesagt, dass Ernesto jemanden umgebracht hat?«

»Nein, das hat er nicht!« Benedetta sprang sofort zur Verteidigung ihres jüngsten Kindes. »Er hat niemanden umgebracht! Nur die Polizei ist so dämlich, das zu glauben. Ein Mann wie ein Pudding und dumm wie Brot!«

Lucio blickte Garini erschüttert an. »Tut mir leid, Mann. Nimm es nicht persönlich. Sie ist nicht immer so.«

»Ach, ich meine doch nicht Stefano!« Benedetta funkelte ihren Schwiegersohn wütend an. »Ich meine den *commissario* hier aus der Gegend. Ihr werdet ihn noch kennenlernen; er heißt Pucci. Er will Ernesto den Mord anhängen, damit er in Ruhe *ferragosto* feiern kann.«

»Aber *ferragosto* ist doch schon morgen«, sagte Emma. »Da wird er sich aber beeilen müssen. Wer ist denn eigentlich gestorben?« Sie schaute sich um. »Wir sind alle hier, also scheint's keiner von uns zu sein, richtig?«

Carlina seufzte. »Nein, es ist keiner von uns. Das Opfer ist Alfonso Rosari.«

Fabbiola runzelte die Stirn. »Wer ist Alfonso Rosari?«

»Der unfreundliche Hotelmanager.«

»Ach, der.« Fabbiola beugte sich nach vorne und schaute ihre Tochter interessiert an. »Hast du ihn umgebracht, Carlina?«

Carlina schnappte nach Luft »*Mamma!*«

Fabbiola hob entschuldigend die Hände. »Tut mir leid. Aber du hattest doch Ärger mit ihm und da dachte ich ...« Ihre Stimme verstummte.

»Was für Ärger?« Annalisa ließ ihre Haarsträhne fallen und starrte ihre Cousine an. »Ich hatte ja keine Ahnung, dass ihr eine gemeinsame Vergangenheit habt.«

»Wir hatten keine gemeinsame Vergangenheit, wie du es nennst.« Carlina hatte Mühe, ihre Stimme ruhig zu halten. »Er war nur ein unlauterer Vertriebler, der versucht hat, mich dazu zu zwingen, mehr Ware zu kaufen, als ich haben wollte, und als ich mich geweigert habe, hat er es gewagt, mir zu drohen. Aber ich kannte die richtigen Leute in der Zentrale und habe mich offiziell über ihn beschwert. Innerhalb von zwei Tagen war er seinen Job los.«

Lucio hob eine Augenbraue. »Und das nennst du keine Vergangenheit?«

»Nein, nein, so läuft das nicht.« Emma schüttelte den Kopf. »Das ist das falsche Opfer. Carlina hätte ja gar keinen Grund, ihm böse zu sein, denn sie ist aus der Situation als Gewinnerin hervorgegangen. Wenn sie diejenige gewesen wäre, die gestorben ist, würde das Ganze mehr Sinn ergeben, denn in diesem Fall hätte *signor* Rosari an ihr Rache nehmen können.«

»Glücklicherweise ist sie nicht gestorben«, schaltete Garini sich ein. »Also müssen wir eine bessere Lösung finden. Warum konzentrieren wir uns nicht einfach auf die Fakten? Was habt ihr nach dem Abendessen gestern gemacht?«

Emma verdrehte die Augen. »War ja klar, dass du sofort wieder in den Polizistenmodus umschaltest.«

»Es ist nötig, Emma«, sagte Carlina. »*Commissario* Pucci scheint sich nicht für die Wahrheit zu interessieren. Er wird die schnellste Lösung akzeptieren, die sich ihm bietet, ohne einmal nach rechts oder links zu schauen. Wir müssen uns alles selbst ansehen. Er wird es nicht tun.«

Benedetta setzte sich gerade hin. »Ich war nach unserem ersten Tag am Strand müde. Also bin ich direkt ins Bett gegangen. Leo auch. Wir haben die Nacht durchgeschlafen.«

»Bei mir war es genauso«, dröhnte Tante Violetta. »Ich musste noch Schlaf nachholen. Der Fernseher war in der Nacht zuvor ein wenig zu laut.« Sie kicherte in sich hinein. »Auch auf die Gefahr hin, mich selbst zu loben, das war eine brillante Strategie, um mein gewohntes Zimmer zu bekommen. Ach, und Omar war bei mir.«

Ihr Sohn nickte.

»Wann ist *signor* Rosari denn gestorben?«, fragte Emma.

»Das wissen wir nicht genau«, antwortete Garini. »Ernesto hat ihn gegen halb eins gefunden. Er lag neben dem Pool. Ich bin ungefähr um Viertel vor eins unten gewesen. Ich bin kein Pathologe, aber ich denke, dass er nicht sehr lange tot gewesen sein kann. Andererseits war es eine warme Nacht, also kann es möglich sein, dass die Totenstarre sich etwas verzögert hat.«

»Ich habe geschlafen«, sagte Emma.

Lucio nickte. »Ich auch.«

»Habt ihr im Laufe der Nacht irgendetwas gehört?«, fragte Garini. »Euer Zimmer liegt zum Garten hin, oder?«

»Richtig, aber ich habe nichts gehört«, sagte Emma ungeduldig. »Ich habe, wie gesagt, geschlafen.«

»Ich dachte, ich hätte einen Feuerwerkskörper knallen gehört«, mischte sich Fabbiola ein. »Als ich mich gerade fürs Bett fertig gemacht habe.«

Garini wandte sich zu ihr. »Wann war das?«

»Halb zwölf?« Fabbiola zuckte mit den Schultern. »Irgendwie so.«

»Hast du mehr als einen Knall gehört?«, fragte Garini.

»Ja, jetzt, wo du es sagst. Es knallte eigentlich in einer Tour, also habe ich gar nicht mehr so genau darauf geachtet.«

»Dann hilft uns das nicht weiter.« Garini seufzte.

»Ich fürchte, ich habe auch nichts gehört.« Onkel Teo spreizte die Hände. »Ich höre eh nicht mehr ganz so gut wie früher. Und ich war müde. Durch den Luftwechsel werde ich immer sehr müde. Am ersten Tag des Urlaubs schlafe ich immer wie ein Stein.« Er lächelte. »So wie früher, als ich jung war. Es ist ein schönes Gefühl.«

»Danke.« Garini schaute Annalisa an. »Was ist mit dir?«

Sie starrte zurück. »Warum fragst du mich?«

»Weil du die Einzige bist, die sich noch nicht geäußert hat.«

»Carlina hat auch noch nicht gesagt, wo sie war, oder?«

Stefano unterdrückte ein Lächeln. »Ich weiß, wo Carlina war.«

Annalisa seufzte. »Ich muss mir in Zukunft wohl auch sicherheitshalber einen Lover ins Bett holen, damit ich ein perfektes Alibi habe.«

Ihre Mutter stemmte die Hände in die Hüften. »Annalisa! Was soll dieses wilde Gerede? Stefano macht doch nur seine Arbeit!«

»Ja, ja, ich weiß.« Annalisa verdrehte die Augen. »Und wir versuchen, den Namen meines kleinen Bruders reinzuwaschen. Also, ich habe kein Alibi, okay? Ich bin ins Bett gegangen und habe geschlafen und das war's.«

Garini runzelte die Stirn. »Du hast nichts gehört?«

Sie lächelte ihn süß an. »Absolut gar nichts. Ich weiß, es ist eine Schande.«

Die Tür zum Frühstücksraum flog erneut auf und ein junger Mann stürmte herein. Sein gutaussehendes Gesicht war wütend verzogen. Mit einem schnellen Schritt trat Garini vor Carlina.

»Wo ist meine Schwester?«, brüllte der junge Mann.

»Endlich jemand, der klar und deutlich spricht.« Tante Violetta strahlte den Neuankömmling an.

Auch Onkel Teo nickte begeistert. »Sehr angenehm.«

Der junge Mann blickte sie wild an und wiederholte: »Wo ist meine Schwester?«

In diesem Augenblick kam die Kellnerin aus der Küche, in den Händen ein volles Tablett. Als sie den jungen Mann sah, glitt ein Schatten über ihr Gesicht.

»Nora!« Er stürzte nach vorne. »Ich bestehe darauf, dass du sofort aufhörst, hier zu arbeiten!«

Nora stellte das Tablett auf einem Tisch ab, schnappte ihn am Arm und zog ihn in die Küche. »Mach jetzt keine Szene, Flavio.« Ihre gezischten Worte waren laut genug, um von den meisten Leuten im Raum gehört zu werden. Über ihre Schulter rief sie: »Ich bin in einer Minute zurück. Bitte entschuldigen Sie die Störung.«

»Also, dieses Hotel hat sich wirklich schlecht entwickelt«, murrte Fabbiola. »Erst dieser fürchterliche Hotelmanager, der dann auch noch tot umfällt, und jetzt haben wir hier aufgeregte Leute, die quer durch den Frühstücksraum galoppieren. Ich fühle mich unwohl.« Sie presste ihr Kissen gegen die Brust und drückte es so fest, dass das gelb-orange Muster ganz faltig wurde, während sie sich mit einem Gesichtsausdruck umsah, als ob sie gleich die nächste beängstigende Episode erwartete.

»Ich finde es ganz amüsant«, murmelte Annalisa. »Die kleine Kellnerin scheint einen Bruder mit einem etwas zu stark entwickelten Beschützerinstinkt zu haben.«

»Ich finde nicht, dass sein Beschützerinstinkt überentwickelt ist.« Benedetta schaute in Richtung Küche, wo gedämpfte Stimmen erahnen ließen, dass die zwei sich laut stritten. »Ich finde, er hat absolut recht. Wir sollten sofort das Hotel verlassen. Lasst uns nach Hause fahren, wo wir nicht von Leichen umgeben sind.«

Carlina zuckte zusammen. Sie hatten im letzten Jahr genug Todesfälle zu Hause erlebt, aber offensichtlich hatte ihre Tante entschieden, den Schleier des Vergessens über dieses kleine Detail zu ziehen.

Garini legte eine beruhigende Hand auf Benedettas Arm. »Du vergisst, dass der *commissario* uns darum gebeten hat, hierzubleiben. Wir können nicht so einfach gehen. Das kann keiner von uns.«

Annalisa verschränkte die Arme. »Soll das etwa heißen, dass wir den lieben langen Tag hierbleiben sollen? Können wir noch nicht mal an den Strand? Was ist denn das für ein Urlaub?«

Garini zögerte. »Wir können es ja so machen: Wir schreiben eine Liste mit all unseren Handynummern und hinterlassen sie an der Rezeption. Der Strand ist ja nur wenige Schritte entfernt. Wenn die Polizei einen von uns sehen will, können sie uns direkt anrufen und wir stehen ihnen in maximal zehn Minuten zur Verfügung.«

Lucio nickte. »Das klingt doch gut. Lasst uns gehen, bevor er unseren Plan herausfindet.«

Ausnahmsweise einmal handelten die Mantonis wie ein Mann. Innerhalb von zwei Minuten war die Liste erstellt und an der Rezeption hinterlegt. Sekunden später waren alle verschwunden, sodass die Eingangshalle gähnend leer war. Die anderen Hotelgäste, die mit unterschiedlich starkem Schrecken auf den Mord reagiert hatten, machten es den Mantonis nach.

Carlina schaute sich um, um zu sehen, ob Ernesto Hilfe benötigte, entweder um seinen Schock zu überwinden oder um seiner Mutter zu entkommen, aber er war schon spurlos verschwunden. Sie zuckte mit den Schultern und verließ das Hotel mit Stefano. Als sie die Straße überquerten, um zum Beach Club zu gehen, nahm sie Stefanos Hand. »Das war ein ziemlich schrecklicher Urlaubsanfang.«

»Ich weiß.« Stefano seufzte. »Ich habe den Rechtsanwalt direkt nach dem Frühstück angerufen, und er sagte, er sei bis zum Abend hier. Ich hätte nie gedacht, dass ich mich jemals darauf freuen würde, ihn zu sehen.« Er lächelte sie etwas schief an. »Verrückt, wie manche Dinge sich so schnell ändern können.«

»Ja.« Carlina schaute auf das blinkende Schild des kleinen Cafés. *Aperto*, geöffnet, stand darauf und es wurde fast von einer beeindruckenden Palme in einem stabilen Holzübertopf verdeckt. »Weißt du was? Ich möchte dir gern mein Lieblingscafé zeigen, bevor wir wieder in die Morduntersuchung hineingezogen werden. Was hältst du davon?«

»Gern.« Er lächelte. »Das Frühstück heute Morgen ist ja eher schmal ausgefallen. Wo müssen wir hin?«

»Es heißt Café Stretto. Dort drüben.«

Stefanos Blick folgte ihrem ausgestreckten Finger. »Wow, das ist wirklich sehr *stretto*, sehr eng.«

Carlina lächelte. »Es war mal eine Garage zwischen zwei Strandclubs. Der Besitzer hat es in ein Café verwandelt und es ist ganz gemütlich und entspannt dort. Darum mag ich es so. Außerdem mag ich das Wortspiel – mit *caffè ristretto*.«

Er lachte. »Du meinst, das Café ist klein und stark, genau wie der Kaffee?«

»Richtig.«

Er öffnete ihr die Tür und ließ sie zuerst hineingehen. »Und wie ist es mit dem Essen?«

Sie lachte ihn an. »Köstlich.«

Aber zehn Minuten später, als Carlina gerade das knusprige *pannino* mit dem geschmolzenen Käse zum Mund hob, sank ihre Hand wieder herunter, ohne dass sie einen Bissen genommen hatte. »*Signor* Patelli! Was machen Sie denn hier?«

Kapitel 5

Der abgemagerte Mann, der am Tresen einen Kaffee bestellt hatte, drehte sich herum, dann legte er beide Hände auf Carlinas Schultern und küsste sie vorsichtig auf die Wangen. Tiefe Falten zogen sich von seiner Nase bis zu den Mundwinkeln, und sein Gesicht war so blass, dass es fast durchsichtig wirkte. Sein Mund hing traurig nach unten und seine herabhängenden Schultern vermittelten einen Eindruck von Erschöpfung, obwohl der warme Ausdruck in seinen Augen zeigte, dass er sich über das Wiedersehen mit Carlina freute. Zwischen den wohlgenährten und gebräunten Urlaubern, die neben ihm am Tresen standen, sah er aus wie ein Gefängnisinsasse, der versehentlich auf einen eleganten Ball geraten war.

Carlina ergriff seine Hand und zog ihn zu Garini. »Stefano, ich möchte dir gern *signor* Patelli vorstellen.« Ihre Augen waren weit aufgerissen. »Er ist der ehemalige Hotelmanager des Albergo Giardino.«

Stefano bemühte sich, keine Überraschung zu zeigen, während er aufstand und dem Mann die Hand schüttelte. »Bitte setzen Sie sich zu uns, *signor* Patelli.« Er zog einen Stuhl heran. »Wir essen gerade einen Happen.«

»Ich sollte nicht bleiben.« Der dünne Mann schaute über seine Schulter, als erwartete er, von einem Gespenst verfolgt zu werden.

»Warum nicht?«, fragte Carlina ganz direkt, wie immer.

»Ich –« *Signor* Patelli brach ab und setzte erneut an. Ein wenig Farbe breitete sich auf seinen blassen Wangen aus, dann senkte er die

Stimme. »Der jetzige Hotelmanager mag es nicht, wenn ich mit den Gästen in Kontakt trete.«

Stefano warf Carlina einen warnenden Blick zu.

»Das ist schrecklich.« Sie nahm einen energischen Bissen von ihrem *pannino*. »Wir vermissen Sie wirklich sehr. Der neue Manager hat Tante Violetta das falsche Zimmer gegeben, was fast zu einem emotionalen Zusammenbruch geführt hat. Außerdem ist er unhöflich und inkompetent.«

Patelli sank auf einen Stuhl und starrte sie an. »Wirklich?«

»Ja.« Carlina kaute energisch. »Der Mann ist ein Albtraum. Was um Himmels willen ist passiert? Wie hat er je Ihren Job bekommen können?«

Ein bitteres Lachen war die Antwort. »Wenn ich das nur wüsste. Ich war fünfzehn Jahre lang der Manager des Hotels, und obwohl ich mit dem Besitzer nicht immer einer Meinung war, haben wir uns immer irgendwie einigen können. Solange das Hotel Gewinn abwarf, war er zufrieden.«

»Also haben Sie in den letzten Jahren Verluste gemacht?«, fragte Carlina. »Das hätte er verstehen müssen, denn die aktuelle Wirtschaftslage ist nun wirklich keine Kleinigkeit, die man ignorieren kann.«

Signor Patelli schüttelte den Kopf. »Nein, das ist es ja gerade. Das Hotel ist gut gelaufen. Aber eines Tages kam er an und teilte mir mit, dass ich gehen sollte.«

Carlina starrte ihn an. »Aber das kann er doch nicht einfach so machen! Nach fünfzehn Jahren und ganz ohne einen Grund! Sind Sie vor Gericht gegangen?«

Patelli schüttelte wieder den Kopf. »Nein. Ich hatte nicht wirklich auf meinen Vertrag geachtet und als ich nachschaute, stellte ich fest, dass ich tatsächlich nur eine Kündigungsfrist von vierzehn Tagen hatte. Außerdem bin ich nicht der Typ, der vor Gericht geht. Ich will diesen ganzen Kram mit den Papieren und Kosten nicht haben und den Stress, der sich über viele Jahre hinzieht ...« Er zuckte mit den Schultern. »Wozu sollte das gut sein?«

»Es könnte sich lohnen.« Garinis Stimme klang trocken.

Signor Patelli schaute auf den Tisch. »Ich habe mich gefürchtet.«

Carlina beugte sich nach vorne. »Wovor?«

»An dem Abend, als er mich gefeuert hat«, wieder schaute Patelli über seine Schulter und senkte die Stimme, »hat jemand alle Schirme am Pool zerschnitten.«

»Zerschnitten?« Carlina schaute ihn ungläubig an. »Sie meinen, die Bespannung wurde zerstört?«

Patelli nickte. »Ja. Jemand hat das ganze Material mit einem scharfen Messer aufgeschlitzt. Es hing alles in Fetzen herunter.« Er schluckte so schwer, dass man seinen Adamsapfel auf und ab hüpfen sah. »Es sah fürchterlich aus. Mein schöner Poolbereich, vollkommen zerstört.«

Garini runzelte die Stirn. »Hat die Polizei den Fall untersucht?«

»Nein.« Patelli schüttelte langsam den Kopf. »Ich habe den Inhaber angerufen und er teilte mir mit, dass er mich verdächtige, weil er mich gerade gefeuert hatte.« Sein Gesicht wurde bei der Erinnerung daran noch blasser. »Er nannte es einen Racheakt.« Mit gesenktem Kopf fuhr er fort: »Ich war mir sicher, dass Rosari den Schaden angerichtet hat, damit ich schneller gehe.«

Carlina schnappte nach Luft. »Was für eine Frechheit! Umso mehr Grund, zur Polizei zu gehen!«

Der ehemalige Hotelmanager schaute sie trocken an. »Der Besitzer des Hotels ist der Vorsitzende des Fußballvereins, in dem auch die meisten hiesigen Polizisten Mitglieder sind.« Er zuckte mit den Schultern. »Das hätte mich nicht weitergebracht. Also bin ich gegangen. Sofort.« Er schaute Carlina mit geweiteten Augen an. »Wissen Sie, als ich im Hotel früher den ganzen Sommer lang so viel gearbeitet habe, dachte ich immer, wie schön es sein müsste, wenn man einfach an der Promenade entlangschlendern kann ... sich ein Eis kaufen, am Strand sitzen, schwimmen, einfach nichts tun.« Er schluckte schwer. »Jetzt kann ich es tun, aber es fühlt sich an, als ob ich von der Welt abgeschnitten wäre. Jeder hat ein Ziel. Alle haben etwas zu tun; sie alle wissen, wohin sie gehen und was sie tun wollen. Aber ich ... ich gehöre nicht mehr dazu.

Ich bin arbeitslos.« Er sagte das Wort mit einer Grimasse, die zeigte, wie elend er sich fühlte.

Carlina legte ihre Hand auf seine. »Aber Sie werden etwas Neues finden. Sie sind ein fantastischer Hotelmanager.«

Er schaute sie mit einem seltsamen Blick an. »Ich kann es nicht hinter mir lassen. Noch nicht. Ich muss hier erst noch etwas beenden. Dieses Hotel ... das war mein Leben. Ich kann das nicht einfach akzeptieren und so tun, als ob nichts geschehen wäre.«

Carlinas Augen wurden groß. »Aber ... aber was möchten Sie denn tun?«

Patelli ballte die Fäuste. »Ich werde mich an ihm rächen.«

»An dem Besitzer?«, fragte Garini,

»An beiden. An *signor* Ortadella, das ist der Besitzer, und an diesem Manager ... diesem Rosari.« Patelli spuckte den Namen förmlich aus. »Manager! Rosari ist es gar nicht wert, so genannt zu werden. Er hat mir meinen Job geklaut. Ich bin mir sicher, dass *signor* Ortadella mich niemals entlassen hätte, wenn er nicht einen besonderen Grund dafür gehabt hätte.«

»Er hat Ihnen nie gesagt, warum er so gehandelt hat?« Garini ließ Patelli keine Sekunde aus den Augen.

»Nie. Er hat nur gesagt, dass er meine Arbeit nicht mehr zufriedenstellend fand. Er sagte, das Hotel habe mehr Potenzial, nur, weil es im November und Februar nicht ausgebucht war.« Patelli sprang auf. »Ich muss gehen; ich will hier nicht gesehen werden.« Er schüttelte Carlinas Hand. »Es war schön, Sie wiederzusehen. Bitte sagen Sie Ihrer Familie nicht, dass Sie mich getroffen haben. Alles Gute.« Er winkte Garini kurz zu, schlüpfte an den Aluminiumstühlen vorbei und verschwand aus dem kleinen Café, bevor sie noch ein weiteres Wort sagen konnten.

Stefano schaute ihm hinterher. Der Exmanager war kaum um die Ecke gebogen, als einige Mantonis mit Getöse in das Café stürmten. Sie konzentrierten sich auf den Tresen und bemerkten nichts und niemanden. Stefano schaute weg. Sie würden sie früh genug unterbrechen.

»Ich glaube das einfach nicht!« Carlina rührte ihren Kaffee mit so viel Temperament um, dass die Tasse fast überschwappte. »Es ist so unfair, *signor* Patelli einfach so abzuservieren!«

Stefano schaute sie an. Wenn er seine Carlina richtig einschätzte, würde das jetzt nicht einfach werden. Er schob eine dunkle Locke aus ihrem Gesicht und ließ seine Finger einen Augenblick länger als nötig auf ihrer warmen Haut. »Ich verstehe ja, dass du ihn magst, und ich bin auch ganz deiner Meinung. Er gibt keinen sehr wahrscheinlichen Mörder ab, aber du musst zugeben, dass er ein stärkeres Motiv hat als jeder andere, den wir bis jetzt getroffen haben.«

Carlina starrte ihn an. »Ganz im Gegenteil! Er hätte niemals so gesprochen, wenn er ihn gerade erst umgebracht hätte. Er war doch eh schon ein Nervenbündel.«

»Das könnte auch eine sehr clevere Masche sein. Immerhin ist seine Geschichte ja generell bekannt. Ich wette, wir sind nicht die Ersten, die zu hören bekommen, dass er sich an dem Besitzer und dem neuen Manager rächen möchte. Wenn er den Manager wirklich letzte Nacht umgebracht haben sollte, wäre es sehr klug von ihm, heute hier zu erscheinen und sich so zu verhalten wie immer.«

Carlina schüttelte den Kopf. »So abgebrüht ist er nicht! Kannst du dir wirklich vorstellen, dass er jemanden umbringt?«

Stefano seufzte. »Ganz ehrlich? Ja.«

Ihr Mund blieb offen stehen. »Echt? Warum?«

»Weil er verletzt wurde. Die Entlassung hat ihn tief getroffen.« Er nahm ihre Hand und hielt sie fest. »Es gibt ein chinesisches Sprichwort, das eine Entlassung beschreibt: Er hat meine Reisschale zerbrochen. Das hat der Besitzer getan. Er zerbrach Patellis Reisschale – und da das alles war, was er hatte, hat es ihm den Boden unter den Füßen weggezogen. Er hat keine Frau oder Kinder, oder?«

»Nicht, dass ich wüsste.« Carlina runzelte die Stirn. »Na gut, ich akzeptiere, dass er völlig von der Rolle war. Dazu hatte er auch guten Grund! Aber das führt ja nicht automatisch zu Mord.«

Er schaute sie an. »Bis jetzt haben wir vier Verdächtige: Ernesto –«

Sie zog ihre Hand weg. »Das ist ja wohl nicht dein Ernst!«

Er fuhr fort: »Maria Rosari, seine Witwe –«

»Vielleicht stand sie unter Schock. Schlimme Nachrichten wirken auf jeden anders, weißt du.«

» … *signor* Patelli, den Ex-Manager, weil man ihm seinen Job genommen hat –«

»Ich glaube keine Minute lang, dass Patelli der Mörder ist!« Carlina verschränkte die Arme vor der Brust.

» … und dich.«

Carlina blieb der Mund offen stehen. »Mich?«

»Ja, dich, mein Herz.« Er lächelte sie an. »Du hast eine Vergangenheit mit dem Opfer. Ich gebe zu, dass es ein wirklich schwaches Motiv zu sein scheint, und außerdem hast du den Konflikt mit ihm zu deinen Gunsten gelöst. Also sieht es so aus, als ob du mit der Sache abgeschlossen hättest, aber man sollte es sich ansehen. Nur, um der Gründlichkeit Genüge zu tun.«

Sie blinzelte, dann sagte sie mit unbewegtem Gesicht: »Du hast Tante Violetta vergessen.«

Er neigte den Kopf. »Stimmt. Tante Violetta könnte ihn auch umgebracht haben. Ihr Motiv ist ungefähr genauso stark wie deines, aber sie ist eine rücksichtslose Frau.«

»Im Rollstuhl.«

»Den sie nur benutzt, um schneller vorwärtszukommen.«

Carlina hob ihr Kinn. »Es gibt noch einen Verdächtigen.«

»Wen?«

»Dich.« Sie grinste. »Du warst bei dem Opfer, als die Polizei kam.«

Sie starrten sich an, dann brachen sie in Gelächter aus.

Stefano beugte sich vor und küsste ihre Nasenspitze. »Nun gut. Ich gebe zu, dass ich weder dich noch Tante Violetta ernsthaft verdächtige.«

Carlina lachte ihn frech an. »Und ich verdächtige dich nicht ernsthaft. Zufälligerweise weiß ich, wo du warst.«

»Das nimmt mir eine Last vom Herzen.« Seine Stimme klang ernst.

Carlinas Lächeln verschwand, während sie einen Teelöffel in die Hand nahm und damit spielte. Dann schaute sie hoch. »Du verdächtigst

Ernesto, oder? Ich kann mir einfach nicht vorstellen, dass er es getan hat.«

»Es würde helfen, wenn wir einen Beweis für seine Unschuld finden könnten.«

»Wir?« Sie hob eine Augenbraue.

Er seufzte. »Ich sehe nicht, dass dieser dämliche *commissario* Pucci irgendetwas anderes vorhat, als Ernesto kurzerhand zu verhaften.«

Eine hohe Stimme drang durch das freundliche Geplauder des Cafés. »Ernesto soll verhaftet werden?« Benedetta stürzte vom Tresen, wo sie darauf gewartet hatte, bedient zu werden, zu Garini und ergriff ihn bei den Schultern. »Du musst dafür sorgen, dass das nicht passiert, Stefano!« Sie schrie es ihm fast ins Gesicht und schüttelte ihn bei jedem Wort.

Alle Unterhaltungen im Café kamen zum Erliegen, und alle Augen wandten sich ihr zu.

Benedetta kümmerte sich nicht darum. »Ich werde nicht untätig zusehen, wie mein Lamm ins Gefängnis geht!«

»Schhh, Benedetta.« Leopold erschien hinter ihr und legte ihr eine beruhigende Hand auf dem Arm. »Beruhige dich, meine Liebe. Stefano ist ein Profi. Er wird sich um den Fall kümmern und dafür sorgen, dass Ernesto nichts geschieht.« Er schaute Garini bittend an, wie ein Hundejunges, das um eine Umarmung bettelt.

Garini schloss für einen Augenblick die Augen. Normale Argumente brachten einen bei den Mantonis nicht weiter, aber er musste es zumindest versuchen. »Ich bin nicht für diese Untersuchung zuständig«, sagte er. »Tatsächlich verdächtigt der *commissario* sogar mich. Daher kann ich nichts versprechen.«

Benedetta starrte ihn an. »Ich weiß genau, was du sagen willst! Du willst Ernesto nicht helfen! Du willst dich raushalten! Das glaube ich einfach nicht!« Sie stemmte die Hände in die Hüften. »Ist das vielleicht die Art und Weise, wie man die Familie seiner zukünftigen Frau behandelt?«

Carlina wandte sich an Stefano, ihre Augen weit aufgerissen, ihre

Überraschung übertrieben. »Sind wir denn verlobt? Davon weiß ich ja gar nichts!«

»Ich auch nicht.« Er lächelte sie an. Was für eine tapfere Kämpferin sie war. Sie wusste, dass er alles tun würde, was in seiner Macht stand, um Ernesto zu helfen. Gleichzeitig war ihr klar, dass es gewisse Grenzen gab, die er nicht überschreiten konnte – etwas, das der Rest der Mantonis nicht zu akzeptieren schien. Wie um alles in der Welt war sie nur so normal geblieben, trotz ihrer Familie? Unter dem Tisch nahm er ihre Hand und hielt sie fest.

Benedetta stampfte mit dem Fuß, weil sie genau wusste, dass diese Diskussion nur ein Ablenkungsmanöver war. »Ich will nicht über eure Verlobung sprechen! Ich will, dass du Ernesto beschützt!«

Garini seufzte. »Ich habe für Ernesto den besten Rechtsanwalt gerufen, den ich kenne.«

»Aber der Rechtsanwalt gehört nicht zur Familie! Er wird es nicht verstehen!«

Garini schaute sie scharf an. Wusste Benedetta mehr über die ganze Sache? Was genau sollte er hier eigentlich verstehen? Ihre Worte klangen so, als ob sie statt »verstehen« eher »verstecken« meinte. Er würde später noch einmal mit ihr sprechen müssen, ohne Publikum. »Ich werde tun, was ich kann.«

»Na, siehst du.« Leopold legte seinen Arm um Benedettas Schultern. »Das ist ein Versprechen. Darauf kannst du dich verlassen.«

Benedetta seufzte und wandte sich ab.

Als Carlina und Stefano das Café kurze Zeit später verließen, sagte sie voller Hoffnung: »Vielleicht können wir diesen Rechtsanwalt dazu bringen, sich in Annalisa zu verlieben. Dann wäre er ein Familienmitglied und sogar Benedetta wird glauben, dass er sich bis zum Limit anstrengt.«

Garini überlief ein Schauer. »Du kennst Domenico Rulo nicht. Den willst du nicht in der Familie haben.«

Sie nahm seine Hand und hielt sie gegen ihre Wange. »Bist du dir sicher, dass du keine Vorurteile hast, weil er normalerweise auf der Gegenseite arbeitet?«

Er genoss es, ihre weiche Wange an seiner Haut zu spüren, aber er schaffte es, verächtlich zu schnaufen. »Sein Gesicht sieht aus, als wäre er gegen eine Wand gelaufen.«

Ihre Augen weiteten sich. »Ganz eingedrückt?«

»Ja. Ist schwer zu beschreiben. Seine Nase ist spitz und scharf, aber irgendwie wirkt sie, als ob sie sich in den Kopf zurückziehen möchte. Seine Lippen sind so dünn, dass sie fast unsichtbar sind, und er hat ein so fliehendes Kinn, dass er von der Seite ein wenig wie ein Ei aussieht.«

Carlina starrte ihn an. »Wie ein Ei?«

»Ja. Das ist unser Spitzname für ihn. Ei. Das schlechte Ei. Der Rest von ihm ist groß und knochig.«

»Vielleicht ist er nicht schön, aber er kann ja dennoch eine schöne Seele haben.«

Stefano seufzte. »Schlechte Eier haben keine schöne Seele. Seine ist aus Geld gemacht. Glaub mir.«

Carlina schluckte. »Und warum hast du ihn dann angerufen?«

»Weil er diesen nutzlosen *commissario* Pucci zu Staub verwandeln wird. Er wird aber erst spät heute Abend ankommen, also müssen wir uns noch ein wenig gedulden.«

»Dann lass uns das Beste daraus machen und an den Strand gehen.«

Sie verbrachten den Tag wie die anderen sorgenfreien Urlauber, aber unter der Oberfläche schwang die ganze Zeit eine düstere Vorahnung mit. Sie schlich sich mit ihnen in die Wellen, in denen sie herumspritzten, sie fror einen Teil von ihnen ein, als sie ein erfrischendes Limoneneis schleckten, und sie blieb wie ein Stein in ihren Mägen, nachdem sie Mittag gegessen hatten und ein *pisolino*, ein Schläfchen, hielten. Der Nachmittag zog sich zäh dahin, während absolut gar nichts geschah. Schließlich gab es das festliche *Ferragosto*-Abendessen wie geplant, aber die Fröhlichkeit klang gezwungen. Als Ernesto sich mit den Worten, dass er keinen Hunger habe, früh verdrückte, war Benedetta den Tränen nahe, aber sie ließ ihn ins Hotel zurückkehren, ohne darauf zu bestehen, ihn zu begleiten.

Einstimmig entschieden sich die Mantonis in diesem Jahr dafür, auf das Feuerwerk zu verzichten. Keiner von ihnen wollte die explodierenden Lichter sehen, wenn jeder Knall sie zusammenzucken ließ und sie an den tödlichen Schuss der letzten Nacht erinnerte.

Müde kehrten sie nach dem Essen ins Hotel zurück. Carlina wartete, bis die Familie außer Hörweite war, dann fragte sie den Rezeptionisten, ob ein Rechtsanwalt mit Namen Domenico Rulo schon eingecheckt habe.

»Oh, ja.« Der Rezeptionist nickte. »Er kam vor einigen Minuten an und wollte mit Ernesto Santorini sprechen. Ich glaube, er ist direkt in dessen Zimmer gegangen.«

Garini hob die Augenbrauen und nahm Carlina am Arm. Er führte sie wieder aus der Lobby hinaus und den Pfad entlang, der um das Hotel herum zum Pool führte.

Die Hitze des Tages strahlte noch von den Steinwänden des Hotels ab und trotz der Dunkelheit konnte er sehen, dass mit jedem Schritt kleine Staubwolken von den Kieselsteinen aufgewirbelt wurden. Garini fühlte, wie ihm der Schweiß zwischen den Schulterblättern entlanglief.

Carlina zog an seinem Ärmel. »Wenn wir auf dem Gras gehen, hört uns keiner.«

Er lächelte sie an. Also wusste sie schon, was er vorhatte.

Ohne ein weiteres Wort verließen sie den Kiesweg und schlichen sich an Ernestos Zimmer heran. Direkt neben der Terrassentür stand eine Bougainvillea, die so groß wie ein Baum war und bis ins nächste Stockwerk reichte. Sie schäumte vor pinkfarbenen Blüten nahezu über. Daneben stand ein Rosmarinbusch, der bis zu Carlinas Hüfte reichte. Sein aromatischer Duft, von der Sonne noch erhitzt, war betäubend.

Carlina und Garini traten so nahe heran, wie sie sich trauten, verdeckt durch die Büsche, und lehnten sich gegen die verblichene orangefarbene Wand des Hotels. Vorsichtig streckte sich Garini und schaute durch eine Lücke zwischen den Blüten.

Die Glastür stand weit auf, doch er konnte nichts sehen. Die Stimmen jedoch waren klar und deutlich.

»Ich habe Ihnen schon alles gesagt. Das war's.« Ernesto klang müde.

Eine nasale Stimme antwortete: »Hören Sie, es ist mir egal, ob Sie ihn umgebracht haben.«

»Ich habe niemanden umgebracht!«

»Lassen Sie mich bitte ausreden.« Die Stimme klang kalt. »Wie gesagt, es ist mir egal, ob Sie ihn umgebracht haben oder nicht. Es ist mein Job, Sie aus diesem Schlamassel herauszuholen, und wenn Sie mir helfen, wird die Sache leichter. Also erzählen Sie mir alles, was Sie wissen, selbst wenn es zu Ihrem Nachteil ist, und ich werde entscheiden, wie viel wir der Polizei verraten. Das Schlimmste, was Sie tun können, ist mir nicht zu vertrauen.«

»Dieser Anwalt klingt furchtbar«, flüsterte Carlina ins Stefanos Ohr.

Er nickte.

»Ich habe Ihnen bereits alles gesagt, was ich weiß.« Ernestos Stimme klang dickköpfig. »Und jetzt lassen Sie mich in Ruhe.«

»Ich soll Sie verteidigen, mein Junge.«

»Ich brauche keine Verteidigung.«

Domenico Rulos Stimme wurde noch kälter. »Das hätten Sie mir mitteilen können, bevor ich ausgerechnet an *ferragosto* hierhin geeilt bin. Glauben Sie, dass ich gern meine Zeit verschwende?«

»Nein. Es tut mir leid.« Ernesto seufzte. »Ich wusste nicht, dass Sie kommen würden. Meine Familie hat das arrangiert und mir nichts davon gesagt. Ich hätte Ihnen sagen können, dass es vergebene Liebesmüh ist.«

Stefano drehte den Kopf und schaute in Carlinas ungläubige Augen.

Ein plötzlicher Knall erschütterte das Haus. Es klang, als ob jemand die Tür zu Ernestos Zimmer mit so viel Wucht geöffnet hätte, dass sie gegen die Wand gekracht war.

Wie ein Echo kam eine knatternde Explosion von draußen. Das *Ferragosto*-Feuerwerk hatte angefangen.

Drinnen erklang die Stimme von *commissario* Pucci wie eine Fanfare: »Ich bin gekommen, um Sie zu verhaften, Ernesto Santorini!«

Kapitel 6

Carlina griff nach Stefanos Arm und umklammerte ihn.

Er bedeckte ihre Hand mit seiner und hielt sie mit sicherem Griff fest, sodass sie nicht nur getröstet, sondern auch daran gehindert wurde, nach vorne zu stürzen.

»Kann ich den Haftbefehl bitte sehen?« Die Stimme des Anwalts klang gelangweilt.

»Wer zum Teufel sind Sie?« Pucci klang überrascht.

»Mein Name ist Domenico Rulo. Ich bin Rechtsanwalt, und ich vertrete Ernesto Santorini. Ich bin überrascht, dass Sie mich nicht kennen.«

»Ich kann nicht jeden Rechtsanwalt kennen.« Pucci sprach mit beleidigendem Unterton. »Sie kommen jetzt besser ohne Widerstand mit, *signor* Santorini.«

Rulo zischte durch die Zähne: »Lassen Sie es mich noch einmal wiederholen: Sie müssen mir den Haftbefehl zeigen, bevor Sie meinen Klienten irgendwohin mitnehmen können.«

»Ich werde ihn übermorgen haben«, sagte Pucci.

Stefano blieb der Mund offen stehen.

Pucci fuhr fort: »In der Zwischenzeit –«

Rulo unterbrach ihn. »Sie können meinen Klienten nicht ohne Haftbefehl festnehmen.«

»Es ist *ferragosto* und deshalb komme ich im Moment nicht an die richtigen Leute heran.« Pucci klang ganz nonchalant, als ob es völlig normal wäre, sich so zu verhalten. »Jetzt bringen Sie die Sache bitte nicht durcheinander. Der Haftbefehl ist in diesem Fall nur eine bürokratische Kleinigkeit.«

»Die bürokratische Kleinigkeit, wie Sie es nennen, *signor*, ist eine absolute Grundvoraussetzung. Was glauben Sie eigentlich, wer Sie sind? Die Gestapo?«

Puccis Stimme hob sich. »Ich habe das Recht, einen Verdächtigen unmittelbar festzunehmen, wenn akute Fluchtgefahr besteht.«

»Ich gehe nirgendwohin!« Ernesto klang panisch.

Carlina machte einen Schritt nach vorne, aber Garini zog sie zurück.

»Sie haben meinen Klienten gehört.« Die Stimme des Anwalts war eisig. »Außerdem sind Ihre Indizien viel zu schwach, um eine Verhaftung zu rechtfertigen.«

»Da irren Sie, *signor*!« Pucci schrie es fast. »Wir haben die Mordwaffe unter dem Bett des Tatverdächtigen gefunden!«

»Was?« Ernestos Stimme stieg eine Oktave. »Die Mordwaffe war unter meinem Bett?«

»Ja.« *Commissario* Pucci war definitiv stolz auf sich. »Wir haben das Haus heute Nachmittag durchsucht, als alle weg waren, und wir haben sie sofort gefunden. Es war kein sehr schlaues Versteck, wissen Sie. Wir sind gerade mit dem Bericht von der Polizeiwache zurückgekommen und ja, die Kugel kam aus dieser Pistole.« Es raschelte. »Hier ist sie. Erkennen Sie sie?«

»Ich habe sie noch nie in meinem Leben gesehen.« Ernestos Stimme schwankte. »Noch nie!«

»Ich habe nicht damit gerechnet, dass Sie etwas anderes sagen würden.« Puccis Worte waren eine Beleidigung.

»Haben Sie geprüft, auf wen sie registriert ist?«, fragte der Rechtsanwalt.

»Noch nicht.« Pucci sprach, als müsste er einem begriffsstutzigen Kind etwas erklären. »Aber wie viele weitere Indizien wollen Sie eigentlich noch haben?«

»Eine ganz Menge, *commissario*.« Rulos Stimme konnte nicht noch eisiger werden. »Wie Sie bereits festgestellt haben, war das Versteck viel zu offensichtlich. Jemand anderes könnte problemlos die Pistole unter das Bett meines Mandanten gelegt haben.«

»Blödsinn. Ich verstehe absolut nicht, warum Sie eine völlig einfache Sache verkomplizieren wollen.«

»Haben Sie jemals schon von einer Lösung gehört, die zu einfach ist?«

»Pah«, sagte Pucci. »Neunzig Prozent der Leute, die das Opfer finden, sind die Mörder.«

Es wurde so leise, dass man eine einzelne Zikade im Garten zirpen hören konnte.

Dann sprach Domenico Rulo, ganz langsam, und er betonte jedes Wort einzeln. »Wie heißen Sie?«

»Ich bin *commissario* Pucci, und ich bin für diesen Fall zuständig, obwohl er meiner Meinung nach ja schon aufgeklärt ist. Sie können sagen, was Sie wollen, aber –«

Der Rechtsanwalt unterbrach ihn. »Wo ist *commissario* Garini?«

»Wer?«

»Der Mann, der mich angerufen hat.«

»Er meint Stefano Garini«, sagte Ernesto. »Sie sprachen mit ihm, als ...« Er schluckte. »Als Sie kamen, um sich den Toten anzusehen.«

»Ach, der.« Puccis Stimme war voller Verachtung. »Ich weiß nicht, wo er ist. Er ist nicht wichtig.«

Rulo sagte ruhig: »Er wird es werden.«

»Ich habe keine Ahnung, wovon Sie sprechen.« Puccis Stimme wurde schärfer. »Und ich will es auch gar nicht wissen. Sie behindern die Polizei. Ich möchte jetzt mit der Verhaftung fortfahren.«

»Sie werden mit dieser völlig verrückten Verhaftung keinesfalls fortfahren, mein Bester. Gehen Sie dorthin zurück, wo Sie hergekommen sind, und holen Sie sich die notwendigen Unterlagen. Wenn Sie sie haben, können Sie wieder auf mich zukommen. Hier ist meine Karte.«

»Ich werde Sie persönlich zur Verantwortung ziehen, wenn der Verdächtige entkommt!« Pucci schien endlich bemerkt zu haben, dass er sich auf schwammigem Boden befand.

»Na klar.« Der Rechtsanwalt klang gelangweilt. »Jetzt gehen Sie endlich.«

Die Tür knallte zu und einen Augenblick lang hörte man nichts außer dem aufgeregten Zirpen der Zikade.

Dann sagte Rulo: »Können Sie mir erklären, wie die Pistole unter Ihr Bett gekommen ist, *signor* Santorini?«

»Nein!« Ernestos Stimme war immer noch viel zu hoch. »Ich schwöre bei Gott, bei der *Madonna*! Ich habe diese Pistole noch nie in meinem Leben gesehen.«

»Nie?« Rulos Stimme klang trocken.

»Nie! Ich weiß nicht mal, wie man schießt. Ich habe noch nie eine Pistole in der Hand gehalten.«

Rulo seufzte. »Sie verstecken etwas, und das auch noch völlig offensichtlich. Sogar ein Versager wie dieser dicke Pucci merkt, dass da irgendwo der Hase im Pfeffer liegt, wenn er so schlecht versteckt ist.«

»Ich verstecke keinen Hasen.« Ernesto klang wie ein trotziges Kind. »Ich verstecke gar nichts.«

»Falsch.« Nun klang Rulo wütend. »Ich weiß es besser, und ich kann Ihnen sagen, dass Ihr Benehmen meine Arbeit behindert. Hören Sie, ich habe schon einige Kriminelle herausgepaukt, aber Sie müssen mit mir zusammenarbeiten, damit das geschehen kann. Ich bin auf Ihrer Seite.«

»Keiner ist auf meiner Seite.« Ernesto sprach so leise, dass sie es kaum hören konnten.

Carlina schluckte. Was war aus ihrem entspannten Cousin geworden?

»Wie Sie wollen, aber Sie sollten wissen, dass ich nicht gern verliere. Wenn Sie sich weigern, mit mir zusammenzuarbeiten, lehne ich es ab, diesen Fall zu übernehmen.«

»Wieso sind Sie denn überhaupt gekommen?« Ernestos Stimme machte überdeutlich, dass er den Rechtsanwalt auf Abstand halten wollte.

»Weil Stefano Garini mich angerufen hat. Ich kann nicht viel mit ihm anfangen, er ist zu korrekt, aber die Tatsache, dass er mich gerufen hat, hat mich fasziniert. Er muss ganz schön Angst haben, wenn er sich bei mir meldet. Also konnte ich nicht widerstehen und wollte mir die Sache erst mal ansehen.«

»Stefano hat Angst?« Ernesto klang, als hätte er nur die Hälfte gehört.

»Ja.« Rulo sprach mit brutaler Offenheit. »Und nach dem, was ich bis jetzt gesehen habe, hat er allen Grund dazu. Also, werden Sie mir jetzt alles sagen, was Sie wissen, oder nicht?«

Ernesto antwortete nicht.

Rulo knurrte entnervt. »Hier ist meine Karte. Ich gehe. Wenn Sie Ihre Meinung ändern sollten, rufen Sie mich an. Ich bin in einem Hotel zwei Straßen weiter untergekommen und gebe Ihnen bis morgen um elf Uhr. Wenn Sie mich bis dahin nicht angerufen haben, reise ich ab, um den Rest meines Urlaubs zu genießen.«

Carlina schnappte Stefano am Arm. »Komm mit«, flüsterte sie. »Wir müssen mit Ernesto sprechen.«

Sie eilten um das Haus herum und hielten sich so gut wie möglich im Schatten, um nicht gesehen zu werden. Eine dünne Mondsichel war am Himmel erschienen und ein leise murmelnder Wind vertrieb die Hitze des Tages. Kurz vor der vordersten Hausecke hielt Carlina inne. »Warte«, zischte sie. »Wir wollen nicht in Rulo hineinlaufen.«

Sie schauten zu, wie der Rechtsanwalt die Lobby verließ, das Gesicht finster verzogen. Er hielt sein Telefon am Ohr und blaffte etwas hinein. Dann warf er sich in ein schwarzes Mercedes-Cabrio und raste mit quietschenden Reifen vom Hotelparkplatz.

Carlina rannte los. Sie eilte durch die Lobby, ganz darauf fokussiert, Ernesto so schnell wie möglich zu erreichen. Aus dem Nichts schoss ein Rollstuhl auf sie zu und kam direkt vor ihr zum Stehen. Carlina fiel darüber und verlor das Gleichgewicht, aber durch einen schnellen Griff zum Rollstuhl schaffte sie es, nicht zu fallen. Einen Augenblick lang balancierte der Rollstuhl nur auf einem Rad und es sah so aus, als ob er zusammen mit Tante Violetta umfallen würde.

Aber Tante Violetta war um einiges beweglicher, als man bei ihrem

Alter und ihrem Format vermutet hätte. Sie warf sich zur Seite und brachte den Rollstuhl wieder sicher auf den Boden. »Was um Himmels willen tust du bloß, Carlina? Da rolle ich hier ganz harmlos durch die Lobby, und du rennst wie von der Tarantel gestochen durch die Gegend.« Ihre dröhnende Stimme erfüllte die Lobby.

»Entschuldigung, Tante Violetta.« Carlina hielt sich immer noch an der Armlehne des Rollstuhls fest. »Ich … ich wollte nur zu Ernesto.«

»Der spricht noch mit dem Anwalt. Das ist übrigens eine üble Type, wenn ihr mich fragt.« Tante Violetta funkelte Garini an. »Ich habe keine Ahnung, warum du ihn angerufen hast. Er hat ja noch nicht mal eine Nase.«

»Er ist der beste Anwalt, den ich kenne«, antwortete Garini. »Wann hast du mit ihm gesprochen?«

Tante Violetta richtete sich zu ihrer vollen Höhe auf. »Ich wollte dabei sein, während er mit Ernesto sprach, aber dieser … dieser fürchterliche Mann schmiss uns raus.«

»Uns?«

»Ja. Benedetta, Fabbiola und mich.«

Carlina sah, wie ein Muskel an Stefanos Mund zuckte, und wusste, was er dachte. Kein Anwalt, der seine fünf Sinne beisammenhatte, würde diesen drei Powerfrauen erlauben, an einem schwierigen Gespräch teilzunehmen. Hastig sagte sie: »Stefano und ich wollten gerade mal schauen, ob wir jetzt mit Ernesto sprechen können.«

»Ich komme mit.« Tante Violetta drehte den Rollstuhl geschickt um und rollte quer durch die Lobby.

Carlina warf Stefano einen entschuldigenden Blick zu, dann zuckte sie die Schultern und lief hinter ihr her.

Als sie Ernestos Zimmer erreichten, stand die Tür halb offen. Tante Violetta riss sie ganz auf. »Ernesto, was hat dieser fürchterliche Mann –?« Sie brach ab.

Carlina schaute über sie hinweg in das Zimmer. Es war leer. Die Terrassentür zum Garten stand offen, und der dünne Vorhang, der die Tür sonst verhüllte, bewegte sich im Wind wie Wellen, die sich kräuselten.

»Vielleicht ist er ja im Bad.« Tante Violetta rollte den Stuhl ins Zimmer und riss die Badezimmertür auf, ohne auch nur anzuklopfen.

Doch Ernesto war auch nicht im Badezimmer.

»Er ist weg.« Ihre Stimme klang bitter. »Ich frage mich, wo er hingegangen ist.«

»Vermutlich brauchte er Zeit für sich, um sich zu erholen.« Carlina griff nach Stefanos Hand und zog ihn zurück. »Ich glaube, die brauche ich jetzt auch. Es war ein anstrengender Morgen. Bis später, Tante Violetta.«

Bevor ihre entschlossene Tante sie zurückhalten konnte, eilte Carlina den Gang entlang und zog Stefano hinter sich her. Als sie im sicheren Hafen des eigenen Zimmers angekommen waren, warf sie die Tür mit einem Knall hinter sich zu und schloss sicherheitshalber ab. Dann lehnte sie sich mit dem Rücken dagegen und schaute Stefano quer durch den Raum an. »Glaubst du, dass Ernesto ihn umgebracht hat?« Ihre Worte waren eine Herausforderung und gleichzeitig voller Angst.

Stefano zuckte nicht mit der Wimper. »Ich bin mir nicht sicher.«

Carlina holte tief Luft. »Ich auch nicht. Vor einer Stunde noch hätte ich geschworen, dass er unter gar keinen Umständen irgendetwas mit dem Mord zu tun hatte, aber sein Verhalten ist –« Sie brach ab und suchte nach dem richtigen Wort.

Stefano lieferte es ihr. »Verdächtig.«

»Ja. Verdächtig. Und ich konnte es gar nicht fassen, als dieser blöde Pucci sagte, dass die Pistole unter Ernestos Bett gefunden wurde. Das klingt nicht gut.«

»Nein.«

Sie starrte ihn an. »Aber Ernesto ist so lieb. Er ist nicht der Typ, der um sich schlägt, und auch nicht das typische Alphatier, das sich ständig in Szene setzen und beweisen muss.«

Stefano lächelte schief. »Tun Alphatiere das denn? Sich beweisen, indem sie andere Leute umbringen?«

»Lass uns die Sache nicht mit Nebenschauplätzen verwirren.« Sie erwiderte sein Lächeln, aber ihr Herz war schwer. »Warum vertraut er uns nicht? Was um Himmels willen ist gestern Nacht passiert? Es ist, als wäre er auf einmal ein ganz anderer Junge. Oder Mann, wie auch immer.« Sie biss sich auf die Unterlippe. »Weißt du, bis jetzt habe ich an Ernesto immer als Junge gedacht. Aber jetzt bin ich mir nicht mehr so sicher. Er wirkt auf einmal sehr ... sehr erwachsen.«

Stefano seufzte. »Wenn du meinst, dass er jemanden deckt und dass das ein typisches Verhalten für einen Erwachsenen ist, dann stimme ich dir zu.«

Sie riss die Augen auf. »Natürlich! Er schützt jemanden! Aber wen? Er muss dieser Person gegenüber ja unglaublich loyal sein. Könnte es Benedetta sein?«

Stefano neigte den Kopf. »Kannst du dir vorstellen, dass deine Tante jemanden erschießt?«

Carlina zögerte. »Um ihre Kinder zu schützen ... ja.«

»Aber in diesem Fall würde sie sich melden. Niemals würde sie Ernesto die Schuld für etwas übernehmen lassen, was sie getan hat.«

»Das stimmt. Was ist mit seinen Schwestern? Emma?«

Stefano zuckte mit den Schultern. »Wenn er Emma deckt, fragte ich mich, warum Lucio nicht involviert ist. Er ist normalerweise ganz vorne dabei, wenn es darum geht, seine Frau zu beschützen. Aber ich habe weder bei Lucio noch bei Emma ein außergewöhnliches Verhalten bemerkt.«

»Dann muss es Annalisa sein.«

Garini verzog das Gesicht. »Ja. Annalisa würde sich nicht melden, um ihren kleinen Bruder zu entlasten.«

Betroffen schaute Carlina ihn an. »Doch, das würde sie.«

»Ach ja? Manchmal denke ich mir, dass du deine Familie in einem sehr verklärten Licht siehst, mein Herz.«

Sie schluckte. »Aber Annalisa hat sich doch auch völlig unauffällig verhalten. Tatsächlich benimmt sie sich in letzter Zeit erstaunlich normal.«

»Was an sich ja schon auffällig ist. Aber ich bezweifle, dass Pucci auch nur für einen Augenblick darüber nachdenken will, jemand anderes als Ernesto als möglichen Mörder in Betracht zu ziehen.«

Carlina ballte die Fäuste. »Ich wünschte, du würdest den Fall untersuchen und nicht dieser nichtsnutzige *commissario* Pucci.«

Stefano lächelte. »Das ist das erste Mal, dass du mich in einen Fall involvieren möchtest, der deine Familie betrifft.«

»Weil ich weiß, dass du fair bist! Und korrekt. Du akzeptierst nicht die einfachste Lösung, nur weil es weniger Arbeit ist.«

Er verneigte sich leicht. »Vielen Dank für das Kompliment. Aber dir ist schon klar, dass es unsere Beziehung wieder sehr belasten würde, wenn ich den Fall untersuchen müsste, oder? Deine Familie mag es nicht, wenn ich sie als Verdächtige ansehe.«

Sie schluckte. »Das ist egal. Ich glaube, dass *du* die Wahrheit herausfinden wirst.« Etwas in ihr brach und sie warf sich in seine Arme. »Bitte übernimm diesen Fall.«

Seine Arme umschlossen sie fest, dann seufzte er. »Ich schaue mal, was ich tun kann.« Er holte tief Luft und atmete den Duft ihrer Haut ein, vermischt mit dem sommerlichen Geruch nach getrocknetem Gras, der durch das offene Fenster hereinwehte. Es fühlte sich so gut an, mit Carlina allein zu sein, und er liebte es, ihr so nahe zu sein, doch er fürchtete sich davor, wie dieser Fall sich entwickeln würde. Wie konnte er sich in einen Fall einmischen, der völlig außerhalb seines Zuständigkeitsbereiches lag?

Stefanos Handy klingelte. Bedauernd ließ er Carlina los und zog das Telefon aus seiner Tasche. Ein Blick auf das Display, und er zog die Augenbrauen hoch. »Wo wir gerade vom Teufel sprechen ... Das ist Cervi.«

Carlina schaute ihn erschrocken an. »Ich dachte, dein Chef hat versprochen, dich nicht anzurufen?«

Stefano hielt das klingelnde Telefon in der Hand und zögerte, den Anruf anzunehmen. Cervi rief immer mal gern zu seltsamen Zeiten an und Stefano ignorierte ihn, wann immer er es für nötig hielt, aber dieses Mal war es anders. Er hatte das Gefühl, dass der Anruf etwas mit Ernesto zu tun haben könnte, und wenn das der Fall war, half er Carlinas

Cousin absolut nicht, wenn er den Anruf nicht akzeptierte. Mit einem Seufzen drückte er auf den grünen Knopf. »*Pronto.*«

»Wieso brauchen Sie eigentlich so lange, um an den Apparat zu gehen?« Cervi nahm sich keine Zeit für eine normale Begrüßung.

»Es ist spät am Abend an *ferragosto*.« Garini bemühte sich um eine ruhige Stimme. »Außerdem habe ich Urlaub.«

»Ein Polizist kann niemals im Urlaub sein, wenn er gebraucht wird.« Die Stimme seines Chefs drang wie ein Nebelhorn durch den Hörer.

Garini unterdrückte einen Seufzer. Sollte er nachfragen, aus welchem Urlaubsort Cervi anrief? Nein, besser nicht. Wenn es um Ernesto ging, würde er alle Hilfe brauchen, die es gab. »Was kann ich für Sie tun, *signor* Cervi?« Er hielt den Hörer vom Ohr weg, um von der Antwort nicht taub zu werden.

»Sie sollten mich besser fragen, was ich für Sie tun kann! Ist es richtig, dass sich die Mantoni-Familie schon wieder in einen Mordfall hat verwickeln lassen?«

Carlina, die jedes Wort ohne Schwierigkeiten verstehen konnte, verschränkte die Arme vor der Brust und hob die Augenbrauen so hoch, wie es ihre Katzenaugen zuließen. Es war ziemlich beeindruckend.

Stefano zuckte entschuldigend mit den Schultern. »Sieht so aus.« Er achtete darauf, dass seine Stimme locker und trocken klang.

»*Madonna!*« Cervi schnalzte wütend mit der Zunge. »Können Sie ihnen das nicht abgewöhnen?«

Carlina blinzelte.

»Ich bemühe mich.« Stefano legte einen Finger auf seinen Mund und lächelte sie an.

»Das scheint aber nichts zu bringen.« Cervi klang wütend. »Sie müssen sich mal ein wenig mehr anstrengen.«

Na klar. »Sicher.« Es war höchste Zeit, seinen Chef dazu zu bewegen, ein paar Fakten von sich zu geben. »Könnten Sie mir sagen, was der Grund Ihres Anrufes ist?«

»Ich rufe an, um Ihnen eine gute Nachricht mitzuteilen.«

Carlina kicherte und flüsterte: »Er hält sich für einen Weihnachtsengel.«

Cervi fuhr fort: »Sie wurden ausgewählt, um den Fall zu übernehmen.«

Garini atmete langsam aus. Genau das hatte er sich gewünscht, aber es war besser, wenn er das nicht zu deutlich zeigte. Er tat so, als wäre er unangenehm überrascht. »Was? Aber ich –«

»Sie waren die erste Person, die am Tatort aufkreuzte, also sind Sie in einer idealen Position, um den Mord zu untersuchen.«

»Stimmt.« Garini nickte kurz.

Einen Augenblick lang wurde es still im Hörer. Dann sagte Cervi: »Irgendetwas stimmt hier nicht.«

»Was meinen Sie?«

»Sie haben Ihr Stichwort verpasst.«

»Wie bitte?«

»An diesem Punkt des Gesprächs sagen Sie normalerweise, dass Sie eine persönliche Verbindung zum Hauptverdächtigen haben. Wie ist es diesmal?«

Garini fing sich schnell. »Ich habe es aufgegeben, darauf hinzuweisen. Sie wissen es ja eh.«

»Ja, aber ich hätte gern, dass Sie ein wenig mehr protestieren.«

Garini blinzelte. Hatte er seinen Chef richtig verstanden? »Protestieren? Warum sollte ich protestieren?«

»Wenn Sie erst protestieren und den Fall dann trotzdem übernehmen, weiß ich, dass Sie alles tun werden, um die Wahrheit herauszufinden. Aber wenn Sie jetzt auf einmal nicht mehr aufmüpfig werden, sieht das sehr verdächtig aus. Ausgesprochen verdächtig, Garini. Was ist da in Ihrem Urlaubsort los, was ich nicht weiß?«

Verdammt. Cervi war zwar schnell von Leuten mit Rang und Status geblendet, aber er hatte auch einen guten Instinkt, mit dem er manchmal direkt ins Schwarze traf. »Ich bin absolut nicht glücklich, einen Fall zu übernehmen, der die Familie Mantoni involviert«, fing Garini an.

»Aaah, das klingt mehr nach Ihnen«, sagte Cervi zufrieden. »Jetzt geht's mir schon besser.«

»Aber diesmal bin ich froh darüber, den Fall übernehmen zu können. Ich weiß nicht, ob Sie *commissario* Pucci, den Verantwortlichen für diesen Fall, kennen?«

»Ja, den kenn ich«, sagte Cervi in einem wegwerfenden Ton. »Der am schlechtesten angezogene Mann der Toskana. Ich weiß nicht, warum er es nie schafft, sich sein Hemd in die Hose zu stecken. Und noch etwas: Sie müssen verstehen, dass Sie als Experte hinzugerufen werden, um die Ermittler vor Ort zu unterstützen.«

»Zu unterstützen ...« Garini erstickte fast. »Wollen Sie damit sagen, dass ich Befehle von diesem ...« Er verschluckte das Wort auf seiner Zunge. »Von *commissario* Pucci akzeptieren muss?«

»Nun regen Sie sich nicht auf. Es liegt eine offizielle Beschwerde gegen *commissario* Pucci vor. Er wird keinen Ärger machen.«

»Eine offizielle Beschwerde?«

»Ja. Dieser Eisenkopf Domenico Rulo rief mich vor einer halben Stunde an. Am Abend von *ferragosto*! Ich weiß wirklich nicht, wo die Welt noch hinkommen soll, wenn Leute einen an jedem Tag des Jahres einfach anrufen. Es gibt keinen Respekt mehr. Ich weiß noch nicht einmal, von wem er meine Mobilnummer überhaupt hat. Er –«

»Hat Rulo offiziell Beschwerde eingereicht?«, unterbrach Garini ihn.

»Ja. Er sagte etwas von starken Verstößen gegen die Grundregeln. Und er sagte, dass Sie ihn zu dem Fall hinzugezogen hätten. Ich habe meinen Ohren nicht getraut. Was um Himmels willen haben Sie sich dabei gedacht, diesen Kerl zu involvieren? Ich dachte, Sie sind Erzfeinde.«

»Ich dachte mir, dass er vielleicht nützlich werden könnte.«

Cervi schnaubte. »Ich glaube, Sie sind wahnsinnig geworden. Wahrscheinlich zu viel Sonne da unten am Meer. Die Ferien tun Ihnen offensichtlich nicht gut, sondern verdrehen Ihnen nur den Kopf. Dann wird das Hirn ganz weich und unnütz. Am besten bleiben Sie der Sonne fern und beschäftigen sich mit dem Fall. Sie sollen sich gleich morgen früh in der Dienststelle zur Arbeit melden.«

»Gut.« Garini biss die Zähne zusammen. So viel zu der Hoffnung, dass er einige sorgenfreie Tage mit Carlina verbringen konnte. Aber andererseits war es ja das, was er sich gewünscht hatte. Es war besser, den Fall unter Kontrolle zu haben, als am Rand zu stehen und hilflos dabei zusehen zu müssen, wie jemand alles verpfuschte und Ernesto festnahm.

»Sie werden mit Puccis Vorgesetztem sprechen müssen. Ich möchte, dass Sie die Sache rasch auflösen. Das sollte nicht so lange dauern, immerhin kennen Sie alle Betroffenen. Pucci hat gesagt, dass es ein ganz einfacher Fall ist.«

»Pucci ist ein Idiot.«

»Das kann schon sein. Als die Beschwerde ankam, hat Puccis Vorgesetzter ein ernstes Wörtchen mit ihm geredet und sie haben sich entschieden, Sie hinzuzuziehen. Mich hat er dann auch angerufen, vor zehn Minuten. Ich habe die Nase absolut voll von all diesen Leuten, die mich unbedingt an *ferragosto* sprechen wollen. Also sehen Sie zu, dass Sie uns gut vertreten und keine Schande machen. Und rufen Sie mich nicht an, außer wenn es absolut lebensnotwendig ist. Ich verlasse mich auf Sie.« Cervi legte auf.

Carlina schaute Stefano an. »Himmel«, sagte sie. »Habe ich dir je gesagt, wie froh ich bin, meine eigene Chefin zu sein?« Sie ging zu ihm und umarmte ihn.

Er erwiderte die Umarmung, aber seine Gedanken waren schon bei dem Fall. »Lass uns schlafen gehen.« Er zwang sich, sie loszulassen. »Ich muss morgen früh raus.«

Sie nickte. »Okay. Ich bin auch völlig erledigt. All diese Gefühle und die Sonne und der Wind ...« Sie schaute ihn an. »Danke, dass du den Fall übernimmst, Stefano. Ich werde alles tun, was ich kann, um dir zu helfen.«

Ein Schauer lief ihm über den Rücken. Er würde es ihr gegenüber niemals zugeben, aber ihr Angebot, ihm zu helfen, machte ihm mehr Angst, als eine Drohung es getan hätte.

Kapitel 7

Carlina wachte mit einem Ruck auf. Es war stockdunkel. Ihr Herz schlug hart gegen ihre Rippen, und ihre Haut fühlte sich klamm an. Was hatte sie geweckt? Ein Traum? Ein Schrei? Ein Schuss? Noch mehr Feuerwerksknaller?

Stefano hatte seinen Arm über sie gelegt, und sie hörte, wie er ruhig atmete. So beruhigend, so vertraut. Sie liebte es, sicher in seinen Armen zu schlafen, eng aneinander gekuschelt wie zwei Löffel.

Aber heute half es nicht, sich an ihn anzuschmiegen. Ihre Unruhe wuchs. Irgendetwas war falsch. Sie streckte die Hand aus und schaffte es, ihr Telefon vom Nachttisch zu nehmen, ohne Stefano aufzuwecken. Das grünliche Licht des Displays zeigte die Uhrzeit an. Halb vier. Die dunkelste Stunde der Nacht, wenn alles tiefschwarz war, sogar in der Nacht von *ferragosto*.

Sie schlüpfte unter Stefanos schützendem Arm hervor und verließ das Bett. Die Terrakottafliesen unter ihren nackten Füßen fühlten sich kühl an, und vom offenen Fenster kam ein Luftzug, der sie in ihren Schlafshorts und dem hauchdünnen Top zittern ließ. Sie streckte die Hand aus und schnappte sich den blauen Pulli, den sie auf dem bequemen Stuhl neben dem Fenster hatte liegen lassen. Nachdem sie ihn über den Kopf gezogen hatte, lehnte sie sich aus dem Fenster und schaute hinaus.

Zuerst konnte sie gar nichts erkennen. Der Mond war nur eine schmale Sichel aus Silber, von Wolken verschleiert, die um ihn hingen wie Gaze. Dann gewöhnten sich ihre Augen an die Dunkelheit und sie konnte den Schimmer des Wassers im Pool ausmachen und die hellen Bezugsstoffe der Schirme, die jetzt geschlossen waren und wie eine Reihe von Mannequins in voluminösen Kleidern um den Pool herum standen. Gestern war ein Mann dort umgebracht worden.

Die sanfte Brise brachte einen Hauch von Seetang und Salz in der Luft mit, gemischt mit dem zarten Geruch von Lavendel. Sie trug auch das Gemurmel der Wellen heran. Ansonsten war es still. Hinter Carlina atmete Stefano weiter leise und gleichmäßig. Irgendwo zirpte eine Zikade. Es klang traurig und einsam. Für wen sang die Zikade? Wo waren ihre Freunde?

Carlina schüttelte den Kopf. Das war jetzt nicht der richtige Augenblick für sentimentale Gedanken. Was hatte sie bloß geweckt? Sie hielt sich am Fensterrahmen fest und lehnte sich weit hinaus. Ihr Unbehagen stieg. Vielleicht sollte sie Stefano wecken. Er würde sie in die Arme nehmen und einige tröstende Worte murmeln und das Gefühl würde verschwinden. Sie reagierte einfach über, weil sie so viele schreckliche Erlebnisse durchgemacht hatte.

Sie holte tief Luft, bis sie fühlte, wie sich ihr Bauch ausdehnte, dann wandte sie sich vom Fenster ab. In diesem Moment erhaschte sie aus den Augenwinkeln eine Bewegung unten im Garten.

Abrupt drehte sie sich um. Jemand lief durch den Garten. Jetzt konnte sie leise Schritte hören. Wer war das?

Sie kniff die Augen zusammen und beugte sich nach vorn.

Eine dunkle Figur glitt am Pool vorbei und tiefer in den Garten hinein. Jetzt war sie bei dem Schuppen, in dem die Kissen aufbewahrt wurden. Der Bewegungsmelder über der Tür schaltete die einzelne Glühbirne über dem Eingang des Schuppens mit einem so lauten Klick an, dass Carlina zusammenfuhr.

Die Person im Garten sprang zur Seite, aus dem Lichtkegel heraus, aber nicht bevor Carlina das leuchtend rote Haar erkennen konnte. Es war Ernesto.

Carlina schluckte schwer. Was machte Ernesto mitten in der Nacht draußen im Garten? Plötzlich erinnerte sie sich an sein seltsames Verhalten. Seit dem Mord war er blass und wirkte bedrückt. Sie hatte angenommen, dass er so unglücklich wirkte, weil er der Hauptverdächtige war. Jetzt fragte sie sich, ob das wirklich stimmte. Was versteckte ihr Cousin? Hatte er die Wahrheit gesagt, als er behauptet hatte, er hätte seine Freunde unten am Meer getroffen und den ganze Abend mit ihnen verbracht? Eine kalte Hand drückte ihr Herz zusammen. Sie wollte nicht, dass Ernesto schuldig war. Egal, um was es ging.

Ohne zu zögern, schlüpfte sie in ihre Turnschuhe, nahm den Türschlüssel und ging zur Tür. Stefano bewegte sich nicht. Es war besser, ihn schlafen zu lassen. Jetzt, wo er offiziell für den Fall verantwortlich war, konnte er solche Unregelmäßigkeiten nicht einfach ignorieren. Erst musste sie herausfinden, was Ernesto bedrückte, und dann konnte sie entscheiden, was sie Stefano davon mitteilen würde.

Als sie die Tür lautlos hinter sich ins Schloss zog, fühlte sie sich schuldig. Sie hatte sonst keine Geheimnisse vor Stefano, und sie mochte das Gefühl ganz und gar nicht. Aber sie hatte ja gar kein Geheimnis vor ihm. Jedenfalls noch nicht. Sie versuchte nur herauszufinden, was ihr Cousin mitten in der Nacht im Hotelgarten vorhatte. Sie eilte die Stufen hinunter und lief durch den Haupteingang hinaus, dann rund um das Gebäude herum, wobei sie den Kiespfad mied.

Kurz bevor sie den Schuppen erreichte, machte sie einen kleinen Umweg, um den Bewegungsmelder zu vermeiden. Dann blieb sie stehen und lauschte.

Die einsame Zikade zirpte immer noch. Das Meer murmelte.

Sonst hörte sie nichts.

Sie hielt die Luft an, weil ihr eigener Atem zu laut in ihren Ohren klang.

Wo war Ernesto?

Dann hörte sie es. Schritte, weiter hinten im Garten.

Sie zögerte. Es war dunkler dort hinten, unter den Olivenbäumen. Vorsichtig folgte sie dem Geräusch. Sie strengte ihre Ohren an und hielt nach jedem Hauch von Licht Ausschau. Die Erde unter den Olivenbäumen war von der Sonne völlig ausgetrocknet und gab nicht nach. Sie machte auch keine Geräusche. Gut. Solange sie auf keinen Ast trat, war alles in Ordnung. Sie blieb im Schatten der Bäume und bewegte sich in Zeitlupe vorwärts, alle Sinne hellwach.

Wohin ging Ernesto bloß? Dort hinten war nichts außer der hohen Steinmauer, die das gesamte Hotelgelände einfasste. Traf er jemanden dort, wo niemand ihn hören oder sehen konnte?

Das Herz klopfte ihr bis zum Hals, während sie langsam weiterschlich.

Das plötzliche Kreischen eines Vogels in den Ästen über ihr ließ sie vor Schreck in die Luft springen. Mannomann. Vielleicht hätte sie Stefano doch lieber aufwecken sollen. Vielleicht war ja auch jemand hinter ihr und kam ständig näher. Genau hier hatte ein Mord stattgefunden, nur ein paar Schritte weiter weg. Was tat sie hier eigentlich? Sie zögerte, bereit umzukehren. Das Ganze war eine dumme und gefährliche Aktion.

Ein plötzliches Geräusch drang durch die Dunkelheit – ein leichtes, metallisches Klicken. War das eine Pistole?

Ihr Herz reagierte wie ein Rennpferd und raste panisch davon, aber ihre Füße waren wie eingefroren. War da noch jemand im Garten? Zielte jemand gerade genau auf sie, obwohl sie ihn nicht sehen konnte?

Sie schnappte nach Luft. Vielleicht sollte sie sich flach auf den Boden werfen, damit die Kugel an ihr vorbeischoss?

Das Klicken ertönte erneut und diesmal erkannte Carlina das Geräusch. Eine Tür fiel ins Schloss. Sie sank vor Erleichterung in sich zusammen, als sie sich erinnerte, dass es in der Tat hier hinten in der Steinmauer eine Art Hintereingang zum Garten gab. Es war nur eine schmale schmiedeeiserne Tür, die zu einem Fußweg führte, der quer durch den Garten zum Hotel ging.

Sie war davon ausgegangen, dass die Tür verschlossen war und nur vom Hotelpersonal genutzt wurde. Doch anscheinend war sie geöffnet oder Ernesto besaß einen Schlüssel. Sie hatte wohl gehört, wie er die Tür aufgeschlossen und dann wieder hinter sich verschlossen hatte.

Sie tastete sich vorwärts, bis sie zu der schmiedeeisernen Tür kam.

Der Türgriff fühlte sich unter ihrer Hand kühl an. Als sie ihn drehte, öffnete die Tür sich genau mit dem Klicken, das sie gehört hatte.

Sie schlüpfte hindurch und presste sich gegen die Mauer. Wie gut, dass sie ein dunkles Oberteil angezogen hatte.

Etwas weiter unten erleuchtete eine Straßenlaterne den Fußweg. Ernesto war gerade am Rand ihres Lichtkegels angekommen. Sein rotes Haar leuchtete, und sein weißes T-Shirt war deutlich durch die Nacht zu sehen. Er ging mit langen Schritten Richtung Promenade.

Carlina zögerte. Das weiße T-Shirt verwirrte sie. Er war nicht so angezogen, als ob er sich verstecken wollte. Wollte Ernesto vielleicht einfach nur ausgehen? Einige Clubs entlang der Promenade hatten die ganze Nacht geöffnet. Vielleicht wollte er mal ein paar Stunden Spaß haben, etwas Abstand gewinnen. Er war ein junger Mann, gerade erst achtzehn. Er hatte jedes Recht dazu.

Carlina runzelte die Stirn und folgte ihm in sicherem Abstand. Wenn er wirklich nur zu einem Nachtclub wollte, wäre es extrem peinlich, wenn er sie entdeckte. Sie war stolz darauf, nicht so übertrieben ängstlich wie seine Mutter oder seine Tante zu sein, und sie wusste, dass sie das wenige Vertrauen, das er ihr schenkte, verlieren würde, wenn er sie wie eine Spionin hinter sich ertappte.

Sie ließ die Distanz zwischen ihnen größer werden. Vielleicht war jetzt der richtige Augenblick, um ins Hotel zurückzukehren?

Irgendetwas ließ sie weitergehen. Sie schlenderte vorwärts und versuchte nicht daran zu denken, dass sie gerade in ihren Schlafshorts über die Promenade spazierte. Viele Leute trugen im Sommer knappe Shorts. Außerdem war sowieso niemand unterwegs. Falls Ernesto zu einem Club wollte, hatte er eine ziemliche Strecke vor sich. Die Promenade zog sich über Kilometer hin, bis Carrara oder so, ganz im Norden. So weit war sie noch nie gekommen. Es hatte der Familie immer gereicht, zum Hotel zu gelangen. Wollte sie Ernesto überhaupt so weit folgen?

Sie ging an einer Palme in einem Pflanzkübel aus Holz vorbei. Die Blätter raschelten in der leichten Nachtbrise. Es war wirklich friedlich und schön mitten in der Nacht. Keine lauten Radios. Keine kreischenden Kinder. Keine trampelnden Touristen. Nur die süße Sommerluft und das Rascheln der Palmen. Sie sollte öfter mitten in der Nacht zu einem Spaziergang aufbrechen.

Plötzlich stellte sie fest, dass Ernesto verschwunden war. Vor einer Sekunde hatte sie ihn noch gesehen, und jetzt war er weg. Ein Schauer lief ihr über den Rücken. Wo war er?

Leise ging sie zu der Stelle, wo sie ihn zuletzt gesehen hatte, und entdeckte einen schmalen Durchgang zwischen zwei Gebäuden. Den hatte sie noch nie wahrgenommen. Eigentlich war es auch kein Durchgang, das war eine viel zu großzügige Beschreibung für den winzigen Tunnel, der sich vor ihr auftat. Es war eine schmale Spalte zwischen zwei Restaurants, kaum groß genug, um sich hindurchzuquetschen, und stockdunkel. Sie starrte hinein. Am Ende des Tunnels bewegte sich etwas in der Dunkelheit und dann sah sie, wie sich ein Schatten löste und davonging. Sie kannte diesen Gang. Das war Ernesto, und er ging nicht zu einem Nachtclub. Er ging hinunter zum Strand, ohne sich auch nur einmal umzusehen.

Carlina biss die Zähne zusammen und folgte ihm. *Ich hoffe, hier sind keine Spinnen. Oder Fledermäuse.* Sie konzentrierte sich auf Ernesto, weg von den Spinnen, weg von den Fledermäusen, als etwas Weiches gegen ihre Fußknöchel strich.

Sie verbiss sich einen Schrei und sprang nach vorne, dann schaute sie nach unten. Ihr Herz hämmerte. Ein Paar Augen, schmal und grün, starrte sie an, dann schlich die Katze davon.

Carlina schnappte nach Luft. *Ich muss hier raus.* Sie eilte durch den Tunnel, beide Hände nach vorne ausgestreckt, bis sie mit einem Seufzer der Erleichterung hindurch war.

Ein Meer von zusammengefalteten Sonnenschirmen begrüßte sie. Es war heller hier, weil das Wasser das Mondlicht reflektierte. Sie schlüpfte an den Schirmen und den ordentlichen Reihen aus Plastikliegen vorbei zur Küste, wo sie Ernesto sehen konnte.

Ernesto blieb an der letzten Reihe stehen. Er ließ sich in einen der

Liegestühle fallen und starrte sitzend aufs Meer hinaus, ohne sich zu bewegen.

Carlina blieb im Hintergrund, nicht sicher, was sie nun tun sollte. Wartete er auf jemanden? Es wirkte nicht so. Er schaute nicht auf die Uhr; er blickte nicht um sich. Er starrte einfach nur in die Ferne.

Carlina blickte prüfend über das Meer. Da war gar nichts. Er war zu alt, um auf eine Meerjungfrau zu warten. Als sie ihren Blick wieder auf ihn richtete, wusste sie instinktiv, dass Ernesto blind vor sich hinstarrte und sich auf etwas konzentrierte, das niemand außer ihm sehen konnte. Er kämpfte einen inneren Kampf, der seinen ganzen Körper unter Anspannung setzte.

Er wollte sich doch nicht ertränken, oder?

Der plötzliche Gedanke ließ sie erschaudern, und gleichzeitig fühlte sie sich besser, dass sie ihre Skrupel überwunden und ihn verfolgt hatte. Falls er sie brauchte, würde sie hingehen. Wenn nicht, würde sie auf Distanz bleiben.

Carlina trat zur Seite und lehnte sich gegen einen Sonnenschirm. Wenn sie sich nicht bewegte, würde er sie in der Dunkelheit nicht bemerken, selbst dann nicht, wenn er sich umdrehte.

Ihr Cousin saß lange dort, ohne sich zu bewegen, ohne etwas zu tun.

Carlina schlang die Arme um den Körper. Der Wind war frisch. Sie sollte besser zurückgehen. Gott allein wusste, was Ernesto hier draußen wollte. Vielleicht brauchte er nur ein wenig Abstand. Nun, das konnte ihm niemand vorwerfen. Das Hotel fühlte sich mittlerweile erdrückend an.

Aber wenn sie jetzt umkehrte, riskierte sie, dass Ernesto sich auch umdrehte und sie sah. Unter keinen Umständen wollte sie das riskieren. Also musste sie jetzt da durch und einfach so lange bleiben, bis er auch ging. Das hatte sie davon, dass sie so neugierig war.

Sie seufzte und schaute wieder zu Ernesto. Er hielt jetzt etwas in den Händen, etwas, das er mit einer Intensität betrachtete, die sie nie zuvor gesehen hatte. Ein Bild? Es war zu dunkel, um irgendetwas auszumachen. Was um alles in der Welt tat er denn da?

Da ließ Ernesto den Kopf in die Hände fallen und fing an zu schluchzen.

Carlina erstarrte. Die gedämpften Schluchzer, halb unterdrückt, aber herzzerreißend, erreichten sie wie glühend heiße Stachel. Ohne nachzudenken, ging sie einige Schritte auf ihn zu. Er war so unglücklich. Er brauchte jemanden, der ihn hielt, der ihn tröstete. Sie konnte ihn nicht einfach so allein lassen. Er war doch Ernesto, ihr kleiner Cousin, der immer so ausgeglichen war, so entspannt und gelassen in allem. Was hatte ihn bloß so unglücklich gemacht?

Dann blieb sie mitten in der Bewegung stehen. Ernesto war mitten in der Nacht aus dem Hotel geschlüpft. Er hatte sich, so weit er nur konnte, von der Familie entfernt, um allein zu sein, um sich zu erleichtern, um seinen Gefühlen ohne Zeugen freien Lauf lassen zu können. Wenn er hätte getröstet werden wollen, hätte er jede Menge willige Arme im Hotel finden können. Aber nein. Er hatte die größtmögliche Distanz geschaffen, um allein zu sein. Das musste sie respektieren.

Es zerriss ihr das Herz, und dann schoss ihr wieder ihr erster Gedanke durch den Kopf. Was, wenn er sich umbringen wollte? Sie hatte keine Ahnung gehabt, dass er so verzweifelt war, so zutiefst unglücklich. Welches dunkle Geheimnis schleppte er mit sich herum? Was war es, das er mit keinem teilen konnte? Wenn er doch nur mit ihr sprechen würde. Wenn er ihr doch nur vertrauen würde. Sie musste ihn einfach dazu bringen, mit ihr zu sprechen. Aber nicht jetzt. Jetzt musste sie ihm Zeit geben. Sie würde hier bleiben, wie ein Schutzengel, unsichtbar, leise. Ein Schutzengel, dem verdammt kalt war. Sie rieb sich die Arme und kehrte zu ihrem Schirm zurück.

Es schien eine Ewigkeit zu dauern, aber irgendwann wurden die Schluchzer weniger verzweifelt und schließlich beruhigte Ernesto sich. Sie hörte, wie er seufzte, sich die Augen mit dem Handrücken wischte und noch einmal schniefte. Sie zog sich tiefer in die Schatten zurück.

Mit einem Seufzer, der so tief aus seiner Seele zu kommen schien, dass Carlina um ein Haar auf ihn zugerannt wäre, stand er auf. Sein Kopf hing herab und seine Schultern waren nach vorne gefallen, als er sich an ihr vorbeischleppte.

Sie folgte ihm in sicherem Abstand, erleichtert, dass er nicht versucht hatte, sich zu ertränken.

Er ging geradewegs ins Hotel zurück. Carlina wartete, bis er durch die praktische Terrassentür wieder in sein Zimmer verschwunden war, dann ging sie um das Hotel herum zum Haupteingang, schloss auf und stolperte in ihr Zimmer. Sie war todmüde, bis auf die Knochen durchgekühlt und traurig. Morgen würde sie einen Weg finden, um Ernestos Vertrauen zu gewinnen. Irgendwie musste sie diese Hülle der Einsamkeit durchbrechen. Wenn sie nur wüsste, wie.

Als sie die Tür zu ihrem Zimmer öffnete, war sie froh, Stefanos gleichmäßigen Atem zu hören. Rasch ging sie ins Bad, dann kuschelte sie sich erleichtert an ihn. Er war warm und real und tröstend. Ein Gewicht fiel ihr von der Seele. *Alles wird gut.* Sie musste nur daran glauben. *Alles wird gut.* Wenn sie es oft genug wiederholte, würde es schon wahr werden.

»Huh, du bist ja eisig«, murmelte Stefano, als ihre kalten Beine seine berührten. Er legte seinen Arm um sie und zog sie näher an sich. »Wo warst du denn?«

»Im Bad.« Es war keine wirkliche Lüge. Es war die halbe Wahrheit.

Mit einem Seufzer der Erleichterung schlief sie ein.

Sie schlief länger als sonst und wachte erst auf, als die Sonne schon hoch am Himmel stand. Einen Augenblick lang streckte sie sich, glücklich, im Urlaub zu sein, glücklich, das glatte Laken unter sich zu spüren, glücklich, ohne Sorgen aufzuwachen. Dann fiel die Erinnerung der letzten Nacht wie ein massiver Steinklotz auf ihre Brust. *Verdammt.* Sie musste Ernesto finden und ihn zu einem Gespräch zwingen. Sie konnte doch nicht nur danebenstehen und zuschauen, wie er litt, ohne irgendetwas zu tun.

Als sie aus dem Bett sprang, entdeckte sie eine Notiz auf dem Fußboden, mit Stefanos markanter Handschrift. »Ich musste schon los und habe es nicht über mich gebracht, dich zu wecken. Hoffe, dich später zu sehen. Ich liebe dich. Stefano.«

Sie lächelte und nahm den Zettel mit ins Bad, wo sie ihn in den kleinen Spalt zwischen dem Spiegel und den Rahmen steckte, während sie sich die Zähne putzte. Er würde ihr heute fehlen, aber sie tröstete sich damit, dass sie ihr nächstes Projekt besser ohne ihn durchführen konnte. Sie zog rasch ihren Bikini an, darüber ein weißes Oberteil mit Blumen in Pink, pinkfarbene Shorts und weiße Sandalen mit einem kleinen Absatz. Dann bürstete sie sich rasch die Locken und rannte hinunter zum Frühstück.

Die Familie hatte ihr Frühstück schon beendet und war zum Strand gegangen. Carlina war sich nicht sicher, ob sie darüber erleichtert sein sollte oder nicht. Einerseits hatte sie überhaupt keine Lust auf Gespräche heute Morgen, andererseits hätten sie ihr sagen können, wohin Ernesto gegangen war.

Es war still im Frühstücksraum. Außer ihr war nur noch Nora da, die kleine Kellnerin mit dem dicken Zopf. Sie räumte die Tische ab und wirkte irgendwie bedrückt. Carlina wechselte einige Worte mit ihr, schnappte sich dann ein paar *biscotti*, trank eine Tasse *cappuccino* und eilte nach draußen. Sie musste Ernesto finden.

Zuerst ging sie zu seinem Zimmer, aber auf ihr Klopfen kam keine Antwort. Dann ging sie ums Hotel herum und spähte durch seine Terrassentür. Das Zimmer war leer. Gestern war Ernesto ans Meer gegangen, um Abgeschiedenheit und Trost zu finden. Vielleicht war er heute wieder am gleichen Ort.

Sie lief hinunter zur Promenade und nutzte dabei die Abkürzung quer durch den Hotelgarten, doch als sie zum Strand kam, sank ihre Hoffnung. Reihe um Reihe von Liegen und kleinen Sonnenschirmen erstreckte sich, soweit das Auge reichte. Der Strand war überfüllt mit Familien, Teenagern, Kindern, Verliebten. Hunderte von jungen Männern kamen und gingen. Sie alle trugen solche Badeshorts wie Ernesto. Einige surften.

Surfen! Sie blieb wie angewurzelt stehen.

Surfen war eine ausgesprochen praktische Lösung, um sowohl der Familie als auch der Masse zu entkommen, und Ernesto surfte gern. Warum hatte sie nicht schon eher daran gedacht?

Sie entschied sich, zur Pontile zu gehen, dem bekanntesten Wahrzeichen von Forte dei Marmi. Der dreihundert Meter lange Pier, der im rechten Winkel schnurstracks ins Meer führte, war ursprünglich im sechzehnten Jahrhundert gebaut worden, um die riesigen Carrara-Marmorblöcke zu verschiffen, die von den Bergen weiter im Norden kamen. Der Pier war noch heute wunderbar erhalten, obwohl kein Marmor mehr von hier verschifft wurde. Stattdessen bot er eine wunderbare Promenade, um die Surfer im ligurischen Meer zu beobachten.

Carlina ging quer über den runden Eingangsbereich des Piers, der mit seinen Palmen und dem Marmormosaik auf dem Boden wie ein gigantischer Kuchen aussah, der abwechselnd aus dunklen und hellen Tortenstücken bestand. Rasch lief sie an den glücklich aussehenden Touristen vorbei, bis sie zur Spitze des Piers gelangte. Von diesem Blickwinkel aus würde sie alle Surfer gut beobachten können.

Doch als sie zum Rand des Piers kam, brauchte sie das Wasser gar nicht nach einem einsamen Surfer abzusuchen. Ernesto saß auf der linken Seite, am äußersten Ende des Piers. Er hatte sich halb unter das weiße Geländer gesetzt, sodass seine Füße herabhingen, aber er schaute sich nicht die Surfer mit ihren bunten Segeln auf dem leuchtend blauen Meer an. Stattdessen hatte er den Kopf in den Armen vergraben, ohne das ausgelassene Toben der Sommergäste um sich herum zu beachten.

Ihr Herz zog sich zusammen. Ernesto hatte wirklich Kummer. Wenn sie ihm nur helfen konnte. Carlina schlüpfte in die gleiche Position direkt neben ihm und starrte aufs Meer hinaus. Das leuchtende Sonnenlicht brach sich auf den blauen Wellen, die Millionen Lichtfunken reflektierten. Wie gut, dass sie ihre Sonnenbrille aufgesetzt und sich eingecremt hatte, bevor sie losgegangen war. Sie hoffte, dass Ernesto auch daran gedacht hatte. Mit seinen leuchtend roten Haaren und der hellen Haut verbrannte er sich schnell. Sie schüttelte sich. Sie war doch nicht hierhergekommen, um ihn damit zu verschrecken, dass sie ihn wie seine Mutter behandelte. Seine Haut hatte im Moment eine untergeordnete Bedeutung.

Ernesto wandte den Kopf und sah sie an. »Carlina! Was machst du denn hier?«

»Ich habe dich gesucht.« Ein schneller Blick bestätigte ihre schlimmsten Befürchtungen. Seine Augen waren rot und schauten wie die eines geschlagenen Hundes. Dass er noch nicht einmal seine Sonnenbrille aufgesetzt hatte, sprach Bände. Er war auf sein neuestes Modell richtig stolz gewesen, weil die Gläser blau verspiegelt waren und ihn wie einen Gangster in einem billigen Film aussehen ließen. Ihr Herz tat weh, als sie sich daran erinnerte, wie anders er noch vor wenigen Tagen gewesen war, so aufgeregt und glücklich, in den Urlaub zu fahren.

»Warum hast du mich gesucht?« Er zuckte zusammen. »Sind sie gekommen, um mich festzunehmen?«

»Nein, nein, natürlich nicht.« Carlina schüttelte den Kopf. »Ich bin wirklich froh, dass sie den Fall jetzt an Stefano übertragen haben.«

Ernesto vergrub den Kopf in seinen Armen. Seine nächsten Worte klangen dumpf. »Du meinst, sie hätten mich jetzt schon festgenommen, wenn Stefano nicht wäre?«

Carlina entschied sich, ehrlich zu sein. »Wahrscheinlich.«

Er reagierte nicht.

Sie wartete einige Minuten, aber als er sich nicht weiter regte, entschied sie sich für den brutalen Ansatz. »Wen schützt du?«

Ernestos Kopf schoss hoch. »Was?«

Sie erwiderte seinen Blick, ohne mit der Wimper zu zucken. »Du deckst jemanden. Wer ist es?«

Er leckte sich die Lippen. »Wie kommst du denn darauf, dass ich jemanden decken könnte?«

»Ich weiß, dass du den Manager nicht umgebracht hast, aber du benimmst dich so, als ob du schuldig wärst. Du musst etwas wissen, und wenn du nicht bereit bist, dieses Wissen mitzuteilen, dann kann das nur sein, weil du versuchst, jemanden zu schützen. Jemanden, der dir wichtig ist. Wer ist es?«

Er schaute weg, sein Unterkiefer so angespannt, dass er fast verkrampft wirkte. »Ich sage dir gar nichts.«

Sie legte eine Hand auf seinen Arm. »Ernesto, bitte. Ich weiß, es sieht vielleicht so aus, als ob es besser wäre, wenn du den Mund hältst, aber glaube mir. Es ist besser, wenn du die Wahrheit sagst. Ich ... ich habe den Fehler selbst schon gemacht und gelernt, dass es nicht hilft.« Sie machte eine Pause. »Du vertraust Stefano doch, oder?«

Er stülpte die Lippen nach vorne und zuckte mit den Schultern, ohne sie anzusehen.

»Du *kannst* ihm vertrauen.« Sie legte all den Glauben, den sie an Stefano hatte, in ihre Stimme. »Er wird die Wahrheit herausfinden und sich nicht auf irgendwelche bequemen Abkürzungen verlassen wie dieser dicke *commissario*, der den Fall zuerst übernommen hat.«

Ernesto schluckte so schwer, dass sie sah, wie sein Adamsapfel sich bewegte. »Das glaube ich schon.«

»Gut.« Sie holte tief Luft und wartete. Stefano hatte mal gesagt, dass langes Schweigen für die meisten Leute so unangenehm war, dass sie von sich aus anfingen zu sprechen.

Aber bei Ernesto funktionierte es nicht. Er starrte weiter hinaus auf das glitzernde Meer, sein Kiefer und seine Fäuste verkrampft, sein ganzer Körper ein einziges Bündel an unglücklich verhärteten Muskeln.

»Ernesto.«

»Was?«

»Sprich mit mir.«

Er schüttelte den Kopf.

»Bitte.«

Er zuckte nicht mit der Wimper.

Carlina blieb neben ihm sitzen, obwohl sie fühlte, wie die Sonne sich durch ihr dünnes Spaghettiträger-Oberteil hindurchbrannte. Es war zu heiß hier. »Lass uns ins Wasser springen und an Land schwimmen«, sagte sie schließlich.

»Leg los.« Er klang erleichtert. »Ich bleib noch.«

Verdammt. Sie wollte ihn schütteln, ihn anschreien, aber sie konnte weder das eine noch das andere tun. Es würde nicht helfen. Es würde ihn nur noch weiter von ihr entfremden. »Hör mal, ich verstehe, dass du nicht sprechen willst. Aber wenn du deine Meinung ändern solltest, komm sofort zu mir, ja?«

Er nickte, ohne sie anzuschauen.

Sie tätschelte unbeholfen seine Schulter, dann zog sie sich hoch.

Er hob eine Hand und stoppte sie. »Carlina.«

»Ja?« Ihr Herz machte einen kleinen Sprung. Würde er sich endlich öffnen?

»Danke, dass du nach mir geschaut hast.« Ein Seufzer ging durch seinen ganzen Körper. »Es ... es ist schwierig, erwachsen zu werden, nicht wahr? Ich ... ich dachte, dass es einfacher sei.«

Sie starrte ihn an, dann hockte sie sich hin, sodass er sie hören konnte, obwohl sie fast flüsterte. »Es ist leichter, wenn du die Last teilst.« Ihre Stimme klang rau.

Er wandte sich ab und schüttelte den Kopf. »Ich kann nicht.«

Entmutigung schlug wie eine Welle über ihr zusammen. »Gut. Aber vergiss nicht: Wenn du mich brauchst, bin ich da.«

Langsam kehrte sie ins Hotel zurück, die sommerliche Leichtigkeit war völlig aus ihrem Herzen verschwunden. Sie hatte keine Ahnung, was sie als Nächstes tun konnte, um Ernesto zu helfen. Blieb nur die Hoffnung, dass Stefano es schaffte, hinter Ernestos Geheimnis zu kommen. Der Gedanke gefiel ihr überhaupt nicht. Nicht, dass sie Stefano nicht vertrauen würde, seinen Job gut zu machen, aber sie hasste es, neben dem Geschehen zu stehen und zusehen zu müssen, wie Ernesto litt. Verdammt. Sie war froh, dass es Zeit fürs Mittagessen war. Das Essen würde sie ein wenig stärken und wenn sie erst einmal etwas im Magen hatte und ein wenig ausgeruhter war, würden die Dinge schon nicht mehr so schlimm aussehen. Bestimmt würden sie eine Lösung finden. Sie brauchte nur ein wenig mehr Zeit.

Während Carlina den Morgen damit verbrachte, mit Ernesto zu sprechen, saß Garini in dem staubigsten Polizeirevier, das er in seinem ganzen Leben gesehen hatte. Das Büro war klein und stickig. Alle vier Wände waren mit Aktenschränken versehen, die so vollgestopft waren, dass sich einige Türen nicht mehr schließen ließen. Oben auf den Schränken lagen die Akten in Stapeln, die drohten, auf den Boden zu fallen. Es gab nirgendwo mehr auch nur ein winziges Fleckchen Platz, und der einzige Versuch, so etwas wie eine Zimmerdekoration zu schaffen – ein kleiner Kaktus, der schief auf einem der Aktenberge saß –, war von einer so dicken Staubschicht überzogen, dass es unmöglich war zu sagen, welche Farbe er eigentlich hatte.

Der Morgen fing schlecht an, weil Puccis Vorgesetzter verschlief – zweifellos ein Ergebnis der nächtlichen Aktivitäten – und eine Stunde zu spät kam. Jetzt saß *signor* Lampone auf einem wackeligen Stuhl kerzengerade direkt vor ihm. Als Stefano seinen Namen hörte, musste er ein Lächeln unterdrücken. Er beneidete den Mann nicht. Es musste schwierig sein, sich durchs Leben zu schlagen, wenn man Herr Himbeere hieß – ganz besonders, wenn man ein Polizist war. Wenigstens sah *signor* Lampone nicht wie eine Himbeere aus – er war weder rundlich noch rot oder fröhlich, sondern groß und irgendwie ausgetrocknet und nervös. Sein dickes weißes Haar stand in Büscheln hoch. Das Einzige, was ihn entfernt an eine Himbeere erinnerte, waren seine Augen – sie hatten eine seltsam hellbraune Farbe, wie selbst gemachte Himbeermarmelade, die zu lange in der Sonne gestanden hatte.

»Es tut mir leid, dass Sie Ihre Ferien unterbrechen mussten.« Lampone sprang auf, ging einmal hastig um seinen Schreibtisch herum und dann wieder zu seinem Stuhl. Er setzte sich mit einem Gesichtsausdruck, als erwartete er, dass der Stuhl jeden Augenblick unter ihm explodieren könnte. Er sprach überstürzt und hastig, wie ein Bächlein, das sich einen tiefen Abhang hinunterstürzte. »Aber *commissario* Pucci hat sich leider krankgemeldet und da Sie ja schon in den Fall involviert waren, war es die nächstliegende Lösung.«

Garinis Augenbrauen wanderten ganz von alleine nach oben. »*Commissario* Pucci ist krank?«

Die gekochten Himbeeraugen verschwanden hinter flackernden Augenlidern. »Leider ja. Eine schwerwiegende Entzündung der Stimmbänder. Der Arzt hat ihm verboten zu sprechen.«

»Wie unglücklich.« Garini ließ sich seine Erleichterung nicht anmerken. Wenigstens konnte Pucci jetzt nicht mehr in dem Fall herumpfuschen. Er würde sich anstrengen, ihn bis zum Ende des Falles herauszuhalten, damit er nichts mehr kaputtmachen konnte.

»Aber Ambrosiano wird Ihnen natürlich zur Verfügung stehen.«

»Ach ja.« Dunkel erinnerte Garini sich an den knochigen Assistenten mit der rauchigen Stimme. Sie hatten hier in Forte dei Marmi wirklich ein Händchen dafür, Polizisten mit komischen Namen anzuheuern. Er war sich nicht sicher, ob Ambrosiano ihm eine größere Hilfe bieten konnte als sein Assistent Piedro in Florenz, aber er war gern bereit, es zu versuchen. Schlimmer konnte es eigentlich nicht werden.

»Sobald er zurück ist.« Lampone zuckte entschuldigend mit den Schultern.

»Sobald er zurück ist?« Garini blinzelte erstaunt.

Lampone hob beide Hände. »Er ist auch krank. Gleiche Geschichte. Er kann nicht sprechen. Ich fürchte, Pucci hat sich bei ihm angesteckt.«

»Gibt es denn irgendjemanden, der mit mir an dem Fall arbeiten kann?«

Lampone schüttelte den Kopf. »Wir haben an *ferragosto* keinen Mord erwartet. Es sind alle im Urlaub.« Er sprang wieder auf, lief noch einmal um den Tisch, ging zu dem Kaktus, hob ihn mit einer Hand hoch und zog mit der anderen Hand eine Akte von dem Stapel. »Hier sind die gesammelten Unterlagen zum Mord an Alfonso Rosari.«

Ah, jetzt verstand Garini den Kaktus. Er war das dringend nötige Signalschild, das die aktuelle Akte markierte. Ein ausgeklügeltes System. Er nahm die Akte an, öffnete sie und begann zu lesen.

Lampone sprang wieder auf.

Wenn er noch einmal um den Tisch herumläuft, gehe ich. Garini sprach den Gedanken nicht aus, aber er starrte Lampone böse an.

Doch Lampone bemerkte es nicht, denn er war damit beschäftigt, mit hastigen Bewegungen an seinem Kragen herumzuzerren. »Ich lasse Sie dann mal am besten in Ruhe. Wenn Sie mich brauchen oder irgendwelche Fragen haben, rufen Sie mich einfach.« Er war schon halb durch den Raum, als ein Ausruf von Garini ihn stoppte. »Ja?« Er leckte seine Lippen.

Garini starrte auf das Papier in seiner Hand. Er konnte es kaum glauben, aber dort stand es schwarz auf weiß. »Sie haben noch eine Pistole im Hotel gefunden? Und sie war im Zimmer von Tante Violetta?«

Kapitel 8

Lampone räusperte sich. »Ja, sie war in dem Zimmer der alten Dame. Hat Pucci Ihnen das nicht gesagt? Als er noch sprechen konnte, meine ich?«

»Nein, er hat es mir nicht gesagt. Aber das durfte er ja auch gar nicht, denn der Fall war mir ja noch nicht übertragen worden.«

»Ach ja, natürlich, ich vergaß.« Lampone starrte auf den Kaktus, als ob dieser ihm die ersehnten Antworten geben könnte.

»Könnten Sie mir bitte einige Details nennen?« Garini blickte weiterhin auf das Papier in seiner Hand, das ihm nichts außer den nackten Fakten zeigte.

»Ja, ja, natürlich.« Lampone kehrte an seinen Tisch zurück, setzte sich wieder genauso nervös wie zuvor und sagte: »Als Pucci das Haus durchsuchte, nahm er sich auch das Zimmer der alten Dame im Rollstuhl vor, und dort fanden sie die Pistole. Sie war zwischen der Matratze des Bettes und der Wand versteckt. Man hat versucht, die Dame zu befragen, aber sie war extrem ...« Seine Stimme verlor sich. Er zerrte erneut an seinem Kragen und fügte hinzu: » ... wenig hilfsbereit.«

»Das kann ich mir vorstellen.« Garinis Stimme klang trocken. »Ist die Pistole auf ihren Namen registriert?«

Lampone schüttelte den Kopf. »Nein. Sie gehörte ihrem Mann, der vor zwanzig Jahren gestorben ist.«

Garini runzelte die Stirn. Er hatte noch nie von Tante Violettas Ehemann gehört, aber vielleicht hatte ihre überwältigende Gegenwart die schwache Erinnerung an ihn ausgelöscht. Carlina würde ihm mehr dazu sagen können.

»Interessant ist allerdings, dass die Pistole erst vor einer Woche abgefeuert wurde.«

Garini wurde schlecht, als er darüber nachdachte, aus welchem Grund Tante Violetta mit der Pistole geschossen haben könnte. Er entschied sich, das Thema erst einmal nicht weiter zu verfolgen, nickte Lampone zu und sagte: »Gibt es noch weitere Informationen, die ich wissen sollte? Wie ist es mit anderen Hinweisen? Hat Pucci weitere Informationen dokumentiert?«

»Andere Hinweise?« Lampone griff mit einer Hand nach der Tischkante und hielt sich daran fest, als ob er befürchtete, ohne diese zusätzliche Unterstützung vom Stuhl zu fallen. »Was für andere Hinweise?«

Garini starrte ihn an. »Der vorherige Manager des Hotels wurde gefeuert, als Rosari die Stelle bekam. Das wäre der erste Ansatz. Und dann ist da natürlich noch Rosaris Frau. Und alle anderen Gäste im Hotel.«

Lampone nickte. »Ach so, ja, ich weiß, was Sie meinen. Pucci sagte, er würde mit ihnen allen sprechen.« Er nahm die Akte aus Garinis Händen und raschelte durch die Blätter. »Ich fürchte, er hatte noch nicht die Zeit, die Ergebnisse aufzuschreiben. Das wird's sein. Er war wahrscheinlich so mit den Ermittlungen beschäftigt, damit die Fährte nicht zu kalt wird, und ...« Seine Stimme verlor sich, als er hochschaute und Garinis ungläubiges Gesicht sah.

»Ich muss mit Pucci sprechen«, sagte Garini.

Lampones Lippen zuckten. »Ich fürchte, er kann nicht reden.«

»Er kann Notizen aufschreiben. Und er kann auf meine Fragen hin nicken oder den Kopf schütteln. Das wird doch wohl nicht zu anstrengend für ihn sein, oder?« Garini war es egal, dass seine Stimme jetzt richtig bissig klang.

»Hören Sie.« Lampone sprang auf und rannte wieder um den Tisch herum. »Ich weiß, Sie denken, wir verpfuschen den Fall völlig. Aber das liegt nur daran, dass wir seit vielen Jahren keinen Mordfall hatten. Wir sind einfach ein wenig unerfahren.«

»Warum haben Sie dann nicht sofort um Hilfe gebeten?«

Lampone zuckte zusammen. »*Commissario* Pucci sagte, dass er das schafft. Er meinte, der Fall sei klar wie Kloßbrühe. Er arbeitet hier erst seit einem Jahr, und er meinte, er habe Fälle dieser Art bei seinem vorigen Posten im Süden ständig gehabt, also habe ich ihm vertraut.« Er beäugte die Akte in Garinis Händen. »Jetzt, wo ich darüber nachdenke, ist es durchaus möglich, dass er nicht mit diesen Leuten gesprochen hat.«

Garini schloss entschlossen seinen Mund, um nicht die Worte herauszulassen, die ihm auf der Zunge lagen. Als er wieder Herr seiner Gefühle war, sagte er: »Nun gut. Ich bleibe hier und lese mir alles durch. Wenn ich noch Fragen habe, rufe ich Sie. Ich werde Ihnen auch jeden Abend einen Bericht anfertigen.«

Lampones Augen weiteten sich. »Das ... das ist sehr gut«, stotterte er. »Ich schätze das sehr.« Er verließ den Raum.

Entnervt schaute Garini ihm nach, dann wandte er sich der mageren Akte zu. Als er damit fertig war, kam er zu dem Bericht über die Pistole, die unter Ernestos Bett gefunden worden war. Er schaute ihn flüchtig an und war schon dabei, ihn zur Seite zu legen, als er etwas Seltsames bemerkte. Seine Hand hielt inne, und er hob das Papier hoch, um es sich genauer anzusehen. Er kannte das Labor, das die Pistole untersucht hatte, und der Briefbogen mit dem Logo wirkte echt. Aber trotzdem stimmte etwas nicht. Er runzelte die Stirn und starrte den Bericht an. Was war es denn nur? Da bemerkte er es. Der Firmenstempel fehlte. Es gab zwar einen unleserlichen Schnörkel als Unterschrift, aber der Stempel, der normalerweise auf jedem Laborbericht prangte, fehlte.

Garinis Herz schlug schneller. War es möglich, dass *commissario* Pucci den Bericht gefälscht hatte, um eine schnelle Festnahme zu ermöglichen? Falls ja, war Ernesto gerettet – zumindest vorerst. Seine Gedanken rasten weiter ... wenn die Pistole unter Ernestos Bett nicht die Mordwaffe war, bekam Tante Violettas Pistole, vor kurzem abgefeuert, eine ganz andere Bedeutung. *Oh Madonna.*

Er wählte die Nummer des Labors und landete bei einem Anrufbeantworter. Das Labor war geschlossen. Garini fluchte. Natürlich, es war

Samstag, und außerdem der Tag nach *ferragosto*. Niemand in Italien, der es irgendwie vermeiden konnte, arbeitete heute. Er seufzte und versuchte, sich an den Namen des Labormitarbeiters zu erinnern, mit dem er normalerweise sprach. Es war irgendein typisch deutscher Name, weil der Vater seines Ansprechpartners aus Deutschland kam. Aber wie war er noch? Es war schon einige Wochen her, dass sie zusammengearbeitet hatten, doch Garini fühlte, dass ihm der Name gleich einfallen würde.

Er ging einmal in dem staubigen Büro herum, rückte den schlappen Kaktus gerade und ging dann ins Badezimmer, um sich kaltes Wasser in den Nacken zu reiben. Egal was, Hauptsache, sein Unterbewusstsein konnte sich mit dem Problem beschäftigen und den Namen ausspucken. Wenn er nur in seinem Büro wäre. Dort hatte er Zugang zu seinen E-Mails und seinem Adressbuch. Seufzend schaute er aus dem Fenster und fragte sich, was Carlina wohl gerade machte. Vermutlich war sie jetzt wach, vielleicht sogar schon am Strand in diesem kleinen Bikini mit Leopardenmuster. Er seufzte wieder, und in diesem Augenblick fiel ihm der Name ein. Giorgiono Schmidt. *Das ist er!* Garini rannte zurück ins Büro und schaute in den Gelben Seiten die private Nummer von *signor* Schmidt nach. *Bitte, sei eingetragen.*

Er war nicht eingetragen, aber es gab nur einen anderen Schmidt im Telefonbuch, also entschied Stefano sich kurzerhand, auf gut Glück dort anzurufen. Er hatte Glück – es war die Nummer von Giorgionos Mutter, und sie war bereit, ihren Sohn sofort ans Telefon zu holen, der gerade bei ihr Urlaub machte. Gott sei Dank. »*Signor* Schmidt, es tut mir furchtbar leid, dass ich Sie mitten in den Ferien störe, doch ich brauche ganz dringend eine Information.«

»Kein Problem, *commissario*.« Schmidt klang entspannt und glücklich. »Ich hätte mir ja denken können, dass Sie mich finden, egal, wo ich mich zu *ferragosto* auch aufhalte.«

Garini hatte ihn einmal getroffen und wusste, dass er immer fröhlich wirkte. »Ich entschuldige mich wirklich sehr dafür«, wiederholte er, »aber ich muss dringend wissen, ob Sie einen Bericht über eine Pistole ausgestellt haben, die gestern von der Polizei in Forte dei Marmi eingereicht wurde.«

»Es tut mir leid, *commissario*, aber das kann ich Ihnen nicht sagen.« Schmidts Stimme klang bedauernd. »Ich bin schon seit Montag im Urlaub.«

Garinis Herz sank. *Verdammt.* Er war so sicher gewesen, dass er sich auf dem richtigen Weg befand, doch auf jeden Schritt nach vorne folgten zwei Schritte zurück. »Wissen Sie vielleicht, wer Dienst hatte?«

»Ich kann es herausfinden. Sie sagten, es sei eilig?«

»Sehr eilig.«

»Okay. Lassen Sie mich ein paar Telefonate erledigen, und dann melde ich mich in fünfzehn Minuten oder so wieder bei Ihnen. Gehe ich richtig davon aus, dass Sie sich gerade auf der Wache in Forte dei Marmi befinden?«

»Ja, aber –« Bevor Garini ihm seine Mobilnummer geben konnte, hatte Schmidt schon aufgehängt. *Na toll.* Jetzt musste er hier sitzen bleiben und auf den Rückruf warten. Er fragte sich, ob er einfach gehen und einen Kollegen darum bitten sollte, den Anruf anzunehmen, aber dann entschied er sich, dass die Information zu sensibel war, um sie auf der Wache zu verbreiten.

Um sich die Zeit zu vertreiben, erstellte Stefano eine Liste der Dinge, die er erledigen musste. Ganz oben stand ein Gespräch mit Rosaris Frau. Er suchte ihre Adresse aus der Akte heraus und schaute sich an, wie er am besten zu ihr hinkam. Dabei stellte er fest, dass der Weg ihn geradewegs am Hotel vorbeiführen würde. Vielleicht konnte er einige Minuten anhalten und sich kurz mit Tante Violetta unterhalten. Die hatte echt Nerven, eine Pistole mit in den Familienurlaub zu nehmen. Garini schüttelte den Kopf. Wann würden die Mantonis ihn endlich nicht mehr überraschen? Vielleicht konnte er es bei dem kurzen Stopp auch so einrichten, dass er Carlina sah. Das nächste Mal würden sie Urlaub in Timbuktu machen. So weit weg wie möglich.

Er zwang sich, wieder an den Fall zu denken. Der nächste Punkt auf der Liste war der Inhaber des Hotels Albergo Giardino. Er suchte Namen und Adresse heraus und stellte fest, dass er über eine Stunde Autofahrt entfernt lebte. Falls er Glück hatte, würde er es schaffen, heute mit allen zu sprechen. Vielleicht sollte er sie vorher anrufen, um sicherzugehen, dass sie auch wirklich da waren ... Nein, lieber nicht. Er wollte sie überraschen.

Das Büro war mittlerweile so stickig geworden, dass er sich heiß und verschwitzt fühlte. Er trank eine Flasche Wasser leer und schaute wieder auf die Uhr. Wo war der Morgen nur hin? Und wann würde Schmidt ihn endlich zurückrufen? Wo war die berühmte deutsche Effizienz, wenn man sie brauchte?

Da klingelte das Telefon. *Endlich!*

Er warf sich darauf und hörte Schmidts fröhliche Stimme. »Hören Sie, *commissario*, es ist alles in Ordnung. Wir haben gestern einen Bericht für eine Pistole aus Forte dei Marmi erstellt, nachdem wir sie mit einer Kugel abgeglichen hatten. Es geht um diesen Hotelmord, richtig?«

Garini hätte gern geflucht und den staubigen Kaktus an die Wand geworfen. Stattdessen sagte er: »Aber der Bericht trägt keinen Stempel.«

»Nun seien Sie mal nicht so streng mit den jungen Leuten.« Schmidt gluckste. »Es war das erste Mal, dass er ganz allein im Labor war und er war schon völlig aufgelöst, als er zugeben musste, dass er den Fall bearbeitet hat. Wollte wissen, ob alles in Ordnung sei und so.«

»Ist es möglich, dass er noch einen weiteren Fehler gemacht hat und die Kugel gar nicht zu der Pistole passt?«

»Nein, nein. Daran habe ich auch gedacht. Ich habe ihn sofort gefragt, ob er sich ganz sicher sei, und das konnte er bestätigen. Ein erfahrener Kollege war zufälligerweise auch im Büro, weil er etwas vergessen hatte, und der junge Kollege ließ ihn einen Blick auf die Sache werfen. Ich habe dann auch noch den älteren Kollegen angerufen und er hat die Aussage bestätigt. Darum habe ich so lange gebraucht, um mich zurückzumelden. Also stammte die Kugel wirklich aus dieser Pistole, da gibt es gar keine Zweifel.«

»Verstehe. Vielen Dank.« Garini hatte Mühe, freundlich zu bleiben.

»Bitte sagen Sie dem jungen Mann, dass er in Zukunft an den Stempel denken soll.«

»Das mache ich, *commissario*.«

Was für eine Irrfahrt! Garini legte auf, trat gegen das Bein des staubigen Tisches und entschied sich, dass er für heute schon genug Zeit verplempert hatte. Er legte die Akte wieder sorgfältig an ihren Platz unter den Kaktus und verließ die Wache mit einem Aufnahmegerät, das Lampone irgendwo ausgegraben hatte. Er war ganz überrascht, dass es anstandslos funktionierte, nachdem er die Dreckschicht durch energisches Rubbeln entfernt hatte.

Der Tag war schon weiter fortgeschritten, als er gedacht hatte. Er hatte das Mittagessen verpasst und fühlte, wie sein Magen knurrte, also hielt er an einer kleinen *trattoria* und holte sich ein gegrilltes *pannino* auf die Hand. Was für eine Art, den Sommer zu feiern. Die Mantonis hatten bestimmt ein wunderbar üppiges Mittagessen zu sich genommen und ruhten sich jetzt irgendwo im Schatten aus. Er beneidete sie.

Als er am Hotel ankam, hielt er einen Augenblick inne und schaute sich die friedliche Szene an. Die heiße Mittagssonne schien auf die hart gebrannte Erde und von irgendwoher kam der Duft von Pinien und Rosmarin. Eine dicke Hummel flog auf ihn zu und umkreiste ihn, doch als sie feststellte, dass er keine interessante Blume war, flog sie weiter ins Blaue. Das Hotel hatte fast alle Fensterläden gegen die Hitze geschlossen und sah aus wie jedes andere Gebäude im Hochsommer. Doch im Inneren befand sich irgendwo etwas Böses, und Garini war fest entschlossen, herauszufinden, was in der Nacht, in der *signor* Rosari ermordet wurde, wirklich geschehen war.

Er nahm die Schultern zurück und entschied sich, kalt zu duschen und ein neues Hemd anzuziehen, bevor er weitermachte. Wenn er Tante Violetta gegenübertreten wollte, musste er kühl denken und fit sein, und da half es, wenn er sich vorher richtig abgekühlt hatte. Sie würde ihn zweifellos in Rekordzeit wieder dazu bringen, vor Wut rotzusehen.

Fünfzehn Minuten später, so kühl wie er bei der Hitze nur sein konnte, machte er sich auf die Suche nach Tante Violetta. Das Hotel war verlassen. Am Pool schlief Emma tief und fest auf einer Liege. Ihr Mann lag auf der Liege daneben und las einen Thriller. Auf die Frage, ob er irgendjemand anderes der Familie gesehen hatte, schüttelte er stumm den Kopf.

Garini dankte ihm und drang tiefer in den Garten ein, wo ein kleiner Olivenbaumhain gesprenkelten Schatten spendete. Zwischen den dunkelgrünen Zweigen sah er etwas Rotes. Er folgte einem sandigen Fußweg, bis er zu einer lauschigen Lichtung kam. Zwei Hängematten hingen zwischen drei Olivenbäumen und formten so zwei Schenkel eines Dreiecks. Dazwischen befanden sich vier Sonnenliegen, die alle besetzt waren.

Eine der Liegen war ein besonders robustes Modell mit verstärktem Rahmen und einem beweglichen Sonnenschutz, der an der Rückenlehne angebracht war. Dieser Schutz war so weit nach vorne gezogen, dass er fast das Gesicht der Person, die auf der Liege lag, berührte. Ein leises Schnarchen tönte darunter hervor und klang viel zu sanft für die respekteinflößende Dame, die er suchte. Aber die schiere Fülle und das rot-weiß gestreifte Sommerkleid sprachen für sich. Es war der rote Streifen, den Garini durch die Bäume hindurch gesehen hatte. Er hatte Tante Violetta gefunden.

Garini seufzte, doch bevor er sich entscheiden konnte, wie er weiter vorgehen wollte, erschien ein Gesicht mit katzenähnlich leuchtenden Augen über dem Rand einer Hängematte. Carlina winkte ihm zu. Sie trug den Bikini mit ihrem Lieblings-Leopardenmuster, und einige neue Sommersprossen waren auf ihrer Nase erschienen, seit er sie zuletzt gesehen hatte.

Er ging zu ihr und gab ihr einen Kuss. Wie sehr wünschte er sich, dass die Dinge anders wären und er sich zu ihr in die Hängematte legen konnte. Das fest gewebte Material sah so aus, als ob es durchaus auch zwei Leute aushalten könnte.

Sie warf ihm einen Arm um den Hals und zog ihn näher an sich heran. »Hmm, du riechst gut.« Ihre Stimme war leise.

»Ich habe gerade kurz geduscht, um mich abzukühlen.«

Sie hob eine Augenbraue. »Weil es zu heiß ist? Oder weil der Fall so schrecklich ist?«

»Hmm.« Er strich ihr über die Wange. »Beides.«

»Was meinst du, beides?«

Benedetta, die auf der Liege direkt neben Tante Violetta geruht hatte, schob sich die Sonnenbrille in die dunklen Haare und richtete sich mit einer für die Hitze und Tageszeit überraschenden Energie auf. »Hast du es geschafft, Ernesto zu entlasten?«

Garini unterdrückte einen Seufzer. Er hatte gedacht, dass sie schlief. Schlimmer noch, sie hatte so laut gesprochen, dass auch die anderen Familienmitglieder in den Liegen rundherum langsam munter wurden.

»Noch nicht«, sagte er. »Ich kann keine Wunder vollbringen.«

Sie verzog schmollend den Mund. Für einen Augenblick sah sie wie eine Fünfjährige aus und nicht wie eine Mutter von drei erwachsenen Kindern. »Aber du warst stundenlang weg«, sagte sie. »Ich finde schon, dass du in der Zeit etwas hättest schaffen können.«

Carlina setzte sich aufrechter hin. »Tante Benedetta! Du solltest dankbar sein, dass er seinen Urlaub aufgibt, um Ernesto von jedem Verdacht zu befreien!«

»Na ja, ich sehe keinen Fortschritt.« Tante Benedetta ließ nicht locker. »Und ich habe das Gefühl, dass meinem armen Lamm, das niemals in seinem Leben etwas Schlimmes getan hat, die Zeit davonläuft.«

»Wenn das wirklich so sein sollte, ist es höchste Zeit, dass er damit anfängt, etwas Schlimmes zu tun.« Tante Violettas Stimme dröhnte unvermittelt unter dem Sonnenschutz hervor. »Junge Männer müssen sich irgendwann mal ausprobieren.«

Benedetta schnappte nach Luft. »Du hast gut reden, Tante Violetta! Immerhin verdächtigt die Polizei nicht dich, einen Mord begangen zu haben.«

Garini entschied sich, das normale polizeiliche Vorgehen in den Wind zu schießen. Damit würde er bei dieser exzentrischen Familie keinen Zoll vorwärtskommen. Also legte er eine beruhigende Hand auf Carlinas Schulter, denn er kannte ihre Art, sich rasch einzumischen, und sagte entspannt und deutlich, sodass es alle hören konnten: »Ach, da wäre ich mir nicht so sicher. Immerhin hat die Polizei auch in Tante Violettas Zimmer eine Pistole gefunden.«

Der Effekt war noch viel besser als erwartet. Auf allen Liegen hoben sich die Köpfe, als ob man sie an Fäden hochgezogen hätte: Fabbiola zur Linken, dann Leopold Morin, Benedetta und schließlich Tante Violetta, die den Sonnenschutz entschieden zurückklappte und sich hinsetzte.

In der Hängematte gegenüber erschien Omars dunkles Gesicht mit so einem plötzlichen Ruck, dass die ganze Matte schwankte.

»Was war das mit einer Pistole?«, fragte Fabbiola. Sie zog das Kissen mit dem Blumenmuster hinter ihrem Rücken hervor und fing an, es mit nervösen Händen durchzukneten. »Wer hat eine Pistole?«

»Tante Violetta hatte eine«, antwortete Garini. »In ihrem Zimmer.«

Tante Violetta verdrehte die Augen. »Warum sollte ich keine Pistole in meinem Zimmer haben?«

Benedetta starrte sie mit weit aufgerissenen Augen an. »Warum solltest du? Hast du etwa Ärger erwartet? Wusstest du, dass es einen Mord geben würde?«

Tante Violetta schnaufte empört. »Nun mach dich nicht lächerlich. Ich bin eine hilflose alte Frau im Rollstuhl, und als wir losfuhren, ist mir auf einmal eingefallen, dass ich vergessen hatte, sie einzupacken.«

»Deshalb mussten wir umkehren.« Carlina ging ein Licht auf. »Und deshalb hast du dich geweigert, uns zu sagen, was du vergessen hattest.«

»Natürlich habe ich es euch nicht gesagt.« Tante Violetta schüttelte missbilligend den Kopf. »Eine schöne Diskussion hätte das gegeben. Aber ich gehe nirgendwohin ohne meine Pistole.«

»Die Pistole deines Mannes«, korrigierte Garini.

Sie winkte nonchalant mit der Hand. »Die Details sind doch unwichtig. Als er starb, habe ich alles geerbt, und dazu gehörte eben auch seine Pistole.«

»Eine Pistole erbt man nicht so einfach«, sagte Garini. »Die muss in deinem Namen registriert werden, wenn du sie behalten willst.«

Tante Violetta seufzte. »Na gut, na gut. Aber wer hält sich schon die ganze Zeit an die Regeln? Ich wette, das machen noch nicht mal Polizisten.« Sie wartete einen Augenblick, aber als Garini nicht auf den Köder reagierte, fügte sie hinzu: »Omar kann bestätigen, dass ich die Pistole immer mitnehme, wenn wir in den Urlaub fahren. Das ist gar nichts Besonderes.«

Omar nickte.

Garini ignorierte ihn. Er wartete noch auf den Tag, an dem Omar seiner überwältigenden Stiefmutter widersprechen würde. Er wusste ja schon, dass Violettas Pistole nicht die Mordwaffe war, aber er musste noch eine andere Sache klären. Er hoffte nur, dass Tante Violetta die Untersuchung nicht mit irgendeinem Märchen aufhalten würde. »Wann hast du sie das letzte Mal abgefeuert?«

Ihre Blicke trafen sich.

Ohne auch nur mit der Wimper zu zucken, sagte Tante Violetta: »Ich habe sie noch nie in meinem Leben benutzt.«

Verdammt. Der Bericht war eindeutig gewesen: Die Pistole war innerhalb der letzten Woche benutzt worden.

Omar sprang mit einer athletischen Anmut, die ihm so schnell keiner nachmachen konnte, aus der Hängematte und stellte sich neben Tante Violetta.

Garini schaute ihn an. Er mochte Omar. Obwohl er völlig von Tante Violetta abhängig war, hatte er es geschafft, sich eine gewisse Würde zu bewahren, die von seiner Charakterstärke zeugte. Garini fragte sich, wie Omar wäre, wenn er nicht stumm wäre. Es war schwierig, einen Mann zu beurteilen, der sich nicht mündlich äußern konnte. »Gibt es noch etwas, das ich zu Tante Violettas Aussage hinzufügen sollte?«, fragte er.

Omar nickte, zog ein kleines Notizbuch aus seinen Shorts, schrieb etwas hinein und gab es ihm.

Ich habe die Pistole zu Übungszwecken benutzt, kurz bevor wir abfuhren.

»Wo?«, fragte Garini.

Tante Violettas Hand schnappte sich das Notizbuch. Als sie die knappen Worte gelesen hatte, rief sie: »Wage es nicht, Omar in den Fall hineinzuziehen, Garini! Er ist der friedlichste Mensch, den ich kenne! Hörst du mich?«

»Ah.« Benedetta lächelte maliziös. »Ist ja interessant zu sehen, wie sich deine Einstellung ändert, wenn es auf einmal um deinen Sohn geht.«

»Sei ruhig«, zischte Tante Violetta. »Garini, jetzt hör mir mal zu.«

Garini unterdrückte ein Lächeln. »Ich höre.«

»Omar hatte nichts mit dem Mord zu tun.«

»Verstehe.« Er achtete darauf, dass seine Stimme trocken klang.

Tante Violettas Blick durchbohrte ihn fast, dann fragte sie mit harscher Stimme: »Hat man die Kugel schon gefunden? Die, die diesen nutzlosen Manager umgebracht hat?«

»Ja, die Kugel wurde gefunden.«

»Ha!« Sie setzte sich aufrechter hin. »Und? Was ist mit ihr? Stammt sie aus meiner Pistole?«

Garini schüttelte den Kopf. »Nein.«

Tante Violetta ließ sich mit einem Seufzer der Erleichterung zurückfallen, sodass die ganze Liege um ein Haar zusammengebrochen wäre. »Na also. Meine Pistole spielt überhaupt keine Rolle.«

Garini schaute sie an. *Das stimmt zwar, aber das werde ich dir nicht so schnell auf die Nase binden.*

»Wann kann ich sie wiederhaben?«, fragte Tante Violetta.

Er unterdrückte das Bedürfnis, mit den Augen zu rollen. »Sobald du eine Lizenz dafür hast.« Dann drehte er sich zu Carlina und gab ihr einen Kuss. »Ich muss wieder los.«

»Was wirst du denn jetzt machen?«, fragte Benedetta. »Wirst du jemand anderes festnehmen?«

»Nicht ganz. Ich muss erst mal mit einigen Leuten reden.«

»Dann fang am besten mal bei seiner Frau an.« Fabbiola nickte weise und hob in stillem Gruß das Blumenkissen. »Wenn ein Mann umgebracht wird, sollte man sich immer zuerst die Ehefrau näher ansehen. Ist doch ganz logisch.«

Kapitel 9

Fabbiola hat recht, dachte sich Garini, während er die ausgetretenen Holzstufen in dem alten Haus am Rand von Forte dei Marmi hochstieg, in dem *signora* Rosari lebte. *Commissario* Pucci hätte sofort mit Rosaris Frau sprechen sollen. Vielleicht hatte er es ja sogar getan und nur vergessen, es im Bericht zu erwähnen?

Er schüttelte den Kopf. Puccis Chef, die Himbeere, war ganz offensichtlich gezwungen gewesen, Pucci in seine Abteilung aufzunehmen, und hatte Schwierigkeiten damit, ihn auf irgendeine Weise nützlich einzusetzen. Das wurde ja leider oft getan – wenn man die Leute aus irgendeinem Grund nicht loswerden konnte, verschob man sie in einen Bereich, wo sie wenig Schaden anrichten konnten, aber auch wenig Gutes bewirkten. Nun, Pucci war aktuell nicht einsatzfähig, und das war echtes Glück für Ernesto.

Garini stieg die klapprigen Stufen in die nächste Etage hinauf. Der Putz bröckelte von der Wand und ein intensiver Geruch von ungewaschenen Körpern und verkochtem Essen hing in der verbrauchten Luft. Er fing an zu schwitzen und fragte sich, wie *signora* Rosari es schaffte, ihr Kind und ihre Einkäufe ständig hier hoch zu schleppen. Eine tiefe Dankbarkeit durchflutete ihn, als er an die Wohnung im Zentrum von Florenz dachte, die er erst vor Kurzem mit Carlina bezogen hatte. Sie war Welten von dieser hier entfernt. Er hatte sich noch nicht an das plötzliche Glücksgefühl gewöhnt, das ihn jedes Mal erfüllte, wenn er von der Arbeit kam und die Tür zu seiner Wohnung öffnete.

Endlich kam er zu einer wackeligen Tür, die ein handgeschriebenes

Schild trug, das mit vergilbtem Tesafilm festgeklebt war. Rosari – der Name war mit einem Kugelschreiber in krummen Buchstaben geschrieben worden, von jemandem, der selten zu schreiben schien. Er konnte keine Klingel sehen, also klopfte er an die Tür.

Sie wurde sofort aufgerissen, als ob die Frau von Rosari direkt dahinter gewartet hätte. »Was jetzt?« Sie funkelte ihn an. »Wer sind Sie?« Ihr gebleichtes kurzes Haar stand hoch, gehalten von einer Tonne Haarspray, aber dennoch sah man, dass es licht war, denn ihre blasse Kopfhaut schimmerte durch. Im Hintergrund heulte ein Kind.

Garini zeigte seinen Ausweis. »Ich bin *commissario* Garini von der Mordkommission, und ich möchte Ihnen gern einige Fragen zum Mord Ihres Mannes stellen.«

Ihre Lippen verhärteten sich zu einer schmalen Linie. »Ach. Ich habe mich schon gefragt, wann Sie kommen würden.«

Also hatte Pucci wirklich noch nicht mit ihr gesprochen. »Darf ich hereinkommen?«

Sie nickte kurz und öffnete die Tür, dann führte sie ihn in ein kleines Wohnzimmer. Das Fenster stand sperrangelweit auf, dennoch war die Luft heiß und tot. Garini warf einen schnellen Blick in die Runde. Es gab nur wenige Möbel, schäbig und ohne jeglichen Chic. Auf einer Anrichte an der Seite konnte er den einzigen Dekorationsversuch entdecken: ein wenig Spitze direkt unter einem Topf mit einer staubigen Plastikblume. Aus irgendeinem Grund schaffte sie es, den allgemeinen Effekt der Hoffnungslosigkeit noch zu verstärken, anstatt ihn aufzuheben. Das Baby saß mitten im Zimmer, umgeben von schmuddeligen Plastikspielsachen. Es heulte mit Hingabe.

Signora Rosari hob das Kind hoch und streichelte ihm über den Kopf, dann zeigte sie mit dem Kinn in Richtung Sofa. »Sie können sich dort hinsetzen.« Ihre Worte waren kaum zu hören, so laut brüllte das Kind. Gott sei Dank entdeckte es in diesem Augenblick seinen Daumen und steckte ihn in seinen Mund.

Das Sofa war so alt, dass das Material schon völlig verschlissen war. In einer Ecke lugte eine Metallfeder aus dem dünnen Stoff hervor. In der anderen Ecke befand sich ein ominöser Fleck, aber zumindest war er trocken. Garini setzte sich darauf.

Signora Rosari ließ sich in den Sessel vor ihm fallen und setzte das Kind auf ihren Schoß. Dann schaute sie ihn mit misstrauisch verengten Augen an. »Was wollen Sie wissen?«

Garini nahm das Aufnahmegerät aus der Tasche und balancierte es auf seinem Knie, da es keinen Tisch gab. »Zunächst einmal möchte ich um die Erlaubnis bitten, dieses Gespräch aufzuzeichnen.«

Sie nickte und machte eine nervöse Bewegung mit der Hand. »Okay.«

Er blickte in ihre geröteten Augen und sagte spontan: »Ich möchte Ihnen mein Beileid zum Tod Ihres Mannes aussprechen.«

Sie starrte ihn an, als hätte er angefangen, Chinesisch zu sprechen, dann warf sie den Kopf in den Nacken und brach in Gelächter aus. »Es tut mir leid«, keuchte sie. »Aber das ist so witzig.«

Das Baby vergaß seinen Daumen und starrte seine Mutter mit offenem Mund an, die Augen weit aufgerissen.

Garini fragte sich, wie viel von dem Lachen echt war und wie viel Hysterie. Er entschied sich, nichts zu erwidern, sodass sie Zeit hatte, sich zu fangen.

»Ich meine, dass Sie so nett sind und so.« Sie konnte sich immer noch nicht wieder beruhigen. »Ich dachte, Sie kommen hier hoch und fragen mich tausend Sachen, wie zum Beispiel, wo ich in der Nacht war, in der mein Mann umgebracht wurde, wie wir uns verstanden haben und so weiter.«

»Ich fürchte, das sind genau die Fragen, die ich Ihnen stellen muss.« Garini zuckte entschuldigend mit den Schultern. »Da führt leider kein Weg dran vorbei.«

Wieder kicherte sie. »Ich verstehe schon.« Sie setzte sich gerade hin und schaute ihn direkt an. »Ich mag Sie, und daher werde ich Ihnen die Wahrheit sagen.«

Er nickte. »Das wäre sehr hilfreich.«

»In der Nacht, in der mein Mann umgebracht wurde, war ich hier mit dem Baby, wie jede Nacht. Aber sonst war niemand hier und daher kann ich es nicht beweisen.«

Sie konnte kaum überzeugender sein, aber er musste noch einige weitere Details erfragen. »Wann sind Sie an dem Abend nach Hause gekommen?«

»So gegen halb zehn. Ich habe bei meiner Nachbarin zu Abend gegessen.« Sie zeigte mit dem Daumen über die Schulter. »Wir haben beide Kinder und keinen Mann – ich meine, keinen Mann, auf den man zählen kann, wenn Sie verstehen, was ich meine. Ihr gehört der Kiosk um die Ecke, darum muss sie morgens sehr früh aufstehen.« Sie zuckte mit den Schultern. »Ich wünschte, wir hätten die ganze Nacht zusammengesessen, aber das war leider nicht so.«

Er schaute sie an und fragte sich, ob die Freundin angeboten hatte, für sie zu lügen. »Wie haben Sie vom Tod Ihres Mannes erfahren?«

»Von genau dieser Freundin, der der Kiosk gehört. Sie rief mich an. Irgendjemand hatte gesehen, wie die Polizei an dem Morgen ins Hotel ging, und gefragt, was da los war. Man teilte ihm mit, dass Alfonso erschossen worden war, und innerhalb von Minuten war sie auch informiert.«

»Wieso?«

Sie blinzelte. »Wieso was?«

»Wieso wurde sie sofort informiert?«

»Ach, weil sie die Leute dafür bezahlt, dass sie zuerst zu ihr kommen und alles erzählen. Deshalb ist ihr Kiosk der beliebteste in der ganzen Stadt. Sie sagt einem die Neuigkeiten, bevor sie gedruckt werden.« Sie zwinkerte mit einem Auge. »Und sogar die Sachen, die niemals in die Zeitung kommen.«

Garini war erleichtert, dass die Freundin von *signora* Rosari nicht als Alibi hinzugezogen wurde. Diese Unterhaltung konnte er sich gut vorstellen.

»Was haben Sie dann getan?«

Sie lehnte sich zurück und lächelte ihn sonnig an. »Ich konnte mein Glück kaum fassen.«

»Ihr Glück?«

Sie hielt seinem Blick stand. »Oh ja. Sehen Sie, er war kein wirklich guter Mann, und er hat alles getan, um die Scheidung so schwierig wie möglich zu machen. Ein toter Ehemann ist so viel einfacher zu kontrollieren. Und so viel angesehener.«

Garini schluckte. »Verstehe.«

Sie lachte ihn an. »Sie erinnern mich an ihn, wissen Sie.«

Er wurde blass. »Ich erinnere Sie an Ihren Ehemann?«

Sie beugte sich nach vorne und tätschelte sein Knie. »Sie brauchen nicht so erschrocken zu schauen. Ich meine, auf eine gute Weise. Bevor er ... auf krumme Wege geriet.«

»Vielleicht könnten Sie mir ein wenig mehr über Ihre Beziehung erzählen, von Anfang an.« Endlich hatte er die Gelegenheit, das Opfer besser kennenzulernen. Er wusste, dass es entscheidend war, den Mann genau zu kennen, wenn er den Mörder finden wollte.

»Na klar.« Sie schob das Kind auf ihr anderes Knie. »Wir haben uns im Kino getroffen. Ich habe dort Tickets verkauft. Der Job hat mir Spaß gemacht.« Einen Augenblick lang schaute sie wehmütig. »Aber das ist jetzt vorbei. Na, jedenfalls kam er mit einigen anderen Jungs, um einen Film anzusehen. Mit den anderen Jungs konnte ich ein paar Späße machen, aber er war irgendwie kühl und zurückgezogen. Wie eine Nuss, die man knacken muss, bevor man darin das Gute findet, wissen Sie, was ich meine?«

Garini war sich da nicht so sicher. Er machte ein unverfängliches Geräusch in der Kehle.

»Ich bemühte mich, ihn zu umgarnen. Und ... na ja, ich konnte das mal ganz gut. Ist schon 'ne Weile her.« Sie schaute ihn durch ihre Wimpern hindurch an.

Er bewegte keinen Muskel. »Und dann?«

»Dann wurde ich schwanger, was natürlich ein Fehler war, aber das wusste ich damals noch nicht. Es schien so ein guter Weg zu sein, um ihn für immer an mich zu binden.«

Garini fühlte, wie es ihm kalt den Rücken herunterlief.

»Er war bereit, mich zu heiraten, und ich dachte, dass alles super sei. Aber direkt danach wurde es schlimmer. Er war nur selten zu Hause. Er brachte überhaupt kein Geld nach Hause, und er fing an, mit anderen Mädels auszugehen, sobald ich aussah wie ein Elefant.« Sie zog sanft an einer der Locken auf dem Kopf des Kindes vor ihr. »Und wissen Sie was, plötzlich wurde mir klar, dass er eine schlechte Nuss war. Ich hatte es geschafft, die Schale zu knacken, und das, was ich darin fand, gefiel mir gar nicht.«

Garini beugte sich nach vorne. Jetzt kamen sie zu dem Teil, der ihn interessierte – falls sie die Wahrheit sprach. Er würde noch einige weitere Leute befragen müssen, um verschiedene Perspektiven zur Persönlichkeit des Opfers zu erhalten. »Wie war er denn innen?«

Sie überlegte einen Augenblick, dann sagte sie: »Er hatte nur ein einziges Ziel: schnell reich zu werden. Er kam aus sehr armen Verhältnissen.«

»Und was hat er getan, um dieses Ziel zu erreichen?«

»Er hat alles Mögliche versucht, aber er schaffte es nie, lange in einem Job zu bleiben. Sie haben ihn immer rausgeworfen. Die Leute haben einfach nicht verstanden, wie sehr er sich anstrengte, und sie haben gemeine Dinge über ihn gesagt ... zumindest hat er mir das so erzählt. Am Anfang habe ich's noch geglaubt. Aber dann hat er einmal für meine Freundin im Kiosk gearbeitet, als sie krank war, und hinterher haben alle berichtet, dass er zu viel Geld verlangt hat und sie immer dazu drängte, Sachen zu kaufen, die sie gar nicht haben wollten. Meine Freundin hat ihn rausgeworfen und ihn nie wieder gefragt, ob er noch einmal für sie arbeiten will ... obwohl sie sich dafür bei mir entschuldigt hat.«

Carlina hat das Gleiche erlebt. Sie sagte auch, dass er versucht habe, ihr Sachen aufzuzwingen, die sie nicht haben wollte.

»Und da habe ich endlich begriffen, dass Alfonso glaubte, er könnte auf der Überholspur durchs Leben gehen und andere überrunden, ohne hart zu arbeiten. Tatsächlich hat er gedacht, dass ich mehr Geld hatte, und mich nur deshalb geheiratet.« Sie legte den Kopf schief, sodass die gebleichten Strähnen über ihre Augen fielen. »Es ist möglich, dass ich ihn in dem Punkt ein wenig irregeführt habe. Aber das war kein Grund, mich und das Baby fallen zu lassen, als ob wir die Pest hätten.«

»Wann genau ist er ausgezogen?«

Sie zuckte mit den Schultern. »Im Januar. Er hat gesagt, dass es Zeit für einen Neuanfang ist, weil das neue Jahr begonnen hat. Ich war mir sicher, dass er eine Neue hatte, aber ich wusste nicht, wen.«

»Und dann?«

»Ich habe eine Vereinbarung mit meiner Freundin. Ich helfe ihr am Morgen mit den Kindern und immer, wenn sie etwas Schlaf nachholen muss. Sie zahlt mir etwas dafür, sodass ich zurechtkomme. Nicht gut, aber ich hatte gehofft, dass er Unterhalt zahlen würde, wenn die Scheidung erst durch ist.« Ein flüchtiges Lächeln offenbarte ihre leicht schiefen Zähne. »Aber das ist jetzt alles vorbei. Jetzt muss ich mir keine Sorgen mehr machen.«

Garini runzelte die Stirn. »Warum nicht?«

»Weil Alfonso eine Lebensversicherung abgeschlossen und mich als Erbin eingesetzt hatte.«

»Wann hat er das gemacht?«

»Im Dezember, kurz vor Weihnachten. Er verkaufte damals Lebensversicherungen, aber es war genau wie immer – sie haben ihn nach ein paar Wochen rausgeworfen. Aber damit er den Bonus bekam und um ein wenig Erfahrung zu sammeln, hat er versucht, mir eine Lebensversicherung zu verkaufen.« Sie hielt inne und betrachtete einen abgebrochenen Fingernagel. »Aber das kam gar nicht in die Tüte.«

»Warum nicht?«

Sie schnaufte verächtlich. »Weil ich genug Filme gesehen habe, wo der Typ eine Lebensversicherung für seine Frau abschließt und sie dann unauffällig loswird. Zu diesem Zeitpunkt hatte ich die Nuss schon so weit geknackt, dass ich wusste, wie faulig Alfonso im Inneren war. Darum habe ich das nicht mit mir machen lassen.« Ihr Lächeln wirkte hart. »Er sagte, ich würde ihm nicht trauen, und damit hatte er verdammt recht. Ich vertraute ihm überhaupt nicht. Da hat er dann gesagt, er würde mir seine Liebe beweisen, indem er selbst eine Versicherung abschließt und mich als Erbin einsetzt. Das hat er dann auch wirklich getan; er zeigte mir die Urkunde. Und dann bat er mich, dasselbe zu tun. Aber ich kannte ihn ja mittlerweile und habe ihm nicht über den Weg getraut. Also habe ich abgelehnt. Er meinte, ich würde ihm das Leben schwer machen. Ha. Er hat mein Leben schwer gemacht. Wir hatten einen Riesenkrach. Er hat uns direkt vor Weihnachten verlassen und noch nicht mal ein Geschenk für den Kleinen gekauft.« Wieder streichelte sie den Kopf des Kindes. »Er ist nur noch ein einziges Mal zurückgekommen, im Januar, wie gesagt, um sein Zeug zu holen. Ich hatte schon alles in eine Kiste geworfen. Ich habe extra gesucht, aber er hatte nirgendwo Bargeld versteckt.« Sie seufzte sehnsüchtig. »Das Bargeld hätte ich behalten.«

»Noch mal zu der Versicherung.« Garini brachte sie zu dem Thema zurück, das ihn am meisten interessierte. »Sind Sie sicher, dass er die Versicherung in der Zwischenzeit nicht hat umschreiben lassen?«

»Das hat er nicht getan.« Sie schüttelte den Kopf. »Ich habe die Versicherung noch an dem Tag angerufen, an dem er umgebracht wurde, und sie haben bestätigt, dass ich immer noch als Erbberechtigte genannt bin. Ich denke mal, dass Alfonso es einfach vergessen hat. Das war typisch für ihn. Wenn er ein neues Projekt anfing, hat er immer so getan, als ob es die Vergangenheit gar nicht gegeben hätte.«

Garini schaute sie an. Der Tod ihres Mannes war die beste Sache, die ihr seit langer Zeit zugestoßen war. Kein Alibi und ein perfektes Motiv. *Commissario* Pucci hätte sie auf der Stelle verhaftet. Aber sie hatte alle belastenden Tatsachen ohne eine Sekunde des Zögerns auf den Tisch geknallt, und damit gab es zwei Möglichkeiten: Entweder sie war komplett unschuldig – und zwar in jedem Sinne des Wortes, unschuldig an dem Mord und unschuldig in Bezug darauf, wie die Umstände gegen einen arbeiten konnten – oder sie war schuldig und eine Meisterin darin, Dinge vorzutäuschen. Vielleicht hatte Alfonso eine ebenbürtige Gegnerin gefunden.

Sie erwiderte ruhig seinen forschenden Blick.

»Vielen Dank für die Informationen.« Er stand auf und steckte das Aufnahmegerät in die Tasche. »Ich melde mich, wenn wir noch mehr wissen müssen. Die Polizeiwache wird auf Sie zukommen, sobald die Leiche für die Beerdigung freigegeben wird.«

Sie blinzelte. »Was?«

»Sie werden ja das Datum für die Beerdigung festlegen müssen. Doch das können Sie erst tun, wenn feststeht, wann die Leiche zur Verfügung steht.«

»Ach so, die Beerdigung.« Sie runzelte die Stirn. »Aber ich möchte gar keine Beerdigung organisieren. Können Sie die Leiche nicht einfach behalten und irgendwie entsorgen?«

»Wie bitte?«

»Ich meine, wenn Sie eine Leiche finden und sie nicht identifizieren können, müssen Sie ja auch irgendetwas damit tun, oder? Sie verbrennen? Sie könnten doch das Gleiche mit Alfonso machen.« Sie zog das Kind näher an sich heran. »Er wird kein Grab vermissen.« Sie blickte hoch. »Sie brauchen gar nicht so zu schauen. Ich bin absolut nicht sentimental, dafür hat Alfonso schon gesorgt. Warum sollte ich so tun, als wäre es anders? Außerdem ist so 'ne Beerdigung echt teuer. Ich habe kein Geld.«

»Sie werden die Versicherungssumme haben.«

»Ach, das wird ewig dauern, bis es geklärt ist.« Sie schüttelte den Kopf. »Nein, nein. Ich glaube, ich werde mich weigern, das Erbe anzutreten. Das kann ich doch tun, oder? Und dann muss ich keine Verantwortung für die Leiche übernehmen und Sie können damit machen, was auch immer Sie wollen.«

Ganz und gar nicht unschuldig. Garini verabschiedete sich und ging die Treppe hinab zu dem alten Auto, das der Himbeer-Chef ihm geliehen hatte. Es hatte viele PS und war in gutem Zustand, aber es besaß keine Klimaanlage. Er hatte nur einen Parkplatz in der prallen Sonne gefunden, und als er die Tür öffnete, kam die heiße Luft zusammen mit einem unangenehmen Geruch in einem Schwall heraus. Es war wie ein Ofen.

Garini öffnete auch die gegenüberliegende Tür und wartete eine Minute, obwohl er wusste, dass das die Temperatur im Auto nur um wenige Grad senken würde. Als er sich hinter das Lenkrad zwängte, fühlten sich sein Rücken und seine Beine an, als ob sie wie Würstchen auf eine heiße Platte gelegt würden. Er spürte die Hitze direkt durch seine lange Hose und das Leinenhemd. Ohne nachzudenken, legte er die Hände auf das Lenkrad und riss sie mit einem Fluch wieder hoch. Bei der Hitze konnte er glatt Brandblasen bekommen. Im Handschuhfach fand er ein paar Papierservietten, aus denen er zwei dicke Bündel formte, und legte sie unter seine Hände.

Carlina war jetzt vermutlich am Strand. Er seufzte und fuhr schneller, damit ihn der Fahrtwind ein wenig abkühlen konnte. Das nächste Mal würde er in Afrika Urlaub machen, so wie seine Kollegen es ständig taten. Oder irgendwo, wo es keine Handys gab. Schweden vielleicht. Schweden war kühl und grün, und er konnte sein Telefon in einem See versenken. Wunderbar.

Er zwang sich, wieder an den Fall zu denken. Was war der nächste Schritt?

Das Gespräch mit dem Inhaber des Albergo Giardino stand an, aber zuerst musste er einige Gedanken in seinem Kopf sortieren, daher entschied er sich, zurück ins Büro zu fahren und seinen Bericht zu schreiben. Als er am Caffè Stretto vorbeikam, hielt er spontan an, um sich einen Snack und eine eisig kalte Lemonsoda zu kaufen.

Das kleine Café war leer. Die rundliche Kellnerin sah ihn prüfend an, während er bestellte. »Sagen Sie ... sind Sie nicht Carlinas Freund und auch der Inspektor, der für die Untersuchung des Mordes zuständig ist?«

Garini nickte. »Ja, der bin ich.« Anscheinend war die Frau im Kiosk nicht die einzige rundum informierte Frau in der Gegend.

Sie nickte knapp zurück. »Mein Name ist Agatha.« Sie sprach mit einem leichten englischen Akzent. »Ich bin die Inhaberin des Cafés.«

Das wusste er bereits von Carlina. »Mein Name ist Stefano Garini.«

Sie öffnete die Flasche Lemonsoda, ohne ihren Blick von ihm abzuwenden, und reichte sie ihm. »Mord ist nicht in Ordnung«, sagte sie.

Er nickte, hob die Flasche in einem stummen Gruß und trank sie in einem Zug leer. Er fühlte, wie die eisige Flüssigkeit durch seinen Körper lief, ganz nach unten. Die herbe Frische erfüllte seinen Mund und belebte ihn. »Ich nehme bitte noch eine.« Er reichte ihr die Flasche.

Sie nahm eine zweite Flasche aus dem Kühlschrank, öffnete sie mit der gleichen, knappen Bewegung und reichte sie ihm.

Er trank einige Schlucke und fühlte sich viel besser. Sein gebratenes Hirn fing wieder an zu arbeiten, und ohne es bewusst entschieden zu haben, stellte er ihr eine Frage. »Kannten Sie Alfonso Rosari?«

Sie starrte geradeaus. »Ein wenig.«

»War er Kunde hier?«

Sie nickte, dann schaute sie ihn wieder an, als wollte sie prüfen, ob sie ihm vertrauen konnte. Anscheinend bestand er die Prüfung, denn sie fuhr fort: »Er kam ab und zu mal auf einen schnellen Kaffee vorbei. Er hat nie etwas anderes bestellt und sich jedes Mal über den Preis beschwert. Einmal hat er seine Frau hier getroffen, und sie haben sich gestritten. Ich habe sie rausgeworfen. Ein anderes Mal hat er eine meiner Kellnerinnen belästigt.«

Garini hob die Augenbrauen. »Eine Ihrer Kellnerinnen?«

Sie nickte. »Ein junges Mädchen, gerade erst mit der Schule fertig. Sie brach in Tränen aus. Ich habe ihm gesagt, dass er sofort verschwinden und nie wiederkommen soll. Einmal hat er's trotzdem versucht.« Ein grimmiges Lächeln spielte um ihre Lippen. »Ich habe ihn nur von oben bis unten angesehen und ihm befohlen, sofort das Feld zu räumen. Er hat sich geweigert. Glücklicherweise war das Café zu diesem Zeitpunkt gerade voller stolzer Väter. Also habe ich ihm ganz laut gesagt, dass er nicht mehr willkommen ist, weil er ein junges Mädchen angefasst hat.« Sie kicherte. »Sie hätten sein Gesicht sehen sollen. Alle Leute im Café starrten ihn an, und drei der Männer waren schon dabei, aufzustehen. Da ging er, während er Drohungen vor sich hinmurmelte, aber es hat es nie gewagt, wiederzukommen.«

»Ist die Kellnerin heute noch hier?«

Sie schüttelte den Kopf. »Nö. Sie hat sich entschieden, Literatur zu studieren, damit sie nie wieder in einem Café arbeiten muss. Ich habe ihr zugeraten. Sie war viel zu schüchtern, um hier zu arbeiten.« Sie schaute ihn an und legte den Kopf schief. »Ein erfolgreicher *barista* muss ein gewisser Typus sein. Couragiert, wissen Sie.«

»Warum haben Sie sie dann überhaupt eingestellt?« Er hoffte, dass sie das Kompliment in seiner unhöflich wirkenden Frage verstand – dass sie den Charakter des Mädchens richtig eingeschätzt hatte, von Anfang an, bevor sie sie einstellte.

Agatha zuckte die Schultern. »Sie hat mich darum gebeten, und ich konnte sehen, dass sie es ernst meinte und wirklich arbeiten wollte. Ich habe ihr in den Monaten hier ein wenig Entschlossenheit beibringen können, obwohl sie eine ganze Weile brauchte, bis sie über die Sache mit Rosari hinwegkam.«

»Wann ist sie denn zur Uni gegangen?«

Sie warf ihm einen scharfen Blick zu. »Sie hat ihn nicht umgebracht, und die Uni beginnt erst im Herbst. Sie macht gerade Urlaub in der Schweiz.«

Die Schweiz. Noch ein kühler, grüner Ort. Vielleicht sollte er mit Carlina zu seiner Schwester fahren, die in der Schweiz lebte. Mühsam konzentrierte er sich wieder auf die Unterhaltung.

»Was ist mit der Mordnacht? Haben Sie irgendetwas Ungewöhnliches gesehen oder gehört?« Er wusste, dass Agatha in einer kleinen Wohnung direkt über dem Café lebte, Carlina hatte das nebenher erwähnt. Das Hotel war nicht so weit entfernt. In einer stillen Nacht hätte Agatha vielleicht sogar den Schuss hören können. Andererseits war es keine stille Nacht gewesen, denn es hatten ja ständig Feuerwerkskörper geknallt. Er hatte selbst direkt neben dem Tatort geschlafen und war keine Sekunde lang aufgewacht.

Agatha schüttelte den Kopf. »In der Hochsaison schlafe ich wie ein Stein, weil die Tage so anstrengend sind. Meistens habe ich noch nicht einmal Zeit zum Plaudern.« Wie um ihre Worte zu bestätigen, kam eine Horde pinkgesichtiger englischer Touristen ins Café und rief laut nach Eiscreme. Sie wandte sich ab, um sie zu bedienen.

Garini legte sein Geld auf die Bar, winkte ihr zu und ging.

Als er das Café verließ, schaute er sich um, in der Hoffnung, Carlina zu sehen, aber weit und breit war keine Frau mit braunen Locken und katzenartigen Augen zu sehen. Genauso wenig ein anderes Mitglied der Mantoni-Familie. Er hoffte, dass sie nicht irgendeinen blödsinnigen Plan ausbrüteten.

Mit einem Seufzer zwang er sich wieder in das kochende Auto. Es wurde schon spät, und der kleine Aufenthalt hatte ihn ausreichend erfrischt. Er entschied sich, den Hotelbesitzer sofort zu befragen, um herauszufinden, warum er den kompetenten Manager entlassen und ihn durch einen Idioten ersetzt hatte. Sein Bericht konnte auch später noch geschrieben werden. Der Hotelbesitzer, Maurizio Ortadella, wohnte im Norden, in Richtung der Carrara-Marmorminen.

Während Garini langsam bergauf fuhr, wurde die Luft kühler. Neben der Straße gluckerte ein Bach den Hang hinunter. Garini lächelte und hielt sein Hemd mit einer Hand vom Körper weg, sodass die kühle Brise seine Haut erreichte. Vielleicht gab es einen Grund dafür, dass Ortadella sich entschieden hatte, oben in den Bergen zu leben, obwohl Forte dei Marmi so ein berühmtes Seebad war.

Er fuhr auf das Anwesen und folgte der privaten Zufahrtsstraße, die alle paar Meter mit Marmorsäulen gespickt war. Schließlich kam er zu einer Villa, die mehr von Geld als gutem Geschmack sprach. Sie schien komplett aus weißem Marmor gebaut zu sein, mit Säulen, die so dick waren wie hundertjährige Eichen. Die gesamte Front war von ihnen eingerahmt. Sie stützten einen riesigen Balkon, dessen Brüstung voller roter Blumen war. Garinis Augenbrauen gingen in die Höhe. Er ließ das Auto vor den Marmorstufen stehen und drückte auf den glänzenden Klingelknopf aus Messing.

Es dauerte einige Minuten, bis sich die schwere Holztür endlich öffnete. Zuerst dachte er, sie habe sich völlig automatisch geöffnet, denn er konnte niemanden sehen. Dann senkte er den Blick und entdeckte eine kleine Frau, die ihn an einen Vogel erinnerte. Einer dieser kleinen, bunten Vögel, die so sehr flatterten – ein Kolibri, das war es. Sogar ihre

Kleider vermittelten diesen Eindruck – sie trug ein buntes Kleid mit einem wilden Muster in Pfauenblau, gemischt mit Creme und Hellgrün. Bei jeder anderen Frau hätte es billig ausgesehen, aber sie schaffte es, dem Kleid unbewusst einen Hauch von Klasse zu geben.

Sie schaute ihn aus dunklen Augen an, ohne die Wimpern zu bewegen. »Was kann ich für Sie tun?«

»Ich bin *commissario* Garini.« Er zog seinen Ausweis hervor und zeigte ihn. »Ich untersuche den Mord an Alfonso Rosari, dem Manager des Hotels Albergo Giardino.«

Ihr schmales Gesicht verdüsterte sich. »Oh, ja. So eine traurige Sache. Kommen Sie bitte herein. Ich bin Antonella Ortadella.« Sie führte ihn durch die riesige Eingangshalle. Ihre Schritte hallten von den Wänden wider.

Garini war dankbar für die kühle Luft. War es eine Klimaanlage oder einfach nur die gute Bauweise?

Während die Kolibri-Frau voranging, zwitscherte sie mit ihrer angenehmen, leisen Stimme weiter. »Es tut mir leid, dass Sie so lange vor der Tür standen. Unser Butler hat sich heute Morgen das Bein gebrochen, der arme Kerl. Er ist schon ein wenig zu alt, aber ich habe es nicht geschafft, ihn davon zu überzeugen, dass er in Rente gehen sollte.« Sie schaute ihn an. »Es ist so schwer, sich bei den Menschen durchzusetzen, die einen haben aufwachsen sehen und die man respektiert, oder? Man kann sie nicht einfach herumkommandieren, obwohl sie ja eigentlich Angestellte sind.«

Er nickte, obwohl er das nun wirklich nicht beurteilen konnte. Also war dies ihr Zuhause und sie hatte das Geld in die Ehe gebracht? Interessant.

»Mein Mann wird Sie sofort empfangen. Er ist in seinem Büro.« Sie flatterte über eine weiße Marmortreppe nach oben und führte ihn den Gang entlang.

»Das ist Carrara-Marmor, oder?«, fragte Garini. Es war nicht die intelligenteste Frage der Welt, weil das Bergwerk nur einige Kilometer den Berg hinauf lag und die pure weiße Farbe des Marmors Antwort genug war, aber er wollte gern, dass sie noch weitersprach, um mehr Hintergrundinformationen zu erhalten.

Sie lächelte. »Oh, ja. Meinem Vater gehörte ein Teil des Bergwerks, also lag es nahe, den Marmor zu nutzen. Aber ich mag ihn, Sie auch?« Ihre schlanke Hand streichelte eine Marmorstatue im Vorbeigehen. »Er ist so kühl und glatt, und gerade im Sommer so angenehm. Da sind wir schon.« Sie öffnete die Tür und steckte den Kopf hinein. »Liebling, die Polizei ist da.«

Etwas krachte – ein Stuhl, hastig zurückgeschoben? –, doch als Garini in den Raum trat, begrüßte ihn der grobschlächtige Mann hinter dem Schreibtisch mit einem entspannten Lächeln und ausgestreckter Hand. »Guten Tag.«

Es war gut gemacht, aber im Vergleich zu der entspannten Eleganz und dem ungezwungenen Auftreten seiner Frau war deutlich, dass Maurizio Ortadella sich in seiner Haut nicht wohlfühlte. Er war ungefähr dreimal so breit wie seine Frau, aber sehr viel größer, mit spärlichem Haar, das er glatt zurückgekämmt trug, und einer ungesunden Gesichtsfarbe. Der gigantische Marmortisch vor ihm, der eher wie ein Schlachttisch aussah, ließ ihn dennoch klein erscheinen.

Signora Ortadella winkte ihnen fröhlich zu und verließ den Raum, die Tür hinter sich schließend.

Garini übergab Ortadella seine Karte.

»Ach, *commissario*.« Ortadella lächelte ihn an, dass alle seine Zähne blitzten. »Es ist nett, dass Sie die ganze Strecke hier hoch gekommen sind, um mit mir zu sprechen, doch ich fürchte, ich kann Ihnen gar nicht helfen.« Er unterbrach sich und zeigte auf eine Anrichte an der Seite, auf der ein Tablett mit einer Karaffe, einigen Gläsern und einer Whiskyflasche stand. »Aber ich greife vor. Möchten Sie etwas zu trinken haben?«

»Nein, danke.«

»Heiß heute, nicht wahr?« Ortadella wischte sich über die Stirn.

Ein Ventilator – Gott sei Dank nicht aus Marmor – drehte sich leicht über ihnen, sodass die Temperatur im Raum angenehm war. Garini wurde hellwach. Ortadella strengte sich zu sehr an, entspannt und locker zu wirken, obwohl er so nervös war, dass er kaum stillstehen konnte. »Darf ich unsere Unterhaltung aufzeichnen?«

»Aber natürlich.« Ortadella machte eine Handbewegung voller Nonchalance, dann warf er sich in seinen Stuhl und breitete die Arme weit aus. Er hätte nicht deutlicher zeigen können, dass er nichts zu verbergen hatte. Doch er sagte: »Wie schon erwähnt, kann ich Ihnen leider gar keine hilfreichen Informationen zu der Nacht geben, in der *signor* Rosari erschossen wurde. Ich war mit meiner Frau in unserem Lieblingsrestaurant, dem Orfeo. Kennen Sie es? Es ist ein ganz zauberhaftes Restaurant, direkt bei Carrara. Wir gehen gern im Sommer dorthin, weil sie einen schönen Garten haben und – aber das wird Sie alles nicht interessieren. Wo war ich? Ach ja. Wir sind lange geblieben und haben noch mit dem Inhaber geplaudert, bevor wir nach Hause gefahren sind. Ich denke, dass wir gegen Mitternacht hier angekommen sind, also sehen Sie selbst, dass ich keinesfalls in der Nähe des Tatorts war.« Er schnappte nach Luft, als ob er seinen Kopf zu lange unter Wasser gehalten hätte.

»Vielen Dank für diese Angaben«, sagte Garini, »aber ich wollte –«

»Natürlich möchten Sie wissen, ob mir im Vorfeld des Mordes irgendetwas Ungewöhnliches aufgefallen ist.« Ortadella sprach weiter, ohne Garinis Worte zu beachten. »Aber leider kann ich auch da nichts beisteuern, absolut gar nichts. Sie müssen wissen, dass ich nur selten unten beim Hotel bin. Ich vertraue meinen Angestellten, dass sie einen guten Job machen. Ich gehöre nicht zu den Chefs, die ihre Mitarbeiter auf Schritt und Tritt verfolgen und kontrollieren. Nein, nein, das mache ich nicht. Ich bin stolz darauf, die richtigen Mitarbeiter auszuwählen, die integer sind, hart arbeiten und ehrlich bleiben. Also –«

Garini entschied sich, dass nur ein brutaler Ansatz Ortadellas Redeschwall stoppen konnte, also hob er die Stimme und unterbrach ihn. »War er das wirklich?«

Ortadella starrte ihn an. »Was?«

»War Rosari ein Mann, der hart arbeitete und Integrität besaß?«

Ortadella erröte bis zu den Wurzeln seiner wenigen gegelten Haare. »Ich meine ... ich ... Die letzten Wochen hatte ich so meine Zweifel. Aber ich gebe nicht so leicht auf. Ich gebe den Leuten eine Chance, lasse ihnen die Zeit, die sie brauchen, um sich zu beweisen. Ich –«

»Warum haben Sie ihn überhaupt eingestellt?«

Ortadellas Augen wurden groß. »Er präsentierte sich als kompetenter Manager. Ich dachte, er würde dem Hotel zu dem nötigen neuen Schwung verhelfen. Neue Energie, wissen Sie. Der vorherige Manager, Patelli, hatte keine neuen Ideen mehr. Er hat alles nur so gemacht, wie er es immer schon getan hat.« Er fing an, mit beiden Händen in der Luft herumzufuchteln. »Das Hotelgewerbe ist knallhart, sehr umkämpft. Wenn man an der Spitze bleiben will, muss man sich mächtig anstrengen und sich ständig verbessern. Sie müssen –«

»*Signor* Patelli hat seine Arbeit sehr gut gemacht.« Garini unterbrach ihn erneut. »Rosari hingegen hat es geschafft, langjährige und loyale Gäste des Hotels zu verjagen.«

Ortadella holte tief Luft. »Wie können Sie es wagen, so etwas zu sagen? Ich weiß, was in den Leuten steckt.«

»Ich wage es, das zu sagen, weil ich ihn in Aktion erlebt habe.«

Ortadella drohten die Augen aus dem Kopf zu fallen. »Was? Wann ...?«

»Ich war dabei, als er die Mantonis eingebucht hat. Er hat es fertiggebracht, jeden Einzelnen gegen sich aufzubringen. Sie sind seit über zehn Jahren Gäste des Hotels.«

Wieder fuchtelte Ortadella mit den Händen. »Vielleicht hatte er ja einen schlechten Tag. Wir sind alle nur Menschen und machen von Zeit zu Zeit Fehler. Niemand kann immer gleichbleibend gute Leistungen erbringen. Es ist immerhin Hochsaison. Vielleicht war er etwas gestresst. Außerdem habe ich gute Gründe zu glauben, dass Patelli den Poolbereich zerstört hat, nachdem ich ihn entlassen habe. Das war ein unzumutbares Verhalten.«

»Hören Sie, *signor* Ortadella, ich denke, wir müssen uns keine Wortgefechte liefern. Sie wissen, dass Patelli niemals irgendetwas zerstören würde, und Sie wissen genauso gut, dass Alfonso Rosari absolut ungeeignet war, ein Hotel zu führen. Jeder Kontakt mit ihm, der länger als zwei Minuten dauerte, hätte Sie davon überzeugen müssen – vor allem, wenn man Ihre Erfahrung bedenkt.« Der letzte Schuss traf ins Schwarze. Garini hatte Ortadellas Worte genommen und sie gegen ihn verwendet.

Ortadella wurde rot und öffnete den Mund, schloss ihn dann jedoch wieder, ohne ein Wort zu sagen.

Garini fuhr fort: »Also lassen Sie uns mal Tacheles reden.«

Ortadellas Augen weiteten sich. Sein Blick ging von Garini zu dem Aufnahmegerät, dann zurück zu dessen Gesicht.

Spontan streckte Garini die Hand aus und stellte das Gerät ab. »Das bleibt unter uns«, sagte er. Wenn er Ortadella richtig beurteilte, würde er bereit sein, zu reden, solange es für ihn ohne Konsequenzen blieb. Er schätzte ihn als einen freundlichen und angenehmen Mann ein, der Konfrontation und Ärger weiträumig mied, wenn er es irgendwie einrichten konnte – und das war seine Achillesferse. Wenn er Hindernissen begegnete, würde er immer nach einem leichten Ausweg suchen. Im Moment wollte Garini einfach nur die Wahrheit hören. Später konnte er sich dann Gedanken darüber machen, wie er alles beweisen und schwarz auf weiß dokumentieren konnte.

Ortadellas Blick flackerte zur Tür und zurück.

»Die Tür ist geschlossen«, sagte Garini. »Ihre Frau braucht davon nichts zu erfahren.«

Ortadellas Mund öffnete sich. »Woher ... woher wissen Sie das?«

Garini holte tief Luft. *Endlich.* »Sagen Sie mir bitte einfach nur die Wahrheit.«

Ortadella ballte die Hände zu Fäusten und starrte sie an. Er senkte seine Stimme, bis sie nur noch ein Flüstern war. »Es war an Ostern. Meine Frau musste sich einer Kur in der Nähe von Rom unterziehen. Ich ... ich lernte eine Frau kennen und ... und ging ab und zu mit ihr essen. Rosari sah uns eines Abends. Er wusste, wer ich war, und er kannte meine Frau von Bildern.« Er schluckte schwer. »Eines Tages kam er hierher. Er sagte mir, dass er Hotelmanager werden wolle. Ansonsten würde er alles meiner Frau erzählen.« Er schaute ihn mit riesigen Augen an. »Ich liebe meine Frau, *commissario*. Wirklich. Es war ... eine vorübergehende Schwäche. Es bedeutete gar nichts. Ich schwöre! Aber meine Frau hätte es nicht verstanden. Sie ist ein wenig ... streng in dieser Hinsicht. Also gab ich nach. Ich fand es ganz schrecklich, Patelli zu entlassen, aber ich hatte keine andere Wahl.«

»Sie hätten Ihrer Frau die Wahrheit sagen können.«

»Oh nein, *commissario*, das hätte ich ihr nicht antun können. Sie war noch geschwächt und nicht ganz wieder auf dem Damm. Ich konnte ihr unmöglich so einen Schlag versetzen.« Er schaute Garini mit dem Blick eines gejagten Hasen an. »Ich dachte, dass Rosari Ruhe geben würde, wenn er erst mal die Hotelleitung innehatte. Ich meine, es war ja eine gute Position, und ich habe ihm ein sehr anständiges Gehalt gezahlt. Aber dann –« Er brach ab.

»Dann stellte er weitere Forderungen?«

»Nein.« Ortadella schüttelte den Kopf. »Ich habe nichts von ihm gehört. Stattdessen erfuhr ich, dass er erschossen worden war, und ich habe richtig Angst bekommen. Sehen Sie, ich habe zwar ein Alibi, aber manche Leute würden vielleicht sagen, dass meine Frau für mich lügen würde. Das würde sie niemals tun. Antonella – meine Frau – ist sehr gradlinig. Sie lügt nie. Und sie hasst Unwahrheiten ... oder Flunkereien ... und Notlügen.« Seine Stimme verlor sich.

Garini betrachtete ihn nachdenklich. Ortadella wirkte glaubwürdig, weil sein Verhalten zu seinem Charakter passte. Er konnte sich gut vorstellen, dass die kleine Kolibri-Frau bereits einige Kämpfe mit ihrem ausgesprochen flexiblen Ehemann ausgefochten hatte. Er musste einfach fragen. »Haben Sie Rosari umgebracht?«

Ortadella sprang auf. »Nein! Natürlich nicht! Das müssen Sie mir glauben!«

Die Tür öffnete sich, und seine Frau huschte herein. »Was ist los?«, fragte sie mit ihrer weichen Stimme. »Warum bist du so aufgelöst?«

Ortadella atmete so schwer, als hätte er gerade einen Sprint hinter sich. »Ich habe Rosari nicht umgebracht!«

Signora Ortadella wandte sich an Garini. »Das ist korrekt, *commissario*. Er hat es wirklich nicht tun können, denn er war die ganze Zeit mit mir zusammen. Und welches Motiv hätte er schon haben sollen? Er hat mitten in der Hochsaison die Hotelleitung verloren. Das ist ein unangenehmer Schlag für sein Geschäft.«

Garini ignorierte den flehenden Blick, den er von ihrem Mann erhielt, und stand auf. »Nun, als ich das letzte Mal mit *signor* Patelli sprach, war er noch auf Jobsuche. Vielleicht möchten Sie ihn anrufen und ihm seinen alten Posten anbieten.« Er nickte Ortadella zu. »Vielen Dank für Ihre Aussage. Vielleicht komme ich in den nächsten Tagen mit weiteren Fragen auf Sie zu. Werden Sie hier in der Gegend bleiben?«

Schweißtropfen formten sich auf Ortadellas Stirn. »Oh ja. Sicher. Ich gehe nirgendwohin.«

»Sehr gut.« Garini verabschiedete sich und verließ den Marmorpalast mit leichterem Herzen. Endlich machte er Fortschritte. Er war sich noch nicht sicher, ob Ortadella der Mörder war. Wenn der Hotelbesitzer in die Ecke gedrängt worden war, war es durchaus möglich, dass er seinen Peiniger in einer Kurzschlussreaktion erschossen hatte. Aber war er schon an diesen Punkt gekommen, als der Mord stattfand? Wenn Rosari seine Forderungen erhöht hätte, hätte Ortadella sich vielleicht gezwungen gefühlt, zu handeln. Tatsächlich hatte er nur Ortadellas Aussage, dass dies nicht geschehen war. Wenn er bedachte, was er alles über Rosari gelernt hatte, war das nicht sehr wahrscheinlich. *Ich werde noch tiefer forschen müssen.*

Selbst wenn Ortadella unschuldig war, sah Garini weitere Möglichkeiten am Horizont. Wenn Rosari Ortadella erpresst hatte, hatte er dies vielleicht auch mit anderen getan. Und dann war da noch Rosaris Frau. Sie war auch nicht zu unterschätzen und hatte – genau wie Ortadella – jede Menge guter Gründe, um ihren Mann aus dem Weg zu räumen. Die Frage war nur, ob sie auch entsprechend gehandelt hatte.

Er musste mehr über die Pistole erfahren, die Rosari getötet hatte.

Es war gut, dass sie die Mordwaffe praktisch sofort gefunden hatten, aber bis jetzt hatte sie das noch nicht weitergebracht. Garini glaubte nicht, dass Ernesto so dumm war, jemanden erst mit der Pistole zu erschießen und sie dann direkt unter seinem eigenen Bett zu verstecken. Verdammter *ferragosto*. Wenn alle wie sonst arbeiten würden, hätte er schon längst weitere Daten über die Pistole vorliegen.

Garini sprang in sein Auto und fuhr den Berg hinunter. Die Luft war immer noch still und heiß, aber am Himmel waren dicke Wolken aufgezogen. Die Vögel zwitscherten nicht mehr, und die Blätter hingen schlapp an den Bäumen. Es war, als ob die Natur die Luft anhalten würde und darauf wartete, dass etwas geschah. Eine undefinierbare Spannung lag in der Luft, als ob in Kürze ein großer Knall kommen würde. Er fühlte, wie sich seine Nackenhaare aufstellten.

In diesem Augenblick klingelte sein Telefon einmal kurz. Es war eine Textnachricht von Carlina.

Kapitel 10

Wichtige Neuigkeiten. Komm sofort zum Caffè Stretto.

Garini blickte auf die SMS, dann runzelte er die Stirn und fuhr schneller. Was um alles in der Welt konnte während seiner kurzen Abwesenheit nur passiert sein?

Sein Telefon gab erneut einige Töne von sich.

Bitte komm.

Sein Hals schnürte sich zu. Der Rückweg nach Forte dei Marmi wirkte auf einmal viel länger als der Hinweg.

Er war immer noch einige Kilometer von der Stadt entfernt, als das Gewitter losging. Der Regen brach über ihn herein, als ob jemand riesige Eimer mit Wasser direkt über dem Auto auskippte. Er stellte die Scheibenwischer auf die schnellste Stufe, aber obwohl sie in höchster Geschwindigkeit und mit einem verzweifelt hohen Quietschgeräusch über die Scheiben wischten, konnte er absolut nichts erkennen. Er fluchte und zwang sich, im Schritttempo zu fahren. Die Straße verlangte seine volle Aufmerksamkeit; er konnte Carlina nicht zurückrufen, und gleichzeitig konnte er sich nicht dazu bringen, anzuhalten, weil er das Gefühl hatte, dass jede Minute zählte. Warum wollte sie ihn so dringend sehen?

Nach gefühlt zehn Jahren war er endlich am Ziel und parkte trotz Halteverbotsschild direkt vor dem Café. In dem Augenblick, in dem er aus dem Auto sprang, wurde er bis auf die Haut durchnässt. Er senkte den Kopf und rannte zum Eingang, sprang über große Pfützen und stürzte durch die Tür.

Das Café war voll besetzt, und alle Köpfe wandten sich ihm zu. Die Unterhaltungen stockten, während sie ihn anstarrten.

Er wischte sich den Regen vom Gesicht und fühlte sich wie ein Idiot. Ein nasser Idiot. »*Buona sera.*«

Wo zum Teufel steckt Carlina? Er schaute sich suchend um, während sich Panik in ihm ausbreitete. Die Atmosphäre im Café wirkte entspannt, aber wo war sie?

Ganz hinten, hinter dem Pepsi-Getränkeautomaten, entdeckte er die Mantonis. Sie winkten und riefen ihn heran. Da entdeckte er sie, versteckt hinter dem Pepsi-Automaten und Tante Violettas formidablem Leibesumfang. Er quetschte sich zwischen den Stühlen hindurch, nahm ihr Gesicht in beide Hände und schaute sie an, während ihn eine riesige Welle der Erleichterung durchflutete. »Ist alles in Ordnung mit dir?«

Sie schien verwirrt. »Ja, natürlich.«

Er schloss für einen Augenblick die Augen. *Gott sei Dank.*

»Hihi.« Onkel Teo wedelte mit einem Löffel und grinste. »Nun schaut euch mal die süße Romanze hier an. Er kann noch nicht mal einen halben Tag weg sein, ohne sich Sorgen um sie zu machen.«

Stefano ignorierte ihn und senkte seine Stimme. »Du hast mir eine SMS geschickt.«

»Ja.« Carlina stand auf. »Komm mit.« Sie zog ihn in eine stillere Ecke und flüsterte: »Als das Wetter schlecht wurde, sind wir alle hier ins Café gestürzt, um uns unterzustellen, und haben angefangen, mit Agatha zu plaudern. Sie sagte mir, dass du kurz hier warst und mit ihr über den Mord gesprochen hast.«

»Ja.«

»Aber du hast nichts gegessen, hat sie gesagt. Hattest du überhaupt Zeit fürs Mittagessen?«

Er schüttelte ungeduldig den Kopf. »Lass das doch. Was ist geschehen?«

»Nun, Agatha erzählte mir von den Fragen, die du ihr gestellt hast, und plötzlich stockte sie mitten im Satz und meinte, dass sie vielleicht doch eine Sache vergessen hat. Sie bat mich, es dir in einer SMS mitzuteilen.«

Ein Gewicht fiel von seinen Schultern, und mit der Erleichterung kam echte Wut. »Bitte sende mir das nächste Mal keine SMS, die so klingt, als ob du am Rande des Todes stündest.«

Sie riss ihre grünen Augen weit auf. »Am Rande des Todes? Aber das hab ich doch gar nicht getan. Ich habe doch nur geschrieben, dass du zum Café kommen sollst.«

»Ja. Und dann hast du eine verzweifelte Bitte hinterhergeschoben.«

»Eine verzweifelte Bitte?« Sie runzelte die Stirn. »Aber nein, ich ...«

»Oh doch, das hast du getan.« Er hätte sie am liebsten geschüttelt. »Oder wie würdest du die zweite Nachricht verstehen? ›Bitte komm.‹ Ist das eine verzweifelte Bitte oder nicht, wenn man sie direkt nach der ersten Nachricht erhält, die auch schon dringend klang?«

»Oh.« Sie biss sich auf die Lippen. »Es tut mir leid. Ich ... ich dachte mir nur, dass die erste Nachricht vielleicht zu unhöflich war und zu sehr wie ein Befehl klang, daher habe ich noch mal ein Bitte hinterhergeschickt.«

»Na super.« Mit Mühe beherrschte er seine Wut. »Bitte sei das nächste Mal nicht höflich.«

Sie lächelte ihn etwas schief an. »Okay. Kommt nicht wieder vor. Aber wehe, du beschwerst dich über meine Manieren.«

Er nickte. Seine Wut verflog. »Und wo ist jetzt Agatha?«

Sie blickte über seine Schulter. »Sie bedient gerade einige Gäste vorne am Eingang. Ich bin mir nicht sicher, ob sie jetzt Zeit hat. Sie wirkt sehr beschäftigt.«

Aber Agatha hatte ihn kaum erspäht, als sie auch schon zu ihm kam. »Danke, dass Sie noch einmal zurückgekehrt sind, *commissario*«, sagte sie. »Ich fühlte mich sehr schlecht, weil ich es Ihnen nicht sofort gesagt habe.«

»Kein Problem«, sagte er automatisch. Tatsächlich war er entnervt. Sein Job wäre so viel einfacher, wenn die Leute direkt zum Punkt kämen und sich nicht in Nebensächlichkeiten verlieren würden.

»Ich erinnere mich jetzt, dass ich in der Mordnacht aufgewacht bin«, sagte Agatha. »Das war ziemlich ungewöhnlich, und ich bin auch sofort wieder eingeschlafen, darum war es mir entfallen.«

Er spitzte die Ohren. »Ja?«

»Ich stand auf, um ein Glas Wasser zu trinken, und während ich trank, schaute ich aus dem Fenster. Da sah ich *signora* Rosari die Straße entlanggehen. Sie schob eine Kinderkarre vor sich her.«

Stefano schaute keine Sekunde von ihr weg. »Sind Sie sicher, dass Sie sie erkannt haben?«

»Absolut sicher. Ich erinnere mich, dass ich mir dachte, es sei ziemlich spät, um mit dem Baby herumzulaufen.«

»Um wie viel Uhr war das?«

»Gegen Mitternacht.«

Er schaute sie prüfend an und versuchte, ihren Charakter einzuschätzen. Wie wahrscheinlich war es, dass sie sich erst an kein einziges Detail der Mordnacht erinnern konnte und einige Stunden später eine höchst belastende Aussage aus dem Hut zauberte?

Über ihre Schulter fiel sein Blick auf den Mantoni-Clan. Sie hatten sich alle in ihren Sitzen herumgedreht und beobachteten begierig die Unterhaltung. Hatten sie Agatha dazu gebracht, diese Aussage zu machen, in dem Glauben, dass Ernesto fremde Hilfe brauchte, um entlastet zu werden?

Er fühlte, wie er immer gereizter wurde. »Gut. Vielen Dank für Ihre Aussage. Ich sehe, dass Sie gerade sehr beschäftigt sind, daher möchte ich Sie bitten, so früh wie möglich zur Polizeiwache zu kommen und diese Aussage offiziell abzugeben, damit sie von Ihnen unterschrieben werden kann. Sie brauchen nicht auf mich zu warten, wenn Sie auf der

Wache sind. Die Aussage kann jeder entgegennehmen. Ich werde die Kollegen vorwarnen, dass Sie kommen.«

Agatha schien etwas erschrocken, aber sie nickte. »Einverstanden. Ich kann später heute Abend vorbeikommen.«

»Gut. Wenn Sie es aus irgendeinem Grund nicht schaffen sollten, zur Wache zu kommen, lassen Sie es mich sofort wissen.« Seine Stimme klang streng.

Agatha nickte, drehte sich auf dem Absatz um und eilte zurück zu ihren Gästen.

Er hatte es geschafft, eine gestandene Frau einzuschüchtern.

»Warum warst du so grob zu ihr?« Carlina schaute ihn vorwurfsvoll an.

Er wandte sich ihr zu. »Weil ich, meine Liebe, den ganz klaren Eindruck habe, dass diese plötzliche Erinnerung von den Mantonis gefördert – wenn nicht sogar komplett fabriziert – wurde.«

Ihre Augen funkelten. »Wie kannst du es wagen!«

»Ich kenne deine Familie gut genug, um zu wissen, dass sie dessen fähig ist!«

Carlina zögerte.

Er wusste, dass sie ehrlich genug war, um die Wahrheit zuzugeben. Die Mantonis waren in der Tat fähig, alle möglichen farbenfrohen Geschichten zu erfinden, um jemanden aus dem Clan zu schützen.

»Und du glaubst wirklich, dass ich da mitmachen würde?« Ihre Stimme klang gedrückt.

Er war müde und hungrig und erschöpft. Der Tag war lang und voller Informationen gewesen, die er noch nicht verarbeitet hatte. Zuerst war er gebraten worden, dann bis auf die Haut durchnässt, er hatte sich völlig umsonst um Carlina gesorgt, und im Gegenzug hatte er nur eine dämliche Aussage bekommen, die jedes Kind durchschauen konnte. »Ja, ich glaube, dass du die Fakten verbiegen würdest, damit sie passen. Du würdest alles für deine Familie tun!«

»Super.« Ihre Augen verengten sich. »Dann hör besser auf, mit mir zu sprechen. Das Risiko, dass du dabei korrumpiert wirst, ist viel zu hoch.« Sie drehte sich auf dem Absatz um, eine perfekte Kopie der Bewegung, die Agatha eben noch gemacht hatte, und ging zu dem Tisch, an dem ihre Familie auf sie wartete.

Garini schaute ihr mit sinkendem Herzen nach, aber er konnte unmöglich nachgeben, während die ganze Familie zuschaute. Mit zusammengebissenen Zähnen stakste er aus dem Café und fuhr zum Hotel. Immer noch voller Wut duschte er und besorgte sich einen Snack. Er war Welten von dem entspannten Abendessen mit Carlina entfernt, auf das er sich gefreut hatte, und seine Laune war auf dem Tiefpunkt.

Dann ging er zurück zur Polizeiwache und tippte bis tief in die Nacht seinen Bericht. Obwohl der Sturm die Luft bereinigt hatte und es leichter war, durchzuatmen, war die Luft im Büro immer noch stickig. Der Staub und der Dreck rund um ihn herum sorgten dafür, dass er sich schüttelte. Lampone war nirgendwo zu sehen, und das Büro lag verlassen. Mit Mühe konzentrierte Garini sich auf den Bericht und sortierte alle Fakten.

Er hatte zu viele Verdächtige. Zunächst Ernesto, der irgendetwas verbarg. Dann Rosaris Frau – vermutlich die Hauptverdächtige. Er erstellte eine Liste der Dinge, die er prüfen musste. Ambrosiano konnte das übernehmen, sobald er wieder sprechen konnte. Er hatte auf seinem Tisch einen Zettel gefunden, der ihn informierte, dass Ambrosiano morgen zurückerwartet wurde. Zunächst musste er prüfen, ob die Geschichte mit der Lebensversicherung stimmte, dann musste er versuchen, einen weiteren Augenzeugen zu finden, der *signora* Rosaris Nähe zum Hotel zur Tatzeit bestätigen konnte. Er glaubte zwar immer noch nicht, dass Maria Rosari so praktisch dort herumgelaufen war, aber er konnte es auch nicht außer Acht lassen.

Garini wandte sich wieder seiner Liste der Verdächtigen zu. Nummer drei war der Hotelbesitzer Ortadella, der Grund genug hatte, um Rosari umzubringen. Ambrosiano würde mit dem Besitzer des Restaurants sprechen müssen, in dem Ortadella mit seiner Frau in der Mordnacht gegessen hatte. Er war sich sicher, dass der Restaurantbesitzer jedes Wort bestätigen würde – dafür würde Ortadella schon gesorgt haben –, aber er konnte es sich nicht erlauben, diesen Punkt zu vernachlässigen.

Die letzte Person auf der Liste war das junge Mädchen aus dem Café, das jetzt angeblich im Urlaub war. Ambrosiano konnte leicht herausfinden, ob das der Wahrheit entsprach. Garini war nicht mehr bereit, irgendjemandem irgendetwas zu glauben, wenn die Aussage nicht von einer weiteren, zuverlässigen Quelle bestätigt wurde. Und damit meinte er nicht die Mantonis.

Er druckte alles aus, lehnte sich zurück und schaute die Seiten durch. Seine Augen fühlten sich an, als ob man Sand in sie hineingestreut hätte, so müde war er, aber er zwang sich, alles noch einmal durchzulesen. Es half ihm immer, alles aufzuschreiben und die Tatsachen in chronologischer Reihenfolge zu sortieren. Manchmal sprang ihm etwas ins Gesicht, selbst wenn es nur die nächste Frage war, die er stellen musste.

Er blätterte noch einmal durch die Seiten und stellte fest, dass er einen Verdächtigen komplett übersehen hatte: Patelli, den Ex-Manager des Hotels. Er seufzte. Patelli hatte kein starkes Motiv. Wenn überhaupt, hätte es am meisten Sinn ergeben, wenn er sich an Ortadella gerächt hätte, nicht an Rosari. Er würde morgen mit ihm sprechen müssen. Jetzt war es Zeit, nach Hause zu gehen – oder besser gesagt, ins Hotel.

Als er ins Zimmer kam, schlief Carlina tief und fest. Er zog sich leise aus, duschte noch einmal, um sich den ganzen Staub abzuwaschen, dann fiel er ins Bett und sank innerhalb weniger Minuten ebenfalls in den Schlaf.

Am nächsten Morgen stand er auf, bevor Carlina wach wurde. Einen Augenblick lang zögerte er. Sollte er ihr eine Nachricht hinterlassen? Aber nein, was sollte er schon schreiben? ›Tut mir leid, dass ich deine Familie verdächtige‹? Oder noch besser: ›Lass die Finger von meinem Fall‹? Das würde bestimmt gut ankommen. Sie hätte nicht versuchen sollen, die Fakten zu vertuschen. Sie hätte wissen müssen, dass diese Art von Beweis niemandem weiterhalf. Er unterdrückte das brennende

Gefühl, ungerecht behandelt worden zu sein, und fuhr zur Polizeiwache.

Im Büro traf er Ambrosiano an und gab ihm eine lange Liste der Aufgaben, die er heute erledigen sollte. Der Junge sprach kaum ein Wort, aber als Garini ihn darum bat, die Aufgaben zu wiederholen, schien er alles verstanden zu haben. Vielleicht konnte man noch Hoffnung schöpfen. Stefano verließ den Bahnhof und stieg in seine heiße Metallbox auf Rädern, um zu Patelli zu fahren, dem ehemaligen Hotelmanager, der am Rand der Stadt lebte, ins Landesinnere hinein. Allerdings kam er nicht weiter als bis zu dessen Eingangstür.

Der Eingang wurde von einer Frau blockiert, die so klein war, dass er sie für ein Kind gehalten hätte, wenn ihr Gesicht nicht so verrunzelt gewesen wäre und sie nicht das traditionelle schwarze Kleid der Bäuerinnen getragen hätte. Sie bewachte den Eingang zu dem wackeligen Häuschen mit der grimmigen Entschlossenheit einer sehr viel größeren Frau. »Sie möchten meinen Sohn sehen?«, fragte sie. »Warum?«

Also war Patelli nicht ganz so alleine auf der Welt, wie sie vermutet hatten. »Ich möchte gern etwas Persönliches mit ihm besprechen«, antwortete Garini. »Ist er zu Hause?«

Sie hob das Kinn. »Vielleicht ja, vielleicht nein. Wer weiß?«

»Sie wissen es, *signora* Patelli.« Garinis Stimme blieb ruhig.

Eine Hand fiel auf die knochige Schulter der winzigen Dame, dann erschien der Ex-Manager hinter seiner Mutter. »Ich bin hier«, sagte Patelli. »Sie sind Carlinas Freund, oder? Sie sind jetzt auch für die Morduntersuchung verantwortlich.«

Seine Mutter zischte leise.

Garini nickte. »Sie sind gut informiert.«

Patelli schaute ihn mit dem Hauch eines Lächelns an. »Ich lebe seit meiner Geburt in Forte dei Marmi.«

»Darf ich hereinkommen?«

Patelli nickte resigniert und schob seine Mutter sanft zur Seite. Es sah so aus, als ob er darin viel Übung hätte.

Garini trat in das glänzend saubere Heim, aber jegliches Wohlgefühl verflog, als sein Blick über die schweren Eichenholzmöbel glitt und er den riesigen Jesus am Kreuz über der Tür und die Spitzendeckchen bemerkte, die jede freie Oberfläche bedeckten. Es gab genug Möbel für drei Wohnzimmer in dem kleinen Raum, und es war jetzt schon so warm, dass Garini anfing zu schwitzen.

Patelli bat ihn, auf einem dunkelgrünen Sofa, das schon bessere Tage gesehen hatte, Platz zu nehmen, und setzte sich dann vor ihn. *Signora* Patelli blieb neben dem Stuhl ihres Sohnes stehen.

»Was möchten Sie wissen, *commissario*?« Patellis Stimme war ruhig, aber seine zitternden Hände verrieten ihn.

»Zunächst einmal möchte ich um Ihre Erlaubnis bitten, diese Unterhaltung aufzuzeichnen.« Garini nahm das Aufnahmegerät aus der Tasche.

Signora Patelli brach in eine leidenschaftliche Rede aus, aber da sie in einem Dialekt sprach, der Garini nicht vertraut war, verstand er kein Wort.

Ihr Sohn beugte sich zu ihr, tätschelte ihre Hand und sagte etwas Beruhigendes, doch gleichzeitig nickte er Garini zu. »Legen Sie los.«

Nachdem sie den Namen und die Adresse angegeben hatten, beruhigten sich beide Patellis etwas. Garini entschied sich, direkt zu des Pudels Kern vorzustoßen. »Ich möchte gern wissen, wo Sie sich zur Tatzeit aufhielten.«

Patelli zuckte zusammen. »Zur Tatzeit?«

Garini beobachtete ihn scharf. Falls Patelli jetzt so tat, als wüsste er nicht, wann die Tat vollbracht worden war, wäre das verdächtig. Die ganze Stadt sprach über nichts anderes.

Doch Patelli war nicht dumm. »Ich weiß, wann der Mord stattfand – in der Nacht von *ferragosto*. Ich erinnere mich auch, dass wir früh am nächsten Morgen im Café Stretto darüber sprachen, aber Sie haben den Mord gar nicht erwähnt.« Sein Ton machte klar, was er von dieser Verschwiegenheit hielt.

»Das stimmt.« Garini überhörte die implizite Aufforderung nach einer Erklärung. »Würden Sie jetzt bitte meine Frage beantworten? Wo waren Sie in dieser Nacht?«

»Ich weiß nicht, wann der Mord genau stattfand«, sagte Patelli.

»Das ist ganz egal. Erzählen Sie mir einfach, was Sie in dieser Nacht getan haben.«

Patelli holte tief Luft, doch seine Hände blieben verkrampft zu Fäusten geballt. »Ich war in der Nähe. Zumindest früher an dem Tag. Normalerweise gehe ich auf einen Kaffee zu Agatha, der Besitzerin des Caffè Stretto, so gegen fünf Uhr nachmittags.«

Oh nein. Garini unterdrückte einen Seufzer, ließ sich seine Gedanken aber nicht anmerken. Er konnte schon sehen, wie Agatha und die Mantonis ein perfektes Alibi für Patelli zusammenbrieten.

»An dem Tag war ich später dran als sonst. Ich kam gegen sechs an und blieb bis ungefähr halb sieben oder so, dann ging ich zu Fuß nach Hause.«

»Zu Fuß?«

Das winzige Haus war in Strettoia, einem kleinen Bezirk. Garini hatte nicht lange gebraucht, um mit dem Auto dorthin zu kommen – vielleicht fünfzehn Minuten –, aber es war die ganze Zeit bergauf gegangen. Das Haus selbst lag am Ende einer engen Straße mit einem Belag voller Schlaglöcher. Davor saugte ein kleiner Weinberg die frühe Morgensonne auf. Er war in sorgfältig gepflegten Terrassen angelegt, die in auffälligem Kontrast zu dem verlotterten Zustand der Straße standen. Auf der anderen Seite stand eine Reihe an Zitronenbäumen mit leuchtend gelben Früchten. Garini fragte sich, ob der Besitz den Patellis gehörte.

Patelli schaute ihn böse an. »Ja, zu Fuß, *commissario*. Ich musste mein Auto verkaufen, als ich meinen Job verlor. Außerdem habe ich nicht viel zu tun, also kann ich genauso gut laufen. So geht die Zeit schneller vorbei. Ich bin gegen acht hier angekommen. Ich gehe immer sehr langsam. Später habe ich mit meiner Mutter daheim zu Abend gegessen. Dann bin ich ins Bett gegangen. Also habe ich kein Alibi.« Die Linien von seiner Nase zu seinen Mundwinkeln vertieften sich.

Garini kämpfte gegen das Mitleid an, das in ihm hochstieg. Hier war ein Mann, der für seinen Beruf gelebt hatte, und als er ihm genommen worden war, war ihm nichts geblieben. Was für ein trauriges Fazit für ein Leben voller Fleiß und harter Arbeit. Ihm wurde klar, dass er nicht vorankommen würde, wenn er weiterhin auf übliche Weise mit Patelli sprach, also lehnte er sich mit dem Rücken an das unbequeme Sofa und breitete die Hände aus.

»Hören Sie, *signor* Patelli, ich werde ganz ehrlich zu Ihnen sein. Nach all den Informationen, die ich bis dato sammeln konnte, werden nur sehr wenige Menschen das Opfer vermissen. Er war überall gleichermaßen unbeliebt, und das aus gutem Grund.«

Patelli lehnte sich nach vorne. Seine Augen brannten in dem ausgemergelten Gesicht. »Ich wusste es! Ich wusste, dass er *signor* Ortadella, den Besitzer des Hotels, irgendwie in der Hand hatte. Anders hätte er meinen Job auf gar keinen Fall bekommen können!«

Garini fuhr fort, ohne seinen Einwurf zu beachten. »Dennoch müssen wir den Mörder finden und ihn bestrafen. Es ist nicht richtig, das Gesetz in die eigene Hand zu nehmen und Leute zu exekutieren, nur weil sie sich nicht an die Regeln gehalten haben. Wenn wir diesen Grundsatz ignorieren, wird unsere Gesellschaft im absoluten Chaos versinken.« Er schob den Gedanken an all die Menschen in Italien zur Seite, die sich nicht an die Regeln der Gesellschaft hielten. Jetzt war nicht der Augenblick, um eine Grundsatzdiskussion zu Politik und Verbrechen vom Zaun zu brechen. Er musste einen Mörder festsetzen.

Patellis dünner Mund wurde störrisch. »Ich habe überhaupt kein Interesse daran, den Mörder zu finden. Wenn ich ihm je begegnen sollte, werde ich seine Hand schütteln.«

Patellis Mutter bekreuzigte sich und warf Jesus über der Tür einen entschuldigenden Blick zu.

»Sie haben das Ganze nicht durchdacht, *signor* Patelli«, sagte Garini. »Ich bin sicher, dass Sie im Laufe Ihres Berufslebens Gästen die Übernachtung im Hotel verweigert haben, weil Sie wussten, dass sie Ärger machen würden.«

»Ja, natürlich. Sie haben keine Ahnung, was die falsche Art von Gästen an Schaden –«

»Genau. Falls einer dieser Leute aus Groll entschieden hätte, dass Sie überflüssig und ein Hindernis sind, hätte er Sie ja auch leicht eliminieren können.«

Signora Patelli murmelte etwas.

»Aber das ist nicht geschehen. Könnten Sie jetzt bitte versuchen sich zu erinnern und mir helfen, den Mörder zu finden? Haben Sie es getan?«

Patelli starrte ihn an. »Nein, *commissario*. Ich habe Rosari nicht umgebracht.«

»Warum nicht?«

Patelli wurde rot. »Nun, ich ... ich ... ich mag ja wilde Reden schwingen, aber ...«

»Aber?« Garini zwang ihn weiterzusprechen. Patelli wusste es nicht, aber sein Zögern und seine Verwirrung wirkten überzeugend. Bis jetzt machte er einen guten Eindruck.

»Aber ich ... ich meine ... Na ja, man kann ja nicht einfach herumlaufen und Leute umbringen, oder?«

»Genau.« Garinis Stimme war trocken. »Aber jemand hat es getan. Und wir müssen dafür sorgen, dass er nicht weitermacht. Wer weiß, wer das nächste Opfer sein wird.«

»Meinen Sie etwa mich?« Patellis Augen wurden groß.

»Vielleicht. Wenn Sie auf Ihre alte Position zurückkehren, übernehmen Sie Rosaris Stelle. Vielleicht hatte ja sein Job etwas damit zu tun.« Das war zwar unwahrscheinlich, aber irgendwie musste er Patelli zum Reden bringen.

Patellis Mutter stemmte ihre dünnen Hände in die Hüften und schoss eine unverständliche Wortsalve auf ihren Sohn ab.

Dieser hob beide Hände in einer Geste der Kapitulation und wandte sich wieder an Garini. »Okay, okay, ich sage Ihnen alles, was ich weiß. Aber es ist nicht viel.«

»Nun?«

»Man sagt, dass in der Mordnacht Stimmen gehört wurden.«

»Wer ist man?«

Patelli zuckte mit den Schultern. »Ich weiß es nicht. So wird es auf den Straßen herumerzählt.«

Garini schaute ihn mit starrem Blick an.

Patelli zappelte nervös auf seinem Sitz. »Ganz ehrlich, ich weiß es nicht. Aber die Leute erzählen hinter vorgehaltener Hand, dass sie Geschrei gehört haben, bevor sich der Schuss löste. Sie hörten, wie jemand sich stritt.«

»Waren es Männer?«

»Ja.«

»Oder ein Mann und eine Frau?«

»Ja.«

»Es kann nicht beides sein, *signor* Patelli.«

»Ich sage Ihnen doch, ich weiß es nicht!« Patelli klang ganz verzweifelt, aber nicht mehr nervös. »Das erzählt man sich auf der Straße. Es gab Geschrei. Dann einen Schuss. Dann gar nichts mehr.«

»Das ist nicht wirklich viel.«

»Weiß ich.« Patelli hob die Schultern und ließ sie wieder fallen. »Aber das ist alles, was ich gehört habe. Wenn ich mehr erfahren sollte, lasse ich es Sie wissen.« Er neigte den Kopf zur Seite. »Wie ist es denn im Hotel?«

»Das Personal versucht erst einmal weiterzumachen wie bisher.« Garini stand auf. »Wenn ich Ihnen einen Rat geben darf – und das hat nichts mit diesem Gespräch hier zu tun –, dann gehen Sie und bewerben Sie sich auf eine andere Stelle. Ich stimme Carlina zu, dass Sie nach vorne schauen sollten und mit Ihrer guten Ausbildung auch gute Chancen haben, bald etwas Neues zu finden.«

Patelli starrte ihn an. »Ortadella würde mir niemals ein gutes Zeugnis ausstellen.«

Garini stellte den Rekorder aus. »Da wäre ich mir nicht so sicher. Warum fragen Sie ihn nicht?« Die Worte waren heraus, bevor er darüber nachdachte, aber in diesem Augenblick wurde ihm klar, dass er Patelli unter Umständen in Gefahr gebracht hatte. *Verdammt.* Wenn Ortadella von Rosari erpresst worden war und ihn umgebracht hatte, um sich von ihm zu befreien, dann könnte Patellis plötzliche Anfrage Ortadella zu der Vermutung veranlassen, dass Garini ihm sensible Informationen hatte zukommen lassen. Wenn man einen Erpresser erfolgreich umgebracht hatte, war das eine perfekte Vorbereitung für einen zweiten Mord. Garini mochte Patelli, und er wollte ihn nicht in Gefahr bringen. »Wenn ich so richtig darüber nachdenke«, sagte er, »dann nehme ich das zurück. Sprechen Sie Ortadella im Augenblick lieber noch nicht an.«

Patelli wirkte verwirrt. »Warum nicht?«

»Weil wir uns immer noch mitten in der Untersuchung eines Mordfalls befinden und weil alles, was Sie tun, die Sache verwirrender gestalten könnte. Bewerben Sie sich auf andere Positionen, aber sprechen Sie niemanden an, der in den Fall involviert ist, okay?«

Patelli zuckte mit störrischem Gesichtsausdruck die Schultern.

»*Signor* Patelli.« Garini legte eine Hand auf die dünnen Schultern des Mannes. »Hören Sie mir zu. Ich mag Sie, und ich möchte nicht, dass Sie in Gefahr geraten. Versprechen Sie mir, vorerst mit niemandem in Kontakt zu treten, der in diesen Fall verwickelt ist?«

Patelli presste den Mund zu einem Strich zusammen.

Seine Mutter warf ihm einen wutentbrannten Blick zu, dann machte sie einen Schritt nach vorne und richtete sich zu ihrer vollen Höhe auf, sodass ihr Kopf Garinis Rippen erreichte. »Ich verspreche es«, sagte sie.

Garini nickte ihr zu. »*Grazie.*«

Er wollte sich selbst einen Tritt geben, als er das Haus verließ. Unter gar keinen Umständen hätte er seine Gefühle Überhand gewinnen lassen dürfen. Einen Rat geben, wie toll. Wer war er, der Herrgott höchstpersönlich? Er hatte gerade einen Mann, der schon genug gelitten hatte, in Gefahr gebracht. Sobald dieser Fall vorbei war, würde er seinen Freund Peter vom Luxushotel Garibaldi in Florenz anrufen. Peter würde wissen, wo in der Gegend ein guter Hotelmanager gebraucht wurde. Aber noch konnte er das nicht tun. Erst musste er diesen Fall lösen und dafür sorgen, dass die richtige Person verhaftet wurde. Vielleicht war Patelli ja doch der Mörder. Er musste einen klaren Kopf bewahren, egal, wie viel Sympathie er für jemanden empfand, der in den Fall involviert war.

Bei einem so hassenswerten Opfer wie Rosari war es schwer, mit dem nötigen Eifer weiterzusuchen. Die Versuchung, den Fall einfach fallen zu lassen, vergrößerte sich mit jeder neuen Tatsache, die er über den toten Mann in Erfahrung brachte.

Garini schaute über die weich hinabfallenden Hügel hinunter zur Küste. Die Sonne stand schon hoch am Himmel und erhitzte die Sommerlandschaft. Am Horizont blitzte verlockend das Ligurische Meer – blau und wunderschön. Er vermisste Carlina. Wie er es hasste, von ihr getrennt zu sein, nachdem sie sich gestritten hatten. Er musste sich so bald wie möglich mit ihr versöhnen, aber zuerst musste er zur Polizeiwache zurück. Lampone wartete auf ihn.

Doch als Garini endlich dort eintraf, vertrieben Lampones Neuigkeiten alle anderen Gedanken aus seinem Kopf.

»Wir kennen den Inhaber der Pistole.« Lampone schwenkte einen Bogen Papier unter Garinis Nase, während sein weißes Haar stramm wie Soldaten in die Höhe stand. »Sie werden niemals glauben, wer es ist!«

Kapitel 11

Als Carlina aufwachte und feststellte, dass Stefano ohne eine Nachricht gegangen war, fühlte sie sich beraubt. Sie zog ihren Bikini und die ersten Sachen, die ihr in die Hände fielen, an, übersprang das Frühstück und ging hinunter zum Strand auf der Suche nach Einsamkeit und Schönheit. Sobald sie am Meer angekommen war, blieb sie stehen und holte tief Luft. Es war noch früh, still und friedlich. Sie hielt ihre Sandalen in einer Hand, sodass sie durch das flache Wasser laufen konnte. Es fühlte sich kühl und angenehm an, und der weiche Sand umschmeichelte ihre Füße. Glitzerpunkte funkelten auf den Wellen. Es war alles so schön, so sommerlich und sorgenfrei, aber in ihr war es dunkel und hart und kalt. Ohne Ziel lief sie immer weiter geradeaus, den Blick auf den Boden gerichtet.

Wie sie es hasste, sich mit Stefano zu streiten. Er hätte ihr wirklich glauben müssen, dass sie keine falschen Beweise geschaffen hatte. Sie hatte ja kaum mit Agatha gesprochen und war außerdem erst spät zu der ganzen Diskussion hinzugekommen. Er hätte ihr glauben sollen. Was dachte er, wer sie war? Eine Verbrecherin?

Ihre Gedanken umkreisten ihre Beziehung. Es war nicht einfach, mit einem Polizisten auszugehen, wenn die eigene Familie wild entschlossen unkonventionell war. Sie liebte Stefano und war sehr glücklich mit ihm, aber immer, wenn ihre überwältigende Familie in der Nähe war, fühlte sie sich zerrissen.

Carlina stolperte in eine flache Pfütze, die sie nicht wahrgenommen hatte, und schaute erschrocken auf. Sie hatte keine Ahnung, wo sie sich befand. Die Clubs entlang des Strandes sahen alle gleich aus – Reihe um Reihe von kleinen Sonnenschirmen und Sonnenliegen, alle genau gleich, wenn man davon absah, dass sie alle zweihundert Meter die Farbe wechselten. Sie würde eine Ewigkeit brauchen, um zum Hotel zurückzukehren. Schweren Herzens drehte sie um. Sie war erhitzt und durstig und entmutigt. Vor allem war sie wütend, dass ihr weder Stefano noch Ernesto vertrauten. Männer! Sie wollten immer alles alleine schaffen. Einfach nur blöd.

Sie trat mit dem Fuß gegen einen Sandhügel und grummelte vor sich hin, dann entschied sie sich, den Rückweg besser auf der Promenade anzutreten. Das würde zwar heißer sein, aber wenigstens wusste sie dann, wo sie war.

Ihre Gedanken flogen wieder zu ihrem Cousin. Ernesto hatte sie gestern gemieden. Er hatte ausgesehen, als ob er eine ganze Woche nicht geschlafen hätte. So verschlossen hatte sie ihn noch nie erlebt. Sie ging noch einmal ihre Unterhaltung am Pier durch. Er hatte nichts zugegeben, aber als sie ihm auf den Kopf zugesagt hatte, dass er versuche, jemanden zu decken, hatte er nicht protestiert. Das war doch fast ein Geständnis, oder? Wenn es nicht gestimmt hätte, hätte er protestiert. Aber das hatte er nicht getan. Also hatte er ihr doch etwas verraten, ganz ohne es zu wollen.

Carlina erreichte die Promenade und lief weiter, tief in Gedanken. Ohne die ständige Ablenkung durch ihre Familie hatte sie endlich Zeit, gründlich nachzudenken. Was konnte Ernesto gemeint haben, als er sagte, dass es so schwer sei, erwachsen zu werden? Sie blieb im Schatten einer Fächerpalme stehen und runzelte die Stirn. Erwachsen werden ... mit all den Herausforderungen und Ängsten. Ernesto war achtzehn. Sie sollten sich langsam daran gewöhnen, dass er ein junger Erwachsener war.

Ein Ruck ging durch sie hindurch. Plötzlich ergab alles Sinn: Seine Ungeduld, endlich in den Urlaub zu fahren. Sein Stolz auf seine supercoole Sonnenbrille. Der übermäßige Gebrauch von Aftershave. Seine noch nie dagewesene Dickköpfigkeit, als es darum ging, das Zimmer mit dem direkten Zugang zum Garten aufzugeben.

Ernesto war verliebt! Er hatte sich in ein Mädchen hier in Forte dei Marmi verliebt, und er traf sie heimlich, bei Nacht.

Carlina schnappte nach Luft. War das die richtige Schlussfolgerung? Es schien unglaublich, dass Ernesto, der sich bis jetzt nur für Computerspiele und Chemie interessiert hatte, sich nun verliebt haben sollte – und zwar von ganzem Herzen, wenn sie die Sache richtig einschätzte. Aber irgendwann musste er ja mal mit den Mädchen anfangen. Doch warum war es ein Geheimnis? Und wie hatten sie sich kennengelernt? Sie waren nur zwei Wochen im Jahr hier an der See.

Sie runzelte die Stirn und ging in die nächstgelegene *gelateria*. Jetzt musste sie erst mal ein Eis essen. Es würde ihr helfen, ihr Gehirn zu kühlen. Sie bestellte drei Sorten – Mango, Aprikose und Zitrone – in einer knusprigen Waffel, dann spazierte sie langsam ins Hotel zurück, während sie das erfrischende Eis schleckte.

Jetzt, wo sie sich an den Gedanken gewöhnt hatte, dass Ernesto eine Freundin hatte, schien es ihr gar nicht mehr so verrückt zu sein. Ihr fiel auch ein, dass Ernesto während des letzten Jahres mit einigen Jugendlichen hier aus der Gegend in Kontakt geblieben war. Sie hatten zusammen am Strand gespielt, als sie klein waren, und irgendwie hatten sich daraus Freundschaften ergeben. Die Eltern der Kinder hier vor Ort arbeiteten alle auf die eine oder andere Art im Tourismusgeschäft und hatten wenig Zeit, sich in der Hochsaison um ihre Kinder zu kümmern. Ernesto hatte es sehr genossen, ausnahmsweise einmal von Jungs in seinem Alter umgeben gewesen zu sein.

Zumindest war sie davon ausgegangen, dass es alles Jungs waren. Einer davon war sogar vor einigen Jahren zu Besuch nach Florenz gekommen. Er war mit ihnen nach Florenz gefahren, als die Sommerferien der Mantonis zu Ende gegangen waren, und hatte eine Woche bei Benedetta gewohnt. Sie hatten die zwei Jungs kaum zu Gesicht bekommen. Vielleicht war das der Grund, warum sie sich gar nicht an seinen Namen erinnerte. Oder doch?

Flavio. Das war's. Er hieß Flavio. Ein lieber Junge. Ruhig und freundlich, ein wenig tollpatschig. Aber das waren sie ja alle in dem Alter. Er war auch ein wenig älter als Ernesto. Zwei Jahre? Irgendwie so. Himmel, dann war er jetzt zwanzig. Nicht mehr ganz so klein. Plötzlich fühlte sie sich uralt, obwohl sie nur dreizehn Jahre älter war als ihr Cousin.

Jetzt erinnerte sie sich noch an eine andere Sache. Ernesto spielte oft Onlinespiele mit Partnern, die irgendwo auf der Welt sitzen konnten, und einige davon kamen aus Forte dei Marmi. Das hatte er mal erwähnt, und sie wusste, dass er den halben Tag damit verbrachte, Nachrichten an seine Freunde zu schreiben und über Facebook, oder welche Social-Media-Plattform sie auch immer nutzten, in Kontakt zu bleiben. Vielleicht war es gar nicht so abwegig, dass er sich in ein Mädchen aus Forte dei Marmi verliebt hatte.

Irgendwo spielte ein Radio den diesjährigen Sommerhit, ein fröhliches Lied, das einen dazu einlud, mitzusummen und zu hüpfen. Echte Sommergefühle. Sie seufzte. Alles könnte so schön sein. Stattdessen mussten sie einen Mörder suchen.

Sie aß den Rest ihres Eises mit Bedauern und dachte weiter nach. Also hatte Ernesto eine Freundin. Und er deckte sie mit einem kämpferischen Beschützerverhalten, das Bände sprach ... Über seine Liebe zu ihr und darüber, dass er sie für schuldig hielt.

Ein Schauer lief ihr über den Rücken. Was, wenn Ernestos Freundin wirklich schuldig war? Kein Wunder, dass ihr Cousin völlig verzweifelt war. Wenn man jemanden liebte, *à corps perdu*, wie die Franzosen sagten, mit ganzem Körper verloren ... und dann herausfinden musste, dass diese Person ein Mörder war. Sie wollte sich gar nicht vorstellen, wie sie sich fühlen würde, wenn sie jemals glauben müsste, dass Stefano jemanden umgebracht hätte.

Sie erstarrte mitten in der Bewegung, ein Fuß in der Luft. *Oh Gott.* Das hatte Stefano schon mehrmals befürchten müssen. Sie schüttelte sich. Wie gut, dass sie dieses Mal nur ein vernachlässigbares Motiv dafür hatte, den Hotelmanager ermordet zu haben. Jetzt aber zurück zu Ernesto. Wer war das Mädchen?

Vielleicht konnte sie Ernestos Freund finden, diesen Flavio. Sie war sich nicht sicher, ob sie ihn wiedererkennen würde. Jungs veränderten sich dramatisch zwischen fünfzehn und zwanzig. Außerdem hatte sie ihn während der kurzen Woche in Florenz vor all den Jahren kaum zu Gesicht bekommen. Ernesto konnte sie nicht fragen, soviel war klar. Sie konnte auch nicht damit anfangen, Computerspiele zu spielen und in den inneren Kreis vorzudringen, das war auch klar. Sie hatte keine Ahnung, welche Spiele Ernesto spielte, und es würde auch viel zu lange dauern. Sie musste das Mädel jetzt finden.

Carlina lief weiter, ihre Gedanken voll auf das Problem konzentriert, ohne wahrzunehmen, wo sie sich befand. Es war brennend heiß, und die Hitze stieg in Wellen vom Asphalt auf. Ohne sich bewusst dafür entschieden zu haben, dorthin zu gehen, befand sie sich auf einmal wieder im Hotelgarten, neben dem Pool. Er lag verlassen da. Kein Wunder, wenn man bedachte, dass hier der Mord stattgefunden hatte. Außerdem war es mittlerweile fast Zeit, Mittagessen zu gehen, also waren alle auf dem Weg in die Restaurants.

Das Wasser glitzerte verlockend, kühl und blau. Ein Vogel zwitscherte irgendwo in einem Olivenbaum, und die Bienen summten eifrig herum. Es war eine friedliche Szene, eine, in die Mord nicht passte.

Spontan zog Carlina ihre Sachen aus und sprang ins Wasser. Es war kühler als erwartet und sie tauchte nach Luft schnappend wieder auf, aber gleichzeitig fühlte es sich großartig an. Mit einem zufriedenen Seufzer drehte sie sich auf den Rücken und streckte sich der Länge nach aus. Das Wasser schaukelte sie sanft hin und her. Immerhin war dies ihr Urlaub.

Wenn sie ihren Kopf ein kleines bisschen anhob, konnte sie sehen, wie ihre Zehen aus dem Wasser lugten. Der dunkelrote Nagellack mit der Extraschicht an Glitzer sah neben dem Blau des Wassers besonders nett aus. Sie legte den Kopf wieder zurück und ließ sich treiben. Es war himmlisch, das kühle Wasser rund um ihren Körper zu fühlen, während die Sonne ihr das Gesicht wärmte. *Das ist das Paradies.*

In diesem Augenblick hörte sie, wie jemand hörbar nach Luft schnappte.

Ihre Augen flogen auf.

Am Rand des Pools stand die Kellnerin Nora. Sie hatte beide Hände gegen den Mund gepresst.

»Nora! Was ist los?« Carlina schwamm an den Rand und hielt sich fest. »Was ist passiert?«

Noras braune Augen hatten sich so sehr geweitet, dass man das Weiße rundherum sah. »Ich dachte, Sie seien tot.« Sie schluckte und sank auf die Knie, als ob sie keine Kraft mehr in den Beinen hätte.

»Es tut mir leid.« Carlina wischte sich das Wasser aus den Augen. »Ich habe mich nur ein wenig entspannt. Ich wollte Sie nicht erschrecken.«

»Ist schon in Ordnung.« Nora schien immer noch nach Atem zu ringen. »Ich hätte nicht so reagieren sollen. Ich dachte nur, dass es eine weitere Leiche ist, und so nahe an der Stelle, an der *signor* Rosari gefunden wurde ... Das hat mich erschreckt.«

Carlina blinzelte. *So nahe an der Stelle?* Sie wusste nicht, wo der Mann ermordet worden war. Irgendwo am Pool, ja, aber sie hatte Stefano nicht nach weiteren Details gefragt. Woher wusste Nora das? Carlina hatte keine Blutflecken gesehen – aber sie hatte sich auch nicht danach umgeschaut.

Nora blickte sie nervös an. »Silvia, das Zimmermädchen, hat es mir gesagt.« Es war, als ob sie Carlinas Gedanken gelesen hätte. Sie zeigte auf das Hotel. »Man kann den Pool von den Zimmern dort aus sehen.«

Carlina nickte. Das klang wie eine plausible Erklärung. Sie zog sich hoch und setzte sich neben Nora, die Beine noch im Wasser. Mit einem Seitenblick auf Noras T-Shirt und Shorts sagte sie: »Haben Sie jetzt Mittagspause?«

Nora nickte. »Ja. Ich arbeite früh am Morgen und am Abend, aber nicht am Mittag.« Ihr Gesicht hatte wieder etwas Farbe bekommen. »Ich muss jetzt los.«

Carlina wandte den Kopf, um ihr zuzulächeln, doch da fiel ihr Blick auf den Aufdruck auf Noras T-Shirt. In diesem Augenblick schien alles zu gefrieren. Das glitzernde Wasser im Pool bewegte sich nicht mehr, die Vögel verstummten, und sogar die Blätter hörten auf, in der heißen Sommerbrise zu rascheln. Sie kannte dieses Logo. Es war eine gotische Schrift, mit einigen Schnörkeln, dramatischen Vampirzähnen und einem fürchterlichen Monster mit riesigen Klauen. *Monster IV.* Das Spiel, das Ernesto so gern spielte. Hier war die Verbindung, nach der sie gesucht hatte! Nur unter Einsatz all ihrer Kräfte schaffte sie es, ihre Gesichtszüge zu kontrollieren. War dies das Mädchen, in das Ernesto sich verliebt hatte? War sie diejenige, die er deckte?

Ein eiskalter Schauer lief ihr über den Rücken. *Wenn das so ist, sitze ich neben der Mörderin. Völlig schutzlos in meinem Bikini.*

Kapitel 12

Auf der Polizeiwache nahm Garini den Zettel, den Lampone ihm hinhielt, in die Hand und schaute hoch. Sein Gesicht war vor Erstaunen starr. »Die Pistole gehörte Rosari selbst?«

»Ja!« Lampones farblose Augen schienen zu leuchten. »Was halten Sie davon?«

Garini lehnte sich an den Tisch und starrte mit gerunzelter Stirn auf den Bogen Papier in seiner Hand. »Dafür gibt es nur zwei mögliche Erklärungen. Entweder nahm er die Pistole mit, weil er Ärger erwartete, oder seine Frau hat es getan. Sie wäre diejenige, die am ehesten Zugang zu der Waffe hatte.«

Lampone wiegte den Kopf hin und her. »Aber er ist ja schon im Winter ausgezogen. Glauben Sie, dass er die Pistole zurückgelassen hat?«

Garini schaute hoch. »Sie haben meine Berichte gelesen?« Auf andere Art und Weise hätte Lampone diese Information kaum erhalten können.

Lampone nickte. »Ja. Alle. Sie sind sehr hilfreich. Ich wünschte, wir hätten Sie anstelle von Pucci eingestellt, als der Posten ausgeschrieben war.«

Garini lächelte. Sein eigener Boss Cervi lobte nie, außer wenn er es absolut nicht vermeiden konnte, und es überraschte ihn, wie gut es sich anfühlte. Die Himbeere mochte zwar keinen Blick für Staub haben, aber er motivierte seine Mitarbeiter deutlich besser als Cervi, so viel stand fest. »Vielen Dank. Das freut mich. Ja, es ist möglich, dass er die Waffe zurückgelassen hat, aber nicht sehr wahrscheinlich. Nach allem, was ich bis jetzt über ihn erfahren habe, hätte es weitaus besser zu ihm gepasst, wenn er die Pistole mitgenommen hätte.«

Lampone machte eine schnelle Runde um den Tisch herum. »Gut. Dann lassen Sie uns für einen Augenblick annehmen, dass er die Pistole mitgenommen hat.«

»Wir können das Personal im Hotel fragen, ob sie sie je gesehen haben.«

»Ja.« Lampone nickte. »Ich schicke Ambrosiano los, sobald er hier eintrifft. Ich bin froh, dass er wieder gesund ist. Pucci hingegen hat eine Krankschreibung für die ganze Woche eingereicht.«

Garini hielt es für das Beste, darauf nicht zu antworten.

Lampone öffnete den Mund, aber bevor er sprechen konnte, erklang ein Klopfen an der Tür und ein verschwitzter Kurierfahrer stürzte herein. »Ich habe eine eilige Lieferung für Sie.«

Garini schaute Lampone überrascht an. Erwarteten sie eine dringende Lieferung?

Lampone zuckte mit der Schulter, akzeptierte den roten Umschlag und unterschrieb die Empfangsquittung, dann riss er die Plastikverpackung auf. »Es ist vom Pathologen.« Er faltete den Brief auseinander und hielt ihn so, dass Garini über seine Schulter mitlesen konnte.

Als sie fertig waren, schauten sie einander an.

»Interessant.« Garini blinzelte.

Lampone nickte. »Seltsam.«

Sie lasen den Text noch einmal, dann kratzte Lampone sich am Kopf. »Na ja, zumindest wissen wir jetzt, dass er nicht in Salzwasser ertrunken ist oder so etwas in der Art. Das hätte uns richtig zurückgeworfen.«

Garini schaute den Mann erstaunt an. Er hatte Sinn für Humor? »Lassen Sie mich das richtig verstehen«, sagte er. »Hier steht, das Opfer war ein Mann in den Fünfzigern, gesund und vergleichsweise fit, und die Todesursache war eine Kugel, die von vorne in sein Herz drang.«

»So habe ich es auch verstanden«, bestätigte Lampone.

»Aber das Seltsame ist, dass die Kugel das Herz von unten erreichte und dort nur landete, weil sie von einer Rippe abprallte.« Garini runzelte die Stirn.

»Richtig.«

»Lassen Sie uns das mal durchspielen.« Garini ging vor Lampone in die Hocke. »Nehmen wir an, Sie sind das Opfer. Und nach dieser Aussage hier trat die Kugel ungefähr in diesem Winkel ein.« Er hob seine Hand ein wenig und zeigte auf Lampone. Dann schüttelte er perplex den Kopf.

Lampone kratzte sich erneut am Kopf und nahm den Brief in die Hand. »Sie haben recht«, sagte er. »Nehmen wir mal an, ich bin eine Uhr. Meine Füße sind auf sechs Uhr und mein Kopf auf zwölf. In diesem Fall trat die Kugel aus einem Winkel von fünf Uhr in den Körper und nicht von drei Uhr, was der richtige Winkel wäre, wenn man frontal erschossen wird.«

Garini nickte. »Das bedeutet, der Mörder war auf den Knien oder lag sogar lang ausgestreckt vor Rosari auf dem Boden.«

Lampone nickte langsam. »Das deutet auf Selbstverteidigung hin.«

»Und das wiederum passt zu Rosaris Charakter. Es würde auch dazu passen, dass Rosari mit seiner eigenen Pistole ermordet wurde. Er könnte sie zu dem Treffpunkt mitgebracht haben. Vielleicht gab es Streit, gefolgt von einem Handgemenge. Rosari zieht die Pistole. Der andere versucht, sie ihm zu entreißen, und fällt. In diesem Augenblick löst sich der Schuss, und so erschießt Rosari sich versehentlich selbst.« Garini trommelte mit den Fingern auf den Tisch. Er vergaß ganz den Staub in dem Büro, während er versuchte, sich die Szene vorzustellen.

Lampone nickte wieder. »Das klingt nach einer vernünftigen Schlussfolgerung.«

Garini hörte ihn kaum. »Aber in diesem Fall passt ein anderes Puzzlestück nicht mehr.«

»Was meinen Sie?«

»Die Pistole hatte keine Fingerabdrücke, richtig?«

»Ja.«

»Können Sie sich vorstellen, dass jemand unvorbereitet zu diesem Gespräch kommt und –«

»Woher wollen Sie wissen, ob er oder sie unvorbereitet war?«, unterbrach Lampone.

»Lassen Sie uns der Einfachheit halber mal nur die männliche Form benutzen. Wir behalten im Kopf, dass es auch eine Frau gewesen sein könnte.« Garini rieb sich die Nase. »Ich nehme mal an, dass er seine eigene Waffe benutzt hätte, wenn er vorbereitet gekommen wäre. Die Tatsache, dass er sich anscheinend auf Rosaris Pistole gestürzt hat, ist eher ein Indiz dafür, dass er keine eigene Waffe dabeihatte.«

»Gut, das kann ich nachvollziehen. Sprechen Sie weiter.«

»Jetzt haben wir unseren Mörder, der ungeplant gewalttätig wurde. Er erschießt Rosari – mehr oder weniger versehentlich, in jedem Fall aber in Selbstverteidigung. Können Sie sich vorstellen, dass diese Person im Anschluss ruhig die Fingerabdrücke von der Pistole abwischt und sie unter einem fremden Bett versteckt?«

Lampones Augenbrauen schnellten so hoch, dass sie fast in seinem weißen Haaransatz verschwanden. »Sie glauben, dass Ernesto Santorini unschuldig ist?«

Garini zuckte mit den Schultern. Er war froh, dass kein Mantoni in Hörweite war, aber er wusste, dass er jetzt neutral wirken musste, wenn er von Lampone weiterhin ernst genommen werden wollte. »Im Moment habe ich noch keine Meinung. Selbst wenn ich akzeptieren sollte, dass Ernesto Rosari umgebracht hat, würde ich immer noch gern wissen, wieso die Pistole unter seinem Bett gefunden wurde. Ich kenne Ernesto. Er ist viel zu intelligent, um die Pistole an einem Ort zu verstecken, wo sie mit aller Sicherheit direkt auf ihn verweist. Aber egal, wer es auch war, wenn es ein ungeplanter Mord war, halte ich es für unwahrscheinlich, dass er hinterher ruhig die Pistole abwischt.«

Lampone runzelte die Stirn. »Vielleicht sind wir auch auf einer völlig falschen Fährte. Vielleicht war es keine Selbstverteidigung. Vielleicht sah der Mörder die Pistole, nahm sie Rosari ab, kniete sich hin und erschoss ihn kaltblütig.«

Garini nickte. »Gut, gehen wir einmal von diesem Szenario aus. Aber warum sollte der Mörder sich hingekniet haben? Warum hat er ihn nicht im Stehen erschossen?«

»Vielleicht hat Rosari ihn getreten oder so, sodass er auf die Knie gefallen ist.«

Garini seufzte. »Vielleicht. Wissen Sie, ich denke wirklich, dass jemand etwas hätte hören müssen. Ich kann mir nicht vorstellen, dass zwei Männer einen heftigen Streit direkt neben dem Pool haben, wo es so perfekt schallt, abgesehen davon, dass sie auch noch in voller Sichtweite des Hotels waren, und dass keiner etwas mitbekommen hat.«

Lampone schaute ihn an. »Sie waren vor Ort.«

»Ich weiß.« Garinis Mund war grimmig. »Und ich habe keinen Mucks gehört. Ich habe einfach durchgeschlafen. Ich gehe jetzt sofort ins Hotel zurück und spreche noch einmal mit allen. Irgendjemand muss doch etwas bemerkt haben.«

Kapitel 13

Carlina saß wie eingefroren am Pool und starrte Nora an. Es war unglaublich. Dieses kleine Mädel sollte eine Mörderin sein? Dieses Mädchen, das sofort Beschützerinstinkte in jedem Mann und jeder mütterlichen Frau weckte? War es möglich, dass der erste Eindruck so irreführend war? Ihr Kopf drehte sich, und sie suchte nach den richtigen Worten.

»Bleib doch noch ein wenig.« Sie zwang sich zu einem Lächeln und hielt Nora die Hand hin. »Sag mal, ich kenne dich doch, oder?« Unwillkürlich verfiel sie ins Du. »Ich meine nicht vom Frühstück, sondern aus den Jahren davor?«

Nora zögerte. »Ich habe erst vor einem Jahr angefangen, hier zu arbeiten.«

»Ja, aber du kommst doch hier aus Forte dei Marmi, oder?«

Nora nickte und machte eine Bewegung, als ob sie aufstehen wollte.

Carlina sprach eilig weiter. »Wir kommen schon seit Jahren hierher. Die ganze Mantoni-Familie, meine ich.«

»Ich weiß.« Nora zog die Schultern noch. »Ich sollte wirklich gehen. Das Management mag es nicht, wenn die Mitarbeiter mit den Gästen zusammensitzen.«

»Das Management wird uns keinen Ärger mehr machen«, sagte Carlina bewusst brutal.

Nora zuckte zusammen und schaute Carlina erschrocken an. Vielleicht fragte sie sich nur, warum Carlina so gefühllos war. Vielleicht war es aber auch mehr. Carlinas Gedanken rasten. Wie konnte sie dieses schüchterne Mädchen dazu bringen, eine echte Unterhaltung zu führen? Sie war genauso verschlossen wie Ernesto. Vielleicht sollte sie sie erschrecken, damit sie die Fassung verlor? Nein, Nora schien schon genug aus dem Gleichgewicht gebracht worden zu sein. Es würde sie nicht weiterbringen, wenn sie ihr Angst einjagte.

Plötzlich wusste Carlina, wie sie Nora zum Sprechen bringen konnte. Es gab nur einen einzigen denkbaren Ansatz: Sie musste über Ernesto reden. Wenn ihre Gefühle für ihn genauso tief gingen wie seine Gefühle für sie, dann litt sie wie er und würde mehr über ihn wissen wollen.

Carlina schaute Nora direkt ins Gesicht. »Ernesto ist unglücklich.«

Nora wurde tiefrot. »Ernesto?«

»Mein Cousin.« Sie sagte kein weiteres Wort und wartete ab.

Noras unsicherer Blick traf auf ihren und glitt zur Seite, als ob sie es nicht ertragen würde, Carlinas Blick über längere Zeit standzuhalten. Sie schluckte schwer. »Warum ist er unglücklich?«

Carlina zögerte und entschied sich, nicht ganz bei der Wahrheit zu bleiben. »Es sieht so aus, als ob er bald festgenommen werden wird.«

Nora wurde blass. »Wirklich? Haben ... haben sie Beweise?«

Carlina blinzelte erstaunt. Was für eine seltsame Reaktion. Sie hatte Widerspruch erwartet, oder Schock, aber nicht diese zögernde Frage. Sie zuckte mit den Schultern, als ob es sie nicht wirklich interessierte. »Na ja, es ist schlimm genug, dass er zur entscheidenden Zeit in der Nähe des Pools war, und als sie die Pistole unter seinem Bett gefunden haben –«

»Was?« Nora ergriff Carlinas Arme und hielt sie mit erstaunlicher Kraft fest.

Carlina wurde rot. Oh *Madonna*! Das war ein Geheimnis gewesen. Stefano würde sie umbringen, wenn er erfuhr, dass sie es verraten hatte. »Es tut mir leid, ich –«

Nora unterbrach sie. »Das ist unmöglich! Die Pistole kann gar nicht unter seinem Bett gewesen sein! Sie war unter dem Bett der alten Dame!«

Carlina starrte sie an.

Nora schüttelte sie. »Die Dame im Rollstuhl, die so taub ist!«

Carlinas Nackenhaare stellten sich auf. Ihr wurde abrupt klar, dass die meisten Gäste weit weg waren, um irgendwo entspannt zu Mittag zu essen. Sie war ganz allein hier am Pool, allein mit der Mörderin. Vorsichtig versuchte sie, ihren Arm aus Noras Klammergriff zu lösen, aber Nora ließ sich nicht abschütteln. Es tat weh. Der Ausdruck in ihren Augen wirkte schon fast manisch.

»Nora, ich –« Sie wünschte, ihre Stimme würde nicht so zittern. Sie hatte gehofft, dass sie beruhigend klingen würde, stattdessen brachte sie nur ein Quietschen zustande. Hatte Nora irgendwo an ihrem Körper eine Waffe versteckt?

Nora schüttelte sie. »Wer behauptet, dass die Pistole unter Ernestos Bett lag?«

»*Commissario* Pucci.« Carlina schluckte. Es war zu spät, um die Information zurückzuhalten. »Sie haben sie gefunden, als sie das ganze Hotel durchsucht haben.«

Nora presste die Lippen zusammen. »Dann muss Pucci sie dorthin gelegt haben.«

Carlina schnappte nach Luft. »Das ist doch verrückt. Warum sollte er das tun?«

»Um den Fall in Windeseile zu Ende zu bringen.« Noras Stimme klang bissig. »Ich kenne ihn, er ist ein Faulpelz.« Nora lockerte ihren Griff. Sie hob das Kinn und presste die Lippen energisch zusammen. »Ich muss mit Ihrem Freund sprechen. Er ist doch jetzt für den Fall verantwortlich, oder?« Sie sprang auf.

Carlina schnappte sich ihre Sachen und rannte hinter ihr her. »Ja.«

»Wo ist er?«

»Keine Ahnung. Aber wenn Du mit ihm redest, komme ich mit!«

Nora blieb stehen und schaute sie an. »Warum?« Auf einmal war nichts Mädchenhaftes mehr an ihr. Sie war wild entschlossen und so zielgerichtet wie ein Dartpfeil. Klein und schmal und tödlich.

Carlina schluckte. »Weil ich Dir nichts von der Pistole hätte sagen dürfen, und das möchte ich ihm lieber selbst gestehen.«

»Na gut. Dann los.«

Sie eilten weiter, doch jetzt hatte Carlina die Führung. Als sie um die Ecke rannte, lief sie direkt in jemanden hinein. Starke Arme umfingen sie, und der vertraute Geruch von Stefanos Haut und Seife füllte ihre Nase. »Stefano.« Irgendetwas in ihr fing an zu zittern.

Er schaute auf sie herab, und sein sonst so bewegungsloses Gesicht wurde weich. »Warst du schwimmen? Ich habe dich gesucht.«

Nora unterbrach sie mit geballten Fäusten. »Ich habe eine Aussage zu machen. Zu dem Mord.«

Der weiche Ausdruck auf Garinis Gesicht verschwand wie ein Tropfen Wasser in der Sonne. »Gern.« Er nickte in Richtung einiger Holzstühle, die rund um einen Tisch im Schatten standen. Sie waren in einem verblichenen Grünton gestrichen, sodass sie selbst wie helles Sommerlicht aussahen. »Wollen wir uns dorthin setzen?«

Nora nickte, drehte sich auf dem Absatz um und stürzte als Erste zu den Stühlen.

Carlina nahm Stefanos Hand und schaute in sein Gesicht. Sie erinnerte sich gut daran, wie sie sich gefühlt hatte, als sie ihn das erste Mal getroffen hatte. Er hatte sie an einen Falken erinnert, mit seinen hellen Augen, die alles durchdrangen und so viel tiefer blickten als nur bis zur Oberfläche. Heute wusste sie, dass er keinesfalls so hart war, wie er wirkte, aber einen Augenblick lang wurde sie ganz nervös. Sie hatte einen Fehler gemacht, und sie schämte sich dafür. Er würde ihr nie wieder vertrauen. Sie hatte Mühe, die Tränen zurückzuhalten.

Sie setzten sich alle drei an den Tisch, und Garini holte das Aufnahmegerät aus seiner Tasche. »Ist es in Ordnung, wenn ich diese Unterhaltung aufzeichne?«

»Ja.« Noras Stimme klang grimmig.

Carlina nahm ihren ganzen Mut zusammen. »Ich möchte gern etwas sagen, bevor du mit der Aufnahme beginnst.«

Er schaute sie mit gerunzelter Stirn an. »Hat das nicht Zeit?«

Sie schüttelte den Kopf. »Ich fürchte nicht. Ich habe einen Fehler gemacht.«

Seine Augenbrauen hoben sich.

Ihr Hals war trocken. »Ich habe Nora eine Information gegeben, die vertraulich war. Es war ein Versehen.«

Sein Mund wurde schmal.

Nora mischte sich ein. »Ich möchte jetzt gern meine Aussage machen.« Sie klang nervös.

Stefano warf Carlina einen Blick zu, der ihr sagte, dass sie die Sache später besprechen würden, dann konzentrierte er sich auf Nora. »Legen Sie los.« Er drückte auf den Aufnahmeknopf.

Nora gab ihm ihre persönlichen Daten mit gedrückter Stimme, dann sagte sie mit zusammengebissenen Zähnen: »Ich möchte gern aussagen, dass *commissario* Pucci falsches Beweismaterial versteckt hat, um Ernesto Santorini zu belasten.«

Garini runzelte die Stirn. »Könnten Sie bitte etwas konkreter werden?«

Nora nickte. »Mir wurde gesagt, dass Ernesto vielleicht festgenommen wird, weil die Pistole, mit der *signor* Rosari umgebracht wurde, unter seinem Bett gefunden wurde.« Sie schaute ihn mit riesigen Augen an. »Ist es richtig, dass er kurz vor der Inhaftierung steht?«

Stefano schaute Carlina für den Bruchteil einer Sekunde grimmig an, bevor er sich wieder an Nora wendete. »Ich kann aktuell keine Fragen beantworten. Bitte sprechen Sie weiter.«

»Ich weiß, dass die Pistole nicht unter Ernestos Bett war. Sie war unter dem Bett der alten Frau mit dem Rollstuhl.« Sie wandte sich an Carlina. »Jetzt fällt mir ihr Name wieder ein. Es ist Ihre Tante Violetta.«

»Und woher wissen Sie, dass die Pistole in ihrem Zimmer war?« Garinis Stimme klang ganz ruhig.

»Weil ich sie dort hingelegt hatte.«

Einen Augenblick lang herrschte absolute Stille. Nora saß wie ein kleines Mädchen, die Füße unter dem Stuhl versteckt, die Hände im

Schoß verkrampft. Es war klar, dass sie Angst hatte, aber genauso klar, dass sie entschieden war, zu sprechen.

»Bitte erklären Sie das.« Garini sprach ohne jegliche Emotion.

Nora senkte den Kopf und sprach so leise, dass sie kaum zu verstehen war. »Ich arbeite früh am Morgen und spät in der Nacht. Meine Nachtschicht endet um dreiundzwanzig Uhr. Normalerweise gehe ich über den Weg quer durch den Garten nach Hause.« Sie zeigte in Richtung des Pools. »Am Ende des Wegs ist eine Tür, die zur Strandpromenade führt. Es ist eine Abkürzung.« Sie holte tief Luft. »An dem Abend, als der Mord geschah, war ich spät dran. Ich war erst um zwanzig nach elf mit der Arbeit fertig.«

»Warum?«, fragte Garini.

Sie zuckte zusammen. »Es war viel zu tun, weil wir durch *ferragosto* ausgebucht waren. Ich habe mich beeilt, als ich durch den Garten lief. Es war nicht besonders hell, aber das hat mir nichts ausgemacht, weil ich den Weg gut kenne. Darum brauche ich nicht viel zu sehen. Am Pool bin ich über etwas gestolpert.« Sie bedeckte ihren Mund mit einer Hand. »Es war schrecklich. Ich bin direkt auf ihn gefallen. Er fühlte sich weich und uneben an. Zuerst habe ich gedacht, dass jemand einen Haufen Klamotten dort liegen gelassen hat, doch dann stellte ich fest, dass es ein Mensch war. Einer, der sich nicht bewegte. Ich ... ich wusste nicht, was ich tun sollte. In diesem Augenblick brach der Mond durch die Wolken und ich erkannte *signor* Rosari. Ich war total geschockt.«

»Waren Sie sich sicher, dass er tot war?«

Sie schauderte. »Oh ja. Seine Augen ... sie waren weit geöffnet. Er starrte mich die ganze Zeit an.« Sie presste ihre Faust gegen den Mund. »Dann sah ich, dass etwas im Mondlicht blitzte. Ohne nachzudenken, hob ich es hoch, und dann ...« Sie schluckte. »Dann erst bemerkte ich, dass es eine Pistole war. Ich ließ sie fast wieder fallen.« Sie brach ab und starrte vor sich hin.

»Was geschah dann?«, fragte Garini.

Nora schrak zusammen. »Ich wusste nicht, was ich tun sollte. Ich hatte solche Angst.«

»Wovor?«

»Ich ... sie ... alle würden glauben, dass ich die Mörderin war.«

»Warum sollten sie das denken?« Garinis Stimme klang ganz neutral.

»Weil meine Fingerabdrücke auf der Pistole waren. Vielleicht hatte ich ja sogar Blut auf meiner Bluse! Ich bin direkt auf ihn drauf gefallen! Ich weiß nicht! Ich konnte nicht klar denken und wollte nur noch weg.«

»Was haben Sie dann getan?«

»Ich habe die Pistole an meiner Bluse abgewischt, damit keine Fingerabdrücke drauf blieben. Und dann bin ich auf Zehenspitzen zum Zimmer der alten Dame gegangen. Es war das Zimmer, das am nächsten dran war, und die Tür stand auf.«

Carlina hob überrascht den Kopf.

Stefano warf ihr einen warnenden Blick zu.

Nora bemerkte es nicht. »Ich habe die Pistole reingeworfen. Und dann bin ich nach Hause gerannt. Ich hatte Blut auf meiner Bluse, also habe ich sie in winzige Stücke geschnitten und ins Klo gespült.«

Eine Biene kam und summte um Carlina herum, aber als sie feststellte, dass die pinkfarbenen Blumen auf ihrem Top keinen Duft abgaben, schwirrte sie wieder ab. Carlina zuckte noch nicht mal mit der Wimper. Sie starrte Nora bewegungslos an.

Nora holte tief Luft. »Das war's. Jetzt wissen Sie, dass jemand die Pistole genommen und unter Ernestos Bett im ersten Stock gesteckt hat. Ich würde mein letztes Hemd darauf verwetten, dass es dieser schleimige *commissario* Pucci war. Er wollte seinen Fall nur in Höchstgeschwindigkeit abschließen, um die Ferien genießen zu können.« Sie starrte Garini mit weit aufgerissenen Augen an. »Entlastet das Ernesto?«

»Ich habe noch einige Fragen.« Garini wandte seinen Blick keine Sekunde von ihr ab.

»Ja?« Ihre Hände waren ineinander verknotet.

»Warum haben Sie die Pistole nicht einfach wieder fallen lassen?«

Sie blinzelte. »Ich ... ich weiß nicht. Es ... es schien mir zu belastend, wenn ich sie einfach dort liegen ließ, wo ich gerade stand.«

»Belastend für wen?« Seine Stimme klang scharf.

Sie schluckte. »Für mich, natürlich. Ich wollte diese Pistole so weit wie möglich von mir ... von meinem Nachhauseweg entfernen, damit keiner mich damit in Verbindung bringen konnte.«

»Also haben Sie sie unter das Bett einer unschuldigen alten Dame gelegt?«

Carlina hatte Mühe, Tante Violetta in dieser Beschreibung zu erkennen, aber sie wusste, worauf Stefano hinauswollte. Und sie fragte sich, wann er die Bombe platzen lassen würde.

Nora straffte die Schultern. »Niemand würde sie als Mörderin in Betracht ziehen«, sagte sie. »Und außerdem konnte ich nicht wirklich klar denken. Ich wollte nur die Pistole loswerden, und dann sah ich, dass die Terrassentür aufstand, also wirkte es zu dem Zeitpunkt ganz logisch.«

Garini runzelte die Stirn. »Ich verstehe immer noch nicht, wieso Sie es riskiert haben, sie zu wecken, wenn Sie die Pistole doch genauso gut auf einem Baum oder so hätten verstecken können.«

Sie schaute ihn an und zuckte mit den Schultern. »Keine Ahnung. Ich glaube, ich stand unter Schock. Ich schaute mich um und sah die Tür weit offen stehen. Dann fiel mir ein, dass sie taub war. Ich dachte nicht, dass ihr Zimmer durchsucht werden würde. Ich dachte überhaupt nichts. Ich sah nur die offene Tür, und im nächsten Augenblick hatte ich die Pistole schon hineingeworfen.«

Garini stand auf. »Ich möchte gern, dass Sie mir genau zeigen, was Sie getan haben. Ich kann es mir gerade nicht vorstellen.«

»Natürlich.« Sie stand auf, und ohne ein Wort gingen sie um das Hotelgebäude herum.

Garini hatte das Aufnahmegerät nicht ausgeschaltet und hielt es weiter in der Hand. Jetzt nickte er Nora zu. »Fangen Sie am Pool an. Machen Sie alles genau so, wie Sie es in jener Nacht getan haben.«

Nora ging zu einer Stelle an der Seite des Pools, wo der Gartenweg den Poolbereich berührte, bevor er wieder in der Tiefe des Gartens verschwand. Sie beugte sich herab, tat so, als ob sie etwas aufheben würde, dann schaute sie sich um.

Von ihrem Standpunkt aus konnte man leicht die Terrassentür zu Ernestos Zimmer sehen. »Die Tür steht jetzt sperrangelweit auf«, sagte Nora. »In jener Nacht stand sie nur halb auf, aber ich konnte sie im Mondlicht gut erkennen. Sie öffnet sich nach links, und das Bett steht rechts, nicht weit weg davon.«

»Gut.« Garini nickte. »Weiter.«

Nora zögerte. »Ich möchte die alte Dame nicht erschrecken. Es ist jetzt Zeit für den *pisolino*. Vielleicht schläft sie.«

»Machen Sie sich darum keine Sorgen; machen Sie einfach weiter. Wir stellen uns direkt neben das Fenster, um alles zu sehen.« Stefano und Carlina gingen zu Ernestos Zimmer, dann drehten sie sich zu Nora um.

Die Hotelangestellte huschte in einigen wenigen Schritten zu der Terrassentür, ohne Fußabdrücke zu hinterlassen, denn der Weg war in unregelmäßigen Abständen mit Marmorplatten bedeckt, die sie niemals verließ. Als sie zu dem Zimmer kam, tat sie so, als ob sie die Terrassentür mit dem Ellenbogen weiter aufdrücken würde, dann beugte sie sich nach vorne und warf die fiktive Pistole wie eine Bowlingkugel über den Boden. Sie richtete sich auf, drehte sich rasch herum und eilte davon. Die ganze Handlung hatte nicht länger als zwei Sekunden gedauert.

Hinter ihr erschien Ernesto in der offenen Tür. Sein Gesicht war feuerrot. »Nora! Was machst du hier?«

Sie drehte sich mit offenem Mund um. »Ernesto? Was macht *du* denn da drinnen?«

Er blinzelte erstaunt. »Das ist mein Zimmer.«

Sie wurde blass. »Nein. Das ist das Zimmer der alten Dame.«

Ernesto runzelte die Stirn. »Nein. Ich habe mit Tante Violetta getauscht.«

Sie starrten sich an.

»Aber … aber das ist dein übliches Zimmer.« Ihre Stimme klang rau. »Und das hast du dieses Mal nicht bekommen, weil *signor* Rosari die Buchungen vermasselt hat. Deshalb musste die alte Dame hier einziehen.«

Ernesto schüttelte den Kopf. »Nein. Erinnerst du dich denn nicht? Tante Violetta hat die ganze erste Nacht Fernsehen geschaut, sodass das Paar nebenan nicht schlafen konnte, und darum hat sie gleich am ersten Morgen während des Frühstücks die Räume mit ihnen getauscht. Wusstest du das nicht?«

»An eurem ersten Morgen während des Frühstücks?« Noras Stimme brach.

Carlina stockte der Atem, während sie versuchte, sich das einzigartige Frühstück ins Gedächtnis zu rufen. Tante Violetta war in den Raum gerollt und hatte Nora in die Küche geschickt, um eine Tasse Kaffee zu holen. Danach hatte sie ihren Masterplan ausgeführt, um ihr Zimmer zurückzuerobern, und das übermüdete Ehepaar in die Enge getrieben, bis sie zugestimmt hatten, das Zimmer zu tauschen. Es stimmte: Nora hatte die ganze Aktion verpasst. Sie war erst später wiedergekommen, etwas atemlos, mit dem Kaffee in der Hand und einer Entschuldigung, dass es so lange gedauert hatte.

Noras Gedanken schienen den gleichen Kurs aufgenommen zu haben. Entsetzt legte sie eine Hand an ihre Wange. »Das wusste ich nicht. Ich hatte keine Ahnung.« Ihre Stimme war schwach. »Ich ... Oh Gott, Ernesto, ich war's! Ich habe die Pistole in dein Zimmer getan! Es tut mir so leid!« Sie schlug beide Hände vors Gesicht und brach in Tränen aus.

Er fuhr zurück. »Was? Du hast *was* getan?«

Carlina warf Stefano einen schnellen Blick zu. Er schien ganz zufrieden damit zu sein, das Drama zu beobachten, das sich vor ihnen abspielte, also hielt sie sich ebenfalls zurück.

Ernesto war aus seinem Zimmer getreten und stand nun direkt vor der schluchzenden Nora. »Warum hast du das getan?« Sein Gesicht war feuerrot, und schlagartig wurde Carlina klar, dass er einen entsetzlichen Sonnenbrand hatte. Seine Lippen waren fest zusammengepresst und die Art und Weise, wie er vor ihr stand, machte deutlich, dass er jeden einzelnen Muskel bis zum Äußersten angespannt hatte.

»Ich wollte dich beschützen!« Noras schmale Schultern schüttelten sich. »Ich dachte, es würde dir helfen, damit du nicht verhaftet wirst.«

Garinis Augenbrauen schnellten in die Höhe.

Ernesto nahm Noras Hände und zog sie von ihrem Gesicht weg. »Nora. Schau mich mal an.«

Sie schüttelte den Kopf und starrte weiter auf ihre Füße.

»Bitte.«

Sie schluchzte noch einmal auf, aber sie schaffte es, den Kopf zu heben und seinem Blick zu begegnen.

»Willst du mir etwa sagen, dass du gedacht hast, *ich* hätte den Hotelmanager umgebracht?«, fragte Ernesto.

»Ja, natürlich.« Tränen strömten über ihr Gesicht. »Was hätte ich denn sonst auch denken sollen?«

Carlina machte eine überraschte Bewegung, aber bevor sie die zwei unterbrechen konnte, war Stefanos Hand auf ihrem Arm und hielt sie zurück. Sie schaute ihn an.

Er machte eine winzige verneinende Bewegung mit dem Kopf.

»Aber … aber …« Ernestos Mund blieb offen stehen. »Wenn du … wenn du mich im Verdacht hattest, dann … mein Gott … dann heißt das, dass du es nicht getan hast!«

Ihre Schluchzer brachen abrupt ab. »Natürlich nicht! Wie um alles in der Welt bist du denn auf den Gedanken gekommen?«

Seine Augen wurden groß. »Du hast gesagt, du würdest dich um die Sache kümmern.«

Sie funkelte ihn an. »Das habe ich auch getan! Aber dafür musste ich ihn nicht umbringen!«

Er holte zitternd Luft. »Dann … dann bist du unschuldig.«

»Und du …«, wiederholte sie. »Du bist auch unschuldig.«

Stefano beugte sich zu Carlinas Ohr hinab und sagte so leise, dass nur sie ihn hören konnte: »Und hier beginnt das Happy End.«

Sie schaute ihn vorwurfsvoll an.

Ernesto und Nora starrten sich an. Sie hielten sich immer noch an den Händen.

»Wo warst du?«, fragte Nora schließlich. »In jener Nacht?«

»Ich habe am Strand auf dich gewartet, genau, wie wir es ausgemacht hatten.«

»Aber du bist erst um halb eins ins Hotel zurückgekommen!«

»Ja.« Seine Worte waren ganz schlicht. »Ich habe die ganze Zeit gehofft, dass du dich nur verspätet hast.«

»Das hatte ich«, sagte sie. »Nachdem ich am Nachmittag mit *signor* Rosari gesprochen hatte, hat er mir so viele Aufgaben gegeben, dass ich es einfach nicht pünktlich schaffen konnte. Ich war zwanzig Minuten zu spät, und als ich hinausrannte, da ... da fiel ich über seine Leiche.« Sie schluckte. »Ich dachte, du warst es«, wiederholte sie.

»Aber ich hatte dir doch versprochen, dass ich mich ruhig verhalten würde und dich diesen Kampf alleine austragen lassen würde.«

Sie nickte mit benommenem Gesichtsausdruck. »Ja. Ich habe dir auch vertraut. Aber als ich seine Leiche sah, dachte ich, der Druck sei zu groß für dich geworden. Natürlich wusste ich, dass es nur ein Unfall gewesen sein konnte und dass du nicht geplant hast, ihn umzubringen. Darum habe ich die Pistole versteckt, um dir zu helfen, aber ich konnte einfach nicht mehr mit dir sprechen. Ich ... ich habe mich so verloren und verwirrt gefühlt ... und verraten. Denn du hattest mir fest versprochen, dass du es mir überlässt, das Problem zu lösen.« Sie schluckte schwer. »Es tut mir so schrecklich leid. Ich habe voreilige Schlüsse gezogen.«

Er lächelte schief. »Das habe ich auch getan.«

Nora schien immer noch das Gefühl zu haben, sich verteidigen zu müssen. »Meine Brüder ... weißt du, sie hätten es mir niemals überlassen, wenn sie davon gewusst hätten.«

»Ich weiß.«

»Du warst der Einzige, dem ich davon erzählt habe. Sonst wusste es keiner. Deshalb ...« Ihre Worte versackten.

»Ich verstehe schon.« Seine Stimme klang weich.

Carlina war kurz davor, mit dem Fuß aufzustampfen. Was war das für ein fürchterliches Geheimnis, das Nora niemandem außer Ernesto verraten hatte? Sie konnte sich nicht gut einmischen, immerhin war dies noch ein polizeiliches Gespräch, auch wenn es dramatisch aus den Fugen geraten war. Dennoch stieß sie Stefano in die Rippen und deutete mit ihrem Kinn in Richtung der Turteltauben.

Stefano seufzte, dann räusperte er sich. »Bitte entschuldigt die Unterbrechung«, sagte er. »Aber würdet ihr mir mitteilen, was genau ihr mit dem Opfer klären musstet?«

Beide sprangen ungefähr einen halben Meter in die Luft, dann wandten sie sich ihm zu, ihre Hände fest verschlungen, die Schultern dicht aneinander.

Noras Augen weiteten sich, dann schob sie die Schultern zurück. »Das möchte ich lieber nicht sagen.«

Ernesto schaute sie an, dann blickte er zu Garini. »Gibst du uns eine Minute?«

»Ihr könnt außer Hörweite gehen, aber ich möchte euch noch sehen.«

Ernesto nickte. »Verstanden. Danke.«

Er legte Nora den Arm um die Schultern und führte sie zur anderen Seite des Pools, wo er leise auf sie einsprach. Aber Nora schüttelte wieder und wieder den Kopf. Dann stampfte sie mit dem Fuß und antwortete ihm mit einem Schwall an Worten und geballten Fäusten.

Carlina wandte ihren Blick nicht von ihnen ab. Auch ohne ein Wort zu verstehen, wusste sie, dass die beiden eine hitzige Diskussion führten.

Nun schüttelte Nora heftig den Kopf, nahm Ernesto bei den Schultern und schüttelte ihn mit aller Macht. Doch Ernesto blieb ruhig. Er sprach weiter, bis Nora sich beruhigt hatte. Dann nahm er ihre Hand und führte sie zurück zu Garini und Carlina.

Ernesto hob sein Kinn und schaute Garini an. Mit belegter Stimme sagte er: »Wir erzählen dir jetzt alles, obwohl es nicht gut für uns aussieht.« Er schluckte. »Denn das gibt uns ein Motiv. Aber ich vertraue dir, Stefano. Du wirst den Mörder finden. Ich habe Nora gesagt, dass wir uns darauf verlassen können.«

Ein Muskel zuckte in Stefanos Mundwinkel. Das war alles, was er sich anmerken ließ, aber Carlina wusste, dass Ernestos Worte ihn bewegt hatten.

»Legt los«, sagte er.

Nora schnappte nach Luft, als ob sie ins kalte Wasser springen müsste. »Erinnern Sie sich noch an Ihren ersten Morgen hier, als Sie alle zum Frühstück kamen? Ich bin in die Küche gegangen, um Kaffee für Ihre Tante Violetta zu holen, und während ich dort war ... Ich ...« Sie schluckte erneut. »Da traf ich auf *signor* Rosari. Er hatte sich genau hinter die Tür gestellt, sodass ich nicht an ihm vorbeikam, ohne mich ganz eng an ihm vorbeizuquetschen. Er ...« Sie brach ab und holte wieder tief Luft, dann packte sie Ernestos Hand fester. »Er versuchte, mich zu küssen, und seine Hände –« Sie brach ab. »Ich möchte nicht mehr daran denken.«

Garinis Kiefer hatte sich verhärtet. »Sie können den Teil überspringen.«

»Nun, ich ... ich schaffte es, ihn wegzustoßen, und dann bin ich ins Bad gelaufen, habe mich eingeschlossen und bin dort geblieben, bis ich mich wieder etwas gesammelt hatte. Ich fühlte mich schrecklich. So ... dreckig irgendwie.« Sie rang um Fassung. »Schließlich habe ich mich getraut, zurückzugehen. Er war weg. Ich holte den Kaffee und tat so, als wäre alles wie immer. Später, in der Mittagspause, habe ich Ernesto getroffen.« Sie schaute Ernesto mit so viel Liebe an, dass Carlinas Hals sich zuschnürte. »Ich hatte mich schon seit Wochen darauf gefreut, ihn wiederzusehen, und jetzt war alles kaputt. Ich habe ihm erzählt, was passiert ist, und er war richtig wütend. Er wollte zu *signor* Rosari gehen und ihm ins Gesicht schlagen.« Ihre Stimme zitterte. »Aber das habe ich nicht zugelassen. Sie ... Sie müssen ein wenig mehr über mich wissen, um zu verstehen, warum ich nicht wollte, dass Ernesto das für mich tat. Sehen Sie, meine Mutter starb, als ich vier war.« Sie biss sich auf die Lippe. »Ich habe vier ältere Brüder und einen Vater, und sie alle waren wild entschlossen, mich zu beschützen und sich anstelle meiner Mutter um mich zu kümmern. Sie fühlten sich für mich verantwortlich, egal, was mir geschah. Ich weiß noch, wie ich einmal hingefallen bin und mir die Knie aufgeschlagen habe. Sie haben sich alle schreckliche Vorwürfe gemacht. Es war nicht mein Fehler, dass ich hingefallen war, oh nein, es war ihrer! Sie hätten besser aufpassen müssen. Also fingen sie an, mich in Watte zu hüllen und mich vor der bösen, großen Welt da draußen zu beschützen.«

Eine seltsame Mischung aus Zärtlichkeit und Verzweiflung flog über ihr Gesicht. »Das ist natürlich total lieb von ihnen, aber als ich größer wurde, bekam ich eine unglaubliche Sehnsucht nach Freiheit und Unabhängigkeit.« Sie nahm die Schultern zurück. »Aber ich bin keine sehr gute Schülerin, also konnte ich nicht zur Uni gehen. Als ich mit der Schule fertig war, wollten sie alle, dass ich einfach zu Hause bleibe. Sie sagten, sie würden sich um mich kümmern. Für immer.« Sie schaute Carlina wie ein gejagter Hase an. »Aber das wollte ich nicht. Ich wäre bis ans Ende meines Lebens an dieses Haus gebunden. Die einzige Option, die mir noch blieb, war, irgendeinen Mann zu heiraten, der mich zweifellos genau wie meine Brüder beschützen wollen würde, bis ans Ende meiner Tage. Verstehen Sie, warum ich den Gedanken nicht ertragen konnte?«

Carlina versuchte zu schlucken, aber ihr Mund war zu trocken. Sie nickte.

»Also habe ich ihnen gesagt, dass ich gern in einem Hotel arbeiten würde. Forte dei Marmi ist der perfekte Ort dafür. Ich wusste, dass ich hier immer eine Stelle finden würde. Meine Brüder bekamen einen Anfall. Nein, mehrere Anfälle. Einzeln und alle zusammen, und die Diskussionen dauerten mehrere Wochen. Es war furchtbar. Sie haben meine Entscheidung einfach nicht akzeptiert, bis ich ihnen sagte, dass ich meinen Plan auf jeden Fall in die Tat umsetzen würde. Wenn sie mich nicht in Frieden gehen ließen, würde ich mich auf eine Stelle in Catania bewerben. An dem Tag, an dem ich eine Zusage von einem Hotel in Catania bekam, haben sie mir endlich erlaubt, mich auf eine Stelle hier in Forte dei Marmi zu bewerben.«

Catania! Nora hätte keinen besseren Ort wählen können, um ihre Familie zu erschrecken. Die Stadt in Sizilien war mit dem Auto ungefähr zwölf Stunden entfernt – so weit weg wie nur möglich, ohne das Land zu verlassen. Ärmer als die Toskana und mit der Mafia sehr viel stärker im Vordergrund war Catania keinesfalls ein Ort, an den man ein unerfahrenes junges Mädchen aus dem Norden leichten Herzens senden konnte. Kein Wunder, dass die Männer in Noras Leben nachgegeben hatten.

Carlina blickte das schlanke Mädchen vor sich mit neuem Respekt an. Sich gegen fünf übervorsichtige italienische Männer durchzusetzen und ihren eigenen Weg zu gehen war eine ziemliche Leistung. Die kleine Nora sollte man nicht unterschätzen.

Ein Lächeln zitterte um Noras Lippen. »Ich war so glücklich, als ich die Stelle hier bekam. Ich konnte zu Fuß zur Arbeit gehen. Meine Brüder hörten endlich auf, mir ständig Predigten zu halten. Und dann traf ich Ernesto.«

»Sie haben ihn hier im Hotel getroffen?«

»Ja.« Nora nickte. »Letztes Jahr, während der Sommerferien.« Sie lächelte ihn unter ihren Wimpern an. »Ich ... ich mochte ihn sofort. Er war so ... so lieb und entspannt. Nicht so anspruchsvoll und schwierig und ständig wegen irgendeiner Nichtigkeit aufgebracht ...« Sie starrte vor sich hin, in Gedanken verloren. » ... so ganz anders als meine Brüder.«

Carlina unterdrückte ein Lächeln. Ja, die Beschreibung passte perfekt zu Ernesto. »Also sind Sie jetzt ungefähr ein Jahr zusammen?« Sie konnte es kaum glauben. Wie hatte das direkt unter ihrer Nase passieren können, ohne dass sie irgendetwas gemerkt hatte?

»Nein«, sagte Ernesto. »Nach diesem Sommer sind wir in Kontakt geblieben. Erst kurze Nachrichten, dann lange Telefonate. Und irgendwie sind wir uns dabei sehr nahegekommen. Dann kam Nora mit ihrem Bruder Flavio nach Florenz. Erinnerst du dich an Flavio, Carlina? Er hat vor ein paar Jahren mal bei uns gewohnt.«

Carlina nickte.

»Flavio und Nora haben zwei Wochen lang bei Freunden gewohnt, kurz nach Ostern.« Ernesto schaute Nora an. »Und da ... geschah es.«

»Aber warum habt ihr es geheim gehalten?«

Wenn es möglich gewesen wäre, wäre Ernesto errötet, aber sein Sonnenbrand erlaubte ihm keine tiefere Rötung. »Ich ... wir ... wir wollten noch ein wenig warten.«

»Das war meine Idee«, sagte Nora. »Denn ich wollte nicht sofort wieder eine neue Diskussionsrunde mit meinen Brüdern starten. Ich wollte erst mal unsere Beziehung genießen und sie vertiefen und stärker werden lassen. Sie müssen wissen, dass meine Brüder und mein Vater niemals davon ausgehen, dass irgendjemand gut genug für mich ist.« Sie räusperte sich. »Aber ich weiß, was ich will, und ich weiß, was gut für mich ist und was nicht.«

»Gut.« Das konnte Carlina gut verstehen. Sie hatte auch nicht sofort zugegeben, dass sie sich zu Stefano hingezogen gefühlt hatte. »Aber wann wolltet ihr es dann publik machen?«

Sie schauten einander an, dann sagte Nora: »Jetzt irgendwann, in den Sommerferien. Aber dann geschah der Mord.« Sie wandte sich an Ernesto. »Bitte glaube mir, dass ich mich nicht zurückgezogen habe und mich geweigert habe, mit dir zu sprechen, weil ich dachte, dass du ihn umgebracht hast! Ich war mir hundertprozentig sicher, dass du nicht geplant hattest, ihn umzubringen. Ich wusste, dass es ein Unfall gewesen sein musste. Aber eine Sache konnte ich dir nicht verzeihen: dass du mich nicht meinen eigenen Kampf hast ausfechten lassen. Ich dachte, dass du doch wie alle anderen Männer bist und dass ich deinen Charakter komplett falsch eingeschätzt habe. Aber ich hatte immer noch Gefühle für dich! Ich glaube, deshalb habe ich instinktiv versucht, den Fall etwas zu verwirren, indem ich die Pistole weggenommen habe. Und in der Nacht danach wurde mir klar, dass du umso sicherer sein würdest, je weniger wir miteinander sprechen. Wenn man keine Verbindung zwischen uns herstellen konnte, konnte auch niemand dein Motiv erkennen. Ich war so erleichtert, dass wir nie jemandem von uns erzählt hatten.«

Ernesto schluckte. »Also hast du mich ausgeschlossen und quasi tiefgefroren.«

Sie nahm seine Hand und hielt sie zwischen ihren Händen fest. »Damit du in Sicherheit bist.«

»Und damit du auf Abstand bleiben kannst.«

Sie nickte. »Ja. Ich wollte nicht mehr mit dir zusammenbleiben, wenn du nicht verstehst, dass ich meine Unabhängigkeit brauche.«

Ernesto schluckte. »Ich respektiere dich. Das musst du mir glauben.«

»Ich glaube dir jetzt.«

Carlina stockte der Atem. Noras zärtliches Lächeln gab ihr das Gefühl, sich in eine ganz private Situation gedrängt zu haben. Diese beiden würden miteinander glücklich werden, dessen war sie sich sicher. Sie konnte Noras Reaktion und ihre Gedanken absolut nachvollziehen, denn sie wusste sehr gut, dass man die Basis für eine spätere Beziehung in den ersten Monaten legt.

Nora hatte sie beeindruckt, und dies war vermutlich der richtige Augenblick, um sich zurückzuziehen und die beiden in Ruhe zu lassen. Sie hatten ja eine Menge aufzuholen. Was für eine Last von ihren Schultern gefallen war! Sie erinnerte sich an Ernestos verzweifeltes Schluchzen am Strand. Was war sie froh, dass das nun vorbei war. Sie schnappte sich Stefanos Arm und zog an ihm.

Er stand wie ein Fels. »Vielen Dank für Ihre Aussage«, sagte er in seiner kühlsten Amtssprache.

Alle starrten ihn an.

»Das war eine Aussage?« Nora klang entsetzt.

»Gewissermaßen.« Er lächelte ihr kurz zu. »Wir werden die persönlicheren Dinge herausschneiden, obwohl wir natürlich einiges stehen lassen müssen, damit Ihre Handlungen glaubwürdig erscheinen.«

Sie schaute ihn fassungslos an. »Glaubwürdig?«

»Ja. Ich konnte überhaupt nicht verstehen, warum Sie die Pistole versteckt haben, bis ich von Ihrer Beziehung zu Ernesto wusste.«

»Ach. Das.«

»Ja. Das.« Seine Stimme klang trocken.

Sie schaute ihn mit weit aufgerissenen Augen an. »Wird meine Aussage Ernesto entlasten?«

Stefano zögerte. »Das kann ich nicht abschließend sagen. Einerseits erklärt es, warum die Pistole unter seinem Bett gefunden wurde. Andererseits hat er jetzt das perfekte Motiv, und das war die einzige Sache, die uns bis dato noch gefehlt hat.« Er schaute Ernesto an. »Bist du sicher, dass du nicht mit *signor* Rosari gesprochen hast?«

Ernesto nickte. »Ich habe ihn gar nicht gesehen. Ich habe mich bewusst nicht in seiner Nähe aufgehalten, weil ich wusste, dass ich mich vielleicht nicht zurückhalten kann, wenn ich ihm auch nur ins Gesicht schauen muss.«

»Möchtest du deine vorherige Aussage in irgendeinem Punkt korrigieren?«

Ernesto zuckte mit den Schultern. »Ich habe an dem Abend am Strand natürlich keine Leute getroffen. Zumindest niemanden, mit dem ich geredet habe.«

»Das beruhigt mich ungemein. Ich habe mich schon dabei gesehen, wie ich den Rest des Monats mit allen möglichen Beppos aus ganz Italien sprechen muss.«

Ernesto grinste Stefano etwas verlegen an. »Ich war unten am Strand, wo Nora und ich uns verabredet hatten. Aber sie kam nicht. Ich habe gewartet und gewartet und gewartet und mich jede Sekunde schlechter gefühlt. Zuerst dachte ich, dass sie länger arbeiten muss. Dann wurde mir klar, dass sie mich versetzt hatte.« Er warf einen schnellen Blick auf Nora. »Ich dachte, dass sie es sich vielleicht noch einmal anders überlegt hat, jetzt, wo sie mich wiedergesehen hat. Ich meine, meine Haare sind ja wirklich rot, und vielleicht hatte sie das in den Wochen, in denen wir uns nicht gesehen haben, vergessen.«

Carlinas Herz zog sich zusammen.

Nora stellte sich auf die Zehenspitzen und zog an Ernestos feuerrotem und hochgegeltem Haar, das die exakte Farbe seines Sonnenbrandes hatte. »Dummkopf«, flüsterte sie.

Er lächelte ihr zu, dann wandte er sich wieder an Stefano. »Schließlich gab ich auf und kehrte ins Hotel zurück. Ich fühlte mich müde und entmutigt. Und dann ... dann fand ich die Leiche. Wie Nora habe ich mir sofort gedacht, dass sie ihn versehentlich umgebracht haben musste. Ich war völlig schockiert, aber jetzt wurde mir klar, warum sie nicht zu unserem Treffen erschienen war. Ich wollte sie nicht verraten, aber ich wusste, dass ich die Polizei rufen musste. Und bevor mir so richtig klar wurde, was ich da tat, hatten meine Füße mich schon zu eurem Zimmer gebracht. Rein instinktiv. Und erst da habe ich gemerkt, wie wenig ich überhaupt sagen kann, wenn ich Nora nicht verraten will.«

»Hast du versucht, mit Nora zu sprechen?«

Ernesto nickte. »Ja, am nächsten Morgen. Aber sie sagte nur: ›Es ist aus‹, und dass sie nie wieder mit mir sprechen wolle.« Seine Stimme klang rau.

Nora packte seinen Arm. »Ich habe dir erklärt, warum ich das gemacht habe.«

Er nickte. »Ja. Jetzt weiß ich das. Aber zu dem Zeitpunkt war ich ... sprachlos. Und verletzt. Als ich ein wenig mehr darüber nachdachte, wurde mir klar, dass sie mich vielleicht schützen will, weil dieser fette *commissario* mich unbedingt als Mörder überführen wollte. Wenn irgendjemand etwas von unserer Beziehung gewusst hätte, hätte ich das perfekte Motiv gehabt. Ich hatte kein Alibi – das wusste das ganze Hotel. Also blieb ich auf Abstand, obwohl es mir verdammt schwerfiel.«

Carlina starrte ihn an. »Und hättest du auch dann kein Sterbenswörtchen von dir gegeben, wenn du im Gefängnis gelandet wärst?«

Er holte tief Luft. »Ich habe die ganze Zeit gehofft, dass es nicht dazu kommen würde. Ich hatte Angst, irgendwann zusammenzubrechen. Oder mich zu verraten. Ich habe nicht viel Übung im Lügen, das weißt du. Gleichzeitig war ich überzeugt, dass Nora mich nicht ins Gefängnis gehen lassen würde. Ich habe darauf gewartet, dass sie sich in der letzten Minute meldet und alles gesteht. Bis dahin war es für mich okay, erst mal abzuwarten und zu sehen, wie die Dinge sich entwickeln. So war es für sie sicherer.«

Nora nahm seine Hand und hielt sie an ihre Wange.

Ernesto legte den Arm um ihre Schultern und schaute Garini an. »Musst du mich jetzt festnehmen, Stefano?«

Garini schüttelte den Kopf. »Ich habe noch ein paar andere Fährten, die ich verfolgen muss. Aber gehe nirgendwohin, ohne es mir zu sagen, okay?«

Ernesto schüttelte den Kopf. »So etwas Dämliches würde mir nicht mal im Traum einfallen.«

»Gut.« Garini wandte sich an Nora. »Ich habe jetzt noch einige Fragen an Sie.«

Sie schaute ihn nervös an. »Ja?«

»Sie haben gesagt, dass Sie schon ungefähr ein Jahr hier arbeiten. Also haben Sie hier angefangen, bevor Rosari Hotelmanager wurde, ist das richtig?«

»Ja.«

»Erzählen Sie mir bitte etwas über die Übergangszeit.«

»Der alte Manager, *signor* Patelli, war super«, sagte Nora. »Er sah natürlich alles, ich meine jedes Staubkorn und so, aber er war immer fair. Eines Tages war er weg. Einfach so. Wir waren alle sprachlos. Und am nächsten Tag kam *signor* Rosari.« Sie schüttelte den Kopf. »Es war sofort klar, dass er keine Ahnung davon hatte, wie man ein Hotel leitet. Er hat die einfachsten Sachen falsch gemacht. Und die Art und Weise, wie er die Gäste behandelt hat! Es war eine Schande. Auch die Angestellten hat er wie Dreck behandelt ... uns alle.«

»Also war er überall unbeliebt?«

»Oh ja.«

»Ist jemals etwas vorgefallen, das zu einem möglichen Mordmotiv führen könnte?«

Nora runzelte die Stirn. »Was meinen Sie?«

»Hat ihn jemand bedroht? Haben Sie mal eine Unterhaltung mitgehört, die irgendwie seltsam klang? Oder ist Ihnen sonst etwas aufgefallen, das ungewöhnlich war?«

Nora starrte mit gerunzelter Stirn vor sich hin. »Na ja, wir haben alle fast täglich gesagt, dass wir ihn gern umbringen würden – aber das war natürlich nur Gerede.«

Garini nickte. »Ja, das verstehe ich. Mir geht es um etwas Ungewöhnliches.«

Nora schüttelte langsam den Kopf. »Nein. Im Moment fällt mir gar nichts ein.«

»Nun gut.«

»Können wir jetzt gehen?«, fragte Ernesto.

»Ja. Wir schreiben die Aussagen auf und bringen sie später, damit sie unterschrieben werden können.«

»In Ordnung.« Es war ganz klar, dass der Mord jetzt, da die Beichten vorüber waren, keine hohe Priorität mehr für Ernesto und Nora hatte. Sie gingen tiefer in den Garten hinein, die Arme umeinander gelegt, die Köpfe eng zusammen.

Stefano schaltete das Aufnahmegerät aus. »Und jetzt ...«

Carlina zwang sich zu einem Lächeln. »Es tut mir leid. Es war völlig dämlich von mir, Nora zu erzählen, dass die Pistole unter Ernestos Bett gefunden wurde. Ich kann mir gar nicht erklären, wie mir das passieren konnte. Ich glaube, es ist mir rausgerutscht, weil sie mir Angst gemacht hat.«

Er hob die Augenbrauen. »Sie hat dir Angst gemacht?«

»Ja.« Ihr Lächeln wurde etwas schief. »Ich dachte, sie wäre die Mörderin.« Sie nahm die Schultern zurück. »Aber letzten Endes war ja alles gut, denn dadurch haben Ernesto und Nora endlich die Wahrheit gesagt, und jetzt ergeben so viele Dinge Sinn.«

Er nickte ohne den Hauch eines Lächelns. »Ja. Da hast du Glück gehabt.«

Sie legte den Kopf schief. »Bist du noch böse auf mich?«

Er fixierte sie. »Hat deine Familie Agatha vom Café darum gebeten, diese ungemein praktische Aussage über *signora* Rosari zu machen?«

Carlina schüttelte den Kopf. »Nein, das haben sie nicht getan.« Hastig korrigierte sie sich. »Zumindest weiß ich nichts davon, falls es so war. Agatha ist ganz von sich aus darauf gekommen. Sie hat uns gerade bedient, und auf einmal blieb sie mitten in der Bewegung stehen, schlug sich mit der flachen Hand an die Stirn und sagte: ›Ich kann gar nicht glauben, dass ich das vergessen habe!‹ Wir haben sie natürlich sofort gefragt, was sie denn meint, und da hat sie es uns gesagt. Sie bat mich, dir eine Nachricht zu senden.«

Er hielt ihr die Hand hin. »Es tut mir leid. Ich habe dich falsch beurteilt.«

Sie legte ihre Hand in seine. »Mir tut es auch leid. Ich habe mich verquatscht.«

Der harte Ausdruck auf seinem Gesicht schmolz, und die Wärme kehrte in seine Augen zurück. »Also sind wir quitt.«

Carlinas Herz machte einen kleinen Hüpfer. Sie warf ihm die Arme um den Hals. »Ja.«

Eine verdrossene Stimme sagte direkt hinter ihr: »Ich weiß wirklich nicht, warum ihr hier herumsteht und euch küsst, als ob ihr nichts Besseres zu tun hättet.«

Mit einem Seufzer ließ Carina Stefano los und drehte sich zu ihrer Tante um. Benedetta war normalerweise nicht so bitter und unfreundlich. Carlina konnte verstehen, dass der Druck auf Ernesto sie gereizt machte. Benedetta hatte zwar wie immer ihren leuchtend roten Lippenstift aufgelegt, aber ihre Lippen waren zu einer dünnen Linie zusammengepresst und sie hatte vorwurfsvoll die Hände in die Hüften gestemmt.

Leopold Morin stand neben ihr und legte ihr jetzt den Arm um die Schultern. »Gib ihnen ein wenig Zeit«, sagte er. »Ich weiß, dass Stefano die halbe Nacht wach war.«

Garini schaute ihn an. »Woher weißt du das?«

»Ich habe einen leichten Schlaf«, sagte Leopold. »Unser Zimmer zeigt nach vorne. Ich hörte, wie jemand die Auffahrt hochfuhr, und bin ans Fenster gegangen, um hinauszusehen. Da habe ich dich gesehen.«

Garini nickte. »Wo du gerade erwähnst, dass du einen leichten Schlaf hast ... Hast du in der Mordnacht irgendetwas gehört?«

Leopold zuckte mit den Schultern. »Ich habe den Schuss gehört, dachte mir aber wie so viele andere auch, dass es nur ein Feuerwerkskörper war.«

»Und davor hast du gar nichts gehört? Ein Streitgespräch, Rufe, einen Kampf?«

Leopold schüttelte den Kopf. »Leider nein. Die Geräusche vom Pool werden von dem Hotelgebäude gedämpft.«

Garini wandte sich an Benedetta. »Und was ist mit dir? Hast du irgendetwas Verdächtiges gesehen oder gehört?«

Sie hob das Kinn. »Nein, aber selbst wenn ich etwas gesehen hätte, würde ich es dir wahrscheinlich nicht verraten!«

Carlina schnappte nach Luft.

Benedetta fuhr mit wutblitzenden Augen fort: »Du brauchst gar nicht so entsetzt zu schauen, Carlina! Es wäre ja wirklich dämlich von mir, wenn ich Stefano die Nägel liefern würde, die er braucht, um Ernesto in einen Sarg einzunageln!«

»Aber Benedetta!« Carlina schüttelte vehement den Kopf. »Woher willst du wissen, ob deine Informationen Nägel für Ernestos Sarg wären? Vielleicht sind sie ja der Schraubenzieher, den Stefano braucht, um ihn da wieder herauszuholen!«

»Verkauf mich bitte nicht für dumm«, sagte Benedetta mit Würde. »Ich kenne den Unterschied zwischen einem Nagel und einem Schraubenzieher.«

Leopold wechselte einen Blick mit Garini. Sein schmales Gesicht, das immer an ein Rennpferd erinnerte, weil die Haut so straff über die Knochen gespannt war, verriet, wie betroffen er war.

»Ich kann dich nicht zwingen, mir zu vertrauen, Benedetta«, sagte Garini. »Aber je weniger du mir mitteilst, umso höher ist die Wahrscheinlichkeit, dass die Polizei die falschen Schlüsse zieht.«

»Dann sind sie zu dämlich für ihren Job!« Benedetta machte eine wegwerfende Handbewegung. Plötzlich erregte etwas ihre Aufmerksamkeit, und sie starrte an Garini vorbei in den Garten. »Da kommt jemand. Er sieht aus wie Ernesto ... aber ... er hat ein Mädchen im Arm.«

Carlina unterdrückte ein Lächeln.

Ernesto und Nora kamen näher. Ihr Cousin strahlte über das ganze Gesicht, während sie eher schüchtern wirkte. Ernesto blieb vor seiner Mutter stehen und sagte: »*Mamma*, ich möchte dir gern Nora vorstellen. Sie ist Flavios Schwester. Du erinnerst dich doch an Flavio, oder? Er hat vor einigen Jahren mal kurz bei uns gewohnt.«

Benedetta starrte ihn an, dann Nora, dann wieder ihn. Ihr roter Mund bildete ein großes O. »Was? Ich …« Ihre Stimme versagte. Sie schluckte und nahm einen neuen Anlauf. »Das kommt ein bisschen plötzlich.«

Ihr Sohn lächelte sie entwaffnend an. »Ich weiß. Aber ich dachte mir, dass du dich freuen würdest. Hast du mir nicht gesagt, dass ich ein gutes Mädel finden muss? Nora ist gut.«

Benedetta warf einen wilden Blick auf Nora. »Das … das glaube ich gern. Es ist nur … Ach, Ernesto, bist du nicht noch viel zu jung dafür?«

Ernesto hob seine Augenbrauen und schaffte es, gleichzeitig verletzt und arrogant auszusehen, trotz seines leuchtenden Haares und verbrannten Gesichts. »Ich bin achtzehn, *mamma*. Selbst nach dem Gesetz bin ich erwachsen.«

»Ach was, das Gesetz.« Benedetta machte eine wegwerfende Handbewegung, die klar machte, was sie von Gesetzen hielt, aber das Stichwort brachte ihr wieder die Gefahr in Erinnerung, in der ihr Sohn schwebte. Sie wandte sich voller Energie an Nora. »Oh, warst *du* diejenige, mit der er in der Mordnacht zusammen war? Kannst du ihm das Alibi geben, das er braucht?«

Nora wurde fast so rot wie Ernesto. »Ich fürchte nicht«, sagte sie mit einem schnellen Seitenblick auf Garini.

»Oh.« Benedetta war sichtlich enttäuscht. »Also ist das eine ganz frische Freundschaft?«

»Nein.« Ernesto blieb fest. »Wir sind seit Ostern zusammen.«

»Seit Ostern!« Benedetta starrte ihren Sohn an, als ob er plötzlich direkt vor ihren Augen Flügeln entwickelt hätte. »Aber warum hast du mir das denn nicht früher gesagt?«

Er hob das Kinn und zog Nora an sich. »Wir brauchten noch ein wenig Zeit für uns.«

Benedetta blinzelte. »Das verstehe ich nicht. Wenn ihr seit Ostern zusammen seid, wäre es doch nur ganz natürlich, dass ihr so viel Zeit wie möglich zusammen verbringen möchtet. Ich bin nicht von gestern. Warum also kann das Mädel dir für die Mordnacht kein Alibi geben?«

Ernesto schluckte. »Es gab ein paar Komplikationen.«

»Komplikationen!« Benedetta schwoll vor Entrüstung an. Sie verengte die Augen und beugte sich nach vorne, ohne Nora in irgendeiner Weise zu beachten. »Könnte es sein, dass sie dich nur ausnutzt? Woher weißt du, dass sie nicht den Mord begangen hat? Und ist dir klar, dass du immer noch der Hauptverdächtige bist?«

Carlina sah, wie Noras Augen sich mit Tränen füllten, also trat sie einen Schritt nach vorne. »Die beiden haben Stefano schon alles gesagt, was sie wissen, Benedetta.« Normalerweise war Benedetta die liebste aller Tanten. Aber die Bedrohung ihres geliebten Sohnes und die Angst, ihn an eine andere Frau zu verlieren, hatten sie völlig aus dem Gleichgewicht gebracht. Carlina musste sie vom Thema ablenken, um Nora und Ernesto eine kleine Verschnaufpause zu geben. Vielleicht war Angriff die beste Verteidigung. »Tatsächlich denke ich, dass du jetzt an der Reihe bist. Du weißt etwas, was du nicht verrätst. Nun verrate uns schon, was es ist!«

Benedetta warf Carlina einen flammenden Blick zu, der sie an ihre Mutter Fabbiola erinnerte. »Du halte den Mund, Carlina! Wir wissen alle, auf wessen Seite du stehst!«

Carlina fühlte, wie die Wut in ihr hochstieg, und öffnete schon den Mund, aber bevor sie eine hitzige Antwort geben konnte, sagte Ernesto: »Das ist lächerlich, *mamma*. Wenn du etwas weißt, musst du es Stefano sagen. Jetzt sofort.« Es klang, als hätte er nie gezögert, Garini alles zu sagen, was er wusste.

Carlina warf Stefano einen raschen Blick zu, aber dieser hatte sein undurchdringliches Gesicht aufgesetzt. Er konnte wirklich einschüchternd aussehen, wenn er so blickte.

»Na gut!« Benedetta stampfte mit dem Fuß auf. »Dann erzähle ich ihm halt alles, was ich weiß, und du kannst zusehen, wie du es erklärst! An unserem ersten Abend hier habe ich gesehen, wie du diesem nutzlosen Manager fünfzig Euro zugesteckt hast, und ich habe keine Ahnung, warum du ihn überhaupt bestochen hast!«

Ernesto holte scharf Luft. Sein entsetzter Gesichtsausdruck zeigte deutlich, dass er damit nicht gerechnet hatte.

Benedetta entfuhr ein kleiner Schluchzer, und sie umschlang Ernesto. »Es tut mir leid, mein Liebling, mein kleines Lamm! Ich wollte dich nicht in Schwierigkeiten bringen! Ich hatte mir geschworen, es niemandem zu verraten! Aber du hast mich so provoziert!«

Ernesto wurde von der stürmischen Umarmung seiner Mutter fast aus dem Gleichgewicht geworfen. Er musste Nora loslassen, um seine kleine Mutter aufzufangen, doch über ihre Schulter hinweg schaute er Garini verzweifelt an. »Ich hatte es total vergessen, Stefano. Wirklich, ich wollte es nicht verschweigen.«

»Warum hast du es getan?« Garinis Stimme klang ganz ruhig.

»Ich wollte, dass er die Zimmer wieder zurücktauscht! Ich war völlig verzweifelt, weil ich in mein normales Zimmer zurückwollte, damit ich jederzeit hinauskann. Du kennst doch die Familie. Ständig wuseln sie überall herum und fragen, wohin man will. Das konnte ich nicht mehr ertragen!«

»Hat er dir versprochen, das Zimmer zu tauschen, wenn du ihm Geld gibst?«

»Irgendwie schon.« Ernesto pflückte sich vorsichtig seine Mutter vom Hals und stellte sie an seine Seite. Dann schaute er Stefano direkt an. »Er gab mir zu verstehen, dass er das schon arrangieren könnte, wenn es sich für ihn lohnen würde. Also habe ich ihn gefragt, ob dreißig Euro reichen.« Ein Puls fing sichtbar an, an seinem Hals zu schlagen. »Aber er sagte, dass er fünfzig bräuchte. Ich habe ihm mein ganzes Geld gegeben, obwohl ich Ewigkeiten gespart habe, damit ich Nora einladen kann, wenn wir weggehen. Er steckte es ein, sagte, er würde sehen, was er tun kann, und erwähnte es nie wieder, dieses Schwein!«

Benedetta gab einen jammernden Laut von sich und warf sich wieder an Ernestos Brust. »Oh *Madonna*, Ernesto. Hast du ihn ermordet, mein Lamm?«

Wieder schlüpfte Ernesto mit einer Leichtigkeit aus ihren erstickenden Armen, die lange Übung verriet. »Nein, natürlich nicht, *mamma!* Wie kannst du glauben, dass ich jemanden wegen fünfzig Euro umbringen würde?«

Nora nahm seine Hand und hielt sie ganz fest.

Hinter ihnen fragte eine träge Stimme: »Wer hat wen wegen fünfzig Euro umgebracht?«

Mit Ausnahme von Garini schraken alle zusammen. In der Hitze des Gefechtes hatten sie ihre Umgebung gar nicht mehr wahrgenommen. Ernestos Schwester Emma und ihr Mann Lucio standen direkt hinter dem engen Kreis, den Stefano und Carlina, Benedetta und Leopold sowie Ernesto und Nora unbewusst gebildet hatten.

Emma trug ein leuchtend rotes Kleid und eine riesige Sonnenbrille. Sie hatte ihre langen braunen Haare zu einem hohen Pferdeschwanz gebunden, während Lucios Haare glatt zurückgegelt waren. Mit seinem frisch gebügelten Leinenhemd, passenden Shorts und Bootsschuhen aus Leder passte er perfekt zu seiner gutaussehenden Frau.

Benedetta warf sich auf ihre Tochter. »Emma! Du musst etwas tun! Du bist die Älteste!«

Lucio legte einen schützenden Arm um Emmas Schultern. »Sie kann gar nichts tun.«

Benedetta ließ ihre Tochter los und funkelte ihren Schwiegersohn böse an. »Warum nicht?«

In diesem Augenblick entdeckte Emma, dass Ernesto und Nora sich an den Händen hielten. Ihre Augen leuchteten auf. »Was ist denn das? Hast du eine Freundin, Ernesto?«

Ernestos Sonnenbrand wurde noch intensiver. »Ja. Das ist Nora.« Seine Stimme war voller Stolz.

»Ich fasse es nicht …« Emma blinzelte.

Carlina warf sich in das Getümmel, bevor Emma, die dafür bekannt war, kein Blatt vor den Mund zu nehmen, weitersprechen konnte. »Wir besprechen gerade die Mordnacht. Und sammeln weitere Tatsachen.«

Emma hob eine Augenbraue. »Tatsachen oder Dichtung?«, fragte sie.

»Tatsachen, hoffe ich.« Garinis Stimme klang trocken. »Hast du noch etwas hinzuzufügen?«

Bevor irgendjemand Luft holen konnte, antwortete Lucio anstelle seiner Frau: »Nein, hat sie nicht.«

Garinis Augenbrauen schnellten in die Höhe.

Carlina blickte rasch von Lucio zu Emma. Er sah unbehaglich aus, sie nicht. Aber Emma war nur äußerst selten aus dem Gleichgewicht zu bringen.

»Wenn ihr irgendetwas wisst, dann müsst ihr es sagen.« Ernestos Stimme war eindringlich. »Sogar wenn es so aussieht, als ob es mich belastet. Ich schwöre, dass ich Rosari nicht umgebracht habe, und ich weiß, dass Stefano mir glaubt.«

Carlina schaute schnell zu Stefano. Er sah nicht so aus, als ob er irgendetwas glauben würde, das die Mantonis je gesagt hatten. Sie wünschte, sie hätte das gleiche Vertrauen wie Ernesto. Wenn man sie fragte, war die Entscheidung noch lange nicht gefallen. Ihre eigene Überzeugung, dass Ernesto es nicht getan hatte, basierte einzig und allein auf dem Wissen um seinen Charakter. Stefano war jedoch nicht wie sie mit Ernesto aufgewachsen. Ganz abgesehen davon hatten die Mantonis ganze Arbeit geleistet und ihn mit ihren Lügen und verrückten Ideen an den Rand der Verzweiflung gebracht. Andererseits konnte er Menschen gut beurteilen und war es gewohnt, unter die Oberfläche zu dringen. Ein Schauder lief ihr über den Rücken. Wo würde das Ganze noch enden?

Emma wendete den Kopf und entdeckte einen der Gartenstühle im Schatten. Sie ging dorthin und sank mit ihrer üblichen Anmut hinein. »Es ist viel zu heiß für diese ganze Mordgeschichte. Kann mir jemand etwas zu trinken bringen?«

»Ich bin gleich wieder da.« Lucio eilte davon.

Emma schaute ihren Bruder an. »Alles, was ich weiß, Ernesto?«

Er nickte. »Alles.«

»Nun gut.« Sie lehnte sich in dem hellgrünen Stuhl zurück und überkreuzte die Beine, dann wippte sie einen Fuß in der hochhackigen Sandale auf und ab.

Die Familie trat näher zu ihr.

Emma blickte zu Garini. »Möchtest du meine Aussage aufnehmen?«

»Ja, bitte.«

Emma wartete, bis alles vorbereitet war, dann betrachtete sie nachdenklich ihre sorgfältig lackierten Fußnägel.

Sie genießt ihren Platz im Zentrum der Aufmerksamkeit. Carlina warf einen raschen Blick auf Stefano. *Und er weiß es.*

»Ich bin in der Mordnacht aufgewacht«, fing Emma an.

In diesem Augenblick erschien ihr Mann mit einem hohen Glas, das mit einer pinkfarbenen Flüssigkeit gefüllt war. Er reichte es ihr, dann bemerkte er die erwartungsvolle Stille. Sein Blick fiel auf das rot blinkende Licht an Garinis Aufnahmegerät, und seine Augen weiteten sich. Bestürzt wandte er sich an seine Frau. »Bist du sicher, dass das der richtige Weg ist, *cara*?«

Sie nickte ihm ermutigend zu. »Ernesto sagt, dass ich es tun soll.«

Lucio blickte Ernesto an. »Wirklich?« Die Überraschung in seiner Stimme war vernichtender als alles andere, was er hätte sagen können.

Carlina zuckte zusammen.

Benedetta schoss auf ihn zu. »Du brauchst gar nicht so überrascht zu tun, Lucio! Mein Sohn hat niemanden umgebracht! Die Wahrheit wird ihm nicht schaden!«

Noras Augen weiteten sich. Sie hatte sich noch nicht an die plötzlichen Stimmungsumschwünge der Mantonis gewöhnen können – und an deren unergründliche Fähigkeit, leidenschaftlich das genaue Gegenteil von dem zu behaupten, was sie fünf Minuten zuvor noch mit der gleichen Überzeugung verkündet hatten.

Garini hingegen zuckte noch nicht einmal mit der Wimper.

»Die Wahrheit wird ihm nicht schaden«, wiederholte Emma die

Worte ihrer Mutter, immer noch mit ihrer gedankenversunkenen Stimme, doch im nächsten Augenblick zerstörte sie den Effekt, indem sie die Augen verdrehte. »Das wäre ja das erste Mal der Fall. Es ist ein hoch gefährliches Konzept, jederzeit die Wahrheit zu sagen, *mamma*.«

»Oh Mann, Emma.« Ernesto seufzte. »Hör endlich auf, dich hier aufzuspielen, und spuck's aus.«

Emma ignorierte ihn. »Ich bin mitten in der Nacht aufgewacht«, wiederholte sie.

»Jaaaa, das sagtest du schon«, unterbrach Ernesto sie.

Dieses Mal warf sie ihm einen vorwurfsvollen Blick zu, bevor sie weitersprach. »Ich ging zum Fenster.« Sie zeigte auf das Hotel. »Unser Zimmer ist ganz am Ende des Ganges im ersten Stock, ihr könnt das Fenster von hier aus sehen. Man hat keinen Blick auf den Pool, aber man hört eine Menge von dem, was dort vor sich geht, wenn es eine stille Nacht ist.« Sie machte eine effektvolle Pause. »Es *war* eine stille Nacht.«

Ernesto stöhnte entnervt auf.

Lucio runzelte die Stirn und stellte sich hinter seine Frau, eine schützende Hand auf ihrer Schulter.

Sie sehen aus, als ob sie für ein Ölgemälde posieren würden. Der Besitzer des Herrenhauses und seine wunderschöne Frau. Carlina schob den Gedanken von sich.

Emma fuhr langsam und deutlich fort: »Während ich am Fenster stand und tief ein- und ausatmete –«

Ernesto verengte die Augen. »Warum hast du so tief geatmet?«

Emma ließ die nachdenkliche Pose fallen und funkelte ihn wütend an. »Die Nachtluft war weich und süß, darum. Jetzt hör auf, mich ständig zu unterbrechen, als ob du immer noch fünf Jahre alt wärst, ja?« Nachdem sie ihren kleinen Bruder zum Schweigen gebracht hatte, wandte sie sich an Garini und fuhr fort: »Ich habe Stimmen gehört.«

»Stimmen? Mehrere?«, fragte Garini.

»Zwei.«

Kapitel 14

Die Mantonis hielten die Luft an und traten näher.

Befriedigt von der Wirkung ihrer Worte verstummte Emma und konzentrierte sich wieder auf ihren wippenden Fuß.

Benedetta stampfte auf. »Jetzt sprich endlich weiter, Emma! Hast du die Stimmen erkannt? Wer war es? Was haben sie gesagt? Nun sprich schon! Wir haben nicht den ganzen Tag Zeit!«

Emma warf ihrer Mutter den gleichen Blick zu, den sie schon ihrem Bruder verpasst hatte. »Die Stimmen waren erst ziemlich leise, aber dann wurden sie lauter. Ich lehnte mich so weit wie möglich aus dem Fenster, aber ich konnte nichts sehen, weil der Pool um die Ecke ist.«

»Woher weißt du denn überhaupt, dass sie am Pool waren?«, fragte Garini.

»Das wusste ich nicht, das habe ich mir erst später gedacht, als ich gehört habe, dass der Mord am Pool geschehen ist. Die Stimmen kamen aus dieser Richtung. Dessen bin ich mir sicher.«

»Hast du die Stimmen erkannt?«

Die Mantonis erstarrten. In der drückenden Mittagshitze bewegte sich nichts, noch nicht mal ein silbriges Blatt an einem Olivenbaum.

»Nein, habe ich nicht.«

Ein allgemeiner Seufzer erklang.

Emma neigte den Kopf zur Seite. »Wenigstens nicht wirklich.«

»Was meinst du?« Garinis Stimme klang ruhig.

»Ich habe erkannt, dass einer jung war und der andere alt.«

Garini verengte die Augen. »Wie kamst du darauf?«

Sie zuckte mit den Schultern. »Keine Ahnung. Ich habe versucht, mich daran zu erinnern, aber das ist der Eindruck, den ich gewonnen habe. Einer jung, der andere älter. Und sie haben sich gestritten.«

»Waren es Männer oder Frauen?«

»Männer.«

»Sicher?«

»Absolut.«

Garini beugte sich nach vorne. »Emma, bitte versuche, dich genau zu erinnern. Das könnte sehr wichtig sein. Wieso kamst du zu der Schlussfolgerung, dass einer der Männer jünger und der andere älter war? Was genau war der Grund? Die Wortwahl? Die Stimmlage? Die Art, wie sie sprachen?«

Emmas Fuß hörte auf zu wippen. Mit gerunzelter Stirn starrte sie vor sich hin. »Ich weiß es wirklich nicht mehr. Ich habe die ganze Zeit versucht, mich daran zu erinnern, aber es ist ein einziges Durcheinander.« Sie hob die Schultern erneut und schaute Garini an. »Tut mir leid.«

Carlina runzelte die Stirn. Emmas Worte klangen nonchalant, aber Carlina fühlte, dass ihre kühle Cousine wirklich versucht hatte, auf den Grund ihres Gedächtnisses vorzudringen, auch wenn sie die Ursache für ihre Vermutung nicht zu fassen bekommen hatte.

»Was war mit dem Inhalt des Gesprächs? Was genau haben sie besprochen?«

Emma hob beide Hände mit den Handflächen nach oben und gespreizten Fingern. »Ich weiß es nicht. Sie waren wütend und haben irgendetwas gebrüllt, aber ich war nicht nahe genug dran, um einzelne Wörter zu verstehen.«

»Kein einziges?«

Emma schüttelte den Kopf.

Garini ließ sie nicht eine Sekunde lang aus den Augen. »Wieso denkst du dann, dass der jüngere Mann Ernesto war?«

Benedetta sprang vorwärts. Es sah so aus, als ob sie sich auf Garini stürzen und ihn zusammenschlagen wollte, doch Leopolds Hand fuhr vor und hielt sie am Arm zurück.

Emma richtete sich auf. »Ich glaube überhaupt nicht, dass es Ernesto war!«

»Wirklich?« Garinis Stimme klang mild. »Warum hast du der Polizei dann nicht von den Stimmen berichtet?«

Emma rümpfte die Nase. »Du weißt ganz genau, dass Pucci nur nach Beweisen suchte, um Ernesto zu überführen. Ich habe mich nicht getraut, ihm irgendetwas zu sagen.«

Benedetta entspannte sich und nickte. »Das stimmt. Diesem Pucci konnte man noch nicht mal die allerkleinste Kleinigkeit sagen. Er hat ja sogar die allerleichtesten Dinge falsch interpretiert.«

»Genau.« Emma schaute Garini mit trotzig erhobenem Kinn an.

Er erwiderte den Blick. »Denkst du nicht, dass du die Stimme deines eigenen Bruders erkannt hättest?«

»Das ist es ja gerade! Ich habe seine Stimme nicht erkannt! Ich habe nur die Stimme eines jungen Mannes gehört, das war alles.«

»Würdest du schwören, dass es nicht die Stimme deines Bruders war?«

Emma zögerte.

Carlina schloss die Augen. *Verdammt.* Warum waren Taten nur immer so viel überzeugender als Worte?

»Sie kann meine Stimme gar nicht erkannt haben.« Ernesto schaute Garini wie ein kleiner Hund an. »Denn ich war gar nicht da. Ich habe mich nicht mit Rosari am Pool gestritten. Ich kam doch erst später nach Hause, als er schon tot war.«

Garini schaute Emma an, doch sein Gesicht zeigte seine Gedanken nicht. »Was geschah, als du den Schuss hörtest?«

Emma wurde rot. »Ich habe den Schuss nicht gehört.«

Alle starrten sie an.

Benedetta blinzelte. »Du hast den Schuss nicht gehört? Aber wie ist das möglich? Ich meine, wenn du die Stimmen gehört hast, musst du doch auch den Schuss gehört haben. Der war doch bestimmt viel lauter!«

»Ja, das war er«, sagte Carlina. »Er hat mich geweckt, aber ich dachte, es sei ein Feuerwerkskörper.«

Emma zuckte elegant mit den Schultern. »Nun, ich habe den Schuss nicht gehört. Ich konnte das auch gar nicht.«

Ihr Bruder runzelte die Stirn. »Warum nicht?«

»Weil ich zu dem Zeitpunkt im Badezimmer war.«

»Niemals!« Ernesto starrte seine Schwester an. »Ich glaube keine Sekunde lang, dass du ins Bad gegangen bist, wenn du die Möglichkeit hattest, einen spannenden Streit zu belauschen.«

Emma schaute wieder auf die Spitze ihres wippenden Fußes, doch sie schien ein wenig aus dem Gleichgewicht geraten zu sein. »So spannend war der Streit gar nicht. Ich habe ja schließlich kein Wort verstanden.«

Ernesto lachte höhnisch. »Nun mach aber mal 'nen Punkt!«

»Es ging mir nicht gut.« Emma klang ein wenig so, als ob sie sich in die Enge getrieben fühlte. Sie schaute zu Garini. »Das war's. Dieses Gespräch ist beendet. Ich habe alles gesagt, was ich sagen wollte.«

Carlina starrte ihre Cousine an. Ernesto hatte recht; Emma hätte niemals mitten in einer spannenden Situation ihren Lauschposten verlassen ... und laute Stimmen mitten in der Nacht waren interessant, egal, wie wenig man verstand. Warum war Emma ins Bad gegangen? Sie versuchte, sich die Geschehnisse der Nacht vorzustellen. Wenn Emma mitten in der Nacht aufgewacht war, weil sie zur Toilette musste, wäre sie sofort dorthin gegangen. Sie hätte sich nicht erst ans Fenster gestellt, um die »süße Nachtluft« einzuatmen. Es war gut möglich, dass sie dies auf dem Rückweg aus dem Badezimmer getan hatte, aber nicht vorher. Und selbst das konnte sie sich kaum vorstellen ... Wann hatte Emma je von der Schönheit der Natur geschwärmt? Und warum war sie, die selten aus dem Gleichgewicht geriet, auf einmal so verschlossen? Was versteckte sie?

Garini schaute Emma an. »Ich fürchte, es ist nicht ganz so einfach. Ich habe noch einige Fragen.«

Lucio machte einen Schritt nach vorne und hob kämpferisch das

Kinn. »Du hast meine Frau gehört. Sie hat keine weitere Aussage zu machen.«

»Oh mein Gott!« Benedetta warf sich nach vorne. »Du bist krank! Mein Engel, mein kleines Mädchen!« Sie ging vor Emma auf die Knie und starrte in das Gesicht ihrer ältesten Tochter. »Sprich mit mir! Bist du krank? Ist es –?« Sie schluckte schwer. »Oh nein, bitte sag, dass es kein Krebs ist! Bitte! Ich habe schon deinen Vater an diese schreckliche Krankheit verloren und –«

Wie ein Flaschengeist erschien Fabbiola hinter dem engen Kreis an Mantonis, die sich alle um Emmas Stuhl geschart hatten. »Dein Mann hatte ein Magengeschwür, nicht Krebs, meine liebe Schwester. Bring die Tatsachen bitte nicht durcheinander. Was ist denn hier eigentlich los?«

Bevor irgendjemand antworten konnte, erschien Onkel Teo. Er war zu klein, um über die Schultern der anderen Familienmitglieder blicken zu können, aber er schlüpfte wie ein Wiesel in das Innere des Kreises und stellte sich vor Emmas Stuhl. Sein Gesicht war voller Sorgenfalten.

»Omar, schieb mich nach vorne.« Tante Violettas dröhnende Stimme erfüllte den Garten. »Ich möchte sehen, was hier los ist.«

Omar berührte einen Arm hier und dort, ein sanftes Lächeln auf seinem dunklen Gesicht, und schaffte es, den Stuhl mit seiner Stiefmutter bis in die vorderste Reihe zu schieben.

Direkt auf seinen Fersen folgte das einzige Familienmitglied, das noch gefehlt hatte, Emmas jüngere Schwester Annalisa. Ihr rotes Haar leuchtete in der Sonne.

»Ich fühle mich wie eine Königin im Theater«, sagte Emma. »Wollen sich nicht noch ein paar mehr von euch vor mir hinknien? Das gefällt mir ganz gut.«

»Mach keine Witze, mein Liebling.« Benedetta streichelte ihre Hand. »Jetzt sag mir die Wahrheit. Bist du krank?«

Fabbiola schnaufte verächtlich. »Natürlich nicht«, sagte sie. »Sie ist schwanger.«

Einen Augenblick lang sagte keiner ein Wort.

Dann brach die Hölle los.

Benedetta warf sich mit einem Glücksschrei über Emma, und Onkel Teo schüttelte Leos Arm so heftig auf und ab, als ob es eine neue Übung für altersschwache Muskeln wäre. Parallel schlug Omar dem zukünftigen Vater auf den Rücken. Fabbiola umarmte den sprachlosen Leopold, der direkt neben ihr stand; Tante Violetta sprang aus ihrem Rollstuhl und begrub Carlina in einer Monsterumarmung, und Ernesto erklärte der fassungslosen Nora, dass dies nur ein Ausschnitt des ganz normalen Familienlebens sei.

Nur zwei Leute bewegten sich nicht: Garini betrachtete die Szene mit unbewegtem Gesicht, und Annalisa stand wie festgefroren.

Benedetta tauchte mit triumphierendem Grinsen wieder auf. »Was für ein Tag!«, rief sie. »Erst findet Ernesto ein nettes Mädchen und dann erfahren wir, dass Emma schwanger ist! Lasst uns feiern!«

Annalisa blickte erschrocken zu ihrem Bruder.

Ernesto hielt immer noch Noras Hand. Sein Kopf war ganz nah an ihrem und er murmelte etwas in ihr Ort.

Carlina wandte sich an Fabbiola. »Woher um alles in der Welt wusstest du, dass Emma schwanger ist, *mamma?*«

Fabbiola feixte. »Ich habe bemerkt, dass sie beim Frühstück in den letzten Tagen immer etwas grün aussah. War nicht schwer zu raten, warum.«

Garini schaute Emma an. »Also warst du in der Mordnacht wach, weil ...«

Sie nickte. »Weil ich spucken musste. Ich wachte auf, rannte ins Bad, übergab mich, ging zum Fenster, um etwas Luft zu schnappen, hörte den Streit und musste dann wieder ins Bad rennen. Als mein Magen sich endlich beruhigt hatte, war draußen alles still. Ich fühlte mich wie ausgewrungen, darum bin ich ins Bett gesunken, ohne noch weiter an den Streit zu denken.«

»Was ist mit dir, Lucio?« Garini wandte sich an ihren Mann.

»Ach, er hat durchgeschlafen.« Emma machte eine wegwerfende

Handbewegung. »Wenn ich ihn nachts brauche, muss ich ihm ins Ohr schreien, um ihn wachzubekommen.«

Lucio schaute betreten. »Ich fürchte, das stimmt.«

»Emma!« Benedetta hielt die Hand ihrer Tochter so fest wie ein Schraubstock. »Wann ist der Geburtstermin?«

Emma wurde rot. »Es ist noch ganz früh, darum wollten wir es euch noch nicht sagen. Ich bin erst in der sechsten Woche.«

Fabbiola drehte sich um und schaute ihre Tochter an. »Ich denke, es ist an der Zeit, dass du auch an Babys denkst, Carlina. Du wirst schließlich nicht jünger. Emma ist neun Jahre jünger als du, und jetzt schau dir mal an, wie sie dich überholt hat!«

Carlina beherrschte ihre Wut mit eiserner Kontrolle und gab den Blick ihrer Mutter geradewegs zurück. »Du hast schon ein Enkelkind, *mamma*.« Gott sei's gedankt. Sie musste ihre Schwester Gabriella dringend anrufen und sich bei ihr bedanken, dass sie diese Last von ihren Schultern genommen hatte. »Die kleine Lilly ist jetzt schon fast acht Jahre alt. Benedetta kann das niemals einholen, also kannst du dich entspannen.«

»Lasst uns an so einem schönen Tag keine negativen Gedanken haben.« Benedetta griff nach der Hand ihrer Schwester. »Ich möchte, dass wir feiern!« Ihr Blick fiel auf Garinis rot blinkendes Aufnahmegerät. »Sag mal ... Nimmst du das immer noch auf?«

Garini nickte. »Emmas Aussage wird wichtig sein, um den Mörder zu finden.«

Benedetta wurde blass. »Oh *Madonna*. Ist Emma womöglich in Gefahr?« Ihre Stimme wurde lauter. »Und mein Enkelkind? Wird mein Enkelkind sicher sein?«

Lucio richtete sich auf. »Ich bin ja hier, Benedetta. Ich werde meine Frau und mein Baby beschützen.«

Benedetta starrte ihn an. »Aber was willst du gegen einen wild entschlossenen Mörder tun? Du bist doch gar nicht dafür ausgebildet, mit verzweifelten Männern zu kämpfen!«

»Nun lasst uns mal ruhig bleiben«, sagte Garini. »Es hilft niemandem, wenn wir hysterisch werden.«

Benedetta warf ihm einen so flammenden Blick zu, dass die heiße Mittagssonne daneben fast kühl wirkte. »Das sagst du so einfach! Du hast ja kein Baby zu verlieren!«

»Das meine ich ja.« Fabbiola wackelte mit dem Kopf und hielt ihren ständigen Begleiter, das Kissen, hoch wie einen vorwurfsvollen Schild. »Wenn er selbst ein Baby hätte, würde er anders reagieren. Carlina, ich denke, du solltest das bedenken. Du wirst nicht jünger.«

Das war's. Carlina schnappte sich das Aufnahmegerät, schaltete es aus, nahm Stefano am Arm und zog ihn davon. »Na gut, *mamma*«, sagte sie zwischen zusammengebissenen Zähnen. »Wir sind jetzt weg, um ein wenig Sex zu haben. Stör uns nicht, sonst riskierst du dein zukünftiges Enkelkind.«

Gott sei Dank folgte Stefano ihr ohne Widerstand. Sie zog ihn um die Ecke des Hotels, außer Hörweite der Familie, dann hielt sie mit rotem Gesicht an. »Es tut mir leid, aber ich konnte es einfach nicht mehr länger aushalten.« Sie schaute auf ihre staubigen Sandalen, dann wagte sie einen raschen Blick in sein Gesicht. »Ich denke mal, du musst jetzt zur Polizeiwache gehen, oder?«

Er schaute auf sie herab, ein Lächeln in den Augen. »Noch nicht. Außerdem sollte man eine gute Idee niemals verkommen lassen.« Er nahm ihre Hand und führte sie ins Hotel.

Als Garini Lampone spät am Nachmittag auf der Polizeiwache traf, sagten sie beide spontan das Gleiche: »Ich habe ganz viele Neuigkeiten für Sie.«

Lampone lachte. Es veränderte sein ganzes Gesicht. »Legen Sie los«, sagte er. »Es tut mir leid, dass Ambrosiano nicht hier ist, aber er hat mir schon alles mitgeteilt, was er herausgefunden hat. Ich werde es Ihnen weitergeben. Er musste noch einen anderen Fall bearbeiten.«

»Kein Problem.« Garini nahm sich einen Augenblick Zeit, um seine Gedanken zu sortieren, dann gab er alle Details von Ernestos und Noras Aussage wieder – sowie die nötigen Hintergründe dazu, wie die Mantonis tickten. Als er fertig war, lehnte er sich zurück und wartete auf die Reaktion.

Lampone kratzte sich am Kopf. »Das sieht nicht gut aus für Ihren jungen Cousin.«

Garini korrigierte den Verwandtschaftsgrad nicht. Ernesto fühlte sich wie ein Cousin an. »Ich weiß.« Seine Stimme klang ruhig.

Lampone schaute ihn mit seinen seltsam hellbraunen Augen an. »Er hatte ein Motiv, kein Alibi, Zugang zur Waffe, und er kann zur richtigen Zeit an der richtigen Stelle gewesen sein.«

»Das ist mir bewusst.«

»Und dennoch denken Sie, dass er es nicht getan hat, richtig?«

»Richtig.«

»Warum nicht?«

Garini runzelte die Stirn. Er musste jetzt die passenden Worte finden, um Lampone zu überzeugen, ohne sich lächerlich zu machen. Wie erklärte man Instinkt? »Nur weil ich seinen Charakter so gut kenne.«

»Aber was ist mit der Unfalltheorie?« Lampone bohrte weiter. »Es ist nicht unwahrscheinlich, dass sie sich trafen und in einen Streit gerieten. Dann zog Rosari die Pistole und Ernesto könnte ihn angesprungen und dabei die Pistole versehentlich gegen ihn gewendet haben. Erinnern Sie sich daran, wie seltsam die Kugel in den Körper gedrungen ist.«

Garini nickte. »Ich stimme jedem Ihrer Worte zu, und wenn Sie mich gestern gefragt hätten, hätte ich zugeben müssen, dass ich mir ernste Sorgen um Ernesto mache. Aber heute hat er mir alles gestanden. Er hat nichts zurückgehalten, dessen bin ich mir sicher. Er betonte immer wieder, unschuldig zu sein. Das wiederholte er schon von Anfang an. Aber vor allem war er so erleichtert, dass Nora ihn nicht umgebracht hat, dass er schon fast taumelte vor Glück.« Er schüttelte den Kopf. »Darum denke ich wirklich nicht, dass er es getan hat.«

»Nun gut.« Lampone zog eine Akte hervor und wischte zerstreut den Staub von ihr ab. »Dann lassen Sie uns die anderen Verdächtigen unter die Lupe nehmen. Alles, was wir über Ernesto gesagt haben, gilt auch für Nora.« Er warf Garini einen scharfen Blick zu. »Wie sehen Sie das?«

Garini seufzte. Er fühlte sich wie ein Idiot, aber das konnte er nicht ändern. »Ich kann mir nicht vorstellen, dass sie es getan hat«, sagte er. »Nicht, nachdem ich heute mit ihr gesprochen habe.«

»Sie hatte aber ein starkes Motiv.«

»Ja, dessen bin ich mir bewusst. Aber die Tatsache, dass sie sich gegenseitig verdächtigt haben, zeigt deutlich, dass sie unschuldig sind.«

»Sind Sie sich sicher, dass sie sich gegenseitig im Verdacht hatten?«

»Absolut.« Garini nickte. »Ich habe Ernesto noch nie so bedrückt erlebt wie in den letzten Tagen. Tatsächlich halte ich Rosaris Frau für sehr viel verdächtiger. Die Indizien, die auf sie verweisen, sind genauso belastend wie die, die auf Ernesto und Nora hindeuten. Sie hatte ein sehr starkes Motiv – nicht nur die Scheidung, sondern auch die Lebensversicherung.«

»Außerdem war sie vor Ort – und in diesem Punkt hat sie Sie belogen.«

Garini zuckte zusammen. »Ich bin mir nicht sicher, ob wir uns auf die Aussage der Café-Besitzerin verlassen können.«

Lampone blickte überrascht auf. »Wirklich? Warum nicht?«

Garini schluckte. »Ich hatte den Eindruck …« *Verdammt, ich muss es zugeben.* » … dass die Mantonis *signora* Agatha dabei geholfen haben, sich an dieses besondere Detail der besagten Nacht zu erinnern.«

Lampone starrte ihn an. »Das würden sie nicht tun.«

»Sie kennen sie nicht.« Garini zeigte auf die Akte in Lampones Hand. »Hat Ambrosiano es geschafft, weitere Augenzeugen für die Mordnacht zu finden? Jemand, der *signora* Rosari kurz vor Mitternacht in der Nähe des Hotels gesehen hat?«

Lampone schüttelte den Kopf. »Nein. Ambrosiano hat mit allen Clubbesitzern und diversen anderen Leuten, die normalerweise um diese Zeit dort sind, gesprochen, aber keiner hat sich an sie erinnern können.«

»Was ist mit der Lebensversicherung? Wurde die Aussage bestätigt?«

»Ja.« Lampone fuhr sich mit einer Hand durch das dichte weiße Haar. »Sie bekommt die Lebensversicherung, und die Zahlung wird ihr sicher aus ihrer schwierigen finanziellen Lage helfen.«

Garini seufzte. »Also stecken wir fest. Wir verdächtigen sie, haben aber kein belastbares Material in der Hand.«

»Falls man die Aussage von *signora* Agatha nicht zählt«, sagte Lampone. »Ich persönlich würde ihr ja trauen.«

»Wirklich? Warum?«

»Ich kenne sie schon lange, und ich denke nicht, dass sie eine junge Frau beschuldigen würde, nur um jemandem anderes zu helfen.«

»Aber Rosaris Frau sagte, dass sie den ganzen Abend zu Hause gewesen sei.«

»Das hätte ich an ihrer Stelle vor lauter Angst auch getan.«

Eine Mischung aus Erleichterung und Schuld durchfuhr Garini. »Wenn das so ist, muss ich mich beim Mantoni-Clan ernsthaft entschuldigen.«

Lampone lächelte. »Sie wurden ausreichend provoziert.«

Garini schaute in die Augen mit der Farbe von gekochten Himbeeren und merkte plötzlich, dass er jemanden gefunden hatte, mit dem er gern arbeitete. Ja, Lampone war ein Gesprächspartner auf Augenhöhe, der nicht nur integer war, sondern auch Humor hatte. Er entspannte sich und lehnte sich zurück. »Gut, dann lassen Sie uns Maria Rosaris Motiv mal einen Augenblick zur Seite legen.« Er lächelte Lampone kurz zu. »Vielleicht sollten wir zur Abwechslung mal etwas Leichtes machen, nur um es aus dem Weg zu räumen. Hat Ambrosiano es geschafft, mit dem jungen Mädchen aus dem Café zu sprechen, das jetzt im Urlaub ist? Die, die von Rosari sexuell belästigt wurde?«

Lampone nickte. »Ja. Ambrosiano hat sie gleich als Erstes angesprochen, weil es am Einfachsten war. Ihr Facebook-Profil zeigte Bilder von ihr mit dem Matterhorn im Hintergrund.«

»Das Matterhorn?« Garini lächelte. *Ein wunderbar kühler Ort.* »Ich kenne es. Meine Schwester lebt dort in der Nähe. Wenn wir sehr kritisch sind, könnten wir sagen, dass das Bild des Mädchens vor dem Berg gefälscht wurde. Das ist heutzutage nicht mehr schwer.«

Lampone nickte. »Richtig. Aber während Ambrosiano mit ihr sprach, hörte er Kuhgeläut im Hintergrund.« Er lächelte ein wenig. »Ich weiß, was Sie jetzt sagen werden – dass auch das einfach zu fälschen ist. Aber ich denke, dass sie wirklich kein sehr überzeugendes Motiv hatte. Sie hat ganz offen über die Geschichte gesprochen und lobte *signora* Agatha in den höchsten Tönen, weil sie ihr beigebracht hat, wie sie sich behaupten kann. Und obwohl sie kein gutes Wort über Rosari zu sagen hatte, konnte sie drei weitere Frauen nennen, die mit ihr gerade durch die Alpen touren und die ganze Nacht mit ihr in einer Hütte verbracht haben, die man nur erreicht, wenn man fünf Stunden über die Berge kraxelt.«

»Gut.« Garini holte tief Luft. »Damit ist sie die Erste, die wir von unserer Liste streichen können. Wir machen echte Fortschritte.«

Lampone grinste. »Ja. Beeindruckend.«

Garini grinste zurück. Er hatte recht gehabt mit dem Sinn für Humor. »Es war dennoch keine Zeitverschwendung. Ihre Geschichte beweist, dass Rosari eine Tendenz hatte, schüchterne junge Frauen zu belästigen, und das macht Noras Aussage noch glaubwürdiger.«

»Richtig.«

»Wie ist es mit dem Hotelbesitzer, *signor* Ortadella? Ist Ambrosiano ins Restaurant gegangen, um das Alibi zu überprüfen?«

Lampone schüttelte den Kopf. »Nein, Ambrosiano hatte keine Zeit, weil er alle Hotelangestellten befragen musste, ob sie jemals gesehen haben, dass Rosari eine Pistole trug.« Er blickte in die Akte. »Alle verneinten, mit einer Ausnahme: Die Putzfrau sagte aus, dass sie einmal eine Pistole in einer offenen Schreibtischschublade gesehen habe, als sie das Zimmer betreten habe, um die Papierkörbe zu leeren. Rosari habe die Schublade hastig geschlossen, als er sie bemerkte. Ambrosiano hat sich die besagte Schublade daraufhin angesehen. Es war so gerade eben genug Platz, dass man sie noch hätte hineinlegen können. Er sagte, dass der Schreibtisch bis oben hin vollgestopft gewesen sei.«

»Womit?«

Lampone hob die Akte hoch und las: »Rechnungen, Muster von Shampoo- und Seifenlieferanten, Kataloge für professionelle Kaffeemaschinen, Büroklammern, Kataloge über Gartenschirme und sechstausendvierhundertsiebzig Euro in bar.«

Garini pfiff durch die Zähne. »Sechstausendvierhundertsiebzig Euro in bar?«

»Ja. Ganz hinten in der Schublade versteckt, in der auch die Pistole ihren Platz hatte.«

»Fünfzig davon gehören vermutlich Ernesto«, sagte Garini.

»Ja, es erscheint mir auch am wahrscheinlichsten, dass es Bestechungsgeld ist. Er scheint Barzahlung bevorzugt zu haben. Wir haben seine Konten überprüft. Es sind keinerlei auffällige Einzahlungen zu sehen, sodass man in den offiziellen Unterlagen keine Hinweise findet. Ich vermute mal, er hat ein geheimes Bankkonto in der Schweiz. Es sind ja nur ein paar Stunden zur Grenze. Ein ziemlich mieses Exemplar, unser *signor* Rosari.«

»Ich wünschte, wir wüssten mehr über die anderen Leute, die er erpresst hat. Vielleicht gibt es noch einen Verdächtigen, von dem wir gar nichts wissen.«

Lampone legte den Kopf schief und schaute Garini nachdenklich an. »Tatsächlich bin ich heute einem über den Weg gelaufen, den wir bis dato gar nicht bedacht haben.«

Garini wusste nicht, ob er sich freuen oder entmutigt sein sollte. Es gab schon viel zu viele Verdächtige in diesem Fall. »Erzählen Sie mir mehr.«

Lampone nickte. »Mache ich gleich. Aber bevor ich anfange, wollte ich Ihnen noch mitteilen, dass ich es auch geschafft habe, die anderen Hotelgäste zu überprüfen. Ich habe mit allen gesprochen.«

»Das haben Sie selbst gemacht?« Garinis Chef Cervi hätte sich dazu niemals herabgelassen, egal, wie wenig Personal zur Verfügung stand.

»Ja. Ambrosiano konnte das nicht auch noch machen.« Lampone zuckte mit den Schultern. »Aber es bringt uns leider nicht weiter. Niemand mochte Rosari, aber keiner hatte je zuvor mit ihm zu tun gehabt. Es hat auch niemand etwas in der Mordnacht gehört. Falls nicht noch etwas herauskommt, von dem wir nichts wissen, können wir die anderen Gäste als Verdächtige streichen.«

Garini nickte. »Gut. Aber Sie erwähnten einen neuen Verdächtigen?«

»Ja. Ich bin heute Morgen zu dem Restaurant gefahren, in dem Ortadella während der Tatzeit gegessen haben will. Zufälligerweise kenne ich den Besitzer, der in manchen Kreisen ziemlich viel Einfluss hat.«

Garinis Augenbrauen schnellten hoch.

»Er besitzt sechs Restaurants und hat bei vielen Projekten seine Hände im Spiel. Ambrosiano hätte nichts aus ihm herausbekommen.«

»Verstehe. Was hat er gesagt?«

»Ach, er bestätigte, dass Ortadella und seine Frau an dem Abend vor Ort waren und im Restaurant gegessen haben. Er war ganz freundlich und entspannt.« Lampone wackelte mit dem Kopf. »Seine Aussage mag stimmen oder auch nicht. Schwer zu sagen. Aber dann kicherte er und sagte mir, dass ich mich vielleicht ein wenig genauer in meiner näheren Umgebung umschauen sollte, wenn ich den echten Schuldigen finden will.«

Garini blinzelte. »In Ihrer näheren Umgebung?«

Kapitel 15

Die blassen Himbeeraugen schauten Garini an, dann sagte Lampone, anscheinend zusammenhanglos: »Ich habe heute bei *commissario* Pucci vorbeigeschaut, um zu hören, wie es ihm geht. Normalerweise hätte ich angerufen, aber da er ja nicht reden kann, hätte das wenig gebracht. Seine Stimme scheint sich wieder einigermaßen erholt zu haben. Zumindest spricht er ganz normal, wenn ihn etwas aufregt. Sobald er sich aber wieder etwas beruhigt und an seine Krankheit erinnert, wird es so schlimm, dass er kaum noch krächzen kann.« Lampones Stimme wurde grimmig und an seiner Schläfe schlug sichtbar der Puls.

»Pucci?« Garinis Gedanken rasten. »Sie meinen, *er* könnte Rosari erschossen haben? Das würde zumindest erklären, warum er die Untersuchung so spektakulär in den Sand gesetzt hat.«

»Ja.« Lampone klang bitter. »Ich habe Pucci gesagt, dass er sich erst mal in Ruhe erholen soll. Er soll bloß nicht zu früh zur Arbeit zurückkommen und alle anderen hier anstecken.«

Sie schauten einander an, ohne mit der Wimper zu zucken. Dann sagte Garini: »Sie denken, dass er von Rosari erpresst wurde.«

»Ja.« Lampone blickte auf die Akte vor ihm. Sein Kiefer malmte langsam. »Aber ich habe noch keine weiteren Details herausgefunden. Sie wissen, dass er vor ungefähr einem Jahr hierher versetzt wurde. Ich habe die Kollegen in Bari, wo er vorher gearbeitet hat, angesprochen, und sie meinten, dass er sich mit niemandem dort verstanden habe. Als man ihn darum bat, in den Norden umzusiedeln, war er außer sich vor Freude.«

»Also war es nicht gegen seinen Willen? Er hat ausdrücklich darum gebeten, an eine andere Stelle versetzt zu werden?«

»Richtig.« Lampone sprang auf und drehte nervös eine Runde um den Tisch. »Das fand ich auch sehr interessant. Nur wenige Leute aus dem Süden ziehen in den Norden, wenn sie es irgendwie vermeiden können. Es ist ihnen im Winter viel zu kalt.« Seine Worte überstürzten sich fast, und er klang, als wären seine Gedanken meilenweit von seinen harmlosen Worten entfernt. Die harmonische Atmosphäre im Büro war verschwunden, und plötzlich wirkte die Hitze in dem staubigen Raum erdrückend.

Garini betrachtete Lampone, ohne etwas zu sagen. Er konnte sich vorstellen, was dieser fühlte. Es war ausgesprochen unangenehm, das eigene Team zu verdächtigen. Nicht nur, dass es das Vertrauen in die eigenen Leute zerstörte, nein, es gefährdete auch den Ruf der Polizei in der Öffentlichkeit. Wenn Pucci schuldig war, würde Lampone wie ein Dummkopf dastehen. Niemals würde Pucci mit der Nase im Schlamm landen, ohne dass ein Teil davon auf Lampone spritzte. Lampone wusste das genau, und obwohl er sich anstrengte, so zu wirken, als ob er davon keine Notiz nahm, wirkte seine Gelassenheit gezwungen. *Verdammt.* Garini stand auf. »Das Büro von Pucci ist nebenan, oder?«

»Ja.«

»Darf ich es mir ansehen?«

»Natürlich.«

Puccis Büro war fast leer. Es war nicht ganz so staubig wie Lampones, und anstelle eines Kaktus hatte Pucci zwei Pflanzen, die so aussahen, als ob sie sehr lange Zeiten ohne Wasser überstehen könnten, aber davon abgesehen war es eine exakte Kopie von Lampones Büro. Die Luft war etwas kühler, und es roch seltsam.

Garini wandte sich an Lampone. »Haben Sie schon seinen Schreibtisch durchsucht?«

Lampone zuckte zusammen. »Noch nicht.«

»Soll ich es tun?« Garini hatte nicht vergessen, dass Pucci alles getan hatte, um Ernesto ins Gefängnis zu stecken – ohne Haftbefehl. »Es würde mir nichts ausmachen.«

Puccis Chef wirkte erleichtert. »Gern.«

Garini öffnete die oberste Schublade und stieß einen leisen Pfiff aus. »Nicht schlecht.«

»Was ist es?« Zwei schnelle Schritte brachten Lampone an seine Seite.

Die Schublade war bis zum Anschlag mit Snacks und Getränken gefüllt. Einige leere Plastiktüten waren zusätzlich hineingestopft worden, sodass die Schublade sich kaum schließen ließ. Der widerliche Geruch wurde intensiver.

Ohne ein Wort schob Garini die Schublade wieder zu und öffnete die nächste. Sie sah genauso aus wie die erste. »Anscheinend hat Pucci Angst, zu verhungern«, sagte er.

»Hmm.« Lampone trat einen Schritt zurück.

Der Rest des Schreibtischs offenbarte nichts Bemerkenswertes, wenn man davon absah, dass Pucci anscheinend keine Unterlagen aufbewahrt hatte. »Wo ist denn alles?«, fragte Garini. »Ich meine, die Sachen, die sich auf die Arbeit beziehen, nicht die Grundversorgung für eine zwanzigjährige Belagerung?«

»In meinem Büro.« Lampone hob die Schultern. »Als ich festgestellt habe, dass er die Akten immer wieder verloren hat, habe ich ihm gesagt, dass er alles zu mir bringen soll.«

»Verstehe.« Garini richtete sich auf und nahm die Schultern zurück. »Da wir nicht direkt mit dem Verdächtigen sprechen können, müssen wir einen anderen Weg wählen.«

»Ja, vermutlich.« Die Antwort klang nicht begeistert.

»Ist Pucci mit seiner Familie hierher gezogen?«

Lampone nickte. »Er hat seine Frau mitgebracht.«

»Dann fangen wir mit ihr an. Wie heißt sie?« Garini nahm sich einen Stuhl und setzte sich an Puccis Schreibtisch, dann fuhr er den Computer hoch.

»Pamela Pucci«, sagte Lampone. »Sie müssen nicht nach ihr suchen, das habe ich schon getan. Offiziell liegt nichts gegen sie vor, und wenn man ins Internet schaut, könnte sie genauso gut gar nicht existieren. Aber sie hat einen Friseursalon in der Innenstadt. Da könnten wir anfangen.«

»In der Innenstadt?« Garini runzelte die Stirn. »Sie meinen, bei diesen kleinen Luxusboutiquen?« Carlina hatte ihm gesagt, dass sie in das luxuriöse Stadtzentrum von Forte dei Marmi gehen wollte, um sich »Inspiration von der Konkurrenz« zu holen, wie sie es nannte. Bis jetzt hatte er es geschafft, den Ausflug zu vermeiden, was vermutlich das einzig Gute an diesem Sommer war. Vor ihrer Reise hatte er sich die Immobilienpreise in Forte dei Marmi angesehen, mit dem vagen Gedanken, dass ein Ferienhaus eine gute Sache wäre. Aber die örtlichen Mieten und Kaufpreise sorgten dafür, dass ihm der Unterkiefer herunterklappte, und trieben ihm diese Flausen sofort aus dem Kopf. »Wie um alles in der Welt kann sie das bezahlen?«

Lampone zuckte mit den Schultern. »Ich glaube, sie kommt aus einer vermögenden Familie. Pucci hat es mal erwähnt.«

Garini runzelte die Stirn. »Da *signora* Pucci mich nicht kennt, kann ich hingehen und mir die Haare schneiden lassen. Vielleicht kann ich mit ihr ins Gespräch kommen und etwas erfahren.«

Mit trauriger Miene schüttelte Lampone den Kopf. »Daraus wird nichts.«

Garini war irritiert. »Warum nicht?«

»Der Salon ist nur für Frauen.«

»Gut, dann schicken wir eine Polizistin hin.«

Lampone blinzelte.

»Was?«

»Wir haben keine Polizistin.«

»Sie ... Sie haben keine einzige Polizistin?«

Lampone schüttelte den Kopf. »Forte dei Marmi hat nur achttausend Einwohner. Wir haben Glück, dass wir trotzdem drei Polizeistellen zugeteilt bekommen haben, und das ist auch nur der Fall, weil wir noch einige Nachbargebiete mit abdecken, plus die Touristen, natürlich.«

»Also gibt es hier auf der Wache nur Sie, Pucci und Ambrosiano?«

»Richtig.« Lampone hob die Schultern. »Aber wir könnten Ihre Freundin fragen, ob sie das machen könnte, oder?«

Stefano schrak zusammen. Er konnte sich nicht daran erinnern, Carlina überhaupt erwähnt zu haben. »Meine Freundin?«

»Ja. Wie heißt sie noch? Carlina?«

Stefanos Stimme blieb ruhig, obwohl es ihn echte Kraft kostete. »Ihr richtiger Name ist Caroline Ashley. Carlina ist nur ein Spitzname. Aber –«

Lampone nickte zufrieden und unterbrach ihn, ohne es überhaupt zu bemerken. »Super. Sie klingt ganz vernünftig, und ich bin mir sicher, dass sie das übernehmen könnte.«

Stefano biss die Zähne zusammen. »Sie ist das einzige vernünftige Mitglied des ganzen Mantoni-Clans, aber ich weigere mich, sie in den Fall hineinzuziehen.«

Lampones Augen weiteten sich. »Warum nicht? Sie wird begeistert sein, der Polizei zu helfen. Außerdem zahlen wir ihr den Termin. Welche Frau lehnt denn so etwas ab?«

»Es geht nicht darum, was sie gern tun würde oder auch nicht. Ich bin derjenige, der sie nicht involvieren möchte.«

»Aber warum denn nicht?«, wiederholte Lampone.

»Weil es gefährlich ist und ich mich schon seit ich sie kennengelernt habe darum bemühe, sie aus meinen Fällen herauszuhalten.« *Mit wenig Erfolg*, flüsterte seine innere Stimme. »Außerdem ist sie im Urlaub.«

Lampone beugte sich nach vorne, ein Lächeln in den Augen. »Ich verstehe, dass Sie sich Sorgen um sie machen, und das spricht für Sie. Aber wir stecken fest, und wenn Sie ihr erklären, dass es vielleicht dabei hilft, ihren Cousin zu entlasten, wird sie es bestimmt gern tun.«

Garini wusste, dass er auf verlorenem Posten stand. Er war daran gewöhnt, dass man ihm befahl, Dinge zu tun, die keinen Sinn ergaben, aber er kannte es nicht, dass man ihm mit schmeichelnden Worten gut zuredete. Wie lehnte man ab, wenn jemand so nett fragte? Aber noch wollte er nicht aufgeben. »Wie wäre es denn, wenn wir eine Polizistin aus einer Nachbarstadt holen?«

Lampone strich sich gedankenverloren über das Kinn. »Ich bin noch nicht mal sicher, ob wir irgendeine Polizistin in der Nähe haben. Außerdem wären sie jetzt sowieso alle im Urlaub, und es würde ewig dauern, sie aufzuspüren.«

»Wir hätten schon längst Gesetze einführen müssen, die dafür sorgen, dass die Hälfte aller Posten in der Stadt von Frauen besetzt werden müssen«, murmelte Garini.

»Ihre Carlina wird keinen Schaden nehmen«, sagte Lampone. »Wie Sie schon sagten, ist es nur ein wenig Small Talk.«

Garini nahm noch einen letzten verzweifelten Anlauf. »Sie müssen wissen, dass ich Carlina nicht einfach in den Fall einbeziehen und dann wieder herauswerfen kann. Sie wird einige Sachen erfahren müssen und –«

»Denken Sie, dass Sie indiskret sein wird?«

»Nein, nein, das meine ich nicht.« Garini wischte sich über die Stirn. Es war viel zu heiß in dem Büro. »Aber sie wird dann auf eigene Faust weiterermitteln.«

Lampones Augenbrauen stiegen in die Höhe. »Eine unabhängige Frau, ja?«

»Absolut.«

»Dann würde sie sich gut mit meiner verstehen. Sie scheinen eine Menge gemein zu haben.«

Garini holte vorsichtig Luft. »Vielleicht könnte Ihre Frau zu dem Salon gehen?«

»Das hätte sie sicherlich sofort getan, aber sie ist mit ihrer Familie über *ferragosto* in den Süden gefahren.«

»Ich hasse *ferragosto*.« Garinis Laune war auf dem Nullpunkt.

»Wenn Sie möchten, kann ich Carlina fragen«, schlug Lampone vor. »Ich könnte sogar sagen, dass Sie nichts davon wissen. Würde das helfen?«

»*Madonna*, nein!« Der Gedanke ließ Garini das Blut in den Adern gefrieren. Er wischte sich den Schweiß von der Stirn und sprang auf. »Ich spreche mit ihr.«

Eine halbe Stunde später traf er Carlina am Fuß des Fortino, einem Fort von 1788, nach dem Forte dei Marmi benannt war. Als er das Gebäude sah, vergaß er für einen Augenblick seine Sorgen. »Na, das hatte ich mir ja völlig anders vorgestellt«, sagte er. »Das sieht wie ein ganz normales Haus mit einem übergroßen Balkon auf einer Seite aus.«

Carlina lächelte. »Darum heißt es ja auch Il Fortino, das kleine Fort. Süß, oder? Der Balkon sieht aus, als ob es ein großes und beeindruckendes Fort werden wollte, aber diese ehrgeizigen Pläne schnell wieder aufgegeben hat. Innen ist ein Museum für Karikaturen.«

Mittlerweile hatte Stefano sich wieder an seinen Auftrag erinnert und blickte sie mit einem gequälten Lächeln an.

»Warum schaust du mich so an?« Carlina fuhr sich mit einer Hand durch die kurzen Locken. »Ist mit meinen Haaren etwas nicht in Ordnung?«

»Oh nein, alles gut.« Er nahm sie am Ellbogen und führte sie zu der *trattoria*, die sich auf der Straße gegenüber befand. »Lass uns irgendwo im Schatten ein Glas Wein trinken und eine Kleinigkeit essen.« Er brauchte jegliche Stärkung, die er bekommen konnte.

Carlina zögerte. »Aber es ist noch zu früh fürs Abendessen –« Sie unterbrach sich und schaute noch einmal zu den Tischen, die auf dem Bürgersteig standen, direkt vor der kleinen *trattoria*. Die meisten waren von Leuten besetzt, die gerade ihr Abendessen genossen. »Ach, ich vergaß. Die deutschen Touristen essen früh. Ich kann absolut nicht begreifen, wie man um sechs oder sieben essen kann, wenn es doch noch viel zu heiß ist. Verstehst du das?«

Stefano interessierte sich nicht für die Deutschen. Er war dankbar, dass die Stadt schon seit Jahrzehnten auf Touristen eingerichtet war, mit dem Ergebnis, dass die Restaurants sich an die seltsamen Gewohnheiten der Nordeuropäer gewöhnt hatten und früh öffneten. Sie konnten sich einfach zwischen all die Touristen setzen und unterhalten, ohne dass irgendein Italiener zuhörte. Perfekt.

Er führte sie zu einem Platz im Schatten und bestellt eine Karaffe von ihrem Lieblingswein, der aus weißen Friulano-Trauben gekeltert war.

Carlina hob eine Augenbraue. »Was ist los?«

Verdammt. Sie kannte ihn zu gut. Er entschied sich, dass der beste Weg war, zuerst seine Fehler einzugestehen. »Ich habe den ganzen Nachmittag auf der Polizeiwache verbracht und bin mit Lampone die Akten durchgegangen.«

Sie nahm seine Hand. »Wie furchtbar. Was für eine schreckliche Art, einen Sommertag zu verbringen.«

Wie schön es war, von ihr getröstet zu werden. Er musste es auskosten, solange es anhielt. »Ja, vor allem weil sein Büro fast in Staub erstickt. Habe ich Spinnweben im Haar?«

Sie fuhr ihm mit der Hand durchs Haar. »Nein. Noch nicht mal eine kleine Staubwolke.«

»Gut.« Er fing ihre Hand ein und hielt sie fest. »Als ich mit Lampone über den Mitternachtsausflug von *signora* Rosari sprach, sagte er, dass er Agathas Aussage unbedingten Glauben schenkt. Er kennt sie gut und glaubt nicht, dass sie ihr Erinnerungsvermögen für irgendjemanden anpassen würde, noch nicht einmal für die Mantonis. Es tut mir leid, dass ich an euch gezweifelt habe.«

Carlina schaute ihn mit einem Blick an, den er nicht deuten konnte. »Seltsam, dass du das sagst, denn ich wollte über genau das gleiche Thema mit dir sprechen ... und mich entschuldigen.«

»Wofür willst du dich entschuldigen?«

Sie blickte auf den Tisch und zeichnete mit ihrer Fingerspitze einen Kreis auf die glatte Oberfläche. »Nun, ich habe zufälligerweise gehört, wie *mamma* mit Benedetta sprach. Sie sagte, sie sei froh, Agatha dabei geholfen zu haben, sich wieder daran zu erinnern, dass Rosaris Frau in der Mordnacht auf der Straße gewesen sei.«

Er starrte sie ungläubig ein. »Damit stehen wir wieder am Anfang.«

Carlina nickte. »Es macht mich völlig wahnsinnig. Ich weiß mittlerweile nicht mehr, ob ich irgendjemandem noch irgendetwas glauben kann.«

»Willkommen im Club.« Stefano schob seinen Stuhl näher an Carlinas heran und senkte die Stimme. »Deshalb brauche ich deine Hilfe.«

Sie strahlte ihn an. »Ja?«

Der Kellner wählte diesen Augenblick, um den Wein zu bringen. Er war genau richtig gekühlt. Stefano nahm einen belebenden Schluck und genoss den spritzigen Geschmack. Seine Laune hob sich schlagartig. Mit so wenigen Worten wie möglich berichtete er Carlina von dem Verdacht gegenüber Pucci.

Carlinas Augen wurden groß. »Natürlich«, flüsterte sie. »Jetzt ergibt das Ganze Sinn.«

»Ja, aber wir können natürlich nicht einfach zu ihm hingehen und ihn fragen, wo er sich zur Tatzeit aufgehalten hat. Deshalb dachten wir daran, uns an seine Frau zu wenden, die einen Friseursalon auf der Via Vittoria Veneto hat. Und da kommst du ins Spiel.«

Ihr Mund blieb offen stehen. »Du willst, dass ich bei einem Fall mitarbeite? Das gab's ja noch nie.«

»Es war nicht meine Idee«, gab Stefano zu. »Lampone hat's vorgeschlagen.«

»Und was hast du dazu gesagt?«

Er schaute in ihre katzenähnlichen Augen und entschied sich, ehrlich zu sein. »Ich habe mich mit Händen und Füßen gewehrt, aber ich kam aus der Nummer nicht raus.«

Ihre Mundwinkel sanken herab. »Arbeitest du denn nicht gern mit mir zusammen?«

»Doch.« Er legte seine Hand auf ihre. »Aber ich hasse es, dich in Gefahr zu bringen.«

»Ich habe keine Angst vor diesem dämlichen Pucci!«

»Unterschätze ihn nicht.« Stefanos Stimme klang trocken. »Außerdem wissen wir ja noch gar nicht, wer der Mörder ist. Wärest du bereit, zu dem Salon zu gehen und ein wenig mit der Inhaberin zu plaudern? Wir interessieren uns für alles, ihre Vergangenheit, wie sie in Forte dei

Marmi zurechtkommt – sie sind erst vor einem Jahr hierher gezogen –, wie sie es geschafft hat, ihren Salon zu finanzieren, und vor allem, ob sie zur Mordzeit mit ihrem Mann zusammen war.«

»In Ordnung«, sagte Carlina. »Aber wenn du so viel wissen willst, brauche ich mehr als nur einen normalen Haarschnitt.«

»Was meinst du?«

»Ein normaler Haarschnitt dauert nur circa fünfzehn Minuten, weil meine Haare schon ziemlich kurz sind. Ich werde Strähnchen machen lassen müssen. Das dauert ewig und währenddessen hätten wir genug Zeit, um zu reden.«

»Mach, was du willst«, sagte Stefano. »Solange du vorsichtig bist.« Er schob ihr einen Zettel zu. »Hier ist die Telefonnummer, damit du einen Termin ausmachen kannst.«

Carlina zog ihr Handy aus der Tasche und wählte die Nummer. Zwei Minuten und eine kurze Unterhaltung später lächelte sie ihm unbekümmert zu. »Erledigt. Ich habe morgen um zehn einen Termin. Da habe ich Glück gehabt, weil jemand gerade abgesagt hat.« Ihr Lächeln vertiefte sich. »Ich muss sagen, ich arbeite gern mit Ihnen zusammen, *commissario*.«

Doch als sie ihn am nächsten Morgen um kurz vor zehn anrief, war keine Spur von Belustigung mehr in ihrer Stimme zu hören. »Stefano?« Ihre Stimme war voller Panik.

Sein Herz stoppte für einen schmerzhaften Augenblick, dann fing es an zu rasen. Er sprang auf. »Was ist passiert?«

Kapitel 16

Carlina bemühte sich, ihre Stimme unter Kontrolle zu halten. »Hast du dir diesen Salon angesehen, bevor du mich gebeten hast, einen Termin auszumachen?«

»Nein, ich –«

»Das hättest du mal lieber tun sollen. Weißt du, worauf sie spezialisiert sind?«

»Nein, ich –«

»Tattoos.«

»Tattoos? Aber Friseure stechen doch normalerweise keine Tattoos, oder?«

Carlina stampfte mit dem Fuß auf. »Ach, sie schneiden auch Haare, aber das wohl eher selten. Haarverlängerungen in wilden Farben wie Neonpink oder kreischend Grün scheinen eher ihre Spezialität zu sein. Und Dreadlocks.« Sie brach ab.

Er sagte gar nichts.

»Stefano. Bist du noch da?«

»Ja.« Seine Stimme klang erstickt. »Ich stelle mir dich gerade mit pinkfarbenen Dreadlocks und einem brandneuen Tattoo vor.«

»Genau!« Carlina lachte leicht hysterisch. »Ich hatte ja keine Ahnung, worauf ich mich einließ, als ich dem hier zustimmte! Weißt du eigentlich, wie sehr ich mich vor Nadeln fürchte?«

»Du musst es nicht durchziehen«, sagte Stefano. »Bist du schon im Laden?«

»Nein, ich stehe noch vor dem Schaufenster.« Carlina kniff die Augen zusammen und blickte durch die Scheiben. »Wow. Weißt du was? Da drinnen ist alles schwarz und goldfarben! Und die Fenster sind getönt. Ich kann kaum was erkennen.«

»Du hast doch noch meine Nummer als Kurzwahl einprogrammiert, oder?«

»Na klar.« Carlina nickte, obwohl er sie nicht sehen konnte. »Du bist ganz oben, weil mein altes Handy das nicht anders kann. Aaanstrengender Inspektor.«

»Was? Hast du das immer noch nicht geändert?«

Sie kicherte. »Nein. Es erinnert mich an unsere ersten Tage zusammen.«

»Na super.« Er seufzte. »Behalte dein Handy ohne Sperre in der Tasche und rufe an, wenn du dich bedroht fühlst.«

»Ich fühle mich jetzt schon sehr bedroht.« Sie schaute auf ihr Handy und stellte erschrocken fest, dass es nicht mehr viel Speicherkapazität hatte. Das sagte sie ihm besser nicht.

»Warum? Wer bedroht dich?«

»Niemand. Aber dieser Salon ist eine Bedrohung für meine natürliche Schönheit und mentale Gesundheit.«

»Carlina.« Seine Stimme klang geduldig. »Hast du wirklich Angst oder nimmst du mich auf den Arm?«

»Ein wenig von beidem, glaube ich. Aber keine Sorge. Ich gehe jetzt rein. Muss mich noch entscheiden, ob ich mir einen Tiger auf den Po oder eine Schwalbe auf den Hals tätowieren lasse. Das wird nicht einfach. *Ciao*, mein Herz.« Sie hing auf, ließ das Telefon in ihre Handtasche fallen, nahm die Schultern zurück und ging hinein. Ein eisiger Luftzug hieß sie willkommen. Das war eine Klimaanlage in Top-Form – oder so schlimm, wie es nur ging. Carlina schauderte. Sie hatte keine Jacke mitgebracht. Weiter hinten im Raum konnte sie eine Tür ausmachen, auf der in knalliger Schrift Tattoo Studio stand. Schnell wandte sie den Blick ab.

»*Buongiorno.*« Die Frau hinter dem Tresen lächelte sie breit an.

Carlina blinzelte. Die Dame hatte mindestens fünfzig Zähne, und sie zeigte sie alle, wenn sie den Mund öffnete. Einer der beiden Schneidezähne hatte einen kleinen Diamanten eingesetzt. Selbst wenn man von den beeindruckenden Zähnen absah, war diese Frau in jedem Sinne überwältigend. Ihr Haar war kurz geschnitten und stand mit viel Gel vom Kopf ab. Es war außerdem knallgelb, ein Farbton, der von ihrem T-Shirt und ihren weiten Hosen aufgegriffen wurde. Sie hatte lange Fingernägel mit schwarzem Nagellack. Auf jeden einzelnen war eine quietschgelbe Spinne aufgemalt.

Carlina konnte sich beim besten Willen nicht vorstellen, dass diese Frau mit dem schlampig gekleideten Pucci verheiratet war. »Sind Sie Pamela?«, fragte sie.

Die bedrohlichen Zähne traten wieder in Erscheinung. »Ja, die bin ich. Sie sind für den Termin um zehn Uhr hier, oder?«

»Ja.« Carlinas Hals war trocken.

»Lassen Sie uns nach hinten gehen.« Pamela führte Carlina tiefer in den Laden hinein.

Carlina schaute sich um. Es war ein wenig so, als ob man in eine Höhle eintauchte, eine schwarze Höhle mit goldener Dekoration. Die Wände, Tische und Stühle waren alle einfarbig schwarz. Sie saugten das spärliche Licht förmlich auf. Der düstere Effekt wurde nur durch die riesigen Spiegel mit aufwändigen Goldrahmen abgemildert. Kleine Spots in der Decke spendeten ein wenig Licht, das sich in den goldenen Wasserhähnen spiegelte.

»Es ist recht ruhig hier heute Morgen.« Carlina zwang sich, in einem fröhlichen Plauderton zu sprechen, obwohl ein beklemmendes Gefühl ihren Rücken hinabwanderte.

»Ja, unsere Kunden kommen eher später. Wir haben bis zehn Uhr abends geöffnet, und dann ist es knackevoll.«

»Wow, das ist ja ein langer Arbeitstag. Arbeiten Sie im Schichtdienst?«

»Ich nicht. Meine Mitarbeiter hingegen schon.« Pamela zuckte mit den Schultern. »Aber natürlich nur in der Hochsaison.«

Carlina ließ sich in den schwarzen Ledersessel sinken, den Pamela ihr zeigte. Er quietschte, und ein chemischer Geruch hüllte sie ein. »Das ist bestimmt nicht einfach mit dem Familienleben zu vereinbaren.« Carlina hielt die Luft an. Hoffentlich würde Pamela auf den Köder eingehen. Sie trug keinen Ehering.

Pamela warf ihren Kopf in den Nacken – die Bewegung sah aus wie ein gelber Kometenschweif –, dann zeigte sie wieder ihre beängstigenden Zähne.

Ich wünschte, sie würde aufhören zu lächeln. Carlina wendete den Blick ab.

»Mein Mann arbeitet auch in Schichten, also sehen wir uns oft tagelang gar nicht.« Pamela schaute Carlina nachdenklich an. »Was kann ich für Sie tun? Ich habe gesehen, dass meine Kollegin Sie für zwei Stunden eingetragen hat. Für eine Haarverlängerung ist das ein wenig knapp. Ein kleines Tattoo vielleicht?«

Carlina schnappte nach Luft. »Ich ... ich glaube, ein Tattoo ist nicht so gut. Ich habe Angst vor Nadeln.«

»Ach, das ist ja schade.« Pamela schob den Ärmel ihres gelben T-Shirts hoch und offenbarte ein riesiges Spinnentattoo auf ihrer Schulter. »Na, was sagen Sie zu dieser Schönheit? Ist das nicht beeindruckend? Sehen Sie die kleinen Härchen auf den Beinen? Lebensecht, oder? Wir sind hier richtige Künstler. Sie brauchen sich keine Sorgen zu machen, dass irgendetwas schiefgeht.«

»Nein, vielen Dank.« Carlina wendete den Blick von der viel zu lebensnahen Spinne ab und konzentrierte sich auf Pamelas Gesicht. So langsam gingen ihr die Optionen aus, wo sie hinschauen konnte, aber vielleicht schaffte Pamela es ja, ihre Grabsteinzähne in den nächsten Minuten nicht zu zeigen.

»Oder doch eine Verlängerung? Ich kann mir das gut bei Ihnen vorstellen. Wir könnten einen roten Farbton ausprobieren.«

»Äh ... nein. Sehen Sie, ich habe keine Zeit, mich um lange Haare zu kümmern, und es wäre jetzt im Sommer auch viel zu heiß.«

»Okay. Was hatten Sie sich denn dann vorgestellt?« Pamela lächelte. *Ich wünschte, sie würde damit aufhören! Sie sieht aus wie ein Krokodil.* »Ich dachte an Farbe. Meine Haare sind irgendwie ... ausgeblichen von der Sonne.« Verzweifelt zog sie an einer ihrer Locken.

»Gern. Wie wäre es mit schwarz? Das wirkt immer gut.«

Carlinas Augen weiteten sich. Sie mochte ihr natürliches Braun eigentlich sehr und fand, dass es gut zu ihren blau-grünen Augen passte. Mit schwarzen Haaren würde sie viel zu blass aussehen, ganz abgesehen davon, dass ein Gothic-Look ihre Kunden in Temptation erschrecken würde. Es war ein luxuriöses Unterwäschegeschäft, kein Treffpunkt für abgefahrene Trendsetter. »Äh. Nein. Vielleicht einige ... Strähnchen.«

»Ja, Strähnchen sind immer gut.« Eine Hand mit fünf Miniaturspinnen auf den Nägeln teilte ihre Haare und zog sie geübt auf eine Seite. »Lassen Sie mich mal sehen. Hmm ... ja. Sie haben tolle Haare, so stark und gesund. Wie wäre es mit einem frischen Grün? Das wäre mal etwas anderes und würde Ihre Augen gut unterstreichen.«

Wenn ich mit grünen Streifen im Haar herumlaufe, hat überhaupt niemand mehr einen Blick für meine Augen übrig! Carlina klammerte sich mit beiden Händen an die Armlehnen. »Nein. Ich ... ich glaube nicht.«

»Nun, was haben Sie sich denn vorgestellt?«

Carlinas Kopf war leer. »Ich ... ich dachte an einen Schnitt. Nicht zu viel. Nur die Spitzen.«

Pamela nickte. »Gut. Und dann?«

»Unterschiedliche ... unterschiedliche Brauntöne.«

Pamelas Augenbrauen schnellten hoch. »Das würde man aber kaum sehen. Die Sonne hat ja schon verschiedene Brauntöne gemacht.«

»Oh.« Carlina fing an, an ihrer Zeigefingerspitze zu knabbern, eine Angewohnheit, von der sie eigentlich gedacht hatte, dass sie sie überwunden hatte. »Daran hatte ich nicht gedacht. Vielleicht ein wenig ... blond?« Mit Blond konnte man ja nicht so falschliegen.

»Blond?« Pamelas Augen fingen an zu leuchten. »Ja, das kann ich mir gut vorstellen. Es würde Ihnen dabei helfen, aus der Masse herauszustechen.«

»Ich meinte nicht Wasserstoffblond.« Carlina beeilte sich, den falschen Eindruck zu korrigieren. »Nicht wie Marilyn Monroe, wissen Sie?«

»Nicht wie Marilyn Monroe …?« Pamela klang enttäuscht. »Aber wo möchten Sie dann die Farbe haben?«

Carlina fühlte, wie ihr der Schweiß ausbrach, obwohl es im Laden eisig kalt war. Sie hatte keine Alternativen mehr. Stefano schuldete ihr etwas. Er würde sie nicht wiedererkennen, wenn sie hier wieder rauskam. Falls sie hier jemals wieder rauskam. Vielleicht würde die Spinnenfrau sie ja als Geisel dabehalten. »Ich hätte gern die Spitzen blond. Nur die Spitzen«, wiederholte sie. »Und das Schneiden lassen wir weg.« *Ich werde sie danach schneiden.*

Pamelas schwarz umrandete Augen leuchteten auf. »Ach, das gefällt mir. So ein wenig, als ob Ihre Haare in Flammen stehen.«

»Genau.« Carlinas Stimme hörte sich schwach an. *Ich will hier raus.* Sie schlang ihre Hände um die Armlehnen, um sitzen zu bleiben.

»Gut, dann fangen wir mal an.« Pamela zog ein schwarzes Waschbecken heran und öffnete die Wasserhähne.

Ein schwarzes Waschbecken! Das muss ein Vermögen gekostet haben. Carlina biss die Zähne zusammen und schaffte es, tiefer in den Stuhl zu rutschen und den Kopf in den Nacken zu legen. Sie hatte noch nie zuvor bemerkt, wie verletzlich man beim Friseur war, mit dem Hals so bloßgelegt und jeder Menge Scheren in Reichweite. Ein Schauder schüttelte sie.

»Ist das Wasser zu kalt?«, fragte Pamela.

»Nein, nein, es ist gut.« Carlina räusperte sich und schloss die Augen. Sie versuchte, sich auf ihre Aufgabe zu konzentrieren und nicht auf ihre Haare und das katastrophale Resultat, das sie erwartete. Haare in Flammen, mein Gott. Wer wollte denn so aussehen? Und an die zehn kleinen Spinnen, die gerade so gekonnt ihren Skalp massierten, wollte sie gar nicht erst denken. Zumindest roch das Shampoo ganz gut, nach Apfelblüte oder so.

»Das ist ein toller Salon«, log sie mit so viel Überzeugung wie möglich. »Aber ich habe Sie noch nie gesehen, obwohl ich jedes Jahr hier Urlaub mache. Sind Sie schon lange in Forte dei Marmi?«

»Nein, wir haben erst vor einem Jahr eröffnet«, sagte Pamela.

»Wirklich? Wo waren Sie denn vorher?«

»Ach, im Süden.« Sie klang nicht so, als ob sie etwas verstecken wollte. Ihre Stimme hatte ganz natürlich geklungen, und die Massage war ohne Stocken weitergegangen.

»Oh, wie schön.« Carlina fragte sich, ob die falsche Begeisterung in ihrer Stimme sehr auffiel. »Aber wie hat es Sie in den Norden verschlagen? Ist es nicht zu kalt im Winter?«

»Im Winter fahre ich nach Hause«, sagte Pamela. »Ich arbeite die ganze Saison lang wie ein Tier, dann schließe ich den Salon und fahre nach Hause, wenn es hier ungemütlich wird.«

»Wie praktisch. Wie die Zugvögel. Was ist mit Ihrem Mann? Geht er mit Ihnen gemeinsam in den Süden?«

»Nein, nein.« Pamela massierte Carlinas Kopfhaut mit viel Enthusiasmus. »Er bleibt hier. Er kann hier wegen seines Jobs nicht weg.«

»Wie schade. Aber dann sehen Sie ihn ja nicht wirklich viel, oder? Wenn Sie im Sommer Tag und Nacht arbeiten und im Süden im Winter sind ... Das klingt nach einem harten Leben.«

Pamela kicherte. »Wenn Sie meinen Mann kennen würden, würde es Ihnen nicht leidtun. Ich muss ihn gar nicht ständig sehen, um glücklich zu sein. Eher das Gegenteil, wenn Sie verstehen, was ich meine.«

»Warum lassen Sie sich dann nicht scheiden?« Die Worte waren ihr herausgerutscht, bevor sie sie aufhalten konnte. »Gott, das tut mir leid. Es geht mich nichts an. Sie müssen darauf nicht antworten.«

Pamela lachte wieder.

Diesmal erinnerte sie Carlina an ein Krokodil mit Halsschmerzen. Sie schloss rasch die Augen. Die Massage war gar nicht so schlecht, wenn sie es schaffte, nicht an die zehn kleinen Spinnen in ihrem Haar und an die anderen beängstigenden Dinge zu denken.

»Sie sind ein wenig neugierig, was?«

»Es tut mir leid.«

»Macht nichts. Ich mag Leute, die sagen, was sie denken. Ich reiche die Scheidung nicht ein, weil er dann jede Menge Geld bekommen würde, und das will ich nicht. Also leben wir so nebeneinanderher, und das tut keinem weh. Verstehen Sie?«

»Ja.« Carlina wurde bei dem bloßen Gedanken ganz kalt. Was für ein Grund, verheiratet zu bleiben. »Also sehen Sie ihn oft wochenlang gar nicht?«

»Na ja, im Moment ist er gerade zu Hause, weil er krank ist, also sehe ich ihn ziemlich viel. Leider. Aber davor sind wir uns wochenlang nicht begegnet.«

Also kein Alibi. Carlina setzte innerlich einen Haken hinter die Frage. *Gut.*

Pamela nahm ein schwarzes Handtuch und trocknete Carlinas Haare, dann wickelte sie es ihr um den Kopf. Carlina erhob sich aus ihrer halb liegenden Position und schaute in den Spiegel. Durch das schwache Licht konnte sie nur ihren Umriss mit dem schwarzen Turban erkennen. Ihr Gesicht war ein blasser Fleck in der Mitte.

»Ich mische nur schnell die Farben an. Hier sind einige Zeitschriften, falls Sie etwas lesen möchten.« Pamela zeigte auf einen Stapel Hochglanzmagazine. Carlina schnappte sich das erste, ohne sich den Titel anzusehen, und öffnete es aufs Geratewohl. Als Pamela mit einem Plastiktablett zurückkam, das nach Ammoniak roch, hatte sie ihre nächste Frage parat.

»Und wie finden Sie es in Forte dei Marmi? Haben Sie schon Freunde gefunden?«

Pamela zuckte mit den Schultern. »Ist alles ziemlich konservativ hier. Wenn die Touristen nicht wären, würde ich vor Langweile wahrscheinlich sterben. Ich lebe viel lieber in einer Großstadt.«

»Na ja, manchmal passiert hier ja auch etwas. Haben Sie von dem Mord gehört?«

»Natürlich habe ich von dem Mord gehört!« Pamela zog das Handtuch von Carlinas Kopf und fing an, die stinkende Tinktur auf Carlinas Haarspitzen aufzutragen. »Wir sprechen ja schon seit Tagen von nichts anderem mehr.« Sie senkte die Stimme. »Und wissen Sie was? Ich war ganz in der Nähe, als es geschah.«

»Nein, wirklich?« Carlinas Puls erhöhte sich.

»Ja. Manchmal, wenn ich nach der Arbeit nicht zu müde bin, gehe ich noch am Meer spazieren. Ich mag die Luft nachts im Sommer.«

Kein Wunder, wenn man den ganzen Tag Chemikalien eingeatmet hat. »Ja, das kann ich verstehen.« *Sprich weiter, Pamela.*

»Ich war auf dem Bürgersteig direkt neben dem Garten des Albergo Giardino, als ich hörte, wie Leute sich anbrüllten, und dann kam der Schuss.«

»Leute, die sich anbrüllten? Frauen?«

»Nein. Es waren Männer.«

Das hatte Emma auch gesagt. »Haben Sie den Schuss sofort erkannt oder haben Sie gedacht, dass er zum Feuerwerk gehörte?«

»Ich dachte, es wäre eine besonders laute Explosion von einem Feuerwerkskörper, aber mein Mann meinte sofort, dass der Knall von einer Pistole gekommen wäre.«

Carlina fuhr zusammen.

»Ups. Entschuldigung.« Pamela nahm ein Tuch zur Hand. »Ich habe ein wenig von dem Zeug verschüttet, aber keine Sorge. Ich wische es weg, bevor es einwirkt.«

Carlina starrte sie an. Ihr war völlig egal, wenn sie am Ende aussah wie ein Zebra. Sie hatte ein Alibi für Pucci gefunden. *Verdammt.* Das war nun überhaupt nicht das Ziel gewesen. Wenn hier in dem Laden doch bloß mehr Licht wäre. Wenn sie doch nur Pamelas Gesicht besser sehen könnte. Hatte sie nicht eben erst gesagt, dass sie ihren Mann wochenlang nicht gesehen habe, bevor er krank geworden sei? »Was für ein Glück, dass Ihr Mann bei Ihnen war! Das … das muss sehr tröstlich gewesen sein.«

Pamela lachte. »Sie kennen meinen Mann nicht.«

»Was haben Sie gemacht, als Sie den Knall hörten?«

»Wir sind nach Hause gegangen. Mein Mann sagte, dass wir es schon früh genug erfahren würden, wenn es etwas Wichtiges ist. Er ist Polizist, wissen Sie. Wenn es nicht wichtig ist, sagte er, wäre er ganz schön blöd, schlafende Hunde zu wecken. Er wollte einen ruhigen Feiertag haben.«

Was für eine super Einstellung. Carlina fühlte sich schwach, aber sie zwang sich zu einem Lächeln. »Na, wahrscheinlich musste er sich dann doch damit beschäftigen.«

»Ja. Er hat sich ohne Ende darüber beschwert.«

Carlina musste es einfach fragen, auch wenn es seltsam wirkte. »Aber haben Sie nicht gerade eben erst gesagt, dass Sie ihn wochenlang nicht gesehen hätten?«

Pamela zuckte mit den Schultern. »Ich meinte ein echtes Zusammensein. Ihn zufälligerweise während eines Spaziergangs in der Nacht zu treffen zählt doch nicht, oder?«

In diesem Fall schon.

»Na, jedenfalls ist er jetzt krank.« Pamela seufzte. »Ich hoffe, sie lösen den Fall bald. Dann wird es ihm wieder besser gehen, und ich habe meine Ruhe.«

»Wirklich? Warum wird es ihm dann besser gehen?«

Pamela verdrehte die Augen. »Sie sind 'ne echte Unschuld, wissen Sie das? Er meldet sich immer krank, wenn's zu viel Arbeit gibt. Es ist schlecht für seine Gesundheit.«

Eine Stunde später verließ Carlina den Salon, nachdem sie es angestrengt vermieden hatte, in den Spiegel zu sehen. Sie würde noch früh genug herausfinden, wie sie jetzt aussah. Aber unabhängig von ihrem Erscheinungsbild war es das wert gewesen, auch wenn sie gemischte Gefühle gegenüber dem Ergebnis hatte. Sie konnte es gar nicht abwarten, Stefano ihre Neuigkeiten mitzuteilen, aber als sie ihr Handy hervorzog, stellte sie fest, dass der Akku nun endgültig leer war.

Mit einem Seufzer kehrte sie ins Hotel zurück. Die trockene, heiße Luft und der helle Sonnenschein fühlten sich nach der bedrückenden Atmosphäre im Salon gut an. Sie würde später schwimmen gehen, sobald sie Stefano gesehen hatte.

Aber die erste Person, die sie sah, als sie in die Lobby kam, war Ernesto. Er hielt Nora an der Hand. Anscheinend ließ er sie gar nicht mehr aus den Augen. Vermutlich wollten sie zum Strand, bevor sie essen gingen. Carlina lächelte ihnen zu und winkte, aber als die beiden anhielten und sie anstarrten, stoppte sie mitten in der Bewegung. »Ist alles in Ordnung?«

»Jau.« Ernesto grinste. »Cooler Look.«

Nora sagte kein Wort, aber ihre großen Augen wurden noch größer, als sie Carlinas Frisur betrachtete.

Carlina fühlte sich unwohl in ihrer Haut. Sie musste wohl doch einen Spiegel finden.

»Wir gehen zum Strand«, sagte Ernesto. »Falls du uns brauchst. Gibt es Neuigkeiten?«

»Nicht wirklich.« Carlina log nicht gern, aber sie brachte es nicht über sich, ihm zu sagen, dass ein verheißungsvoller Tatverdächtiger gerade ein perfektes Alibi bekommen hatte. »Habt ihr Stefano gesehen?«

Ernesto schüttelte den Kopf. »Nein. Aber wenn wir ihn sehen, sagen wir ihm, dass du ihn gesucht hast.«

»Super. Danke. Ich gehe rasch hinauf ins Zimmer.« Carlina wandte sich zur Treppe, wurde aber von ihrer Mutter und Tante Violetta aufgehalten, die aus einem Seitenflügel kamen.

»Carlina!« Fabbiola hob beide Hände, als ob sie einen Schlag abwehren wollte, und starrte ihre Tochter an. »Was um alles in der Welt hast du mit deinen Haaren gemacht?«

Carlina rüstete sich innerlich. »Das ist der *dernier cri* in der Haarmode.« Sie lächelte und versuchte, sich an den beiden vorbeizuschlängeln, aber Tante Violettas Rollstuhl war im Weg.

»Es bringt überhaupt nichts, mit mir Französisch zu reden.« Tante Violettas Stimme dröhnte wie ein Nebelhorn durch die Lobby. »Aber was auch immer du gesagt hast, es muss etwas sehr Seltsames sein. Tragen die Franzosen ihre Haare jetzt so?«

»*Dernier cri* heißt der allerletzte Schrei, Tante Violetta.«

Tante Violetta neigte den Kopf zur Seite. »Na ja, wie ein Schrei sieht es schon aus.«

Fabbiola drückte beide Hände an die Brust und betrachtete ihre

Tochter mit weit aufgerissenen Augen. »Hast du dich von Stefano getrennt?«

Carlina fragte sich, ob sie richtig gehört hatte. »Was? Nein. Natürlich nicht! Wie kommst du denn bloß darauf?«

»Weil Frauen ihre Frisur oft radikal ändern, wenn sie große Veränderungen in ihrem Leben vornehmen.«

Tante Violetta runzelte die Stirn. »Dann muss es aber mehr als eine Trennung von Stefano sein. Wirkt eher wie ein Selbstmordplan.«

»Tante Violetta!« Der Protestschrei kam von Carlina und Fabbiola gleichzeitig.

Tante Violetta hob ihre runzeligen Hände. »Nun fresst mich nicht gleich. Ich wollte nur einen kleinen Scherz machen.«

»Ha.« Carlina quetschte sich an dem Rollstuhl vorbei. »Wart's nur ab, bis ich auch mal einen Witz an dir ausprobiere. Dann werden wir ja sehen, wer zuletzt lacht.«

»Du solltest dich mit deiner Rache besser beeilen.« Tante Violetta zwinkerte ihr zu. »Bei neunundneunzig Jahren zählt jeder Tag. Du hast vielleicht nicht mehr viel Zeit.«

»Ach, ich habe noch Zeit genug«, rief Carlina über ihre Schulter, während sie schon die Treppe hinauf in den Schutz ihres Zimmers lief. »Ich glaube nicht, dass sie im Himmel dringend auf dich warten.«

»Das war ein wirklich gemeiner Pfeil.« Tante Violettas Stimme dröhnte mit einem anerkennenden Unterton die Treppe hinauf.

Carlina rannte in ihr Zimmer und knallte die Tür hinter sich zu. Selbstmordplan, so eine Frechheit! Sie trödelte noch ein wenig im Zimmer herum, indem sie ihr Telefon auflud und einige Dinge im Zimmer hin und her räumte, doch schließlich ballte sie die Hände zu Fäusten und ging mit zitternden Knien ins Badezimmer. *Ich will das nicht wirklich sehen.* Als sie sich schließlich zwang, in den Spiegel zu blicken, schnappte sie nach Luft. Die Spinnenfrau hatte ganze Arbeit geleistet. Die Spitzen ihrer braunen Locken waren zu so einem erschreckenden Weißton gebleicht, dass sie fast im Dunkeln leuchteten. Nur an einer Stelle, genau in der Mitte über der Stirn, war ein komplett weißer Bereich, der bis an die Wurzeln reichte. Da war ihr das Färbmaterial danebengefallen.

Carlina schloss die Augen und holte tief Luft. »Es wird wieder wachsen.« Sie wühlte durch ihre Sachen, bis sie einen alten Strohhut fand, den sie gekauft hatte, um ihr Gesicht vor der Sonne am Strand zu schützen. Damit er ein wenig eleganter wurde, band sie einen frechen kleinen Schal mit Leopardenmuster darum, zog die größte Sonnenbrille an, die sie besaß, und verließ das Hotel wieder. Vielleicht war Stefano ja auf der Polizeiwache.

Das war er tatsächlich, und als sie das staubige Büro betrat, in dem er sich zusammen mit einem hochgewachsenen Mann befand, weiteten sich seine Augen. »Carlina. Wie war's?«

»Pucci hat ein Alibi.« Ihre Stimme klang flach.

Der große Mann sprang auf und fuhr sich mit der Hand durch das dicke weiße Haar. »Oh weh.« Er ging auf sie zu und schüttelte ihre Hand. »Ich bin Bernardo Lampone. Sie müssen Caroline Ashley sein.«

»Ja, die bin ich. Schön, Sie kennenzulernen.« Carlina nahm die Sonnenbrille ab, aber den Hut behielt sie auf. »Ich bin hier, um zu berichten, was ich beim Friseur gehört habe.«

»Sehr gut.« Lampone machte eine nervöse Handbewegung in die Richtung des Aufnahmegerätes, das an einem staubigen Kaktus lehnte. »Dürfen wir Ihre Aussage aufnehmen?«

»Natürlich.«

Stefano hob einen Aktenberg von einem wackeligen Stuhl und stellte ihn für Carlina hin. Sie lächelte ihm ein wenig zu und setzte sich hin, dann erzählte sie jedes Detail der Unterhaltung mit Pamela.

Als sie fertig war, wandte sich Garini an Lampone. »Klingt das Verhalten von Pucci, als er den Schuss hörte, in Ihren Ohren plausibel?«

Lampone seufzte. »Leider ja. Ich weiß, dass er im Süden einmal einem betrunkenen Mann ins Auto half, damit er ihn nicht festnehmen musste und den ganzen Papierkram dazu hatte. Das war einer der Gründe, warum sie so froh waren, ihn loszuwerden. Aber das habe ich auch erst vor einigen Wochen erfahren.« Er fuhr zusammen und brach ab. »Entschuldigen Sie bitte, *signorina* Ashley. Ich hätte es nicht vor einer Externen erwähnen sollen, aber diese Geschichte macht mich so wütend.« Er sprang auf und drehte eine nervöse Runde um den Tisch. »Können Sie diese Information bitte für sich behalten?«

Carlina nickte. »Natürlich.« Sie zuckte mit den Schultern. »Um ehrlich zu sein, ist die Einstellung von *commissario* Pucci wirklich kein Geheimnis. Ein Einwohner hat ihn als Faulpelz bezeichnet.«

»Oh *Madonna*.« Lampone seufzte wieder. »Was für ein Ruf. Es wäre so eine schöne Lösung gewesen, denn ich kann mir gut vorstellen, dass Rosari etwas über ein dunkles Geheimnis in Puccis Vergangenheit erfahren hat – es gibt bestimmt eines – und ihn damit erpresst hat. Ein echter Jammer.«

»Jetzt sind wir wieder am Anfang«, sagte Garini. »Und unsere Hauptverdächtige ist Rosaris Frau.«

»Es sei denn ...« Lampone blickte Carlina an. »Wie vertrauenswürdig fanden Sie Pamela Pucci?«

Carlina zuckte mit den Schultern. »Sie war sehr überzeugend, es sei denn, sie wusste, wer ich bin, und hat sich das alles nur für mich ausgedacht. Die zwei hängen jedenfalls nicht sehr aneinander, und wenn sie ihm ein Alibi gibt, denke ich schon, dass es stimmt.«

Lampones Schultern sackten nach unten. »Ich muss noch einmal mit Pucci sprechen, aber ich weiß jetzt schon, was er sagen wird: ›Ich hatte Angst, dass Sie mein Verhalten falsch interpretieren würden, daher habe ich lieber nichts von dem Schuss erzählt. Es hätte eh keinen Unterschied gemacht.‹ Ich frage mich, ob ich ihm nicht eine Versetzung vorschlagen kann.« Er wandte sich zur Tür und sprach leise weiter. »Vielleicht in der Nähe von Rom. Dort gibt es viele Polizisten, sodass es einfacher sein sollte, ihn in Schach zu halten. Ich muss das mal prüfen.« Er öffnete die Tür. »Entschuldigen Sie mich.«

Die Tür hatte sich kaum hinter ihm geschlossen, als Stefano Carlina anschaute. »Du kannst den Hut jetzt abnehmen.«

»Ich bin mir nicht so sicher, ob du meine neue Frisur wirklich sehen willst.«

Er hob die Augenbrauen. »So schlimm?«

»Schlimmer.« Carlina seufzte. »Ich fürchte, du wirst mir noch einen zweiten Besuch beim Friseur bezahlen müssen.«

»Kein Problem.«

»Versprichst du, nicht zu lachen?«

»Ich verspreche es.«

Carlina nahm den Hut ab und warf ihn mit einer schnellen Bewegung zur Seite.

»Wow.« Ein Lächeln spielte um seine Lippen. »Ich beginne jetzt erst, das Opfer, das du gebracht hast, richtig zu würdigen.«

»Das solltest du auch.« Carlina warf ihm einen sprechenden Blick zu. »Tante Violetta hat mich gefragt, ob ich an Selbstmord denke.«

»Du solltest deine Familie ignorieren. Das habe ich dir oft genug gesagt.«

Carlina nickte. »Ja, ich weiß. Aber jetzt mal im Ernst, Stefano, wie findest du es?«

Er nahm ihr Kinn in die Hand. »Ich sage, es ist eine gute Sache, dass deine Küsse sich nicht geändert haben. Zumindest hoffe ich das. Lass es uns ausprobieren, um ganz sicherzugehen.«

»Was für eine ausgesprochen gute Idee.« Carlina lächelte und legte ihre Arme um seinen Hals, aber sie hatten nur einige Sekunden, bevor die Tür aufflog und so heftig gegen die Wand krachte, dass eine Staubwolke aufflog.

Benedetta rannte ins Büro. Ihr roter Mund war weit geöffnet. »Analisa ist verschwunden!«

Kapitel 17

Stefano und Carlina sprangen auseinander und starrten sie an.

Carlina räusperte sich. »Was hast du gesagt?« *Ich muss sie missverstanden haben.*

»Annalisa ist verschwunden!« Benedettas Stimme stieg so hoch an, dass sie brach. »Und ihr steht hier auf der Wache herum und küsst euch! Habt ihr denn nichts Besseres zu tun? Mein jüngstes Kind, mein Baby, wird des Mordes verdächtigt und jetzt ist meine süße Tochter spurlos verschwunden, und ihr könnte nichts anderes tun, als hier herumzustehen und euch zu küssen?«

Garini schaute an ihr vorbei zu dem Franzosen Leopold, der Benedetta in den Raum gefolgt war. Er stand hinter ihr und tätschelte unbeholfen ihre Schulter, obwohl sie davon keine Notiz nahm.

»Was ist geschehen, Leo?«

»Wir haben uns gewundert, wo Annalisa steckt, als sie nicht zum Mittagessen gekommen ist. Zuerst haben wir uns keine Sorgen gemacht, weil sie ja oft zu spät kommt. Aber als sie gar nicht erschienen ist, haben wir uns gefragt, wann sie zuletzt da war, und da wurde uns klar, dass sie niemand mehr seit letzter Nacht gesehen hat.«

»Seit letzter Nacht?« Carlina fuhr zusammen. »Seid ihr euch sicher, dass sie nicht zum Frühstück gekommen ist?«

»Natürlich sind wir uns sicher«, rief Benedetta. »Wir haben jeden im Hotel gefragt! Nora hat den ganzen Morgen lang das Frühstück serviert, und sie sagt, dass Annalisa überhaupt nicht in den Frühstücksraum gekommen ist!«

Kalte Angst kroch Carlina über den Rücken. Welche Verbindung konnte Annalisa mit dem Mord haben? »Habt ihr in ihrem Zimmer nachgeschaut?«

»Das Zimmer sieht normal aus«, sagte Benedetta. »Nora hat das Zimmermädchen gefragt. Mit normal meine ich, dass ihr Zimmer ein absolutes Chaos ist. Das Bett war benutzt, aber wir wissen nicht, wann sie aufgestanden ist und wohin sie gegangen ist.« Sie wrang die Hände. »Vielleicht ist sie gar nicht freiwillig gegangen. Vielleicht wurde sie gekidnappt!«

Stefano runzelte die Stirn. »Fehlt Kleidung?«

Benedetta verengte die Augen. »Du solltest es besser wissen, als so eine sinnlose Frage zu stellen. Niemand auf dieser Welt, noch nicht einmal Annalisa selbst, ist in der Lage, sie zu beantworten. Sie packt ihren Koffer so, wie andere Leute jemanden im Affekt erschlagen. Es dauert nur eine Sekunde und hinterher weiß keiner, was eigentlich geschehen ist.«

»Hast du die Bars an der Strandpromenade abgesucht?«, fragte Carlina. Sie kannte ihre schöne Cousine gut. An der Bar zu sitzen und mit ihren langen Beinen zu wippen war ein perfekter Weg, um einen kleinen Flirt zu genießen und ein oder zwei kostenlose Drinks abzusahnen.

»Ernesto hat das schon gemacht«, sagte Leopold mit ruhiger Stimme. »Aber niemand hat sie gesehen.«

Carlina runzelte die Stirn. »War Annalisa in den letzten Tagen irgendwie anders? Ist euch etwas aufgefallen?«

Benedetta schüttelte den Kopf. »Ich glaube nicht, aber ich war ehrlich gesagt viel zu abgelenkt, um auf sie zu achten. Erst haben wir uns solche Sorgen gemacht, dass Ernesto festgenommen wird, und dann kam die gute Nachricht, dass Emma schwanger ist ...«

Carlina nickte. Annalisa hatte sich in den letzten Tagen wirklich im Hintergrund gehalten. Hatte Stefano nicht sogar erwähnt, dass diese Tatsache an sich schon suspekt war? Sie wandte sich zu ihm.

Ihre Blicke trafen sich.

Also denkt er das Gleiche. Irgendetwas Seltsames ging hier vor. »Lasst uns die Stadt durchkämmen«, sagte sie. »Wenn wir die Gebiete unter uns aufteilen und alle mitmachen, haben wir viel bessere Chancen, sie zu finden.«

»Falls der Mörder sie nicht schon umgebracht und ihre Leiche ins Meer geworfen hat.« Benedetta bedeckte ihr Gesicht mit den Händen und fing an zu schluchzen.

Leopold nahm sie in den Arm.

»Blödsinn.« Carlina sprach schärfer als sonst, um ihre eigene Angst zu übertönen. »Ich bezweifle sehr, dass irgendjemand es so leicht schafft, Annalisa umzubringen.«

Benedetta hob ihr tränenüberströmtes Gesicht. »Aber wenn er –«

»Kein aber.« Carlina unterbrach sie rasch. Sie wollte keine Schreckensszenarien hören. »Lasst uns loslegen. Wir bleiben alle über unsere Handys in Kontakt.«

»Okay.« Benedetta wandte sich an Garini. »Wirst du die Polizei informieren, Stefano? Sie sollten überall Bescheid sagen. Vielleicht kann man eine Meldung im Radio senden und die Polizeiwachen in den Nachbarstädten alarmieren.« Sie schaute sich in dem staubigen Büro um. »Das hier scheint ja eher eine kleine Polizeiwache zu sein.«

Garini schluckte sichtbar. »Ich helfe bei der Suche«, sagte er. »Ich informiere auch *signor* Lampone, den Leiter der Polizeiwache vor Ort, sodass er auf alle Fälle schon einmal informiert ist. Aber ich kann noch keine generelle Suchmeldung aufgeben.«

Benedettas Augen weiteten sich. »Das kannst du nicht? Aber warum denn?«

»Weil Annalisa erwachsen ist. Sie ist zwanzig Jahre alt.«

»Aber sie wird seit letzter Nacht vermisst!«

»Es kann gut möglich sein, dass sie aus freiem Willen irgendwohin gegangen ist.«

Benedetta richtete sich wütend auf. »Ohne es mir zu sagen?«

Garini breitete seine Hände aus. »Ich weiß es nicht, doch ich denke, dass alles möglich ist.«

Benedetta wurde feuerrot.

Garini ging zu ihr und legte ihr eine Hand auf die Schulter. »Benedetta, bitte höre mir zu. Ich möchte diesen Fall genauso gern aufklären wie du. Ich glaube nicht, dass Ernesto Rosari umgebracht hat. Ich möchte auch nicht, dass Annalisa in Gefahr ist. Bitte vertraue mir. Ich tue alles, was in meiner Macht steht.«

Sie holte tief Luft und starrte ihn an. Dann nahm sie seine Hand und umklammerte sie. »Gut, Stefano. Ich vertraue dir.«

Carina stellte fest, dass sie vergessen hatte, zu atmen.

Stefano lächelte Benedetta an. »Ich glaube nicht, dass Annalisa etwas zugestoßen ist.« Seine Stimme klang tief und beruhigend. »Carlina hat recht. Deine Tochter ist eine erfinderische junge Frau.«

Eine halbe Stunde später war der ganze Mantoni-Clan fertig eingeteilt. Carlina hatte eine große Landkarte gekauft und Onkel Teo als Leiter der Operation in der Lobby des Hotels eingesetzt. Er hatte alle Handynummern vor sich liegen und wusste ganz genau, wo jeder hinging.

Tante Violetta hatte einen Platz in einer strategischen Ecke in der *trattoria* gegenüber der kleinen Festung zugewiesen bekommen. Hier konnte sie alle sehen, die vorübergingen.

Benedetta und Leopold kümmerten sich um die Strandwache. Carlina hatte sich entschieden, ihnen die anstrengende Aufgabe zu übertragen, im Sand zu laufen und den überfüllten Strand abzusuchen, sodass Benedetta am Abend müde sein würde. Das würde ihr helfen zu schlafen. Sie hatten den Abschnitt von Forte dei Marmi aus Richtung Norden. Die andere Richtung wurde von Fabbiola und Lucio abgedeckt. Lucio hatte sein Veto eingelegt, als Emma eingeteilt werden sollte, also wurde ihr ein Platz im Caffè Stretto zugewiesen, ein weiterer strategisch wichtiger Ort, an dem viele Leute vorbeikamen. Lucio wusste, dass sie bei Agatha in guten Händen war, und konnte sie daher mit nur zwölf Ermahnungen, es nicht zu übertreiben und weder sich noch das Baby zu gefährden, zurücklassen.

Omar und Ernesto hatten das Auto genommen und fuhren die Strandpromenade auf und ab, auf der Suche nach Annalisas auffallend rotem Haar, während Stefano den Bereich weiter im Landesinneren mit dem Polizeiauto abdeckte.

Nora hatte angeboten, mit Carlina zusammen die Innenstadt abzusuchen und die Luxusboutiquen zu durchkämmen. »Ich werde nicht lange mitmachen können«, sagte Nora, als sie den ersten Schuhladen betraten, »denn ich muss nach der Mittagspause wieder zur Arbeit zurück, aber zumindest kann ich ein wenig helfen.«

Carlina lächelte sie an. »Danke.« Sie war froh, dass Nora ihre Hilfe angeboten hatte. Es war leichter, sich nicht ablenken zu lassen, wenn man zu zweit unterwegs war, und außerdem sahen vier Augen mehr als zwei. Aber es war mühsam, durch die Läden zu streifen, ohne in der Lage zu sein, stehen zu bleiben und etwas zu bewundern oder anzuprobieren. Außerdem konnte sie sich mit Nora gar nicht unterhalten, weil sie die Ladeninhaber immer ins Gespräch verwickeln mussten, um möglichst viele Informationen zu erhalten.

Trotz aller Bemühungen blieben sie erfolglos. Mehrere Verkäufer erinnerten sich daran, die auffallende Rothaarige vor ein oder zwei Tagen im Laden gesehen zu haben, aber keiner konnte sich daran erinnern, dass sie heute dagewesen war. Es dauerte viel länger, als Carlina erwartet hatte, und nach zwei Stunden wünschte sie, sie hätte sich selbst den Strandabschnitt zugeteilt. Dann hätte sie wenigstens nicht so heiße Füße. Sie schaute Nora an.

»Weißt du was? Ich denke, wir haben uns eine kurze Pause verdient. Lass uns zur *gelateria* dort drüben gehen und uns einen Augenblick hinsetzen. Meine Füße schmerzen höllisch, und ich könnte für ein Eis jetzt ein Königreich zahlen.«

Nora schaute sie besorgt an. »Meinst du wirklich? Wir haben doch versprochen, uns alles anzusehen.«

»Wir waren ja auch schon in fast allen Läden«, sagte Carlina. »Außerdem musst du gleich ins Hotel zurück und wirst heute Abend noch lange arbeiten. Ich möchte dich nicht bis zur völligen Erschöpfung treiben.«

»Na gut.« Nora lächelte sie an. Gemeinsam gingen sie auf dem Fußweg zur *gelateria*, doch bevor sie sie erreichten, überholte sie ein kleiner Lieferwagen und kam mit quietschenden Reifen ein paar Meter vor ihnen zum Stehen. Der Wagen sah ziemlich mitgenommen aus. Verblichene Buchstaben an der Seite verkündeten, dass der Fahrer Elektriker war.

Ein junger Mann streckte seinen Kopf aus dem Fenster des Lieferwagens und winkte ihnen zu.

Er kam Carlina bekannt vor, aber für den Augenblick konnte sie ihn nicht einordnen.

»Das ist mein Bruder Flavio«, sagte Nora wenig begeistert.

»Flavio.« Carlina nickte. »Das ist der Bruder, der vor einigen Jahren bei uns in Florenz war, oder?«

»Ja.« Nora nickte.

Dann ist er derjenige, der am Tag nach dem Mord eine Szene gemacht hat. Carlina sprach ihren Gedanken nicht aus, aber sie erinnerte sich noch gut daran, wie Flavio in den Frühstücksraum gestürzt war und wie schnell Nora ihn aus dem Raum gezogen hatte. Es hatte ziemlich lange gedauert, bis sie zurückgekommen war. *Wenn ich mich richtig erinnere, wollte er, dass Nora sofort aufhört, im Hotel zu arbeiten. Kein Wunder, dass sie so zögerlich auf ihn zugeht.*

Nora warf Carlina einen entschuldigenden Blick zu und sagte leise: »Er ist der überfürsorglichste meiner Brüder, obwohl er der Jüngste ist. Bitte sei nicht verletzt, falls er unhöflich werden sollte.«

Carlina lächelte sie an. »Keine Sorge. Ich bin durch die Mantonis abgehärtet.«

Nora lächelte dankbar zurück.

Flavio winkte wieder. »*Ciao!*« Er nickte Carlina zum Gruß kurz zu, dann wandte er sich an seine Schwester. »Was macht du denn um diese Uhrzeit hier, Nora?«

Nora versteifte sich. »Ich habe das Recht, überall hinzugehen, wo ich will. Ich mache um diese Uhrzeit immer Mittagspause, das weißt du doch!«

Er verdrehte die Augen. »Mann, jetzt spring mich doch nicht gleich an, nur weil ich eine Frage stelle. Normalerweise gehst du während deiner Mittagspause nicht in die Stadt, oder?«

»Nein.« Nora reckte sich. »Aber heute ist eine Ausnahme. Wir suchen Carlinas Cousine Annalisa. Sie wird vermisst.«

Seine Augenbrauen wanderten in die Höhe. »Die Rothaarige? Was ist mit ihr geschehen?«

»Das wissen wir nicht«, antwortete Carlina. »Wir wissen nur, dass sie seit letzter Nacht nirgendwo mehr gesehen wurde.«

Flavio blinzelte. Er war größer und kräftiger gebaut als seine Schwester, aber seine Augen und seine Nase hatten genau die gleiche Form wie ihre. »Ich habe sie heute Morgen um zehn Uhr in den Club Cinque Stelle d'Oro gehen sehen, als ich auf dem Weg zu einem Kunden daran vorbeigefahren bin.«

»Den Club Cinque Stelle d'Oro?« Carlina und Nora blickten einander an.

»Aber das –« Nora brach ab.

» ... ist der teuerste Strandclub der Stadt«, beendete Carlina ihren Satz.

Sie starrten einander an.

»Dort war Ernesto nicht, als er sich erkundigt hat. Er dachte, es wäre zu teuer. Meinst du wirklich, sie würde einfach dorthin gehen und den Tag dort verbringen, ohne irgendjemanden zu informieren?«, fragte Nora.

Carlinas Füße waren so heiß, dass sie fast brodelten. Sie war müde und hungrig und schlecht gelaunt, und die mühsam unterdrückte Angst, die sie schon seit Stunden begleitet hatte, explodierte in einem Wutanfall. »Wenn sie das getan hat, bringe ich sie mit eigenen Händen um!«

Nora schaute sie erschrocken an. »Lass uns erst mal nachschauen, ob sie wirklich dort ist. Ich kann mir einfach nicht vorstellen, dass sie so etwas tun würde. Sie muss doch wissen, dass ihre Familie vor Sorge außer sich ist, wenn hier ein Mörder frei herumläuft.«

Ihr Bruder zuckte zusammen. »Wo wir gerade beim Thema sind: Ich hole dich heute von der Arbeit ab.«

Carlina schämte sich schon für ihren Anfall. Was für ein Verhalten vor Nora und ihrem Bruder! Sie lächelte Flavio an, um ihm zu zeigen, dass sie nicht immer eine rotgesichtige Furie war. »Ich bin mir sicher, dass Ernesto sie gern nach Hause begleiten wird. Du musst vermutlich früh aufstehen, um zur Arbeit zu gehen.« Sie wandte sich an Nora. »Nora, wäre es in Ordnung, wenn ich dich jetzt alleine lasse und direkt zu dem Club gehe? Ich rufe Stefano noch an.«

Nora blickte sie einen Augenblick lang an, als ob sie die Worte gar nicht richtig wahrgenommen hätte, dann nickte sie.

»Danke! *Ciao!*« Carlina rannte fast die Straße hinunter, ihr Telefon schon am Ohr. »Stefano? Ich bin‘s. Wir haben einen Hinweis. Flavio hat gesehen, wie Annalisa heute Morgen um zehn Uhr in den Club Cinque Stelle d‘Oro gegangen ist. Könntest du mich dort treffen?«

»Wer ist Flavio?«

»Einer von Noras Brüdern. Derjenige, der nach dem Mord in den Frühstücksraum gerannt kam. Erinnerst du dich?«

»Ja. Und du sagst, er hat Annalisa gesehen?«

»Ja.«

»Gut. Ich bin schon unterwegs. Soll ich dich irgendwo einsammeln?«

»Es ist nur ein kurzes Stück bis zu dem Club. Ich bin schon dort, bevor du mich überhaupt erreichen kannst.«

»Okay. Dann sehen wir uns dort. Aber tue bitte nichts, bevor ich ankomme!«

»Versprochen, *commissario*.«

»Oh, Carlina?«

»Ja?«

»Hast du die Familie schon informiert?«

»Noch nicht. Ich wollte keinen Mantoni-Stau am Eingang verursachen.«

»Gut. Wir behalten das erst mal für uns, bis wir ein wenig mehr wissen.«

Als Carlina bei dem Club ankam, beäugte sie der Türsteher am Eingang mit missbilligendem Gesicht, obwohl sie noch auf der anderen Straßenseite war. Er trug eine schwarze Uniform mit goldenen Akzenten. Carlina wusste, dass sie ein ziemlich unmögliches Bild abgab, mit ihrem roten Gesicht, dem Strohhut schief auf den wirren Locken und dem verschwitzten und zerknitterten T-Shirt. Vermutlich dachte er, dass man sie noch nicht einmal hundert Meter an den Clubs heranlassen sollte.

Über dem Türsteher befand sich eine schwarze Markise, die das kurze Stück von der Straße bis zum goldenen Eingangsportal des Clubs überdachte. Ein roter Teppich führte zu der breiten Glastür, auf der das auffällige Logo des Clubs, fünf goldene Sterne unter dem verschnörkelten Namen, in Sandstrahltechnik eingearbeitet war.

Carlina entdeckte eine Bank auf der anderen Straßenseite und entschied sich, dort auf Garinis Ankunft zu warten. Sie musste nicht lange warten – entweder war er schon in der Nähe gewesen oder er hatte alle Geschwindigkeitsbegrenzungen gebrochen. Nun, es hatte seine Vorteile, wenn man einen Polizeiwagen fuhr. Er parkte direkt vor dem Club und stieg aus, ohne nach rechts oder links zu schauen.

Sein Gesicht wirkte einschüchternd, und Carlina erinnerte sich daran, wie ernst er gewirkt hatte, als sie ihn kennengelernt hatte. Diese hellen Augen schienen damals ihre Seele zu durchleuchten. Gott sei Dank wusste sie mittlerweile, wie attraktiv sein grimmiger Mund werden konnte, wenn er sie mit einem Lächeln ansah. Sie stand auf, doch eine rasche Handbewegung von ihm, hinter dem Rücken gemacht, ließ sie anhalten. Also hatte er sie doch gesehen.

Sie sank wieder auf die Bank, zufrieden damit, sich alles Weitere von der anderen Straßenseite aus anzusehen.

Mit einigen schnellen Schritten war Stefano bei dem Türsteher, der ein wenig von seiner Lässigkeit verloren hatte. Stefano zeigte ihm seinen Ausweis und zeigte auf Carlina, dann auf das Auto.

Der Türsteher nickte.

Garini drehte sich auf dem Absatz um, fuhr das Auto ein Stück weiter die Straße hinab, parkte dort und kam zu Fuß zurück.

»Was war denn das?«, fragte Carlina, während sie von ihrer Bank aufstand.

»Versuche, so offiziell wie nur möglich auszusehen. Ich habe dich als meine Kollegin vorgestellt, damit du keinen Eintritt zahlen musst. Ich dachte mir, wenn wir als Paar ankommen, würde er uns nicht einlassen, und das wollte ich nicht riskieren.«

»Cool. Darf ich Annalisa festnehmen?«

Er schaute sie schräg von der Seite an. »Möchtest du das gern tun?«

»Wenn sie wirklich hier ist, werden mich keine zehn Pferde davon abhalten können.«

Der Türsteher trat zur Seite und öffnete die Glastür weit. Kühle Luft, die nach Jasmin duftete, kam ihnen wie ein zarter Willkommensgruß entgegen. Nussholzvertäfelung und moderne Möbel in Würfeloptik waren mit glitzernden Chromstühlen, einem gigantischen Kronleuchter hoch oben an der Decke und einer Bar kombiniert, die neonblau leuchtete. Ein tiefer Bass dröhnte durch die Luft.

Im Club war wenig los. Es war noch zu früh für die modische Menge, und Stefano durchschritt den Raum, als ob er den Weg genau kannte. Sie verließen das Gebäude auf der gegenüberliegenden Seite und traten auf eine Holzterrasse hinaus, auf der diverse Palmen standen. In die Mitte war ein ausladender Pool eingelassen. Weiter hinten führten Stufen hinunter an den Strand und dahinter funkelte das blaue Meer.

Rund um den Pool waren in strategischen Intervallen teure Liegen aufgebaut. Jede hatte ihren eigenen eleganten Schirm mit schwarzer Bespannung. Zusätzlich waren sie mit schneeweißen Kissen und je einem schwarzen Handtuch ausgestattet, das zusammengerollt am Fußende lag. Das gut sichtbare Logo des Clubs war mit Goldfaden in die Handtücher eingestickt und glitzerte in der Sonne.

Mitten im Pool befand sich eine weitere Bar, sodass man das Wasser gar nicht verlassen musste, um sich einen Drink zu holen. Und dort fanden sie Annalisa. Sie saß auf einem der Barhocker im Wasser, ihre langen Beine übergeschlagen, einen kühlen Drink in der Hand, ihre Sonnenbrille fest in den Haaren. Sie flirtete mit dem muskulösen Barkeeper, und während sie hinübersahen, warf sie den Kopf in den Nacken und lachte.

Carlina machte ein Geräusch wie eine wütende Katze und sprang nach vorne, doch Stefanos Hand hielt sie zurück. »Lass mich das übernehmen.«

Er ging an den Rand des Pools und schaute auf Annalisa hinab. »Annalisa Santorini.« Seine Stimme klang hart.

Ihr Kopf fuhr zu ihm herum.

»Ich möchte dich hiermit formell bitten, mich auf der Stelle zur Polizeiwache zu begleiten.«

Annalisas Augen weiteten sich. »Was? Warum sollte ich?«

Der Barkeeper zog sich vorsichtig in den Hintergrund zurück.

»Ich ziehe es vor, das später zu besprechen«, sagte Garini. »Bitte kleide dich an und komme jetzt mit.«

Carlina versuchte, wie die Blues Brothers auszusehen. Keine Gefühle. Ein Gesicht wie eine Wand. Gut, dass sie ihre Sonnenbrille trug. Der Strohhut allerdings war ein Problem. Sie versuchte, dieses Manko wettzumachen, indem sie die Arme vor der Brust verschränkte. Das war eh eine gute Wahl. Es juckte sie in allen Fingern, Annalisa eine Ohrfeige zu verpassen. Wie konnte sie es wagen, der Familie so einen Schreck einzujagen?

Annalisa schaute von Garini zu ihrer Cousine. »Carlina! Was ist geschehen?«

Carlina starrte ausdruckslos vor sich hin und konzentrierte sich darauf, keinen Muskel zu bewegen. Es war schwieriger als gedacht.

»Komm jetzt mit«, wiederholte Garini. »Wir können hier nicht sprechen.«

Annalisa schüttelte den Kopf, aber sie stellte den Drink an die Bar und stand auf.

Der Barkeeper hatte sein Gesicht abgewandt und tat so, als ob seine

Aufmerksamkeit völlig davon in Beschlag genommen wäre, die Oberfläche des Tresens blitzblank zu wischen.

Sie warf ihm einen letzten Blick zu, realisierte, dass sie von dieser Seite keine Unterstützung erwarten konnte, seufzte und stieg aus dem Pool. Sie trocknete sich ab, zog sich ganz besonders langsam ihr Sommerkleid über und schlüpfte in ihre Sandalen. Dann steckte sie ein Hochglanzmagazin und ihre Sonnencreme in ihre Tasche und richtete sich auf. »Ich bin so weit.« Sie versuchte, gelassen auszusehen, aber ihr Blick war ängstlich.

Das soll sie auch gern sein, dachte Carlina grimmig. *Sie hat keine Ahnung, was ihre Mutter in den letzten Stunden durchgemacht hat.*

»Ihr könnt euch beide auf die Rückbank setzen und aussprechen«, sagte Stefano leise zu Carlina, während Annalisa vor ihnen durch den Club ging. »Ich fahre euch. Ich kann auch vom Auto aus Benedetta anrufen und ihr mitteilen, dass es Annalisa gut geht und dass wir auf dem Rückweg zum Hotel sind.«

»Gut.« Carlina nickte.

Sobald sie im Polizeiwagen saßen, mit den Glaswänden vor ihnen fest geschlossen, ließ Annalisa ihre kühle Fassade fallen und fuhr ihre Cousine wütend an: »Was soll dieses Theater? Seid ihr verrückt geworden?«

»Das würde ich dich gern fragen!« Carlina funkelte zurück. »Stimmt es, dass du den ganzen Tag in dem Club verbracht hast?«

»Ja.« Annalisa hob die Augenbrauen. »Na und? Habe ich nicht das Recht, in den Club zu gehen, wann immer ich will?«

»Du kannst in jeden verdammten Club gehen, in den du willst, Annalisa, aber ist dir nicht eine Sekunde in den Sinn gekommen, dass wir uns vielleicht Sorgen machen könnten? Warum hast du keine Nachricht hinterlassen?«

Annalisa zog ihren vollen Mund schmollend zusammen. »Wir sind doch nicht im Kindergarten! Ich kann überall hingehen.«

»Natürlich kannst du das, aber es ist nicht sehr rücksichtsvoll. Benedetta ist fast durchgedreht, und die ganze Familie durchkämmt die

Stadt und sucht nach dir! Hier läuft ein Mörder frei herum, erinnere dich bitte daran!«

»Hier läuft ein Mörder frei herum.« Annalisa äffte sie mit einer Grimasse nach. »Ich war völlig sicher im Club. Weit und breit keine Mörder.«

Carlina hätte ihr am liebsten eine Ohrfeige gegeben. »Wie schön, dass du zumindest wusstest, dass du in Sicherheit bist. Es wäre nur nett gewesen, wenn auch der Rest von uns darüber informiert gewesen wäre. Das war super egoistisch, Annalisa. Vor allem, weil du noch nicht mal ans Telefon gegangen bist und so getan hast, als ob du in der Versenkung verschwunden wärst.«

Annalisa schaute sie mit einem Blick an, der aus einer Kartoffel einen schwarz gebrannten Kartoffelchip hätte machen können. »Wenn ich es den anderen gesagt hätte, hätte ich überhaupt keine Ruhe gehabt! Sie hätten darauf bestanden, mich zu begleiten, und das wäre fürchterlich geworden!«

»Ich verstehe, dass man manchmal ein wenig Abstand von der Familie braucht«, sagte Carlina. »Aber warum hast du denn dann noch nicht mal eine Nachricht hinterlassen, damit wir uns keine Sorgen machen? Warum verursachst du so eine Unruhe? Du wusstest doch, dass das passieren würde, oder?«

Annalisa zuckte nur die Achseln.

Carlina starrte sie an. Plötzlich erinnerte sie sich daran, wie bewegungslos Annalisa dagestanden hatte, als Emma unter den Olivenbäumen von ihrer Schwangerschaft berichtet hatte. Emma hatte wie eine Königin im Kreise der Familie gesessen und die Glückwünsche huldvoll entgegen genommen, als ob sie ihr gebührten. Alle außer Annalisa waren außer sich gewesen vor Freude. Schlagartig wurde Carlina klar, warum Annalisa sich so rücksichtslos benommen hatte. Erst hatte Ernesto im Mittelpunkt der Aufmerksamkeit gestanden, weil die Gefahr einer Verhaftung wie ein Damoklesschwert über ihm hing, dann Emma. Niemand hatte Augen für die wunderschöne, verwöhnte Annalisa gehabt. »Ich weiß, warum du es getan hast«, sagte Carlina. »Du wolltest wieder im Mittelpunkt stehen.«

Annalisa hob ihr Kinn. »Blödsinn.«

Carlina hatte die Nase voll. Sie schaute aus dem Fenster. Gott sei Dank kamen sie gerade vor dem Hotel an. »Da sind wir«, sagte sie. »Viel Spaß dabei, der gesammelten Familie zu erklären, warum du dir dachtest, dass ein kurzer Fall von Hokuspokus-Verschwindibus eine brillante Idee ist. Ich gehe jetzt mit Stefano essen. Alleine.«

Sie sprang aus dem Auto und setzte sich nach vorne, beide Türen laut hinter sich zuknallend. Dann schaute sie Stefano an. »Hast du mitgehört?«

Er nickte. »Sie ist ein verwöhntes kleines Kind.«

Carlina seufzte entnervt auf. »Eigentlich sollte sie da mittlerweile rausgewachsen sein.«

Annalisa verließ das Auto und knallte die Tür hinter sich zu.

Carlina seufzte noch einmal. »Hast du's der Familie gesagt?«

»Ich habe Benedetta angerufen.«

»Was hat sie gesagt?«

»Zuerst war sie zu erleichtert, um irgendetwas zu sagen. Dann war sie erschüttert. Ich meine, wirklich erschüttert. So habe ich sie noch nie erlebt.«

»Dafür habe ich jedes Verständnis. Wenn Annalisa heute Nacht ermordet wird, steht der ganze Mantoni-Clan unter Verdacht.«

»Jau.«

Carlina beugte sich vor und massierte ihre Füße. »Ich bin hungrig und durstig und absolut und völlig genervt von meiner Familie. Können wir so weit weg fahren wie nur möglich?«

Er lächelte sie an. »Ich kenne da einen Ort. Lass uns das Auto zur Polizeiwache zurückbringen.«

»Aber ich kann keinen Schritt mehr laufen.«

Er nickte. »Hab ich bemerkt. Keine Sorge.«

Sie brachten den Wagen zurück und Garini ging kurz hinein, um von den neuesten Entwicklungen zu berichten. Carlina nutzte die Gelegenheit, um sich im Badezimmer etwas frisch zu machen. Dann kam er zurück und nahm sie am Arm. »Es ist nur die Straße herunter.«

Sie blieb stehen. »Und wir treffen niemanden von der Familie?«

»Nein. Garantiert Mantoni-frei.«

»Dann wird es mir gefallen, selbst wenn sie nur Spaghetti Bolognese auf der Karte haben.«

»Haben sie nicht. Sie sind aus Jamaika eingewandert. Das Essen ist ziemlich scharf mit jeder Menge Kokosnussmilch und Zitronengras und so. Lampone hat mir davon erzählt.«

»Lecker.«

Garini überquerte die Straße und führte sie zu einem kleinen Haus, wo er an die Tür klopfte.

»Aber das ist ein Privathaus.« Carlina runzelte die Stirn.

»Nicht wirklich. Es ist das kleinste Restaurant in Forte dei Marmi, von einer Köchin und ihrem Sohn geführt. Sie haben fünf Tische im Garten, und Lampone sagt, dass das Essen göttlich ist.«

Lampone hatte recht. Carlina konnte gar nicht sagen, was sie mehr genoss – Stefano einmal ganz für sich allein zu haben, den stillen Garten, dicht bewachsen mit Wein und Bougainvillea, den sanften Windzug von dem modernen Ventilator in der Ecke, der ihre Füße kühlte, oder das köstlich gewürzte Hühnchen, das in einer leichten Limetten-Soße bis zur Perfektion gekocht war.

Als sie langsam zum Hotel zurückgingen, schmiegte sie sich eng an Stefano. Die Luft hatte sich so weit abgekühlt, dass es angenehm warm war, ihre Füße schmerzten nicht mehr so stark, und über ihnen funkelten die Sterne im wolkenlosen Himmel. »Was für ein Tag.« Sie seufzte. »Wir haben wie verrückt gearbeitet, aber wir sind keinen Schritt vorangekommen.«

»Das würde ich nicht sagen.« Er zog an einer der Locken, die unter ihrem Strohhut hervorlugten. »Du hast einen neuen Look, Pucci ist entlastet, und wir haben Annalisa wiedergefunden. Es könnte schlimmer sein.«

»Ha.« Carlina schüttelte den Kopf. »Na gut, wenn du das schon als Fortschritt bezeichnest, meinetwegen. Aber wir haben immer noch nicht den Mörder gefunden.«

»Das kommt noch«, sagte er. »Diese Dinge brauchen Zeit. Es ist wie ein Puzzle. Man muss jedes Stück einzeln betrachten und manchmal muss man es wieder zur Seite legen. Doch später hebt man es wieder hoch, weil es auf einmal Sinn ergibt.«

»Nun, ich hebe heute Abend gar nichts mehr hoch«, sagte Carlina. »Ich möchte zehn Stunden am Stück schlafen.«

Ihr Wunsch wurde nicht erfüllt. Sie schliefen zwar um zweiundzwanzig Uhr ein, aber eine Stunde später hämmerte jemand gegen ihre Tür.

»Stefano! Carlina! Wacht auf!« Emmas Stimme war voller Panik. »Der Mörder ist zurückgekommen!«

Kapitel 18

Carlina sprang aus dem Bett, getrieben von einem puren Adrenalinstoß, der durch ihre Adern schoss, aber das war auch alles, was ihr Körper zustande brachte. Tausend Fragen jagten ihr durch den Kopf, ohne dass sie sie herausbringen konnte. Ihre Zunge war wie gelähmt, und ihre Hände und Füße zitterten so sehr, dass sie nicht mehr einsetzbar waren.

Stefano hingegen war nicht nur schneller als sie, er schaffte es sogar, seine sieben Sinne beisammenzuhalten. Er schloss die Tür mit einer raschen Handbewegung auf, zog Emma ins Zimmer und warf die Tür wieder hinter ihr ins Schloss. »Ist der Mörder im Hotel?«

»Nein, nein.« Emma sackte mit dem Rücken gegen die Tür. Sie hob eine zitternde Hand und zeigte Richtung Fenster. »Er ist da draußen, irgendwo beim Pool ...«

»Hast du ihn von deinem Fenster aus gesehen?« Stefano schlüpfte in seine Shorts und Turnschuhe, ohne den Blick von ihr abzuwenden.

»Ich hörte ihn.« Ein Schauer schüttelte sie. »Genau wie beim letzten Mal. Ich kenne diese Stimme, Stefano! Er ist es! Es ist der Mörder!«

Stefano schaute sich um, dann schnappte er sich den Gürtel seines Bademantels und einen Schläger, den sie gekauft hatten, um Strandtennis zu spielen.

Carlina hatte es geschafft, sich in eine Shorts und ein T-Shirt zu werfen. Sie nahm Emmas zitternde Hände in ihre. »Es ist alles gut, Emma. Beruhige dich.«

»Wo ist Lucio?«, fragte Stefano.

»Ich habe mir nicht die Zeit genommen, ihn zu wecken«, sagte Emma. »Er braucht immer ewig, bis er wenigstens so weit wach ist, dass er sich an seinen eigenen Namen erinnern kann.«

»Gut.« Garini wandte sich um und schaute Carlina an. »Bitte bleibt hier.«

Emma runzelte die Stirn. »Aber –«

Er blickte nicht zu ihr. Sein Blick war auf Carlina gerichtet, als ob er sie bezwingen wollte. »Carlina. Bitte?«

Carlina schluckte. »Na gut.«

»Verschließt die Tür hinter mir.« Er verschwand lautlos.

Carlina schloss hinter ihm ab, dann blickte sie zu Emma.

Emma verzog die Lippen zu einem schwachen Schmollen, das nur wenig Ähnlichkeit mit ihrem normalen Aussehen hatte. »Wie typisch männlich! Sagt uns, dass wir im Hintergrund bleiben sollen, wo nichts Aufregendes passiert, während er selbst hinaus in die Gefahr läuft.«

Carlina schüttelte den Kopf. »Es ist nicht, weil wir Frauen sind. Es ist, weil er ein Profi ist, und wir sind Amateure. Er wollte Lucio auch nicht an seiner Seite haben, erinnerst du dich?« Sie schaute ihre Cousine prüfend an. »Setz dich mal besser hin, mein Mädchen. Du bist ja weiß wie Käse und zitterst wie ein Wackelpudding.«

Ihre Cousine, die niemals einen Rat annahm, sank auf den Rand des ungemachten Bettes und holte tief Luft. Dann legte sie eine Hand auf ihren Bauch. »Meinst du, dies wird dem Baby schaden?«

Ihr sanftmütiges Verhalten erschreckte Carlina mehr, als es jeder Protest getan hätte. Mühsam brachte sie ein ermutigendes Lächeln zustande. »Ich bin mir sicher, dass es sich erschrocken hat, genau wie seine *mamma*. Daher ist es wichtig, dass du dich erst einmal beruhigst.«

Emma schaute sie mit einem schwachen Lächeln an, doch als ihr Blick auf Carlinas Haare fiel, verblasste es. »Du lieber Himmel, Carlina! Was hast du mit deinen Haaren gemacht?«

»Ach. Eigentlich nichts.« Carlina berührte ihre kurzen Locken. Wenn Emma über Frisuren sprechen konnte, ging es ihr schon wieder besser. »Ich muss bald zum Friseur. Tatsächlich –«

Ein Hämmern an der Tür unterbrach sie mitten im Satz.

Die Cousinen starrten einander mit weit aufgerissenen Augen an.

Dann nahm Carlina all ihren Mut zusammen. »Wer ist da?« Ihre Stimme zitterte ein wenig.

»Carlina, ich bin's, Nora! Bitte öffne die Tür!«

Carlina zuckte zusammen. Was konnte geschehen sein, dass Nora mit so angsterfüllter Stimme angerannt kam? Sie eilte zur Tür und wiederholte die Bewegungen, die Stefano vor einigen Minuten ausgeführt hatte: Sie schloss auf, zog Nora hinein und warf die Tür hinter ihr wieder zu. »Was ist passiert?«

Noras Brust hob sich. »Ich brauche dich unten am Pool.«

Emmas Augen weiteten sich. »Aber der Mörder ist da unten!«

Nora schüttelte den Kopf. »Blödsinn! Das sind nur Ernesto und Flavio, die sich streiten, und ich bin nicht in der Lage, sie zu trennen. Könntest du bitte kommen und sie zur Vernunft bringen?«

Emma blinzelte. »Wer ist Flavio?«

»Mein Bruder. Sie sind wie die Kampfhähne, und das ist total unnötig!« Nora ballte die Fäuste. »Das ist so typisch für Flavio, einfach einen Wutanfall zu bekommen, ohne einmal hinzuhören, was ich vielleicht möchte.«

Emmas Mund blieb offen stehen. »Dann ist dein Bruder der Mörder!« Die Farbe kehrte in ihr Gesicht zurück. »Das hätte ich nie –«

Nora fuhr wie eine wütende Katze auf sie los. »Er ist kein Mörder! Er ist total harmlos!« Sie nahm Carlinas Hände. »Bitte komm mit.«

Carlina schluckte. »Ich habe Stefano versprochen hierzubleiben.«

Noras Mund wurde zu einem schmalen Strich. »Gut, wenn du mir nicht helfen willst, ist das halt so. Ich dachte, dass ich auf dich zählen kann.« Ihr Blick fiel auf den zweiten Tennisschläger, den Stefano neben dem Bett hatte fallen lassen. Mit einer raschen Bewegung hob sie ihn auf. »Dann werde ich sie eben alleine stoppen.« Sie drehte sich auf dem Absatz um und rannte hinaus, die Tür sperrangelweit offen hinter sich lassend.

Emma sprang auf. »Ich gehe mit!«

»Emma! Wir haben es versprochen!«

»*Du* hast es versprochen. *Ich* habe nichts dergleichen getan«, rief Emma rief über ihre Schulter, während sie den Hotelgang entlanglief. »Außerdem hast du Nora ja gehört – es ist nur ihr Bruder!«

Carlina schüttelte den Kopf. In dem unbestimmten Gefühl, dass sie etwas Nützliches in den Händen halten sollte, wenn sie sich jetzt auch ins Getümmel warf, nahm sie den Gürtel ihres Bademantels und lief so ausgestattet Emma hinterher.

Als sie nur zwei Schritte hinter Nora und Emma ankam, konnte sie nichts erkennen außer ein wildes Bündel an Armen und Beinen neben dem Pool, das grunzte und brüllte. Dann ertönte ein heller Schrei, ein lautes Klatschen, und das Bündel fiel ins Wasser. Ihr Herz schlug so hart, dass es schmerzte. Wo war Stefano? War er in den Pool gefallen? War er verletzt?

Ihre Augen gewöhnten sich langsam an das Dunkel, und da sah sie ihn. Er lag auf den Knien neben dem Pool und hielt jemandem im Wasser seine Hand hin. Die Wolken zogen am Mond vorbei, und einen Augenblick lang konnte sie das blasse, nasse Gesicht sehen, als ob es in Silber graviert wäre. Es war Ernesto.

Ernesto schnappte sich die helfende Hand und wurde aus dem Wasser gezogen, aber als er es fast geschafft hatte, schoss ein langer Arm aus dem Pool hervor, gefolgt von einem Kopf und einem Paar breiter Schultern. Der muskulöse Mann griff Ernesto von hinten am Bein und versuchte, ihn zurückzuziehen.

Garini verlor das Gleichgewicht und kippte nach vorne, auf den Beckenrand zu, doch bevor sie alle drei ins Wasser fallen konnten, sprang Nora vor, den Tennisschläger in der Hand. Sie hielt ihn seitlich, sodass der Rahmen zuerst auftraf, und schlug sie mit aller Macht auf die Hand, die Ernestos Bein festhielt.

Ein neuer Schrei, die Hand löste sich, und Ernesto schoss nach vorne. Er fiel gegen Garini, und sie landeten beide der Länge nach auf dem Boden.

Nora hielt den Tennisschläger wie einen Stock nach vorne und schrie: »Flavio, wenn du jetzt nicht aufhörst, dich wie ein Idiot zu benehmen, werde ich dir nie vergeben!«

Ihr Bruder drehte den Kopf in ihre Richtung. »Halt dich da raus, Nora!«

Emma ergriff Carlinas Hand. »Er ist es«, flüsterte sie. »Das ist die Stimme, die ich in der Mordnacht gehört habe.«

Carlina drückte Emmas Hand tröstend. »Bist du ganz sicher?« Sie sprach leise.

»Absolut.«

Carlina schluckte und machte einen vorsichtigen Schritt nach hinten.

»Nein, ich halte mich da nicht raus!« Nora beugte sich nach vorne und hielt den Tennisschläger wie ein Schwert über ihn. »Du musst jetzt endlich verstehen, dass ich mein eigenes Leben lebe und dass es nicht mehr deine Sache ist, was ich tue!«

»Ach ja?« Flavio schwamm zum Beckenrand und zog sich hoch. Eine Minute später stand er tropfend neben ihr. Er war nicht viel größer als sie, aber breit gebaut wie ein Ringer. »Dann lass mich dir mal sagen, dass –«

Garini legte eine Hand auf seine Schulter. »Das ist jetzt egal. Ich möchte gern von Ihnen eine Erklärung dessen hören, was hier heute Nacht geschehen ist.«

Flavio schüttelte ihn ab und schaute ihn ungeduldig an. »Ich weiß wirklich nicht, was Sie damit zu tun haben! Halten Sie sich da raus! Das ist eine Familienangelegenheit.«

Nora stampfte mit dem Fuß. »Das ist *commissario* Garini, du Oberhammel, und er ist für die Morduntersuchung verantwortlich! Wenn du also nicht willst, dass er dich für den Mörder hält, solltest du dich etwas zusammenreißen und seine Fragen höflich beantworten!«

Flavio zuckte zusammen, als ob ihn ein Insekt gestochen hätte. Er hob beide Hände in einer entschuldigenden Geste und machte einen kleinen Schritt zurück. »Tut mir leid, *commissario*.« Er lächelte verlegen. »Ich ... ich habe ein wenig zu viel Temperament und ...«

»Ha.« Ernesto schüttelte den Kopf so schnell, dass Wassertropfen in alle Himmelsrichtungen flogen. »Ein wenig zu viel Temperament ist die Untertreibung des Jahres. Völlig unkontrollierbares Temperament würde ich das nennen. Er hat mich ohne jeden Grund angegriffen.«

Flavio verengte die Augen. »Mit dir spreche ich überhaupt nicht!«

»Oh doch, mit ihm wirst du sprechen!«, zischte Nora. »Denn er ist mein Freund, und du wirst dich an den Gedanken gewöhnen müssen, ihn zivilisiert zu behandeln!«

Garini mischte sich ein. »Ich möchte mehr über diesen Angriff wissen. Ernesto?«

Ernesto zuckte die Achseln. »Ich habe nur hier im Garten vor meinem Zimmer darauf gewartet, dass Nora ihren Dienst beendet, damit wir zusammen an den Strand gehen können. Und während ich wartete, erschien Flavio. Er sagte, er hätte heute Nachmittag erfahren, dass ich mit Nora ausgehen würde.« Er schaute zu Carlina. »Er behauptete, du hättest es ihm gesagt. Stimmt das?«

Carlina schüttelte den Kopf. »Nein.«

»Doch, das hat sie, als wir ihn heute in der Stadt getroffen haben«, sagte Nora. »Aber sie hat es gar nicht gemerkt. Sie teilte Flavio nur mit, dass du mich am Abend nach Hause begleiten und gut auf mich aufpassen würdest, und das hat uns auffliegen lassen.«

Carlina schlug sich die Hand vor den Mund. »Oh Mann, das stimmt. Es tut mir leid. Ich habe es gar nicht gemerkt.«

Nora schüttelte den Kopf und lächelte ihr ein wenig zu. »Ist nicht schlimm. Ich hätte es Flavio schon längst sagen sollen, aber ich hatte Angst ...«

»Wovor hattest du Angst?« Garinis ruhige Stimme nahm den Faden auf, als ihre Stimme leiser wurde.

Nora antwortete nicht.

»Du hattest Angst, dass ich ihn nicht akzeptieren würde, und damit hattest du auch völlig recht.« Flavios Stimme wurde lauter. »Ernesto passt überhaupt nicht zu dir!«

Emma machte einen Schritt nach vorne. »Und warum genau passt Ernesto nicht zu Nora?«

Flavio starrte sie an. »Wer sind Sie?«

»Ich bin Ernestos Schwester.« Emma warf den Kopf mit einer Bewegung zurück, die klarmachte, dass sie mindestens so wichtig war wie die Königin von Saba.

Nora stampfte wieder mit dem Fuß auf. »Ernesto ist genau richtig für mich! Und selbst wenn dem nicht so wäre, wäre es meine Sache, das alleine herauszufinden! Hörst du mich, Flavio?«

»Ich höre dich«, sagte Flavio. »Aber du hast noch nicht viel Erfahrung und ...«

Ernesto schaute Flavio an. »Ich verstehe das nicht«, sagte er langsam. »Ich meine, wir sind befreundet. Du hast bei uns gewohnt. Es war alles gut. Und jetzt bin ich auf einmal dein Erzfeind? Warum?«

Flavio ballte die Fäuste. »Weil sie meine kleine Schwester ist, und weil du kein Recht hast, mit ihr herumzumachen!«

»Das ist meine Entscheidung.« Noras Stimme war eisig. »Ich bin erwachsen.«

»Ja, und du bist ein Jahr älter als Ernesto!«, rief Flavio. »Das ist total falsch! Ich sag es dir!«

Ernesto schaute Nora an. »Macht es dir etwas aus, dass ich ein Jahr jünger bin?«

Sie lächelte. »Natürlich nicht.«

»Gut.« Er erwiderte ihr Lächeln. »Mir auch nicht.« Er wandte sich an Flavio. »Gibt es sonst noch etwas, was du sagen möchtest?«

»Nein!« Flavio machte ein wütendes Geräusch tief in der Kehle. »Ich gehe!«

Garini stellte sich ihm in den Weg. »Noch nicht. Ich möchte gern wissen, wo Sie zur Zeit des Mordes waren.«

Flavio wurde so weiß, dass er im silbernen Mondlicht wie ein Geist wirkte. »Ich ... ich war im Bett.«

»Das ist eine Lüge«, fuhr Emma dazwischen. »Ich habe gehört, wie Sie herumgeschrien haben. Sie waren hier am Pool.«

Er ballte die Fäuste. »Das stimmt nicht. Ich war nicht …«

»Oh mein Gott.« Nora ließ den Tennisschläger, den sie die ganze Zeit gehalten hatte, fallen, rannte zu ihrem Bruder und fing an, ihn zu schütteln. »Sag mir bloß nicht, dass du mit ihm Streit angefangen hast!«

»Natürlich nicht!« Sein Protest klang schwach. »Warum sollte ich überhaupt mit Rosari sprechen?«

Nora ließ die Hände sinken und starrte ihren Bruder an, als ob sie ihn noch nie zuvor gesehen hätte. »Ich weiß warum. Irgendwie hast du herausgefunden, dass er mich belästigt hat.«

»Er hat dich belästigt?« Flavio richtete sich auf. »Das Schwein! Ich werde –«

»Gar nichts werden Sie«, unterbrach Emma ihn wieder. »Er ist tot.«

Nora blinzelte. »Hast du ihn umgebracht, Flavio?«

»Natürlich nicht!« Flavio bewegte sich unauffällig zur Seite. »Mit dir kann man ja gar nicht reden. Ich gehe.«

»Rosari hat Sie mit der Pistole bedroht, richtig?«, fragte Garini plötzlich. »Und das war der Augenblick, wo Sie ihn angesprungen haben.«

»Es war nicht meine Schuld!« Flavios Stimme brach. »Ich schwöre es!«

»Das sagst du immer.« Nora klang völlig entmutigt. »Nie ist es dein Fehler.«

»Aber diesmal war es das wirklich nicht!« Flavio fuhr sich mit beiden Händen durchs Haar und zerrte daran. »Ich wollte dich überraschen, wollte dich hier am Ende deiner Schicht abholen, und als ich am Pool vorbeiging, stand Rosari da und rauchte. Er hat mich erkannt und sagte etwas wirklich Gemeines über dich, Nora. Ich konnte ihn doch nicht einfach da stehen und dich beleidigen lassen, oder?«

Nora schüttelte den Kopf. »Mal im Ernst, Flavio, wie oft hatten wir das Thema schon? Du kannst nicht jedem ins Gesicht boxen, der dich provoziert!«

Er schaute sie trotzig an. »Ich wollte dich doch nur beschützen.«

Nora warf die Hände in die Luft. »Ich. Will. Nicht. Beschützt. Werden. Wann wirst du das endlich in deinen Dickschädel bekommen?«

Garinis ruhige Stimme unterbrach sie. »Wenn man mal vom Motiv absieht, was geschah als Nächstes?«

Flavio wandte sich zu ihm. »Na, ich habe ihm gesagt, dass er die Beleidigung ruhig wiederholen soll, wenn er sich das traut. Ich habe mich so vor ihn gestellt«, er hob beide Fäuste und ging leicht in die Knie, bereit, den Gegner anzuspringen, »damit er sehen konnte, wie bereit ich war, für die Ehre meiner Schwester zu kämpfen.«

»Wohl eher, wie bereit du warst, dich bei dem leisesten Anlass zu prügeln«, murmelte Nora.

Flavio ignorierte sie. »Da zog er die Pistole heraus, richtete sie auf mich und wiederholte ganz ruhig die Beleidigung.«

»Und dann?« Emma klang atemlos.

Flavio zuckte mit den Schulten. »Dann habe ich ihn angesprungen.«

»Ein Wahnsinniger.« Nora schüttelte verzweifelt den Kopf.

»Ein Held.« Emma strahlte Flavio an.

Ein junger Mann, der noch lernen muss, sein Temperament unter Kontrolle zu halten. Carlina sagte es nicht laut, aber er tat ihr leid, weil sie sich denken konnte, was als Nächstes geschah.

»Na ja.« Flavio ließ den Kopf hängen. »Ich bin mir nicht sicher, was dann passiert ist. Ich glaube, ich habe es geschafft, die Pistole zu greifen. Er war von meiner Attacke zu überrascht.«

»Kein Wunder«, sagte Nora. »So einem Wahnsinnigen ist er vermutlich noch nie begegnet.«

Flavio warf ihr einen bösen Blick zu. »Aber dann erholte er sich von seiner Überraschung und warf sich auf mich. Und da ging der Schuss los. Er grunzte und lockerte für eine Sekunde seinen Griff. Ich nutzte diese Sekunde, um mich loszureißen, und rannte davon, so schnell ich konnte, bevor er sich sammeln und auf mich schießen konnte.«

»Und du hast gar nicht daran gedacht, dass ich dann über die Leiche stolpern würde!« Nora schüttelte den Kopf.

»Ich wusste doch nicht, dass er tot war! Ich dachte, er wäre vielleicht verletzt, aber ich wollte natürlich nicht dableiben und ihn fragen, ob er sich irgendwann in näherer Zukunft wieder besser fühlen würde!«

»Das wäre der richtige Augenblick gewesen, mich zu suchen und sicher nach Hause zu bringen«, sagte Nora. »Stattdessen bist du weggerannt.«

Flavio hob beide Hände. »Es tut mir leid, Nora. Ich habe zu dem Zeitpunkt nicht klar denken können. Als ich nach Hause kam, entdeckte ich, dass ich Blut auf meinem Hemd hatte. Ich wusch es und hing es hinter dem Haus auf die Wäscheleine, und währenddessen hörte ich, dass du nach Hause kamst. Zuerst wollte ich dir alles erzählen, aber ich wusste, dass du nur mit mir zanken würdest. Also habe ich es nicht erwähnt und bin ins Bett gegangen. Am nächsten Morgen musste ich früh zur Arbeit, und als ich im Firmenwagen saß, hörte ich die Neuigkeit im Radio.« Er wandte sich an Garini. »Daraufhin habe ich Nora sofort angerufen und ihr gesagt, dass sie hier nicht weiter arbeiten kann.«

Emma blinzelte. »Aber warum um alles in der Welt haben Sie denn das getan? Wenn Sie der Mörder waren, hatte sie im Hotel doch gar nichts zu befürchten.«

Flavio wurde rot vor Wut. »Ich *bin* kein Mörder! Rosari hat mich mit seiner Pistole bedroht!«

»Ja, ja.« Emma machte beschwichtigende Handbewegungen. »Trotzdem ... die Gefahr war doch vorbei. Warum sollte sie nicht hier weiterarbeiten?«

Nora seufzte. »Weil Flavio denkt, dass der einzig sichere Platz für eine Frau das eigene Heim ist.«

»Und damit habe ich recht!«, rief Flavio. »Schau dir doch dieses ganze Chaos hier einmal an! Es wäre nie geschehen, wenn du nicht darauf bestanden hättest, hier zu arbeiten!«

»Es wäre nie geschehen, wenn du gelernt hättest, dein Temperament zu zügeln!«, schoss Nora zurück. »Aber anscheinend reicht ja noch nicht mal ein versehentlicher Totschlag aus, um dich aufzuhalten!«

Carlina runzelte die Stirn. »Eine Sache verstehe ich immer noch nicht. Wenn Sie doch schon am Telefon mit Nora gesprochen hatten, wieso sind Sie dann an dem Morgen nach dem Mord zusätzlich noch ins Hotel gekommen?«

»Weil sie einfach keine Vernunft annehmen wollte! Sie hat einfach aufgelegt«, sagte Flavio. »Also entschied ich mich, mit ihr von Angesicht zu Angesicht zu sprechen.«

»Toll war das.« Noras Stimme klang bitter. »Einfach hier aufzukreuzen und eine Szene beim Frühstück zu machen, vor allen Gästen! Es war mir so peinlich!«

Carlina konnte ihren Blick nicht von dem jungen Mann abwenden. Er tat ihr leid. Seine Mutter war früh gestorben, und offensichtlich hatten sein Vater und seine Geschwister es nicht geschafft, ihn dazu zu bringen, sein cholerisches Temperament im Zaum zu halten. Hoffentlich urteilte der Richter nachsichtig. Andererseits hatte Nora recht. Es war nicht klar, ob Flavio irgendetwas gelernt hatte – immerhin hatte er heute Abend schon wieder einen Streit mit Ernesto angefangen, für nichts und wieder nichts. Sie wusste, dass ihr entspannter Cousin keinen Streit vom Zaun brach, wenn es sich nicht absolut vermeiden ließ. Prüfend blickte sie Ernesto an, aber im Mondlicht konnte sie nicht erkennen, ob er verletzt war. »Ist alles in Ordnung, Ernesto?«

Ernesto blickte sie benommen an. »Wird Flavio jetzt ins Gefängnis gehen müssen?«

Alle erstarrten. Die Frage hing in der warmen Sommernachtluft wie ein zitterndes Schwert, bereit, herabzufallen. Selbst die Zikaden hörten auf zu zirpen.

Dann nickte Garini langsam. »Ich fürchte ja.«

Flavio blieb der Mund offen stehen. »Aber … ich habe Ihnen gesagt, dass es ein Fehler war!«

»Deshalb nehme ich Sie nicht wegen Mordes fest«, sagte Garini. »Aber Sie müssen dennoch mit zur Wache kommen.«

Flavio blickte zu seiner Schwester.

Nora schluckte. »Geh mit ihm.« Ihre Stimme war rau. »Dieses Mal musst du die Suppe alleine auslöffeln.«

Epilog

»Um den Herbst zu feiern, habe ich heute Abend die Pasta mit einer besonderen Kastanien-Pilzsoße gemacht.« Benedetta stellte die dampfende Schale auf den Tisch und strahlte den gesamten Mantoni-Clan an. »Außerdem wird euch das aufwärmen. Der Oktober hat dieses Jahr wirklich schrecklich kalt begonnen.«

»Hmm.« Emma schnupperte und tätschelte ihren Bauch. »Das riecht wunderbar. Es wird dem Baby gefallen.«

Benedettas Lächeln wurde breiter. »Das ist gut, mein Liebling.«

Annalisa seufzte und verdrehte die Augen. »Pass nur auf, dass du nicht zu viel isst, sonst wirst du noch ganz fett.«

Emma funkelte sie an. »Spricht da die Eifersucht, meine Liebe?«

»Mädchen, ich bitte euch.« Onkel Teo klatschte in die Hände. »Bitte keinen Streit.«

»Ich suche überhaupt keinen –« Annalisa brach ab, denn die Tür flog krachend auf. Ernesto rannte mit Nora Hand in Hand in die Küche. »Das Urteil ist gesprochen!«

Benedetta, die Nora unter ihre mütterlichen Flügel genommen hatte, ging zu ihr und nahm ihre freie Hand. »Oh weh. Was hat der Richter gesagt?«

Noras Wangen waren gerötet. »Er sagte, dass es ganz offensichtlich kein Mord, sondern Totschlag war, weil es nicht mit Absicht geschehen ist, und dass Flavio in Notwehr gehandelt hat. Also hat er ihm psychologische Hilfe verordnet. Flavio muss jetzt ein ganzes Jahr lang einmal in der Woche einen Spezialisten treffen. Dieser wird ihm helfen, sein Temperament zu zügeln, egal, wie groß die Provokation ist.« Sie schaute Garini an. »Dieser Rechtsanwalt, den Sie für ihn organisiert haben ... wie hieß er noch?«

Garini lächelte. »Domenico Rulo.«

»Flavio sagte, dass er der Kracher war. Er stellte jede Handlung von Flavio so dar, dass sie absolut nachvollziehbar und richtig klang!«

»Das macht er immer so.« Garinis Stimme klang trocken.

Sie seufzte. »Ich wünschte, ich hätte es auch hören können, aber der Richter bestand auf den Ausschluss der Öffentlichkeit.«

»Das hat er nur getan, um Ihren Bruder vor der Presse zu bewahren«, sagte Garini.

»Ich weiß.« Nora schloss die Augen und holte tief Luft. »Jedenfalls ist es so eine Erleichterung. Es fühlt sich an, als ob ein Gewicht von meinen Schultern genommen worden wäre.«

Benedetta umarmte sie. »Das freut mich! Setz dich hin und genieß das Abendbrot, meine Liebe. Sonst wird die Pasta nur kalt, und das wollen wir nicht.«

Carlina nahm ihre Gabel zur Hand und lächelte Stefano an, während sie den köstlichen Duft von Benedettas Soße einatmete. Jetzt war wieder alles gut – sogar ihre Haare waren nach einem rigorosen Schnitt wieder im Normalzustand.

Sie wusste, dass aufgrund des mantonischen Hangs zu Katastrophen die nächste Krise vermutlich nicht lange auf sich warten lassen würde, aber sie schob den Gedanken von sich. *Carpe diem* – lebe den Tag. Und heute war alles gut.

Exklusiver Vorab-Auszug aus Florentinische Morde Band 6

Kapitel 1

»Du weißt, dass ich dich sehr liebe«, sagte Stefano Garini mit sorgfältig kontrollierter Stimme, während er sein Gesicht mit dem Rasierpinsel einseifte. »Aber sag mir noch einmal, warum wir zu jeder einzelnen Mantonifeier in der Stadt gehen müssen? In den letzten sechs Wochen hatten wir fünf Geburtstage, eine Hochzeit und eine Beerdigung.«

Caroline Ashley hörte auf, sich die Wimpern zu tuschen. »Waren es wirklich fünf Geburtstage?« Sie lehnte sich an das Waschbecken und lächelte den großen Mann neben sich an. Wie schön es war, den Tag gemeinsam zu beginnen.

»Ja. Ich habe mitgezählt.«

»Weißt du, du musst nicht immer mitkommen. Wenn du lieber zu Hause bleiben willst, ist das für mich völlig in Ordnung.«

Stefano seufzte und begann, sich sorgfältig zu rasieren. »Ich möchte aber nicht alleine zu Hause bleiben. Ich möchte mit dir zusammen sein, Carlina, nicht umgeben von Massen deiner riesigen Familie. Ich möchte vielleicht sogar – ein tollkühner Einfall, ich weiß – irgendwo mit dir essen gehen, anstatt zum Geburtstag einer Cousine zweiten Grades zu rennen.«

Ein freudiger Schauer lief durch sie hindurch. Wie schön es war, dass er ihre Nähe wollte. Und wie schwierig. Sie biss sich auf die Lippe. »Das klingt ganz wunderbar, aber es würde doch ziemliche Wellen schlagen, wenn wir bei einem Geburtstag absagen und stattdessen essen gehen.«

»Das weiß ich, und ich bin der letzte Mensch auf der Erde, der dabei zusehen will, wie die Mantonis Wellen schlagen. Das habe ich schon erlebt ... Schön ist etwas anderes.« Er beendete seine Rasur und wusch sich das Gesicht mit kaltem Wasser, dann trocknete er sich ab.

»Nun ...« Sie streckte sich und berührte seine Wange. Sie fühlte sich glatt und kühl an. »Wie wäre es mit einem Kompromiss? Nicht mehr als zwei Geburtstage pro Monat. Hochzeiten und Beerdigungen sind allerdings ein Muss.«

»Nur ein Geburtstag.« Er zog sie an sich und verbarg sein Gesicht in ihrem Haar. »Habe ich dir schon einmal gesagt, dass ich deinen Duft liebe, Carlina?«

Sie lächelte, das Gesicht an seine Brust gedrückt. »Vielleicht einoder zweimal.«

»Ein Geburtstag pro Monat«, wiederholte er. »Und du erklärst dich bereit, mit mir auszugehen, selbst wenn irgendwo in der Stadt ein Mantoni-Geburtstag stattfindet.«

»Aber nicht an öffentliche Orte.«

»Einverstanden.« Er lächelte auf sie herab. »Gott sei Dank kenne ich eine Menge versteckter Orte in Florenz.«

Sie hob die Augenbrauen. »Jetzt hast du mich aber neugierig gemacht.«

»Gut. Ich zeige dir den ersten Ort am Samstagabend.«

Carlinas Lächeln fiel ihr aus dem Gesicht. »Ach, Stefano, das geht nicht.«

Er beäugte sie misstrauisch. »Eine Überraschungshochzeit? Eine ungeplante Beerdigung? Die Geburtstagsquote ist diesen Monat schon erfüllt.«

»Es ist etwas ganz anderes. Der Mann von Benedettas Kollegin hat uns zu einer privaten Vorführung seiner Füllhaltersammlung eingeladen, und Benedetta hat mich dazu gebracht, zuzusagen.«

Sein Mund blieb offen stehen. »Der Mann der Kollegin deiner Tante? Das ist ja noch nicht mal Familie.«

»Richtig. Aber es ist Kultur.«

»Kultur? Ein Konzert ist Kultur.«

»Wenn man ein seltenes Stück voller Schönheit sieht und eine einzigartige Sammlung, dann ist das auch Kultur. Vielleicht sogar die klassischste Art von Kultur überhaupt.«

Er stöhnte. »Ich sehe schon, wir müssen die Liste erweitern. Ein Geburtstag pro Monat, jede Hochzeit, jede Beerdigung und ein kulturelles Event alle drei Monate – egal ob klassisch oder nicht.«

»Nur alle drei Monate?«

»Ja. Nur alle drei Monate.« Seine Stimme klang fest.

»Mit Ausnahme von Dezember«, sagte sie. »Dann finden die Weihnachtskonzerte statt.«

»Meinetwegen. Nun erzähl mir mal, wie wir aus dieser klassischen Füllhalternummer herauskommen.«

»Gar nicht. Ich habe zugesagt.«

»Für dich oder für mich oder für uns beide?«

Carlina fühlte, wie sie rot wurde. »Ich habe für mich fest zugesagt, habe aber betont, dass du vielleicht arbeiten musst.«

»Sprich, wenn ich nicht arbeite und nicht hingehen will, muss ich mich nach Hause schleichen und dort verstecken, in der Hoffnung, dass mich kein Mantoni sieht?«

Sie kicherte. »Du stellst die Familie ja wie die Geheimpolizei dar. Wir können uns entspannen. Immerhin leben wir nicht mehr im selben Haus, sondern nebenan. Das macht die Sache viel einfacher.«

»Na super. Wir werden solche Verdunkelungsvorhänge aufhängen müssen, wie sie sie im zweiten Weltkrieg hatten, damit man nicht sieht, dass in unserer Wohnung Licht ist.«

Sie knuffte ihn in den Arm. »Du übertreibst, Stefano.«

»Ich übertreibe überhaupt nicht. Es ist mein voller Ernst.«

Sie schaute ihn an. »Bitte?«

Er hob die Hände. »Na gut, na gut. Wir gehen zu diesem noch nie dagewesenen klassischen Kultur-Füllhalter-Event. Warum ist es Benedetta überhaupt so wichtig?«

Carlina räusperte sich. *Das wird ihm jetzt nicht gefallen.* »Anscheinend denkt ihre Kollegin, dass eine größere Menge an Gästen die Spannung etwas auflösen könnte.«

Er beäugte sie. »Warum erwartet sie außergewöhnlich viel Spannung?«

»Weil Xaviero – das ist der Ehemann – seine Kollektion nur alle drei Jahre zeigt. Letztes Mal haben die anderen Mitglieder des Füllhalterclubs ihn fast umgebracht, weil sie der Meinung waren, dass er einige der Füllhalter durch nicht ganz saubere Geschäftspraktiken erlangt hat.«

»Jetzt kann ich es gar nicht mehr erwarten«, sagte Garini. »Füllhalter, die zu Mord führen. Und ich dachte schon, ich habe alles gesehen, was es in dieser Welt zu sehen gibt!« Er neigte den Kopf zur Seite. »Gib's zu. Du hast Benedetta versprochen, mich mitzubringen, damit ich Wachhund spiele.«

Carlina zuckte zusammen. Sie fühlte, wie sie erneut rot wurde.

Garini schüttelte den Kopf. »Die Dinge, die ich für dich tue, mein Liebling ...«

»Es wird bestimmt interessant. Ganz sicher.«

»Interessant, dass ich nicht lache. Hauptsache, du stützt mich, wenn ich im Stehen einschlafe.«

Drei Stunden später hüpfte Carlinas beste Freundin Francesca in Carlinas luxuriöses Lingeriegeschäft Temptation in der historischen Altstadt von Florenz. Ein strahlendes Lächeln erhellte ihr koboldartiges Gesicht und stellte fast die Septembersonne in den Schatten, die an diesem warmen Nachmittag die alten Hausmauern erwärmte. »Du. Glaubst. Niemals. Was. Mir. Passiert. Ist.« Sie machte einen kleinen Freudentanz zwischen den BHs, die entlang der Wand ausgestellt waren.

Carlina beobachtete ihre Freundin mit einer Mischung aus einem Lächeln und besorgt gerunzelten Augenbrauen. Sie verschränkte die Arme vor der Brust und lehnte sich gegen die Wand. »Ich weiß, was passiert ist. Du hast einen attraktiven Mann kennengelernt.«

Francesca erstarrte. »Was? Woher weißt du das? Hat er –«

»Weil du immer so aussiehst, wenn du dich gerade verliebt hast. Was im Durchschnitt zweimal pro Jahr geschieht. Ich habe gerade ein echtes Déjà-vu-Erlebnis.«

»Ha.« Francesca machte einen kleinen Freudenhüpfer. Ihr Blick fiel auf einen hellgrünen BH mit weißer Spitze. »Wow, das ist ein tolles Design! Ich glaube, der könnte ihm gefallen.«

»Zweifellos«, sagte Carlina. »Aber du darfst ihn erst anprobieren, wenn du mir alles erzählt hast. Wer ist er?«

Francescas Lächeln wurde breiter, bis es fast bis zu den Ohren reichte. »Das errätst du nie.«

»Wer auch immer es ist, sag mir bitte nur, dass es kein *mammone* ist. Du brauchst nicht schon wieder ein Muttersöhnchen.«

Das Lächeln verschwand, als ob jemand einen Schalter umgelegt hätte. »Na ja, jetzt wo du's erwähnst ... Es gibt da ein kleines Problem.«

Carlina unterdrückte ein Stöhnen. »Oh, Francesca, ich weiß wirklich nicht, wie du das anstellst. Warum kannst du dich denn nicht einmal in einen unabhängigen Mann verlieben?«

Sie zuckte mit den Schultern. »Weil die Unabhängigen alle schon vergeben sind, darum. Ich muss ihn nur von seiner Mutter loseisen und alles ist gut.«

»Na, dann viel Glück.« Carlinas Stimme klang trocken. »Eine echte italienische *mamma* wird sich mit Händen und Füßen dagegen wehren.«

Ihre Freundin grinste sie spitzbübisch an. »Deshalb bin ich hier.«

»Wie bitte?« Carlina trat einen Schritt zurück. »Du möchtest, dass ich einen *mammone* von seiner Mutter löse? Kommt gar nicht in Frage.«

»Na ja ...« Francesco hob den grünen BH vom Haken und schaute ihn an, als ob er die interessanteste Sache der Welt sei. »Tatsächlich denke ich, dass du mir zustimmen wirst, wenn du erst seinen Namen kennst.«

»Wenn ich erst ... Du meinst, ich kenne ihn?«

»Ja.«

Carlinas Augen weiteten sich. »Spuck's aus.«

»Er ist groß. Er hat tolle Muskeln. Er sieht ein wenig gefährlich aus wegen seiner Tattoos und seines rasierten Kopfes, aber –«

Carlina schnappte nach Luft. »Nein!«

Francesca neigte den Kopf zur Seite. »Was meinst du, nein?«

»Sag mir bitte nicht, dass du von Omar sprichst. Meinem Cousin Omar?«

»Ist er wirklich dein Cousin?«

»Mehr oder weniger. Tante Violetta hat ihn adoptiert, als sie ungefähr sechzig war, und Tante Violetta ist nicht wirklich meine Tante. Sie ist über die Linie meines Großvaters die –«

Francesca hielt eine Hand hoch. »Sag's mir nicht. Die Mantoni-Familie ist viel zu kompliziert, als dass ich sie verstehen könnte. Aber ich möchte mehr über Omars Adoption erfahren.«

Carlina zuckte mit den Schultern. »Nun, Tante Violetta ist von einer Kreuzfahrt in Ägypten mit ihm zurückgekehrt. Frag mich nicht, wie sie es angestellt hat, aber sie hatte alle offiziellen Papiere, also hat sie ihn nicht entführt.«

Francesca beäugte sie. »Glaubst du wirklich, dass deine Tante ein Kind entführen würde?«

»Tante Violetta ist alles zuzutrauen. Kennst du sie denn nicht?«

»Nein.«

»Okay. Das erklärt einiges. Tante Violetta ist ... ein Unikat.«

Francesca hob die Schultern. »Egal. Da muss ich jetzt durch.«

Carlina schüttelte den Kopf. »Ich kann es immer noch nicht fassen. Du und Omar. Das ist ... unglaublich.«

»Warum? Weil er nicht spricht?«

»Nun, das ist natürlich ein Punkt.«

Francesca hob das Kinn. »Ich finde das sehr erholsam.«

»Zweifelsohne.« Carlinas Stimme klang trocken. »Selbst ich weiß die Hälfte der Zeit nicht, was er denkt, und ich bin mehr oder weniger mit ihm groß geworden.«

»Ich weiß. Er mag dich sehr.«

»Und ich mag ihn sehr.« Sie nahm die Schultern zurück. »Und

darum möchte ich nicht, dass er verletzt wird. Tatsächlich kann ich mich nicht daran erinnern, dass er je eine Freundin gehabt hätte.«

Ein Grübchen erschien in Francescas Wange. »Oh, er hatte einige.«

»Was? Woher weißt du das?« Carlina beäugte ihre Freundin. Falls Omar sie so weit ins Vertrauen gezogen hatte, war diese Liaison ernster als gedacht.

»Er hat es mir aufgeschrieben.« Francesca schwenkte mit einer luftigen Handbewegung den BH. »Aber das ist ja nun alles Vergangenheit. Jetzt hat er mich.«

Carlina schluckte. »Ich weiß nicht, ob ich mich freuen soll oder nicht.«

»Warum nicht, Carlina? Gibt es etwas, das ich wissen sollte?«

»Nein. Soweit ich weiß, bist du schon vollständig im Bilde. Er spricht nicht, und Tante Violetta und er sind unzertrennlich. Das ist auch schon alles, aber ich denke, das reicht, um eine Beziehung ernsthaft auf die Probe zu stellen.«

Francesca nickte. »Ja, es ist eine Herausforderung, das gebe ich zu. Aber es macht ihn auch besonders.«

»Er ist ein ganz besonderer Mann.«

»Weißt du, warum er nicht spricht?« Francesca lehnte sich über den Tresen.

»Ein traumatische Erlebnis in seiner Vergangenheit«, sagte Carlina langsam. »So hat es Tante Violetta beschrieben, und sie hat es von der Adoptionsvermittlungsagentur. Aber er erinnert sich nicht daran. Er hat mir das einmal aufgeschrieben, in einem der wenigen Momente, in denen er Dinge über sich selbst offenbart hat.«

»Aber es gibt keine physische Ursache, oder? Ich meine, seine Zunge ist ganz in Ordnung, richtig?«

Carlina zuckte mit den Schultern. »Soweit ich weiß, ja.«

Francesca richtete sich mit entschiedenem Gesichtsausdruck auf. »Ich denke, daran können wir arbeiten.«

»Sei vorsichtig, Francesca.« Carlina fühlte sich unwohl. »Er ist ein sehr privater Mensch. Es könnte ihn verletzen, wenn du seine Barrieren einreißt.«

Francesca presste die Lippen zusammen. »Er ist hinter diesen Barrieren einsam. Er muss seinen Ängsten ins Gesicht sehen und darüber hinwegkommen.«

»Wenn Tante Violetta ihn nicht zum Sprechen bringen konnte, dann schafft es keiner.«

»Hat sie es wirklich versucht?«

»Oh ja. Alle möglichen Kurse und Sonderunterricht, als er noch klein war. Aber es war für beide traumatisch. Er hat nur noch geweint, und am Ende hat sie ihn in Ruhe gelassen und ihm selbst lesen und schreiben und so weiter beigebracht. Er hat die Schule beendet, aber nie mit irgendeiner Ausbildung angefangen.«

»Jetzt ist er älter.«

»Er ist Anfang dreißig, genau wie wir. Ich bezweifle, dass er jetzt noch einmal neu anfangen kann.«

»Pah.« Francesca schmiss den BH auf den Tresen. »Liebe kennt keine Grenzen. Und jetzt kannst du mir diesen BH mit dem passenden Höschen verkaufen. Ich weiß, dass sie passen, also brauche ich sie gar nicht erst anzuprobieren.«

Sie hatte den Laden kaum verlassen, als Carlinas Mobiltelefon klingelte.

»Carlina? Bist du das? Warum nuschelst du denn immer so?«

Ihr Herz sank. Sie kannte diese dröhnende Stimme. »Tante Violetta!« Sie bemühte sich um einen fröhlichen Ton. »Wie geht es dir? Ist heute nicht ein wunderschöner Tag?«

»Nein, das ist er nicht, und ich brauche dich hier. Kannst du zu mir kommen?«

»Jetzt auf der Stelle?«

»Es ist eilig. Ich bin außer mir vor Sorge.«

Tante Violetta wusste ganz genau, wie sie die Familie manipulierten musste, um alles zu bekommen, was sie sich wünschte. Deshalb war sie mit schöner Regelmäßigkeit ganz »außer sich«. Einmal war es die falsche Salami zum Mittagessen gewesen, ein anderes Mal ein tropfender Wasserhahn. Carlina hoffte inständig, dass es sich wieder um so eine Banalität handelte, doch sie glaubte nicht so recht daran. Sie wusste, was auf sie zukam und tat alles, um es zu vermeiden. »Es tut mir wirklich leid, aber ich kann meinen Laden nicht einfach so spontan zuschließen.«

»Du hast doch eine Assistentin, oder? Lass die doch arbeiten. Wofür hat man Angestellte?«

»Meine Assistentin kommt erst um elf.«

»Na gut, dann kommst du eben um elf. Es wird nicht lange dauern.«

Carlina verdrehte die Augen. Sie kam wohl nicht darum herum. Am besten brachte sie es so schnell wie möglich hinter sich. »Na gut.«

»Und sprich mit keinem darüber.«

»Worüber?«

»Über unsere Verabredung natürlich!«

Na super. Das klang ganz und gar nicht gut.

Carlina kam kurz vor zwölf mit einem schlechten Gefühl im Bauch bei der Villa in Fiesole an. Tante Violetta erwartete sie schon im Garten, und Omar war weit und breit nicht zu sehen.

»Ich bin außer mir vor Sorge«, wiederholte Tante Violetta. Ihre gichtigen Hände bewegten sich so ruckartig auf dem Rollstuhl hin und her, dass das ganze Konstrukt wackelte.

Carlina beäugte ihre alte Verwandte mit Bedenken. *Gleich gibt es kein Halten mehr.* »Was ist denn los?« Sie beugte sich nach vorne und legte eine Hand auf die von Tante Violetta, in der Hoffnung, den wackelnden Stuhl damit zu stabilisieren.

»Es ist Omar.«

»Omar?« Carlina hob die Augenbrauen, während ihr Herz sank. Sie hätte viel lieber einen tropfenden Wasserhahn diskutiert, aber sie tat so, als ob sie von nichts wüsste. »Was hat er angestellt? Ich habe ihn zuletzt vor drei Tagen gesehen, da schien alles super zu sein. Er ist doch nicht etwas krank, oder? Er wirkte kerngesund. Tatsächlich habe ich ihn selten bei so guter Laune gesehen. Er –«

»Hör auf, wie ein Wasserfall zu reden, Mädchen.« Tante Violetta funkelte sie an. »Und hör zur Abwechslung mal zu.«

Carlina unterdrückte einen Seufzer. Tante Violetta kam es nie in den Sinn, zu irgendjemandem höflich zu sein, aber das machte sie in der Regel mit Originalität wieder wett.

Tante Violetta verengte die Augen und starrte in die Ferne.

Carlina wartete ungeduldig. Würde Tante Violetta gleich in eines ihrer berühmten Nickerchen fallen? Mit neunundneunzig Jahren hatte sie das Recht, ein wenig exzentrisch zu sein, aber Carlina wollte nicht den Tag damit verbringen, ihr beim Schlafen zuzusehen. Eine Zikade fing an zu zirpen, stellte wohl fest, dass es noch zu früh war, und verstummte wieder. Aus den Büschen hinter ihr kam ein aromatischer Duft nach Tyhmian und Rosmarin. Carlina räusperte sich, um sich bemerkbar zu machen.

»Du solltest lernen, geduldiger zu sein«, fauchte Tante Violetta.

»Und du solltest lernen, zum Thema zu kommen«, antwortete Carlina mit einem Grinsen. »Ich muss gleich in meinen Laden zurück.«

»Ha.« Ein befriedigtes Lächeln glitt über das verrunzelte Gesicht von Tante Violetta. »Du bist frech.«

»Nun leg schon los, Tante Violetta. Spuck's aus. Ich sterbe vor Neugierde. Was ist mit Omar geschehen?«

»Er ist zu glücklich.«

Oh-oh. Carlina tat so, als ob sie überrascht sei. »Zu was?«

»Glücklich. Er geht wie auf Wolken. Schon seit Wochen.«

»Und warum ist das schlecht?«

Ein wütender Blick durchbohrte sie. »Weil ich nicht weiß, warum.«

»Frag ihn.«

»Hab ich.« Ihr verrunzelter Mund wurde zu einem dünnen Strich. »Aber er tut so, als ob er taub sei, wann immer ich das Thema anspreche.«

Carlina musste sich auf die Lippe beißen, um ihr Lächeln zu unterdrücken. Sich taub zu stellen war ein neuer Schachzug von Omar und zeigte ganz klar, wieviel Druck Tante Violetta ausgeübt hatte. »Er ist kein Fünfjähriger mehr. Lass ihm ein wenig Privatsphäre.«

Tante Violettas beeindruckende Brust hob sich. »Ich bin ganz und gar bereit, ihm seine Privatsphäre zu lassen, wie du es nennst, aber das ist einfach zu viel. Er läuft hier so zufrieden herum wie die Katze, die den Kanarienvogel gefressen hat. Ganz häufig denke ich, dass er gar nicht hier ist. Er hört mich nicht immer, wenn ich mit ihm spreche, sondern ist meilenweit weg. Ich glaube, er nimmt Drogen.«

»Hm.« Carlina war sich nicht sicher, ob Tante Violetta sich an den explosiven Gefühlscocktail erinnerte, der mit dem Beginn einer romantischen Beziehung einherging.

»Ich habe ihn mir genau angesehen, aber seine Pupillen scheinen immer die richtige Größe zu haben.« Sie zog an einer Falte ihres umfangreichen Kleidungsstücks, einer Kreuzung aus einem Zelt und einem Kleid. »Vielleicht ist es eine neue Droge. Irgendetwas, was man nicht erkennen kann.«

Es ist eine sehr alte Droge. Carlina lächelte. *Eine, die es schon seit Anbeginn der Zeit gibt. Aber ich kann ihr wohl kaum Omars Geheimnis verraten.*

»Warum lächelst du so, Carlina?«

»Entschuldigung, ich dachte gerade an etwas anderes.«

»Er hat auch damit angefangen, Dinge wegzuräumen.«

Carlina runzelte die Stirn. »Dinge wegzuräumen? Was für Dinge?«

Tante Violetta verengte die Augen. »Weckgläser.«

Carlinas Mund blieb offen stehen. »Weckgläser?« *Die braucht er definitiv nicht für Francesca. Als Glasbläserin hat sie genug davon.*

»Ja. Wir hatten sie im Schuppen unten im Garten und haben sie ewig nicht benutzt. Aber letztens fiel mir ein, wo sie stehen, und ich wollte einige ins Haus räumen. Die Tomaten waren diesen Sommer richtig gut, und ich dachte mir, dass wir sie in der Sonne trocknen und dann in Olivenöl einlegen sollten.«

Carlina beäugte ihre Tante, dann schaute sie den Gartenpfad entlang, während sie versuchte, sich an den Standort des Schuppens zu erinnern. Tante Violettas Villa lag in Fiesole, nur einige Kilometer von Florenz entfernt. Das zweigeschossige Haus, gestrichen in einem warmen Terracotta-Orange und mit grünen Fensterläden, saß auf der Kuppe eines Hügels und bot einen fantastischen Blick über die Stadt. Der Garten zog sich den Hügel hinab, und obwohl er einige gut gepflegte Wege mit Natursteinplatten besaß, war es doch keine Strecke für einen gemütlichen Bummel, wenn man neunundneunzig Jahre alt war und nicht gerade gut zu Fuß. »Nun erzähl mir mal lieber die Wahrheit, Tante Violetta. Du wärst doch normalerweise nie im Leben dort hinunter gegangen, um die Weckgläser selbst zu holen.«

Tante Violetta hob das Kinn. »Ich kann noch sehr gut laufen, wenn ich es will.«

»Ja, das weiß ich.« Carlina nickte. »Aber du würdest lieber Omar hinschicken. Was war also der echte Grund für den Abstechern in den Schuppen?«

Tante Violetta beugte sich nach vorne und senkte die Stimme. »Ich habe gesehen, wie er in den Schuppen gegangen ist, während er dachte, dass ich schlafe. Aber mir war kalt, also bin ich aufgestanden und habe das Fenster geschlossen. Da habe ich ihn gesehen.«

Vielleicht hat er Francesca im Schuppen getroffen. Carlina konnte sich nicht daran erinnern, ob man noch auf anderen Wegen zum Schuppen gelangte. Wenn sie sich richtig erinnerte, führte eine alte Natursteinmauer rings um das Grundstück herum. An heißen Sommernachmittagen hatten sie dort Eidechsen gefangen, aber sie vermutete nicht, dass Omar diese Beschäftigung wieder aufgenommen hatte. Laut sagte sie: »Warum kann Omar denn nicht im Garten spazieren gehen, während du schläfst? Hältst du ihn nicht ein wenig zu eng an der Leine?«

Ihre Tante richtete sich auf. »Ich halte überhaupt niemanden an der Leine! Aber es war seltsam.«

»Ich verstehe im Übrigen nicht, wie die Weckgläser zu deiner Drogentheorie passen.« *Und es ist mir auch ganz egal. Solange er glücklich ist, ist doch alles in schönster Ordnung.* Carlina stand auf und tätschelte Tante Violettas Schulter. »Mach dir keine Sorgen, Tante Violetta. Lass ihn einfach in Ruhe. Er wird dir schon früher oder später mitteilen, was ihn beschäftigt.«

»Dann ist es vielleicht schon zu spät.« Tante Violetta starrte vor sich hin. »Vielleicht kann ich ihn nicht mehr vom Abgrund wegreißen, wenn er erst völlig unter dem Einfluss dieser Droge steht.«

»Ich glaube nicht, dass es eine gefährliche Droge ist.« Carlina lächelte ihr ermutigend zu.

»Du hast ihn nicht gesehen!«

Nein, aber ich habe Francesca gesehen.

Tante Violettas gichtige Hand schoss nach vorne und hielt Carlinas Rock fest. Sie zog kräftig daran. »Versprich mir, ein Auge auf Omar zu haben, Carlina. Versprich mir, ihm zu helfen.«

»Mache ich.« Carlina versuchte, ihren Rock zu befreien, aber gegen Tante Violettas entschiedenen Klammergriff hatte sie keine Chance. Also blieb sie still stehen. »Ich verspreche, ein Auge auf ihn zu halten.«

»Du kannst ihn am Samstagabend sehen.«

»Samstagabend?«

»Ja. Benedetta hat uns alle zu diesem Budenzauber bei ihrer Freundin eingeladen.«

»Welchem Budenzauber?«

»Die Füllhalterausstellung. Erinnerst du dich nicht? Sie hat bei ihrer Geburtstagsfeier davon gesprochen.«

»Ach das.« *Das noch nie dagewesene klassische Kultur-Event des Monats.* Ein Lächeln spielte um ihre Lippen, als sie sich an Stefanos Worte erinnerte.

»Ja. Wir werden dort sein, und bei der Gelegenheit kannst du dir Omar mal genau ansehen und mir sagen, was du denkst.«

»Okay, das werde ich tun.«

Endlich wurde ihr Rock losgelassen. »Gut. Du kannst jetzt gehen. Ich bin müde.«

Carlina grinste. Hatte Tante Violetta überhaupt eine Ahnung, wie königlich sie ihr Gefolge entließ?

Kapitel 2

Cara, triff mich heute Abend um 19.30 Uhr hinter dem Palazzo Pitti.

Die Notiz war kurz und knapp, wie alle Texte von Stefano. Er kritzelte die Nachrichten nur rasch mit schwarzer Tinte, doch er vergaß nie, mit *cara*, Liebes, anzufangen. Carlina lächelte und steckte den Zettel in eine kleine Box. Sie hatte schon eine ganze Sammlung von Notizzetteln – mit Verabredungen, mit Dingen, an die sie sich erinnern sollte, und einen, den sie ganz besonders liebte, denn er sagte nur: »Du hast mir heute gefehlt.« Aus irgendeinem Grund zog Stefano es vor, ihr kleine Zettelchen zu hinterlassen, anstatt ihr Textnachrichten per Telefon zu senden, und das gefiel ihr. Wenn sie sie herausnahm und durchschaute, erinnerte sie sich an die Abende, die sie zusammen verbracht hatten, an das Essen, das sie genossen hatte, und an die gemeinsamen Spaziergänge.

Es war ein schöner Freitagabend, noch sehr warm für Anfang September, und sie entschied sich, das neue Kleid anzuziehen, das sie vor einer Woche gekauft hatte. Die Woche in Temptation war anstrengend gewesen, aber das neue Kleid würde sie den Stress vergessen lassen und ihr helfen, sich auf etwas Schönes zu konzentrieren. Es war aus einem tiefroten Baumwollstoff gemacht, mit ein wenig Spitze am Ausschnitt und den Armen. Der Rock war weit und schwang aus, während sie lief, und das gab ihr so ein sommerlich-leichtes, sorgenfreies Gefühl. Als sie es gesehen hatte, hatte sie sich sofort verliebt.

Aber warum wollte Stefano sie am Palazzo Pitti treffen? Direkt dahinter erstreckte sich der weitläufige Garten, den die Medicis angelegt hatten. Sein Name war fast so berühmt wie Florenz selbst – *il Giardino di Boboli*. Vielleicht wollte er ja dort mit ihr spazieren gehen? Aber nein, der Garten wurde am Abend geschlossen. Sie sollte wirklich wieder einmal hingehen. Wann war sie zuletzt dort gewesen? Die Menschen reisten aus der ganzen Welt an, um die berühmten Boboli-Gärten zu besichtigen, doch sie, die direkt nebenan lebte, fand bei ihrem hektischen Leben keine Zeit, um innezuhalten und seine Schönheit zu genießen. Ein

Jammer. Sie würde Stefano vorschlagen, ihn bald einmal gemeinsam zu besuchen.

Sie genoss die kurze Fahrt mit ihrer Vespa am Arno entlang, obwohl sie ihr Kleid sorgfältig unter sich feststecken musste, damit es nicht vom Wind hochgewirbelt wurde. Die Sonne ging gerade unter und goss ihr goldenes Licht über die Stadt, und die Luft war mild und süß. Carlina holte glücklich tief Luft und parkte ihre Vespa so nahe wie möglich am Palazzo Pitti. Als sie ihren Helm verstaut hatte, betrachtete sie das beeindruckende, sandfarbene Gebäude. Es war nicht ihr Lieblingsgebäude, weil es zu sehr wie eine Festung aussah, zu groß und abweisend. Die Architekten der damaligen Zeit wussten, wie man Material einsetzen musste – sie wussten, wie man durch schiere Größe einschüchterte und die Macht ihrer Besitzer eindrucksvoll zeigte, oder wie man verzauberte. Dieses Gebäude war gebaut worden, um einzuschüchtern.

Sie zog den Duomo vor, mit seiner detailverliebten Marmorfassade und den unglaublich aufwändigen Mustern, aber dennoch konnte sie sich dem Einfluss des *palazzos* nicht entziehen. Sie drehte sich auf dem Absatz herum und sagte sich selbst, dass sie das nicht tat, um zu sehen, wie ihr Kleid um sie herumwirbelte, dann schaute sie die Straße entlang.

Ihr Lieblingsladen, Giulio Giannini e Figlio, eine traditionelle Papeterie, die handgedruckte Papiere und handgebundene Bücher herstellte, hatte jetzt nicht mehr geöffnet, aber drinnen brannte noch Licht. Während sie hinschaute kam die Inhaberin, Maria, heraus und winkte ihr zu. Carlina winkte zurück. Vielleicht sollte sie eines ihrer handgebundenen Bücher kaufen und Stefanos Notizen hineinkleben, als eine Art Tagebuch ihrer Beziehung. Sie lächelte. Was für eine schöne Idee. Aber jetzt sollte sie sich besser zur Rückseite des Palazzos aufmachen, wo Stefano hoffentlich schon auf sie wartete.

Sie eilte über die Pflastersteine, die schon hunderte von Jahren erlebt hatten, und ging um den *palazzo* herum. Als sie am verabredeten Treffpunkt angekommen war, schaute sie sich um. Von Stefano war keine Spur zu sehen, doch sie war auch noch einige Minuten zu früh.

Kein Problem. Sie zog ihr Telefon aus der Tasche und prüfte gerade ihre Nachrichten, als ein Schatten über sie fiel.

Sie blickte auf. »Omar! Wie schön, dich zu sehen! Was machst du hier?« Es war seltsam, ihn einmal nicht in Begleitung von Tante Violetta zu sehen. Hatte Francesca ihm schon gesagt, dass sie ihr Geheimnis weitergegeben hatte? Er überragte sie, und seine dunklen Augen glänzten. Nun, was auch immer der Grund war, er schien glücklich zu sein.

Omar hielt ihr die Hand entgegen.

Sie hob erstaunt ihre Augenbrauen, aber sie nahm sie, und als er sanft daran zog, folgte sie ihm den Hügel hinauf zum Eingang der Boboli-Gärten.

»Das bringt uns nicht weiter«, sagte sie. »Die Tore sind schon verschlossen.«

Er nickte und tätschelte ihre Hand.

Ihre Neugierde stieg. »Ich kann jetzt nicht hier weggehen, Omar. Ich warte auf Stefano. Er hat mir gesagt, dass ich ihn an der Rückseite des *palazzos* erwarten soll.«

Omar nickte, zeigte auf sich selbst und dann wieder den Hügel hoch.

»Du meinst, er hat unser Treffen hier so arrangiert?«

Noch ein Nicken.

Ihr Herz sank. Sie hatte sich auf einen romantischen Abend mit dem Mann, den sie liebte, gefreut. Stattdessen war schon wieder ein Familienmitglied dazwischengekommen, auch wenn es Omar war, den sie sehr mochte. Sie bemühte sich, ihre Gefühle nicht zu zeigen. Omar war gut darin, die Mimik anderer zu deuten.

»Werde ich Stefano heute Abend sehen?«

Ein Nicken.

Gut. Wenigstens ist das kein komischer Streich. »Bald?«

Ein Nicken.

Na gut, dann sollte sie sich besser in Geduld üben. Anscheinend gab es einen Plan für den heutigen Abend. Vielleicht würden sie ja auch noch Francesca treffen? Hatte Omar sich vielleicht Stefano anvertraut, so, wie Francesca sich ihr anvertraut hatte? Sie lächelte, und ihre schlechte Laune verschwand.

Sie kamen bis zum Tor des Gartens, wo Omar einen Schlüssel hervorzog.

Ihre Augen weiteten sich. »Woher hast du denn diesen Schlüssel bekommen?«

Omar öffnete die Tür für sie, lud sie mit einer Handbewegung ein, hindurchzugehen, dann folgte er ihr und schloss die Tür wieder hinter sich. Er ging weiter den Hügel hinauf.

Sie beeilte sich, um hinterherzukommen. »Omar? Woher hast du den Schlüssel?«

Er malte ein großes S in die Luft.

»Stefano? Er gab dir den Schlüssel?«

Omar nickte.

Wie seltsam. Carlina entschied sich, alle Fragen zur Seite zu schieben und den Augenblick zu genießen. Der Garten war ruhig, ganz ohne Touristen, rennende Kinder oder Gärtner. Es hatte angefangen zu dämmern, und jetzt schienen die flüsternden Büsche in lavendelfarbenen Schatten zu versinken. Zikaden sangen, und die warme Erde roch nach Sonne und reicher Ernte.

Carlina schob eine Hand unter Omars Ellenbogenbeuge. »Nun, was auch immer ihr geplant habt, es ist eine schöne Überraschung. Der Garten bei Nacht ist zauberhaft, und es ist unglaublich, wie leise es ist.«

Omar berührte ihre Hand mit einer flüchtigen Bewegung und neigte den Kopf, aber er hielt keinen Augenblick an. Es wurde beständig dunkler, während die Sonne am Horizont immer tiefer sank. Der Kies knirschte unter ihren Füßen.

Nach einigen Minuten hielt Omar an der Ecke eines großen Busches an, den Carlina nicht ganz erkennen konnte. War es Oleander?

Omar zeigte um den Busch herum und gab ihr einen sanften Schubs zwischen die Schulterblätter.

Carlina lachte. »Du meinst, ich soll ab hier allein weitergehen?«

Er nickte, soviel konnte sie in der Dunkelheit erkennen.

»Na, ich danke. Erst führst du mich in einen dunklen Garten und dann lässt du mich dort ganz alleine. Was ist das für ein Streich?«

Omar lächelte. In dem verblassenden Licht konnte sie seine Zähne kurz aufblitzen sehen, aber seine Augen lagen im Schatten. Noch ein freundlicher Schubs, dann drehte er sich um und ging den Weg zurück, den sie gekommen waren.

Carlina blinzelte. *Was um alles in der Welt …?* Schließlich zuckte sie mit den Schultern und ging weiter in die Richtung, in die Omar gezeigt hatte. Als sie um den Busch herumkam, hielt sie die Luft an. Vor ihr lag die berühmte *ragnaie*, die Allee aus knorrigen Bäumen, deren Äste sich weit oben berührten. Sie bildeten einen schattigen Durchgang, der etwas Magisches ausstrahlte. Carlina erinnerte sich daran, wie sie als Kind hier entlanggehüpft war, fasziniert von den Geschichten, dass hier die Feen im Mondlicht tanzten. Ihre Mutter hatte ihr erzählt, dass die Feen wie kleine Glühwürmchen funkelten, wenn sie tanzten.

Sie rieb sich die Augen. Da funkelten tatsächlich ein paar Lichter, aber es konnten doch keine Feen sein, oder? Langsam ging sie näher. Jemand hatte Gläser mit dicken Stumpenkerzen entlang der Allee aufgestellt, neben jedem Baum eine Kerze, auf beiden Seiten. Die leichte Abendbrise ließ das Licht flackern, sodass es aussah, als ob die Kerzen entlang der Allee tanzen würden und sie spielerisch einluden, mitzumachen. »Oh, wie wunderschön.« Fasziniert ging Carlina näher heran.

Ein Schatten löste sich vom Ende der Allee und ging auf sie zu.

Carlina schluckte. Sie kannte diesen Schatten.

Stefano kam auf sie zu und erreichte sie in der Mitte der Allee. Er streckte seine Hand aus.

Sie nahm sie und lächelte zu ihm hoch. »Warum um alles in der Welt hast du das hier aufgebaut? Es ist unglaublich schön! Ist es ein besonderer Anlass?«

Die Kerze, die am nächsten stand, warf ein flackerndes Licht auf sein Profil.

»Noch nicht, aber ich hoffe, dass es einer wird.« Seine Stimme klang erst.

Sie lachte, aber in ihr fing etwas an zu zittern. »Was meinst du?«

»Ich möchte dich bitten, meine Frau zu werden.«

Carlina stockte der Atem, und ihre Knie wurden so weich, dass sie sich an ihm festhalten musste.

Er nahm sie in den Arm. »Möchtest du mich heiraten, Carlina?«

Sie öffnete den Mund, brachte aber keinen Ton heraus. Stattdessen schlug eine Welle aus Glück über ihr zusammen und trug sie auf glitzerndem Schaum davon.

»Carlina?« Er klang angespannt. »Hörst du mir zu?«

Sie räusperte sich. »Ja. Und ja, ich möchte dich gern heiraten.«

Er seufzte tief auf und zog sie so nahe an sich heran, dass sie kaum noch atmen konnte.

Sie hob ihren Kopf, und seine Lippen trafen ihre. Das Glück zwischen ihnen wurde stärker und fing voller Energie an zu summen, bis es stärker leuchtete als die Kerzen.

Sie wusste nicht, wie lange sie so blieben. Der Kuss war ein Versprechen, ein Gelöbnis, süß und stark. Die Kerzen flackerten in der Brise, und langsam stieg der Mond über die knorrigen Äste der Bäume, wie eine große, orangefarbene Laterne am Himmel.

Stefano nahm ihre Hand, und sie schlenderten durch den Garten. Das Mondlicht war jetzt hell genug, um ihnen den Weg zu weisen. Schemenhaft nahm Carlina die Statuen am Weg entlang wahr, die sorgfältig gestutzten Büsche, die formellen Blumenbeete und weit geschwungenen Treppenstufen, aber das einzige, was sie wirklich sah, war Stefanos liebes Gesicht und die Art, wie er sie anblickte.

»Ich gestehe, dass ich überrascht bin«, sagte sie schließlich, als sie sich auf die obersten Treppenstufen gesetzt hatten. Von ihrem Blickwinkel aus konnten sie die Symmetrie der Blumenbeete unter ihnen in jedem Detail erkennen – ohne Farbe im Mondlicht, aber vielleicht sogar noch faszinierender, jetzt, wo sie nur mit ihrer sorgfältig angelegten Geometrie in schwarz und weiß und grau überzeugen konnten.

»Überrascht?« Er legte seinen Arm um ihre Schultern. »Weil ich dich gebeten habe, meine Frau zu werden?«

»Das auch.« Sie lehnte sich an ihn. Wie schön es war, seinen Arm um sie zu spüren, und die Wärme seines Körpers neben ihrem zu fühlen. »Ich habe nicht damit gerechnet. Wir leben ja erst einige Monate zusammen, und ganz so lange kennen wir uns noch gar nicht.«

»In zwei Wochen ist es ein Jahr«, sagte er.

»Du zählst mit!«

Er lachte. »Du auch!«

»Touché.« Carlina lächelte. »Aber du hast nie über die Ehe gesprochen.«

»Ich weiß.« Er lehnte seinen Kopf an ihren. »Aber ich dachte mir, dass es keinen Sinn macht, noch viel länger zu warten, wenn ich absolut sicher bin, dass du diejenige bist, die ich für den Rest meines Lebens an meiner Seite haben möchte.«

Ein Kloß formte sich in ihrem Hals. Ohne ein weiteres Wort drehte sie sich zu ihm hin und küsste ihn.

Er zog sanft an ihren Locken. »Du hast mal erwähnt, dass du nicht in einer Kirche, sondern in einem Garten heiraten möchtest. Also dachte ich mir, dass ein Garten auch für den Antrag passen könnte.« Sein Lächeln wurde spitzbübisch. »Außerdem hat dieser Garten einen unschlagbaren Vorteil. Er wird nachts abgeschlossen, also gibt es kein Risiko, dass irgendein Mitglied des weit verstreuten Mantoni-Clans uns unterbricht.«

Carlina lachte. »Ha. Aber du hast Omar involviert, der ja zum Mantoni-Clan gehört. Das erscheint mir nicht ganz logisch, mein Lieber.«

»Ja, ich weiß. Ich wollte dich gern in der Allee treffen, aber ich wusste nicht, wie ich dich dorthin bekommen sollte. Das Gute an Omar ist, dass ihm niemand jemals Fragen stellt, weil alle glauben, dass er nichts zu sagen hat.«

»Mit Ausnahme von Tante Violetta, die ziemlich beeindruckend sein kann, wenn sie mit einer Mission unterwegs ist.«

»Ja, aber ich bezweifle, dass sie etwas bemerkt hat.«

»Ach, sie merkt ne ganze Menge. Zum Beispiel hat sie ihre Weckgläser vermisst. Wenn ich mich nicht sehr irre, sind es die in der Allee, oder?«

Stefano nickte. »Omar und ich holen sie morgen früh ab, bevor der Garten öffnet.«

»Wie bist du überhaupt an die Schlüssel gekommen?«

Er zuckte mit den Schultern. »Beziehungen. Ich kenne den Obergärtner von einem Fall.«

Carlina lachte. »Beziehungen. Ohne sie würde gar nichts laufen.«

»Wie wahr.« Er zuckte zusammen. »Oh, nein, jetzt hab ich's vergessen. Ich war wohl doch nervöser als gedacht.«

»Was hast du vergessen?«

»Den Ring!« Er steckte die Hand in seine Jackentasche und zog ein etwas mitgenommenes Samtetui heraus. »Er ist ... von meiner Großmutter. Meine Mutter gab ihn mir, bevor sie starb, und sagte mir, dass ich ihn für die wichtigste Frau in meinem Leben aufheben sollte.«

Heiße Tränen stiegen ihr in die Augen. Sie hielt ihre Hand hoch, und er versuchte, den Ring auf ihren Finger zu stecken, aber er blieb am Knöchel hängen. »Er passt nicht.« Enttäuschung überflutete sie. Sie nahm ihn und versuchte ihn auf ihren kleinen Finger zu stecken, aber selbst da passte er nicht. »Deine Oma muss winzig gewesen sein.«

»Das war sie.« Er schüttelte den Kopf. »Es tut mir leid, aber ich habe gar nicht über die Größe nachgedacht. Ich schätze, ich habe einfach zu wenig Erfahrung mit Ringen.«

Das brachte sie zum Lachen. »Ist schon in Ordnung. Wir können zu einem Juwelier gehen und ihn bitten, den Ring zu weiten.«

»Ist das möglich?«

»Manchmal. Es hängt vom Material ab.« Sie hielt ihm den Ring hing. »Würdest du es tun? Ich gebe dir einen von meinen Ringen mit, damit du die richtige Größe weißt.«

»Mache ich.« Er steckte ihn sorgfältig wieder weg. »Ich erledige das gleich morgen. Solange wir wirklich verlobt sind, mit oder ohne Ring.«

»Wir sind wirklich verlobt.« Sie beugte sich nach vorne und küsste ihn wieder. *Halte diesen Augenblick fest,* sagte ihr Herz. *Diesen perfekten Mo-*

ment von schierem Glück. Sie kuschelte sich in seine Arme und ließ sich von der Glückswelle wegtragen. Der Garten war still, nur einige wenige Zikaden sangen. Irgendwo zwitscherte ein müder Vogel und weit weg hörte man ein Auto hupen. Aber hier war alles perfekt. Ein perfekter Augenblick, wie eine Glaskugel aus Glück, in der sie zu zweit waren, ohne dass die Außenwelt sie unterbrechen konnte. Die Nachtluft hüllte sie ein und brachte einen Hauch von Rosmarin und nasser Erde mit. Sie hob den Kopf. »Stefano?«

»Hmm?«

»Hättest du etwas dagegen, wenn wir unsere Verlobung noch eine Weile für uns behalten?«

Er hielt sie ein wenig von sich weg und schaute sie prüfend an. »Warum?«

»Ich ... ich kann das nicht gut erklären, aber in der Sekunde, in der wir es öffentlich machen, werden sie alle die Hochzeit planen und von nichts anderem mehr sprechen. Und dann werden sie von Babys reden. Unsere Gefühle füreinander werden auf einmal öffentliches Eigentum, und ich möchte lieber noch ein wenig dieses geheime Glücksgefühl auskosten.«

Er runzelte die Stirn. »Liegt es daran, dass du dir nicht ganz sicher bist, ob du mit mir verlobt sein willst?«

»Oh nein, mein Herz.« Carlina streichelte seine Wange mit ihren Fingerspitzen. »Ich war noch niemals in meinem Leben bei einer Sache so sicher wie jetzt. Aber ich möchte noch nicht diesen ganzen Hang voller Arbeit hinunterrutschen, mit alle den Vorbereitungen und dem Stress. Gib mir ein paar Tage, um unser Glück geheim zu genießen, ohne dass wir uns schon der geballten Aufregung der Familie stellen müssen.«

Er neigte den Kopf zur Seite. »Liegt es vielleicht daran, dass du schon einmal eine große Hochzeit geplant hast und dann nichts daraus geworden ist?«

Sie schluckte. »Daran hatte ich nicht gedacht, aber ja, vielleicht spielt das eine Rolle. Es kommt mir so vor, als ob man mir eine Perle gegeben hätte, eine einzigartige und seltene Perle. Ich möchte sie gern den anderen zeigen, aber in dem Augenblick, wo ich das tue, werden sie alle möglichen Details diskutieren, an die ich noch überhaupt nicht gedacht habe, sie werden uns sagen, was wir tun und lassen müssen, werden uns mit anderen vergleichen, und diese schiere ungefilterte Freude wird befleckt werden. Es wird nicht mehr nur um uns beide gehen.« Sie seufzte. »Es tut mir leid, aber ich kann es nicht besser ausdrücken.«

Stefano lächelte. »Es ist in Ordnung, ich verstehe. Wir lassen uns Zeit, und du trägst den Ring, wenn du das Gefühl hast, dass du in den Familienzirkus einsteigen kannst.«

Er versteht es wirklich. Sie lehnte sich an seine Brust. »Danke.«

»Ist dir warm genug, Caralina?«

»Oh ja.« Sie lachte leise. »Wie hast du mich gerade genannt?«

»Caralina. Eine Mischung aus *cara*, Liebes, und Carlina.«

»Das gefällt mir.«

»Es wird uns immer an heute Abend erinnern.«

Kapitel 3

»Kannst du dir vorstellen, dass irgendeiner von den Leuten hier ein Mörder ist?« Garini flüsterte die Worte in Carlinas Ohr. Es war Samstagnacht, und sie waren gerade bei dem Füllhalter-Kultur-Event angekommen.

Sie schob eine Hand unter seinen Arm und genoss es, seine Muskeln unter dem Hemdstoff zu spüren. »Nein«, flüsterte sie zurück. »Aber du sagst ja immer, dass ein guter Verbrecher nicht wie einer aussieht.«

»Also hörst du mir doch gelegentlich zu«, murmelte er.

»Gelegentlich. Wenn ich gerade nichts Besseres zu tun habe.« Sie lachte ihn an.

Er zog an einer ihrer Locken. »Um noch mal auf meine Frage zurückzukommen, fällt dir etwas an den Füllhalterfreunden auf?«

Carlina schaute sich die fünf Clubmitglieder an, die leicht an einer goldenen Anstecknadel in Form eines Füllhalters zu erkennen waren. Es war das Abzeichen des FCF, Füllhalter Club Florenz. Sie trugen die Anstecknadel alle, als ob es eine Medaille wäre.

Xaviero Monti, ihr Gastgeber, war der kleinste. Er war ein eingefallener Mann mit straff über die Knochen gespannter Haut, funkelnden schwarzen Augen und dichtem weißem Haar, das ihm ständig über die schwarze Hornbrille fiel. Alle paar Minuten schob er sich die Haare mit einer ungeduldigen Bewegung aus der Stirn, ganz offensichtlich ohne es zu bemerken. Er war von Kopf bis Fuß in grün gekleidet, mit einem handgestrickten Pullover, der nach den Löchern zu urteilen von seiner Großmutter gestrickt worden war. Wenn er sprach, klang seine Stimme hoch und dünn, wie die Stimme eines sehr viel älteren Mannes. Carlina schätzte ihn auf etwas fünfzig.

Neben ihm stand Matteo, den Xaviero als seinen besten Freund vorstellte. Er schien das genaue Gegenteil zu sein. Er war so groß, dass er den Kopf senken musste, wenn er unter der Tür durchging, und seine Stimme klang wie ein Nebelhorn. Sein glattes Haar war so streng zurückgegelt, dass es das Licht der Lampe widerspiegelte, die mittig über dem Ausstellungstisch in Xavieros Wohnzimmer hing. Er trug ein leuchtend rotes Jackett und dunkle Hosen.

Gegenüber an der anderen Seite des Tisches standen drei weitere Mitglieder des FCFs. Sie starrten alle wie gebannt auf die vier flachen Lederkoffer, die geschlossen auf dem Tisch lagen. Alle drei zeigten den gleichen Gesichtsausdruck – nackter Neid. Bei zweien von ihnen wirkte dieser Ausdruck so verstörend wie ein lustig dudelndes Spielzeug auf einem Sarg: Es waren Nonnen. Ihre Augen starrten unverwandt auf die Lederkoffer, und sie standen so nahe beieinander, dass man in ihren weiten, schwarzen Habits nicht erkennen konnte, wo die eine Frau aufhörte und die andere begann. Ihre Haare waren unter ihrer Kopfbedeckung vollständig versteckt, so dass sie einander sehr ähnlich sahen. *Es ist verrückt, wie sehr die Haare einen Menschen ausmachen, und wieviel von der Individualität verloren geht, wenn sie bedeckt sind.* Carlina überlegte, wie alt die Nonnen wohl sein mochten, aber sie fand es schwierig. Vierzig? Fünfzig? Sie hatten beide die gleiche Art von Wimpern, lang und weiß, und beide trugen identische Drahtbrillen, so groß und rund, dass sie das ganze Gesicht dominierten. Carlina konnte sich nicht erinnern, welche Schwester Maria und welche Schwester Anna war. Ihre Münder waren fest zusammengepresst, während sie auf die Lederkoffer starrten. Die goldenen Füllhalteranstecknadeln wirkten seltsam auf den dunklen Kutten. Carlina vermutete, dass sie sie erst angesteckt hatten, nachdem sie das Haus betreten hatten.

Der Mann neben ihnen trug einen Pullunder in einer einzigartigen Mischung aus beige, braun und Mottenlöchern. Seine Kordhosen glänzten speckig und wurden von einem Ledergürtel gehalten, der schon diverse Jahrzehnte hinter sich gebracht hatte. In seinen Armen hielt er einen kleinen Lederkoffer, ungefähr mit der gleichen Intensität, mit der eine besorgte Mutter ihr Kind umklammerte. Mit einem mörderischen Gesichtsausdruck starrte er über die Oberkante des Koffers hinweg. Sein dunkles Haar stand schief ab, als ob er direkt so aus dem Bett gekommen wäre und keinen Blick in den Spiegel verschwendet hätte. Er war der jüngste der Truppe, vermutlich um die dreißig. Carlina erinnerte sich, dass er Diego hieß, obwohl sie sich nicht mehr ganz sicher war, weil Matteo die Vorstellung mit der Vehemenz eines Mannes unterbrochen hatte, der es gewohnt war, Herz und Angelpunkt einer jeden Gruppe zu sein.

Carlinas Blick schweifte noch einmal über die Gruppe. Sie spürte starke Emotionen, die förmlich in der Luft vibrierten. *Irgendetwas stimmt hier nicht, aber ich kann es nicht zuordnen.* Bevor sie Stefano sagen konnte, dass sie noch mehr Zeit brauchte, um ihm eine Antwort zu geben, hob Xaviero den Kopf. Seine Augen funkelten immer noch, und jetzt wusste Carlina instinktiv auch den Grund. Es war purer Triumph, das Gefühl des Sieges. Ein Schauder lief ihr den Rücken hinunter.

»Bevor wir anfangen, möchte ich den Leuten, die sich noch nicht mit der faszinierenden Welt der Füllhalter beschäftigt haben, einige Hintergrundinformationen geben.« Sein Blick ging von Carlina zu Stefano und blieb mit einem schwer zu deutendem Ausdruck für einen Augenblick an der hohen Gestalt von Omar hängen, der hinter Tante Violettas Rollstuhl stand. Die Gruppe, die auf der anderen Seite des Raumes stand, ignorierte er komplett: Benedetta, Francesca und seine Frau Manuela, eine mausartige kleine Frau, die sich im Hintergrund hielt.

»Die Kunst, mit einem Füllhalter schreiben zu können, geht langsam verloren. Seit die Tastaturen ihren Siegeszug um die Welt angetreten haben, gerät die Fähigkeit, mit der Hand zu schreiben, immer mehr in den Hintergrund, und das ist eine Schande. Wissenschaftliche Berichte haben herausgefunden, dass das Gehirn Informationen, die von Hand geschrieben werden, besser behält als wenn sie in einen Computer getippt werden. Außerdem zeigt eine Handschrift so viel mehr Persönlichkeit und Schönheit, als ein getipptes Wort je zu transportieren vermag. All dies ist Grund genug, die Kunst des Handschreibens hoch zu schätzen. Doch darüber hinaus gibt es noch einen weiteren Aspekt, und dies ist der Grund, warum wir heute hier versammelt sind.«

Sein Blick schweifte wieder über sie. »Ich spreche vom Schreibgerät. Wenn man mit einem schlechten Füllhalter schreiben muss, vergeht einem sofort die gute Laune. Wir alle haben schon tintenbeschmierte Finger gehabt, Flecken auf dem Papier und unter kratzigen Stahlfedern gelitten. Aber wenn man erst einen wirklich guten Füllhalter gefunden hat, der an die eigene Handschrift und den eigenen Stil angepasst ist, einen, bei dem die Tinte weich ohne das leiseste Stocken über das Papier fließt, dann ist man im Füllhalterhimmel. Und dann dauert es nicht mehr lange, bis man den Füllhalter-Bazillus bekommt.« Seine Stimme klang immer noch hoch und dünn, aber das Feuer der Leidenschaft brannte in seinen Augen.

Gegen ihren Willen fühlte sich Carlina angezogen. Vielleicht sollte sie doch noch einmal einen Versuch mit Füllhaltern wagen? Es hatte in jedem Fall mehr Stil als ein billiger Plastikkugelschreiber. Hatte sie nicht noch irgendwo ihren alten Schulfüller? Sie hatte ihn mit vierzehn für einen Kugelschreiber in Glitzeroptik aufgegeben.

»Und wenn man sich den Bazillus erst eingefangen hat«, führte Xaviero weiter aus, »fängt man mit seiner Sammlung an. Zunächst geschieht dies ziemlich planlos, indem man Modelle wählt, die man einfach schön findet. Füllhalter sind perfekt zum Sammeln geeignet, weil sie so wenig Platz wegnehmen – wenn man mal von den Limited Editions absieht, die häufig lächerlich große Verpackungen haben.« Er runzelte die Stirn. »Aber das ist ein anderes Thema.« Er schien sich nur mit Mühe unter Kontrolle zu halten.

Neben ihm verlagerte Matteo sein Gewicht von einem Bein auf das andere, öffnete den Mund und schloss ihn wieder.

Xaviero richtete sich auf. »Und dann merkt der junge Füllhaltersammler, dass er ein Thema braucht, denn nichts ist schlimmer als eine Sammlung ohne Sinn und Verstand. Manche Leute sammeln nach Farben. Sie entscheiden sich, grüne oder lilafarbene oder gelbe Füllhalter zu sammeln, egal, von welcher Marke und welchem Preis.« Seine Stimme war voller Verachtung.

Die Nonnen erröteten beide in exakt dem gleichen dunkelroten Farbton, als ob sie die gleichen Blutgefäße hätten.

Xaviero lächelte sie maliziös an. »Ich sage gar nicht, dass das eine schlechte Art ist, eine Sammlung zu führen, aber es ist ein wenig … nun, sollen wir sagen … banal?« Er fuhr fort, ohne auf eine Erwiderung zu warten. »Andere sammeln nach Marken. Zu irgendeinem Zeitpunkt entscheiden sie sich, dass eine Marke ihr Favorit ist, und von da an kaufen sie jeden einzelnen Füllhalter, den dieses Unternehmen herausbringt – zumindest soweit es die finanzielle Situation erlaubt.« Sein Blick ruhte für einen Augenblick auf Diego. »Wenn man ein traditionelles Unternehmen wählt, das es schon seit Jahrzehnten gibt, wie Montblanc, Pelikan, Waterman oder Shaeffer, muss man irgendwann ein ganzes Haus mieten, um die eigene Kollektion unterzubringen … wenn man sich das noch leisten kann.«

Diego fuhr sich mit der Zungenspitze rasch über die Lippen.

»Wenn man ein wenig schlauer ist, konzentriert man sich auf ein kleineres Unternehmen – oder man sammelt nach Herkunftsland. In diesem Fall sollte man nicht Deutschland oder Italien wählen. Insbesondere Italien hat mehr Füllhalterhersteller als jedes andere Land der

Welt, und das sind alles traditionelle und hoch qualitative Schreibgeräte. Die Namen Aurora, Delta, Visconti, Omas, Stipula und Montegrappe, um nur die berühmtesten zu nennen, sind allen Sammlern geläufig.«

Carlina wartete darauf, dass eine Person am Tisch Zeichen von Nervosität verriet, aber sie konnte keinerlei Reaktion entdecken. Vielleicht fehlte heute jemand. Der kleine Mann schien ja mit jedem einzelnen Satz direkt auf die Halsschlagader seiner Freunde zu zielen und schaffte es nicht nur, kunstvoll über das Schreiben zu sprechen, sondern ebenso kunstvoll seine Freunde zu beleidigen. Warum ertrugen sie ihn überhaupt?

»Und dann kann man Füllhalter sammeln, die Kunstwerke darstellen. Die berühmteste Variante ist vermutlich die Maki-e Technik. Dies ist eine japanische Malerei, die unglaubliches Können und enorm viel Zeit verlangt, weil die Zeichnungen auf den Füllhaltern mit winzigen Pinseln von Hand aufgetragen werden. Die allerschönsten Maki-e Kunstwerke sind meiner Meinung nach die dreidimensionalen, bei denen der Künstler erhabene Effekte schafft, indem er viele verschiedene Farbschichten übereinander aufträgt. Diese Farbschichten werden aus Lack gemacht, und jede Schicht muss erst einmal trocknen, bevor die nächste Schicht aufgetragen werden kann. Man kann die Struktur der Zeichnung mit der Fingerspitze spüren, wenn man den Füllhalter berührt. Das bedeutet, dass die Herstellung eines Maki-e Füllhalters gut und gern auch einmal drei Monate dauern kann, manchmal mehr. Diese dreidimensionale Technik nennt sich die Taka Maki-e Technik.«

»Aber es gibt noch ganz viele andere«, unterbrach Matteo. »Und sie sind ganz bunt und farbenfroh. Es gibt zum Beispiel die Togidashi-Technik, die Raden-Technik, Chinkin und –«

»Chinkin ist Käse.« Xaviero hob seine Stimme, um seinen besten Freund zu übertönen. »Und das weißt du auch ganz genau.«

»Absolut nicht!« Matteo schüttelte den Kopf und richtete sich zu seiner vollen Höhe auf, sodass Xaviero neben ihm wie ein Zwerg wirkte.«

Carlina fing einen besorgten Blick von Xavieros Frau, Manuela, auf. Also davor hatte sie Angst gehabt: Kämpfe unter den Fanatikern.

»Lass uns unsere Kraft nicht auf Nebenkriegsschauplätze verschwenden«, sagte Xaviero. »Ich habe ja noch gar nicht die exquisiteste Kollektion überhaupt vorgestellt.« Er lächelte die Neuankömmlinge unergründlich an. »Ich beziehe mich natürlich auf meine eigene Kollektion. Besonderheiten. Sie sind ausgesprochen selten.«

»Was denn für Besonderheiten?« Francesca runzelte die Stirn.

»Füllhalter, die zusätzliche Merkmale aufweisen. Vielleicht erinnert ihr euch an den Füllhalter, der in einem James Bond Film verwendet wurde? Der mit dem versteckten Mikrofon?« Er streckte die Brust heraus. »Ich hab es geschafft, dieses Exemplar zu kaufen.«

Carlina schüttelte den Kopf. »Ich dachte, das Zubehör der James Bond Filme sei in einem Museum gelandet.«

»Nun, lasst uns einfach sagen, dass das für einiges gilt ... und für anderes nicht. Oder vielleicht sah es auch nur so aus, als ob.« Er kniff ganz langsam ein Auge zusammen.

Carlina zog sich angeekelt zurück. Sie fühlte sich, als ob sie gerade auf eine Schnecke getreten wäre.

»Aber der James Bond Füllhalter ist nicht das interessanteste Stück in meiner Sammlung. Nehmen wir dieses Exemplar, zum Beispiel.« Er hob den schwarzen Deckel seines Lederkoffers ein wenig an, griff hinein, ohne hinzusehen, und holte einen Füllhalter heraus, der besonders dick und lang war. »Dieser Füllhalter wurde in Erinnerung an die olympischen Sommerspiele im zwanzigsten Jahrhundert hergestellt. Er hat zwei Schäfte. Im inneren Schaft befindet sich nur die Tinte, wie bei jedem anderen Füllhalter. Der äußere Schaft jedoch lässt sich auseinanderklappen, wenn man ein wenig auf das Ende des Füllhalters drückt. Er funktioniert so wie ein Druckkugelschreiber. Ich werde es mal demonstrieren.« Er hielt den Füllhalter in seiner rechten Hand und nutzte seinen Daumen, um auf das Ende zu drücken. Ein leiser Klick ertönte, und der äußere Schaft öffnete sich über die ganze Länge. »Innen stehen die Namen aller Städte, in denen die Olympischen Spiele im zwanzigsten

Jahrhundert stattfanden.« Er drehte den Füllhalter in seiner Hand, sodass alle die winzige Gravur in Gold erkennen konnte. »Dies ist ein technisches Meisterwerk im Miniaturformat.«

Garini beugte sich nach vorne und flüsterte Carlina ins Ohr: »Können wir jetzt gehen?«

Carlina warf ihm einen bezwingenden Blick zu.

Xaviero richtete sich auf. »Ich besitze fünfunddreißig Füllhalter, die alle besondere Funktionen haben.«

Garini stöhnte leise. »Wird er darauf bestehen, sie uns alle zu zeigen?« Seine Worte waren so leise, dass Carlina sie kaum hörte.

Sie trat ihm auf den Fuß.

»Meine Sammlung ist nicht nur einzigartig. Es ist auch unmöglich, sie nachzustellen, weil einige Modelle Prototypen sind.« Xavieros Gesicht leuchtete vor Stolz. »Ich musste oft Tausende von Kilometern reisen, und manchmal brauche ich Jahre, bis ich ein neues Exemplar für meine Sammlung finde.«

»Also kaufen Sie niemals irgendeine andere Art von Füllhalter?« Benedetta schaute sich den olympischen Füllhalter an. »Dieser hier zum Beispiel ist ja ziemlich unhandlich. Ist er nicht viel zu schwer, um damit über längere Zeit zu schreiben?«

»Das stimmt«, gab Xaviero zu. »Deshalb habe ich letztens einen weiteren Füllhalter in meine Sammlung aufgenommen. Nichts Besonderes, nur ein Schreibgerät, um ein paar Notizen zu machen.« Er zauberte einen Füllhalter, der ziemlich normal aussah, aus seinem Lederkoffer, wie zuvor, ohne überhaupt hineinzuschauen. Stattdessen hielt er den Blick fest auf das Gesicht seines besten Freundes gerichtet, während er den Füller in Zeitlupe herauszog und so hochhielt, dass alle ihn sehen konnten.

Matteos Gesicht wurde feuerrot, und die Sehnen an seinem Hals traten hervor, während er auf den Füllhalter starrte. »Aber …«

Carlina sah den Füllhalter an und konnte nicht verstehen, wieso er solche Emotionen hervorrief. Es war ein dicker schwarzer Füllhalter, mit einem Bild von einem ungewöhnlich hässlichen weißen Vogel –

vielleicht ein Kranich? – der schief über ein schneebedecktes Feld flog. An einer Seite war eine winzige goldene Marke angebracht, die die Gravur 1/1 trug.

Xavieros Kehle entrang sich ein kurzes Geräusch, das wie ein glucksendes Triumphjauchzen klang, und bewegte den Füllhalter vorsichtig im Licht, sodass die goldene Plakette funkelte.

Matteo riss ihm den Füllhalter aus der Hand und starrte ihn mit dem gleichen Gesichtsausdruck an, mit dem ein Verhungernder eine duftende Lasagne betrachten würde.

Jemand stöhnte.

»Du ... Du ...« Matteos Brust hob und senkte sich heftig. »Du hast ihn mir gestohlen!«

»Ganz und gar nicht.« Xavieros Stimme war kalt, aber in seinen dunklen Augen war ein bösartiges Glimmen zu sehen. »Ich habe ihn gekauft.«

»Das ist Yamayukis Maki-e Meisterwerk!«

»Stimmt.« Xavieros Lächeln war hässlich. »Ich hatte noch ein wenig Geld übrig und dachte mir, dass ich mich ein wenig mit diesem Flitterkram amüsieren könnte.« Er nahm den Füllhalter aus Matteos Hand und legte ihn achtlos auf den Tisch.

»Flitterkram!« Matteos Gesicht wurde noch röter, sodass es jetzt fast lila wirkte. Er hob beide Hände und ballte sie zu Fäusten. »Ich habe für diesen Füllhalter fünftausend Euro geboten!«

Carlina blieb der Mund offen stehen.

»Und ich habe ihn für fünftausendzehn gekauft.« Xaviero zuckte mit den Schultern. »Ich konnte einfach nicht widerstehen.«

Mattea griff nach Xavieros altem T-Shirt und zog Xaviero hoch, bis er in der Luft hing. »Du wusstest überhaupt nichts von der Auktion, bis ich dir davon erzählt habe. Und du mochtest den Füllhalter noch nicht mal, hast du gesagt! Und dann bist du trotzdem losgezogen und hast ihn mir unter der Nase weggeschnappt!«

Xaviero zuckte mit den Schultern. »In der Liebe und im Krieg ist alles erlaubt«, sagte er. »Es war Liebe auf den zweiten Blick.«

Matteo ließ Xaviero auf den Boden zurückfallen. »Ich habe dir sogar gesagt, dass mein Höchstgebot fünftausend Euro sein würde!«

Xaviero seufzte nonchalant, als ob er nicht gerade eben erst in der Luft geschwebt hätte. »Ja, leider. Das hättest du nicht tun sollen. Hat die Sache für meinen Geschmack ein wenig zu leicht gemacht.«

»Du bist ein falscher Freund. Ein Verräter! Ein –«

»Eine Schlange?«

»Nein! Schlangen sind wunderbare Kreaturen und du bist es nicht wert, mit ihnen verglichen zu werden!« Spucke flog aus seinem Mund.

»Es reicht, Matteo. Nun benimmt dich mal wie ein Mann. Es ist ja nur ein Füllhalter.«

»Er wäre die Krönung meiner Sammlung geworden.« Matteo schluckte schwer.

»Zweifellos. Ich finde ihn ganz praktisch, um damit ein paar Notizen zu machen«, sagte Xaviero. »Tatsächlich habe ich ihn letztens benutzt, während ich ein Bad nahm. Leider ist er ins Wasser gefallen, als ich niesen musste, aber ich habe es geschafft, ihn schnell wieder herauszufischen.«

»Wasser. Dampf. Hitze.« Matteo sah aus, als ob er kurz vor einem Schlaganfall stünde. »Das ist der Tod von Maki-e Zeichnungen.«

Xaviero lächelte. »Mach dir keine Sorgen. Ich habe ihn in die Sonne gelegt, um ihn zu trocknen.«

Matteo stöhnte.

Carlina hasste es, bei dem Schauspiel hilflos zuzusehen, aber ihr fiel nichts ein, um es aufzuhalten. In der Hoffnung, jemanden zu finden, der ihr helfen konnte, blickte sie hoch und fuhr zurück. Die Frau von Xaviero, Manuela, schaute ihren Mann so hasserfüllt an, dass die Luft davon förmlich vibrierte.

In diesem Augenblick beugte sich Omar nach vorne und nahm den Maki-e Füllhalter in die Hand, um ihn genauer zu inspizieren.

Xaviero riss ihm den Füllhalter aus der Hand. »Du dummer Affe, wage es nicht, ihn zu berühren. Diese Art von Füllhalter ist nichts für Leute wie dich.«

Omars Gesicht verdüsterte sich, doch bevor er reagieren konnte, sagte Tante Violetta mit einer Stimme, die wie flüssiges Eis klang: »Omar, ich denke, wir haben genug gesehen. Lass uns gehen.«

Er nahm die Griffe ihres Rollstuhls und drehte sie herum.

Francesca sprang vor. »Was für ein ekelhaftes Verhalten! Ich frage mich, wie die Leute es so lange mit Ihnen aushalten konnten. Sie hätten schon vor Jahren ermordet werden müssen. Tatsächlich ist es eine Schande, dass Ihre Eltern nicht die Voraussicht hatten, Sie gleich bei der Geburt zu ersticken.« Sie drehte sich auf dem Absatz um und verließ den Raum.

Carlina schnappte nach Luft. So hatte sie ihre Freundin noch nie erlebt. Obwohl sie sich auch sehr unwohl damit fühlte, wie Xaviero sich über seine Füllhalterkollegen lustig gemacht hatte, fand sie doch, dass Francescas Aussage etwas übers Ziel hinausschoss. Gab es hier etwas, was sie nicht wusste? Je länger sie darüber nachdachte, umso mehr realisierte sie, dass sie nur die Spitze des Eisbergs sah. Irgendetwas musste schon vorher zwischen Omar, Francesca und Xaviero vorgefallen sein, und sie war wild entschlossen, herauszufinden, worum es sich handelte. Sie drehte sich um, um Francesca zu folgen, doch ihr Weg wurde von Xavieros Frau verstellt.

»Das war's, Xaviero.« Manuelas Stimme zitterte. »Ich verlasse dich. Ich kann es nicht mehr ertragen.«

Er schaute sie so bösartig an, dass Carlina sich auf einmal fürchtete. »Du wirst mich niemals verlassen, Manuela.« Ein böses Lächeln spielte um seinen Mund. »Und du weißt auch ganz genau, warum nicht.«

Sie wurde blass.

Ohne eine Sekunde nachzudenken, ergriff Carlina ihren Arm und zog sie aus dem Zimmer und der Wohnung. Sie fühlte, dass Stefano direkt hinter ihr war. Benedetta stand auf Manuelas anderer Seite. Sie gingen ohne ein Wort zwei Stockwerke hinunter, aber auf dem Bürgersteig direkt vor dem Haus trafen sie Omar, Francesca und Tante Violetta.

»Was für ein ekelhafter kleiner Mann«, sagte Tante Violetta, vor Wut schäumend. Sie erhaschte einen Blick auf Manuela und schloss ihren

Mund mit einem hörbaren Geräusch. »Es tut mir leid, *signora* Monti. Ich wusste nicht, dass Sie mich hören können. Aber ich denke, dass ich Ihnen damit nichts Neues sage.«

Manuela schüttelte den Kopf, dann schaute sie Omar an. »Sie sollten sich einen anderen Lehrer suchen«, sagte sie. »Er hat es auf Sie abgesehen und wird Sie niemals aus den Klauen lassen, bis Sie ausgeblutet sind. Ich weiß, wovon ich spreche.«

Tante Violettas runzeliger Mund blieb offen stehen. »Was meinen Sie damit? Was für ein Lehrer?«

Francesca starrte auf Manuela und ignorierte Tante Violetta. »Aber es gibt keinen anderen Lehrer in Florenz, *signora* Monti. Der nächste sitzt in Mailand. Wir haben schon nachgesehen.«

Tante Violettas Augenbrauen stiegen in die Höhe, während sie von einem zum anderen sah. »Worum um alles in der Welt geht es hier eigentlich?«

Omar holte tief Luft. Er nahm seine Schultern zurück, machte einen Schritt zu Francesca hin und legte ihr den Arm um die Schultern. Sein Lächeln, war eine Mischung aus Entschuldigung und Triumph, als er seine Stiefmutter anschaute.

Tante Violetta schnappte nach Luft. »Was –«

Bevor sie den Satz zu Ende bringen konnte, stürzten die anderen Mitglieder des FCFs aus dem Haus. Ihre Gesichter waren rot und unglücklich.

Schwester Maria nahm ihre goldene Füllhalternadel ab und gab sie Matteo. »Ich trete aus dem Club aus.«

Schwester Anna machte es genauso und reichte die Nadel an Matteo. »Wir hätten niemals Mitglieder werden sollen, aber es schien so ein schönes Hobby zu sein, und es ist so eine Freude, die Manuskripte und Gebete mit einem guten Füllhalter zu schreiben. Aber Xaviero pflegt das Hobby aus einer völlig falschen Motivation heraus.« Sie schaute Matteo an. »Sie scheinen ein guter Mann zu sein. Wie konnten Sie so lange mit ihm befreundet sein?«

Matteo wurde rot, doch bevor er antworten konnte, stand Tante Violetta auf. Sie wackelte und stützte sich auf die Rückenlehne ihres Rollstuhls, doch sie war immer noch eine beeindruckende Erscheinung, als sie sich an ihren Sohn wandte. »Omar.« Ihre Stimme klang dünn. »Was genau versuchst du mir hier zu sagen?«

Francesca und Omar schauten einander an. Er nickte kaum sichtbar.

Sie wandte sich an Tante Violetta und sagte: »Wir sind ein Paar.«

Sie wurde blass. »Seit wann?«

»Erst seit ein paar Wochen.«

Tante Violetta blickte zu Omar. »Warum hast du es mir nicht gesagt?«

Omar warf Carlina einen Blick zu, der eindeutig ein wortloser Hilferuf war.

Sie trat einen Schritt vor. »Man stellt doch seiner Mutter nicht gleich jedes Mädchen vor, das man das erste Mal trifft. Zuerst einmal muss die Beziehung ein wenig wachsen und stärker werden. Man muss auf den richtigen Moment warten.«

Tante Violetta runzelte die Stirn. »Aber was soll das ganze Gerede von einem Lehrer? Was hat *signor* Monti dir beigebracht?«

»Er unterrichtet Gebärdensprache«, sagte Francesca.

Carlina blinzelte. Gebärdensprache?

»Aber Omar wollte nie die Gebärdensprache lernen.« Tante Violetta ließ sich in ihren Rollstuhl zurückfallen, als ob ihre Beine sie nicht mehr tragen würden. Sie zeigte mit einem anklagenden Finger auf ihren Sohn. »Du hast dich geweigert, sie zu lernen! Ich erinnere mich an die Wutanfälle, die Tränen, die Albträume ...« Sie richtete sich auf. »Natürlich, jetzt erinnere ich mich! Xaviero Monti, na klar! Er war dein Lehrer, als du noch klein warst. Er hat sich mit den Jahren ganz schön verändert, aber ich hätte ihn trotzdem erkennen müssen. Er war es doch, oder, Omar?«

Omar nickte.

»Und du hast dich nach den ersten zwei Stunden felsenfest geweigert, einen Fuß in seinen Unterricht zu setzen.«

Omar nickte wieder.

Francesca schaute ihn verwirrt an. »Das hast du mir nicht verraten.«

Er schüttelte langsam den Kopf.

Tante Violetta richtete sich auf. »Er hat es Ihnen nicht gesagt, weil dieser Mann ihm über Jahre hin Albträume verursacht hat. Und jetzt haben Sie ihn gezwungen, dahin zurückzugehen. Kein Wunder, dass Omar in den letzten Wochen nicht er selbst war. Ich habe mir solche Sorgen gemacht! Sie haben ja keine Ahnung, was Sie ihm damit angetan haben!«

Omar machte einen Schritt nach vorne und nahm ihre Hände. Er schaute sie fest an, und Tante Violetta erwiderte seinen Blick für eine oder zwei Sekunden, bevor sie blinzelte und sich schüttelte. »Das ist nicht dein Ernst, oder? Nach all diesen Jahren, nach all den Versuchen, die ich gemacht habe, um dich zu überreden, die Gebärdensprache zu lernen, kommt sie daher.« Sie machte eine wilde Geste Richtung Francesca. »Und auf einmal fällt dein ganzer Widerstand und du gehst zum Unterricht? Das begreife ich einfach nicht.«

Carlina ging ein Licht auf. Sie konnte sich sehr gut vorstellen, wie eklig Xaviero Monti zu Omar gewesen war, nachdem sie heute Nachmittag gesehen hatte, wie er seine Freunde behandelte. Sie mochte sich gar nicht ausmalen, wie er Kinder terrorisierte, die sich nicht so gut wehren konnten. Aber Francesca hatte Omar dazu gebracht, seine Ängste zu überwinden, hatte ihn mit dem Bedürfnis gefüllt, die Zeichensprache zu lernen, damit sie sich verständigen konnten. Plötzlich stiegen ihr Tränen in die Augen. Sie hatte immer ein enges Verhältnis zu Omar gehabt, aber sie hatte geglaubt, dass er es akzeptiert hatte, nicht sprechen zu können, ja, es manchmal vielleicht sogar gut fand, außen vor sein zu können. Sie hatte nicht tief genug geschaut. Wenn Omar es wagte, zu dem Peiniger seiner Jugend zurückzugehen, wild entschlossen, die Gebärdensprache von jemandem zu lernen, der sich nur lustig über ihn machte, dann war seine Liebe zu Francesca viel stärker als gedacht.

Sie schaute Francesca an. »Warum habt ihr nicht versucht, einen anderen Lehrer zu finden?«

Sie seufzte. »Glaub mir, das haben wir getan. Aber es gibt keinen in Florenz. Wir haben uns sogar beim Gehörlosenverband über ihn beschwert, und es sieht so aus, als ob wir nicht die einzigen waren, aber bis jetzt ist partout nichts geschehen.«

»Habt ihr versucht, es mit Hilfe von Videos zu lernen? Es gibt doch bestimmt Videotutorials«, sagte Carlina.

Francesca nickte. »Ja. Aber es ist schwierig, wenn man niemanden hat, der einen korrigiert. Man lernt dann manche Dinge ganz falsch, vor allem, weil wir beide blutige Anfänger sind. Also haben wir uns entschieden, zurückzugehen.«

»Und es war schrecklich«, sagte Carlina. Es war keine Frage.

Franscesca schluckte. »Ja. Es war fürchterlich. Ich habe jede Sekunde in diesem Unterricht gehasst, und Omar ging es genauso. Aber wir sind wieder und wieder hingegangen, weil er der einzige ist, der uns etwas beibringen kann. Wir haben auch wirklich eine Menge gelernt, trotz allem.« Sie lächelte etwas schief. »Am meisten, indem wir die anderen beobachteten. Er hat uns ignoriert, wenn er sich nicht gerade über Omar lustig machte.«

»Wie oft wart ihr denn schon bei ihm?« fragte Garini.

»Sechs mal.« Francesca nahm Omars Hand. »Signor Monti war jedes Mal so ätzend zu Omar, dass wir uns oft gefragt haben, ob wir einfach aufgeben sollten.«

»Habt ihr eine Ahnung, warum er sich ausgerechnet Omar gesucht hat?«

»Oh ja.« Francescas Stimme klang bitter. »Er mag keine Ausländer. Omar hat zufälligerweise die falsche Hautfarbe.«

Carlina runzelte die Stirn. »Wie hast du das nur ausgehalten? Normalerweise explodierst du doch recht schnell.«

»Ich hätte ihn am liebsten eintausend Mal angeschrien«, sagte Francesca. »Aber wir mussten vorher etwas unterschreiben, dass wir im Unterricht nicht sprechen würden, damit wir effektiver lernen.« Sie zuckte mit den Schultern. »Ich habe noch nicht gelernt, mich in Gebärdensprache zu streiten, und wenn ich laut gesprochen hätte, hätte *signor* Monti mich aus dem Unterricht geworfen.« Sie schaute Omar mit einem halben Lächeln an. »Wir haben uns aber ein paar Schimpfwörter im Internet angesehen.«

Omar erwiderte ihr Lächeln und machte eine rasche Bewegung mit der Hand, die Francesca wiederholte. »Wir verraten euch aber nicht, was das heißt.«

Carlina verbiss sich ein Lächeln.

»Ich wette, es ist nicht salonfähig.« Tante Violettas Augen blitzten. »Zeigt es noch mal.«

Carlina schaute Francesca an und schüttelte warnend den Kopf. Sie konnte sich gut vorstellen, wie Tante Violetta durch die Stadt rollte und Schimpfwörter in Gebärdensprache verteilte. Das wäre wirklich die Krönung ihres exzentrischen Auftretens.

Omar berührte Francesca und hob seine Hand. Er hatte sie zur Faust geballt, und nur der kleine Finger stand hoch.

Sie nickte. »Oh ja, das habe ich vergessen. Wir haben uns entschieden, ASL zu lernen, American Sign Language, also die englische Version.«

»Du meinst, es gibt sogar in der Gebärdensprache unterschiedliche Sprachen?«, fragte Carlina.

»Ja. Jemand, der die britische Gebärdensprache kennt, wird nicht unbedingt die amerikanische Version verstehen.«

»Also nicht so viel anders als beim gesprochenen Wort.« Garinis Stimme klang trocken.

»Aber warum Amerikanisch und nicht Italienisch?« Carlina beugte sich nach vorne.

»Weil Omar später touristische Führungen durch Florenz für amerikanische Touristen in ASL geben möchte. Es gibt sehr viel mehr amerikanische als englische Touristen in Florenz.«

»Und alles das hat er dir gesagt, indem er den kleinen Finger hob?« Tante Violetta klang eingeschnappt.

»Nein. Der kleine Finger steht für i, *inglese*, Englisch.« Francesca zuckte mit den Schultern. »Wir sind noch nicht sehr weit gekommen, also arbeiten wir viel mit Abkürzungen.« Ihr Gesichtsausdruck wurde weich. »Wenn wir nicht aufpassen, werden wir noch eine eigene Sprache entwickeln, die niemand sonst verstehen kann.«

»Aber das geschieht allen Paaren«, sagte Garini. »Je länger man zusammenbleibt, umso mehr entwickelt man eine eigene Sprache.«

Carlina lächelte. Sie stand so nahe neben ihm, dass sie die Wärme seines Körpers spüren konnte. Spontan nahm sie seine Hand, während sie an seinen Spitznamen für sie, Caralina, dachte.

Tante Violetta ließ sich nicht ablenken. »Omar, möchtest du denn einen Beruf erlernen? Du weißt doch, dass du das gar nicht brauchst. Du wirst eh alles von mir erben, und das ist genug, um davon zu leben.«

Omar zuckte mit einer Schulter.

Francesca schaute ihn an, und erneut schien eine stille Kommunikation zwischen ihnen stattzufinden. Sie wandte sich an seine Mutter. »Omar möchte gern mit anderen Leuten in Kontakt treten.«

»Na, das höre ich zum ersten Mal.« Tante Violetta verschränkte die Arme vor der Brust. »Ich bin müde. Das war ein ganz schöner Schock. Bring mich nach Hause, Omar.« Sie schaute Francesca scharf an. »Und Sie. Kommen Sie morgen um zehn Uhr zu mir.«

Francesca schluckte. »Ich kann morgen nicht um zehn Uhr kommen. Ich habe einen Kundentermin im Studio.«

»Studio? Was denn für ein Studio?«

»Ich bin Glasbläserin, und dieser Kunde möchte eine Sonderanfertigung.«

»Aber morgen ist Sonntag.«

Francesca gab nicht nach. »Er ist ein sehr guter Kunde, und er hat nur am Wochenende Zeit, daher habe ich ihm für Sonntag einen Termin gegeben. Wie wäre es denn mit vierzehn Uhr? Da könnte ich.«

Tante Violetta schüttelte den Kopf. »Nein. Um vierzehn Uhr muss ich ein Schläfchen halten. Kommen Sie um siebzehn Uhr. Omar wird weggehen, so dass wir uns ganz in Ruhe unterhalten können.«

Francescas Blick traf auf Carlinas.

»Sie möchte nicht unhöflich sein«, sagte Carlina so laut, dass Tante

Violetta es hören konnte. *So zeige ich Francesca gleich, wie man mit ihr umgehen muss.* »Sie ist es nur gewöhnt, dass alles nach ihrer Nase geht.«

Tante Violetta drehte sich zu ihr um. »Carlina, du bist frech.«

»Nicht frecher als du, Tante Violetta.« Carlina lächelte ihr sanft zu. »Aber du merkst es nicht mehr.«

Ein vernichtender Blick war die einzige Antwort, dann schaffte Tante Violetta es, den Stuhl in Bewegung zu bringen und rollte wie eine Wahnsinnige den schmalen Bürgersteig entlang.

Omar beeilte sich, ihr zu folgen, aber vorher nahm er sich die Zeit, Francescas Wangen in seine Hände zu nehmen und sie rasch zu küssen.

Garini blickte zu Carlina. »Nun, ich muss sagen, dass der Abend doch unterhaltsamer lief als gedacht. Wer hätte vermutet, dass Füllhalter so viel Chaos veranstalten können? Jetzt müssen wir nur noch darauf warten, dass Xaviero tot umfällt und dann haben wir eine riesige Auswahl an Verdächtigen.«

»Niemand wird tot umfallen«, sagte Carlina. »Du hast durch deinen Job eine berufliche Deformation erlitten und kannst an nichts anderes mehr denken.«

Die Nonnen, die am Rand stehen geblieben waren und ohne sich zu bewegen zugehört hatten, bekreuzigten sich in so identischer Weise, dass es aussah, als ob sie es vor dem Spiegel gemeinsam eingeübt hätten. Dann schauten sie einander an und nickten sich ein wenig zu.

Aus irgendeinem Grund lief Carlina ein Schauer über den Rücken. Sie schnappte sich Stefanos Arm. »Lass uns nach Hause gehen. Ich habe für diesen Monat genug Kultur gehabt.«

Drei Tage später war das Füllhalter-Event nur noch eine unangenehme Erinnerung und alles war friedlich im Mantoni-Haus auf der Via delle Pinzochere Nummer zehn. Rund um den großen Tisch in der Küche von Benedetta im ersten Stock saß die gesamte Familie. Die Tür zum Balkon stand offen, und eine sanfte September-Brise bewegte die dünnen Vorhänge leicht. Eine riesige Schüssel Spaghetti hatte den Ehrenplatz mitten auf dem Tisch inne, und der waldige Geruch nach frischem Trüffel und duftendem Olivenöl durchzog die Luft.

Benedetta raspelte ein wenig Trüffel über Onkel Teos Teller und lächelte. Als Patriarch der Familie wurde er zuerst bedient, und er verfolgte jede ihrer Bewegungen mit kritischem Blick. »Benedetta«, sagte er schließlich. »Mit diesem Trüffel stimmt etwas nicht.«

»Mit diesem Trüffel stimmt alles.« Ihre Stimme war energisch.

»Aber es ist die falsche Saison. So früh im September bekommt man keinen frischen Trüffel.«

Sie verdrehte die Augen. »Das habe ich dir schon gesagt, als du vor einem Monat nachgefragt hast, wann es endlich wieder Spaghetti mit Trüffeln gibt. Es ist immerhin ein Pilz, und darum haben sie im Sommer keine Hochsaison.«

»Ja, aber warum geht es jetzt auf einmal?«

»Weil ich zu einem Händler gegangen bin und ihn gebeten habe, mir die allerersten Trüffel der Saison zu reservieren. Er rief mich gestern an und da habe ich gleich losgelegt. Außerdem ist dieses hier ein Sommertrüffel, kein Wintertrüffel. Die reifen früher.«

»Ich muss zugeben, mir ist völlig egal, wann der Trüffel reif ist und um welchen Typ es sich handelt«, sagte Carlina. »Es riecht einfach wunderbar, und ich möchte nicht, dass meine Spaghetti kalt werden. Also reibe uns bitte weiter den Trüffel, Benedetta.«

Ihre Tante lächelte und setzte ihren Rundgang um den Tisch fort. »Genießt es, das rate ich euch. Trüffel sind teurer denn je, daher können wir sie uns nicht jeden Tag leisten. Hier, Fabbiola, hilf mir mal, damit die hungrigen Löwen nicht innerhalb der nächsten zwei Minuten verhungern.« Sie reichte ihrer Schwester ein Stück Trüffel. Es sah aus wie eine kleine Kartoffel mit dunkler Schale, die schon ein wenig gelitten hatte. Fabbiola stand auf und fing am anderen Ende des Tisches an, indem sie eine kleine Handreibe verwendete, die hauchdünne Scheibchen über die Spaghetti streute. Schnell hatte sie Carlina und Stefano bedient und ging zu Emma, Benedettas ältester Tochter, die schwanger war und mit ihrem Mann Lucio in einer Wohnung gegenüber lebte.

Benedetta raspelte den Trüffel auf der anderen Seite des Tisches weiter. Ihr Lebensgefährte, Leopold Morin, lächelte sie an, aber ihre beiden rothaarigen Kinder Ernesto und Annalisa waren damit beschäftigt, sich ein Video anzusehen, das Ernesto auf seinem Mobiltelefon zeigte. Mit achtzehn und zwanzig waren sie die Jüngsten der Familie. Neben Ernesto saß seine Freundin Nora. Sie waren gerade erst in der obersten Wohnung des Familienhauses zusammengezogen, der Wohnung, die Carlina bewohnt hatte, bis sie mit Stefano ins Nachbarhaus gezogen war.

Annalisa, die Familienschönheit, war gar nicht begeistert gewesen, dass ihr jüngerer Bruder Ernesto ausgezogen war – auch wenn er nur zwei Stockwerke höher wohnte – bevor sie jemanden gefunden hatte. Sie war schon seit den Sommerferien, als Nora nach Florenz gekommen war, launisch und schwierig, und Carlina war froh, dass das Video sie nun von ihrer schlechten Laune ablenkte.

»*Buon appetito.*« Onkel Teo hob seine Gabel und wirbelte die Spaghetti herum.

Einen Augenblick lang herrschte absolute Stille, während jeder den ersten Bissen genoss.

»Benedetta!« Eine schrille Stimme von draußen zerstörte den friedlichen Augenblick. »Benedetta! Bist du zu Hause?«

Benedetta schaute bedauernd auf ihre Spaghetti, aber sie stand auf und ging zur Tür. Bevor sie sie öffnen könnte, flog sie auf und eine Frau explodierte förmlich in den Raum. Ihre dunklen Augen waren vor Grauen weit aufgerissen, und sie wrang ihre Hände.

»Manuela! Was ist passiert?« Benedetta nahm ihre Hände und hielt sie tröstend fest.

»Es tut mir leid, dass ich euch störe«, sagte Manuela Monti, »aber die Tür unten öffnete sich, als ich mich dagegen lehnte, und ich konnte einfach nicht anders, als gleich hochzukommen. Xaviero ist tot.«

Ende des Auszugs

Florentinische Morde Band 6 von Beate Boeker erscheint voraussichtlich im Frühling 2020. Wenn Sie über alle Neuerscheinungen von Beate Boeker informiert werden möchten, melden Sie sich für ihren Newsletter an: www.happybooks.de/de/contact